JEN RIVERS & INA TAUS
WITH YOU
I'M A SINNER

INA TAUS & JEN RIVERS

WITH YOU I'M A SINNER

CREEKVILLE COLD CRUSHERS

Bibliografische Information der Deutschen Nationalbibliothek: Die Deutsche Nationalbibliothek verzeichnet diese Publikation in der Deutschen Nationalbibliografie; detaillierte bibliografische Daten sind im Internet über dnb.dnb.de abrufbar.

© 2025 Ina Taus | Jen Rivers
1. Auflage, April 2025

Korrektorat: Lektorat Laaksonen | S. Wilhelms
Umschlaggestaltung und Bildmaterial: SasuArt | Saskia Weigelt
Buchsatz: Kristina Tausek mit Bildmaterial von SasuArt | Saskia Weigelt

Verlag: BoD · Books on Demand GmbH, In de Tarpen 42,
22848 Norderstedt, bod@bod.de
Druck: Libri Plureos GmbH, Friedensallee 273, 22763 Hamburg
ISBN: 978-3-7597-3147-0

Für alle, die wissen,
dass das wichtigste Spiel nicht auf dem Eis,
sondern im Herzen entschieden wird.

**Für die Trigger- und Contentwarnung bitte
auf Seite 388 blättern.**

KAPITEL 1
Jude

Das Leben ist ein Glücksspiel. Man weiß nie, wie die Würfel fallen. Spielt dir Joker, Ass, Queen oder King in die Karten? Oder entscheidet Rot oder Schwarz über deinen Untergang?

Aktuell liegen meine Würfel beschissen. Das verraten mir die Massen an Bäumen, die am Fenster vorbeirasen und mein Sichtfeld in ein sattes Grün tauchen. Natürlich weiß ich, was Bäume sind. Zu Hause in Vegas haben wir ebenfalls Bäume, aber eben nicht so viele. Keine Wälder. Doch anstatt es zu genießen, wünsche ich mir die trockene Wüste Nevadas zurück.

Ich seufze und checke mein Handy, in der Erwartung, eine Nachricht von Mom auf dem Display zu finden. Doch natürlich passiert das nicht.

Mein Magen verknotet sich. Ich kuschle mich enger in den grauen Hoodie, den ich beim Flug getragen und danach nicht mehr ausgezogen habe, auch wenn wir gefühlte tausend Grad haben. Die Müdigkeit lässt mich allerdings frösteln. Der Stoff auf meiner Haut fühlt sich gut an. Er riecht nach dem Waschmittel, das wir zu Hause immer benutzt haben, und der Geruch tröstet mich über den Umstand hinweg, dass ich, um beim Flug Geld zu sparen, einen Umweg über Salt Lake City einlegen musste und wie ein Leichtathlet über den Flughafen gerast bin.

»Alles okay?«, reißt mich David aus meinen Gedanken. David, bei dem ich in Zukunft wohnen werde, obwohl ich ihn noch nie in meinem Leben gesehen habe. Er ist der Mann von Moms bester Freundin Kate.

»Klar«, antworte ich ungerührt, denn ich muss niemandem auf die Nase binden, dass der Umzug nach Kanada mich nicht vor Freude ausrasten lässt. Ich wäre lieber in Vegas geblieben. Doch das ist im Moment nicht möglich. Verdammt, ich sollte dankbar sein. Denn

Kate und er sind großzügig. Sehr großzügig. Eigentlich haben die beiden nichts davon, mich bei sich aufzunehmen, doch sie tun es trotzdem.

»War der Flug sehr anstrengend?«, hakt er weiter nach, offenbar darauf bedacht, nach der knappen Stunde voller Stille ein Gespräch aufzubauen. Ich mustere ihn von der Seite. Seine dunklen Haare liegen in perfekten Wellen auf seinem Kopf. Mir gefällt außerdem seine Kleidung. Stilvolle Jeans zu einem lockeren Hemd. Für einen ungefähr fünfzig Jahre alten Mann sieht er echt gut aus.

»War okay. Nur der schnarchende Typ neben mir hat genervt.«

»O ja, das kann einen ganz schön ankotzen. Aber jetzt bist du ja hier. Es wird dir gefallen.«

Da bin ich mir nicht so sicher. Ich habe mein ganzes Leben in Nevada verbracht und war nie woanders. Niemals. Es ist seltsam, nicht nur den Bundesstaat, sondern gleich das Land verlassen zu haben. Und die Bäume sind … Keine Ahnung. Echt überall.

»Das Hockey-Team ist verdammt gut. Ehe du dich versiehst, gehörst du voll dazu und fährst Siege ein.« David klingt stolz. Natürlich, wenn man bedenkt, dass sein ältester Sohn dem Team angehört. Tucker, auf den ich verdammt neugierig bin.

Ich habe ihn nur einmal im Leben getroffen und das ist Jahre her. Er war mit seiner Mom bei uns in Vegas. Eishockey hat er damals schon gespielt und ich brenne darauf, zu sehen, ob er immer noch so gut darin ist.

Tatsächlich ist Hockey aktuell mein einziger Lichtblick. Ich weiß, dass ich was draufhabe. In Vegas und bei den regionalen Meisterschaften habe ich mit meinem Team alles abgeräumt und es hat nichts mit Arroganz zu tun, wenn ich deutlich mache, dass das zu größten Teilen an mir lag. Dennoch ist das hier etwas anderes. Das hier ist Kanada. Ich werde plötzlich mit Jungs spielen, die bereits seit ihrer Kindheit auf dem Eis stehen. Im Gegensatz zu mir, der gerade mal seit zwei Jahren dabei ist. Und trotzdem bin ich verdammt gut!

Hockey hat mir den Arsch gerettet. Hockey war da, als es zu Hause schwierig war. Und Hockey ist jetzt da, wo alles auseinanderbricht. Hoffen wir nur, dass Hockey auch in Zukunft da sein wird.

Ich plane nämlich mein letztes Highschool Jahr sinnvoll zu nutzen.

»Willkommen in Creekville«, sagt David feierlich und deutet auf ein kleines Schild, auf dem der Name der Stadt prangt.

Ich beiße mir auf die Unterlippe. Abgesehen von einer langen Straße und Bäumen ist hier nichts zu sehen. Was mir langsam etwas Sorge bereitet.

Immerhin gibt es eine Kreuzung und es sieht beinahe so aus, als würde es dort ins Zentrum der Stadt gehen. Leider biegen wir nicht ab, sondern folgen weiterhin der Straße ins Nirgendwo. Nach weiteren fünf Minuten fahren wir an einer einsamen Tankstelle vorbei. Im Augenwinkel bemerke ich ein großes Plakat. *Aushilfe gesucht.* Das speichere ich mir im Hinterkopf ab, denn ich habe die Absicht, mir so schnell wie möglich einen Job zu suchen. Zum einen, weil ich jeden Penny sparen muss, für den Fall, dass ich eben kein Stipendium bekomme, und zum anderen, weil ich immer noch für das Apartment von Mom und mir in Vegas aufkommen muss.

David biegt aus dem Nichts ab … ins Nichts. Ein schmaler unbefestigter Weg führt zwischen Baumgruppen hindurch und zu meinem Leidwesen scheint das unsere Richtung zu sein. Wo wohnen die denn? In einem alten Hexenhäuschen?

Ich kann nichts gegen den Ausdruck machen, der sich auf meinem Gesicht ausbreitet.

»Bringst du mich jetzt um?«, frage ich skeptisch. »Das hier sieht verdammt nach dem Schauplatz einer True-Crime-Doku aus.«

David lacht laut auf. »Deine Leiche lässt sich hier bestimmt einfach entsorgen.«

Ich schmunzle. Er ist witzig. Zum Glück. Bisher kenne ich nur seine Frau Kate und unser letztes Zusammentreffen war alles andere als spaßig. Die berechtigte Angst, dass ich in einem Haus voller Spießer ohne Humor lande, lässt sich nur schwer abstellen. Ob Tucker langweilig ist? Als ich ihn damals kennengelernt habe, war er das auf jeden Fall nicht, aber … keine Ahnung. Der Ort hier sieht aus, als wäre Spaß ein Fremdwort, das man bei Buchstabierwettbewerben zum Besten gibt. Egal. Zurück zu David.

»Wusstest du, dass man Leichen auflösen kann? Man muss nur …«, setze ich an, halte jedoch inne, als ein großes, holzvertäfeltes Haus mit riesigen Glasfronten in Sicht kommt. Mir war nicht klar, dass normale Menschen tatsächlich in so was leben. Große Gebäude sind mir logischerweise nicht fremd, da sich in Vegas die Hochhäuser darum batteln, wer den Längeren hat, aber so ein großes Haus für eine einzige Familie? Unvorstellbar.

Je näher wir kommen, desto mehr Details nehme ich wahr. Die Veranda mit der Hollywoodschaukel, der gepflegte Garten, der um das Haus herumzugehen scheint, der …

»Ihr lebt an einem See?«, frage ich eine Oktave zu hoch.

»Großartig, oder?«, gibt er zurück. Offenbar hat er meinen Aufschrei mit Enthusiasmus verwechselt. Dabei war er viel eher das genaue Gegenteil.

Wasser und ich … na ja sagen wir, das passt nicht so gut zusammen.

Ich stimme David gezwungenermaßen zu, als er vor dem Haus neben einem Mini-Van zum Stehen kommt. Zögerlich steige ich aus dem Auto und greife dabei nach meinem Rucksack. David lädt bereits meine beiden brandneuen Koffer aus dem Kofferraum. Ich schnappe mir einen davon und folge ihm die Treppen zur Veranda hinauf.

Bereits vor der Tür fällt es mir auf.

Geschrei.

Kindergeschrei, genau genommen. Wie viele hatten die beiden doch gleich?

David öffnet die Haustür, tritt ein und schiebt meinen Koffer ins Innere.

»Wir sind zu Hause!«, ruft er fröhlich. Das Geschrei verstummt für eine Millisekunde, bevor es nur umso lauter zu uns dringt.

»Daddy!« Ein Junge, bewaffnet mit einem Star Wars Laserschwert, kommt in den Flur gesprungen, dicht gefolgt von einem Mädchen mit zwei geflochtenen Zöpfen und etwas, das verdächtig nach einer Steinschleuder aussieht.

»Bist du Jude?«, fragt das Mädchen mich direkt. »Deine Haare sind komisch.«

Wie von selbst gleiten meine Hände in meine Frisur, von der ich zufällig weiß, dass sie großartig aussieht. Das habe ich nämlich am Flughafen gecheckt.

»*Deine* Haare sehen komisch aus«, gebe ich zurück.

Sie macht große Augen, ebenso wie der Junge.

»So was sagt man nicht«, meckert er und versucht, die Arme vor der Brust zu verschränken, was sich mit dem Laserschwert schwierig gestaltet.

»Sie hat doch angefangen mich abzufucken«, erwidere ich beleidigt. Habe ich schon erwähnt, dass ich etwas empfindlich bin, was meine Haare betrifft?

Die beiden Kinder ziehen synchron die Luft ein und sehen entsetzt zu ihrem Vater. Verwirrt folge ich ihrem Blick und treffe auf den unzufriedenen Gesichtsausdruck von David.

»Jude«, setzt er vorsichtig an. »Solche Dinge sagen wir hier nicht.«

»Was meinst ... Oh! Du redest vom Abfucken?«, vergewissere ich mich.

Er verzieht das Gesicht. »Ja, genau das. Könntest du das bitte vor den Kindern lassen?«

»Ähm, klar. Sorry. Ich bin so was«, ich wedle mit der Hand in Richtung der Kids vor mir, »nicht gewohnt.«

David presst die Lippen zusammen und unterdrückt sichtlich ein Lachen. Deshalb nickt er nur.

»Du musst einen Dollar bezahlen«, sagt das Mädchen hochnäsig. Irgendwie bin ich kein Fan von ihr.

»Was? Wofür?« Ich verschränke meine Arme vor der Brust.

»Du hast ein böses Wort gesagt.«

Ich blinzle. Mehrmals. »Und?«, frage ich verständnislos, eine Augenbraue hebend.

»Das ist unsere Regel«, fährt sie fort. »Wenn man ein schlimmes Wort sagt, muss man einen Dollar in die Fluch-Dose stecken.«

»Nun ist gut, Isla. Lass Jude erst mal ankommen«, unterbricht David sie.

Ah. Ich meine mich dunkel zu erinnern, den Namen Isla schon mal irgendwo gehört zu haben. Ihr Zwillingsbruder heißt so ähnlich. Igor ... Insgar ... irgendwie so was.

Mit einem Nicken deute ich auf ihn. »Wie heißt du?«

Seine Augen werden erneut größer. »Ezra.« Na ja, fast.

Ich stelle Koffer und Rucksack neben der Treppe ab und folge den dreien ins Wohnzimmer. Ein weiteres Mal bleibt mir die Spucke weg. An der hinteren Fensterfront stehen zwei schwarze Ledersofas zusammen und bieten einen phänomenalen Ausblick auf den See. Die eher rustikale Einrichtung gibt dem Haus ein ganz eigenes Flair, das ich irgendwie mag, obwohl es total ungewohnt ist.

»Jude.« Mein Blick fällt nach links zur offenen, geräumigen Küche. Kate kommt mir entgegen. Auf ihrem Gesicht spiegeln sich Freude und Bedauern, was mich direkt schlucken lässt. Ich schätze, das ist der Blick, den man kassiert, wenn die eigene Mutter in der Entzugsklinik ist und man deshalb umziehen muss. Ich seufze beinahe lautlos und konzentriere mich auf Kate.

Ihre braunen, glatten Haare fallen ihr über die Schultern. Sie sieht aus wie früher. Nur mit ein paar Falten mehr. Auf ihrem Arm trägt sie ein weiteres Kind, das mich neugierig mustert. Die Kleine hat dicke Pausbäckchen und zwei Zöpfe, die ihr wie kleine Palmen vom Kopf abstehen. Eigentlich sieht sie aus wie Isla, nur in niedlich.

»Sag Hallo zu Jude, Lilly.« Ein bezauberndes Lächeln breitet sich auf ihrem Gesicht aus, das ich direkt erwidere. Ich gehe dichter zu ihr heran.

»Hey Kleine«, murmele ich. Meine Stimme ist höher als sonst. Was zur Hölle ist das?

»Dude«, brabbelt Lilly und bringt mich zum Lachen. Es ist offensichtlich, dass sie meinen Namen nicht richtig aussprechen kann. Die anderen lachen ebenfalls.

»Dude ist auch okay.«

»Döne Daare.« Sie streckt ihren Arm nach mir aus.

Mit gerunzelter Stirn versuche ich herauszufinden, was sie gesagt hat. Ich habe allerdings nicht den blassesten Schimmer.

Kate lächelt mich glücklich an. »Sie sagt, du hast schöne Haare«, übersetzt sie für mich.

Mit einem selbstgefälligen Grinsen drehe ich mich zu Isla um. »Ha!«

Sie verdreht die Augen und widmet sich ganz ihrer Steinschleuder. Mit lautem Gejohle geht sie auf ihren Bruder los, der allerdings rechtzeitig mit gezogenem Schwert vor ihr davonrennt. Kurz darauf ertönt ihr Gebrüll auf der Treppe.

Kate setzt Lilly ab, die kurz darauf zu einem Spielzeugpuppenwagen läuft und zu spielen beginnt. Belustigt sehe ich ihr zu, bevor meine Augen die von Kate finden.

»Wie geht's dir?«, fragt sie, als sie näher kommt und mich fest an sich drückt.

Ein Stechen macht sich in meinem Magen breit.

»Besser als Mom. Sie darf mir nicht mal schreiben«, sage ich leise. Etwas, das extrem hart für mich ist. Selbst wenn es mit Mom in der kleinen Einzimmerwohnung nicht immer rosig war, ihre Drogensucht mich so manches Mal an den Rand des Wahnsinns getrieben hat oder ich die meiste Zeit meiner Kindheit in einer Bar aufgewachsen bin. Sie ist meine Mom. Normalerweise sprechen wir täglich miteinander. Es ist falsch, dass ich sie nicht mal anrufen kann.

Kate löst sich von mir und hält mich an den Schultern fest.

»Es wird dir hier gut gehen, Jude. Das verspreche ich. Und deine Mom bekommt endlich die Hilfe, die sie braucht.«

Fiese Bilder drohen, in meine Gedanken vorzudringen, doch ich schiebe sie beiseite. Nicht jetzt. Nicht hier.

Ich nicke also nur und setze ein falsches Grinsen auf.

»Hast du Hunger?«, fragt Kate nun eine Spur fröhlicher. »Ich habe einen Kuchen gebacken, den du essen kannst, bevor ich das Abendessen koche.«

»Klar, gerne.«

Kate strahlt. »Tucker müsste bald da sein.«

Ich nicke ein weiteres Mal und tue so, als wäre mir diese Information absolut gleichgültig. Dabei bin ich verdammt neugierig, was aus dem süßen, schmächtigen Jungen von vor vier Jahren geworden ist.

Wie sagt man so schön? Seinen ersten Kuss vergisst man nie.

KAPITEL 2
Tucker

»Tuck?«, fragt Lexa und beugt sich über mich. Ihr blondes Haar fällt wie ein Vorhang über mein Gesicht und schirmt die letzten Sonnenstrahlen des Tages von mir ab.

»Mmh?«

»Schläfst du?« Ihre Lippen streifen für einen Sekundenbruchteil meine.

»Nein.«

»Gut, denn wir müssen los. Deine Mom hat geschrieben, dass es bald Abendessen gibt.« Boah! Wie nervig ist es, wenn deine Mutter und deine feste Freundin sich Nachrichten schreiben? Auf einer Skala von eins bis zehn liegt der Grad meiner Genervtheit bei zehntausend. Tendenz täglich steigend.

Lexa bringt Abstand zwischen uns und setzt sich neben mich auf die Wiese. Ich richte mich auf, nehme die Sonnenbrille herunter und folge Lexas Blick auf den See hinaus.

»Wir könnten einfach hierbleiben.« Ich lege die Hand auf ihr Knie und zeichne mit den Fingern ein Muster auf ihre Haut. Genauso wie ich trägt sie nur Badekleidung. »Genießen wir lieber die Zeit zu zweit«, raune ich. »Ganz ohne die kleinen schreienden Monster.« Oder unsere Freunde. Denn sobald andere um uns herum sind, ist Lexa ein völlig anderer Mensch. Nicht so perfekt. Und definitiv nicht nett.

»Du liebst deine Geschwister«, erinnert sie mich.

»Meistens«, stimme ich zu. »Mal ernsthaft, manchmal denken sie, dass wir ihre Ersatzeltern sind.«

»Freu dich doch, dass sie dich so verehren.«

Kein Wunder. Ich bin großartig. Sportlich. Gut aussehend. Ganz Creekville liebt mich. »Tu ich. Wirklich! Aber ich verbringe eben auch gerne Zeit mit meiner Freundin.« Nachdrücklich füge ich hinzu:

»Allein.« Genau das ist der Grund, warum wir mit dem Motorboot meiner Eltern auf den See herausgefahren sind. Um ein paar Stunden in trauter Zweisamkeit zu verbringen. Ohne meine Familie. Ohne unsere Freunde. Nur wir beide.

Lexa schmiegt sich an mich und legt den Kopf auf meiner Schulter ab. »Bist du nicht neugierig auf Jude?«

Jude. Der neue *Mitbewohner* in meiner Etage. Mom hat in den letzten Tagen das Zimmer meiner älteren Schwester Taylor leer geräumt, damit er dort einziehen kann. Sie verbringt den Großteil des Jahres sowieso in Toronto. Entweder im Wohnheim oder in Dads Wohnung. Er ist NHL-Trainer und lebt berufsbedingt den Großteil des Jahres dort. Eigentlich ist er nur in der spielfreien Zeit hier.

»Hätten sie *ihn* nicht einfach nach Toronto verfrachten können?«, frage ich.

»Tuck!«, rügt Lexa mich sofort. »Er macht eine schwere Zeit durch.«

Ich verdrehe Augen. »Die kann er ja in Toronto durchmachen.«

»Sei kein Arsch.« Lexa stößt mir den Ellenbogen in die Rippen.

»Sagt das gemeinste Mädchen der Schule«, beschwere ich mich lautstark. »Und ich bin kein Arsch.«

»Doch, bist du. Aber ich liebe dich trotzdem.«

»Ehrlich, wenn du je nach Jahreszeit mit fünf bis sieben anderen Menschen zusammenwohnen würdest, wärst du auch angepisst, wenn plötzlich noch eine achte Person dazukommt. Gott bewahre, dass Mom sich noch ein Baby machen lässt und wir dann vielleicht bald zu neunt sind.«

»Dein Dad arbeitet offensichtlich auf eine eigene Eishockey-Mannschaft hin«, sagt Lexa.

»Ey, bei über zehn Spielern bin ich raus.« Definitiv.

Dann bin ich der Erste, der sich freiwillig für einen Schlafplatz in Toronto bewirbt.

»Mach dir keine Sorgen. Gerade jetzt hat er ja sechs aktive Junior-Feldspieler in einem Haus.«

Langsam verwirren mich die Eishockey-Analogien. »Hä?«

»Na Taylor, Isla und Ezra, Lilly, dich und Jude. Macht sechs.«

Missmutig brumme ich. »Ich weiß nicht, ob ich dich gerade für dein Eishockey-Wissen lieben oder hassen soll.«

»Lieben. Definitiv.« Lexa steht auf und streckt sich. »Und jetzt lass uns zurück nach Hause fahren.« Nach drei Jahren Beziehung ist mein Zuhause längst auch ihres.

Ihr Apfelpo wackelt verführerisch, während sie über die Böschung nach unten klettert und in den See watet. Sie geht ins Wasser und nimmt sich dann eine Minute Zeit, um ihr langes Haar zusammenzubinden.

»Können wir wirklich nicht hierbleiben?«, rufe ich ihr nach und schiebe mir die Sonnenbrille wieder auf die Nase.

Über ihre Schulter hinweg wirft sie mir einen genervten Blick zu. »Nein, deine Auszeit ist vorbei.«

»Spielverderberin«, murmle ich, hieve mich hoch und folge ihr in den See.

»Wer zuerst beim Boot ist?«, fragt sie mich.

»Aber so was von.« Sofort werfe ich mich in die Fluten, weil ich Lexa viel zu gut kenne. Wenn ich keinen Frühstart hinlege, dann sie. Denn sie weiß, wie man sich einen Vorteil verschafft. Ich werfe einen Blick zur Seite und wirklich – Lexa schwimmt neben mir und … Fuck, jetzt überholt sie mich.

»Erste«, ruft sie beim Boot angekommen.

»Ich gönne dir das Erfolgserlebnis«, sage ich und gleite, elegant wie ich nun mal bin, neben sie. »Ich helfe dir hoch, Cupcake.«

Mit meinen Händen an ihren Hüften stabilisiere ich sie und sie schafft es ohne Probleme, ins Boot zu klettern. Ich folge ihr ebenfalls. Wir schnappen uns unsere Handtücher, wickeln uns darin ein und fahren bald darauf zurück nach Hause. In Creekville ein Boot zu besitzen, ist verdammt praktisch. So kommt man nicht nur am schnellsten in die Stadt, sondern auch im Sommer auf Partys. Und das, ohne sich Gedanken über zu viel Alkohol am Steuer machen zu müssen. Mountie Baxter, unser örtlicher Commissioner, lässt seine Leute den See nachts nicht kontrollieren. Was viele Bewohner Creekvilles ausnutzen. Unter anderem ich.

Beim Steg angekommen, schalte ich den Motor ab und das Boot

gleitet die letzten Meter durchs Wasser. Ich greife mir das Seil, springe auf die, von der Sonne angewärmten, Holzplanken und vertäue es am Ankerplatz. Danach reiche ich Lexa die Hand und helfe ihr beim Aussteigen.

»Wie immer ein absoluter Gentleman.«

Grinsend beiße ich mir auf die Unterlippe. »Klar doch.«

Mit unseren Handtüchern in den Händen schlendern wir hoch zum Haus, direkt auf die Terrasse. Dort gibt es nicht nur eine Außendusche und einen Wäschekorb für die gebrauchte Badekleidung, sondern auch gleich eine unangenehme Überraschung.

Jude sitzt auf der Hollywoodschaukel und blickt uns mit unlesbarer Miene entgegen. Definitiv hat er unser Kommen ganz genau beobachtet.

»Jude«, grummle ich. Er sieht immer noch aus wie früher. Na ja, fast.

Okaaay.

Gar nicht.

Wie kann man sich in vier Jahren so verändern? Er sieht aus wie … wie der Laufbursche eines Drogendealers. Was weniger an seinem Outfit, sondern an den Ketten liegt, die sich deutlich von seinem Hoodie abheben. Mal ernsthaft … Silberketten? Für Gold hat es nicht gereicht, oder was? Und dann noch zwei Stück davon? Machine Gun Kelly hat angerufen und will sie unbedingt wieder zurückhaben. Gemeinsam mit seinen … Tattoos? Blitzt da ernsthaft eine Tätowierung unter den langen Ärmeln seines Hoodies hervor? Passiert das, wenn man zu lange in Vegas lebt? Die Stadt macht aus einem süßen, etwas dürren Jungen mit Brille einen durchtrainierten Möchtegern-Gangster mit spöttischem Blick? Die honigbraunen Augen wirken amüsiert. Vermutlich, da Lexa und ich irgendwann auf unserem Weg über die Terrasse erstarrt sind. Und ihn bewegungslos mustern.

Wie. Verdammt. Peinlich.

Er muss denken, dass ich ihn schwärmerisch verliebt mustere. Oder in eine Schockstarre verfallen bin, weil ich gemeinsam mit meiner Freundin ausgerechnet auf ihn zu laufe. Auf den Kerl, mit dem ich das erste Mal in meinem Leben geknutscht habe. Lexa weiß, dass ich meinen ersten Kuss nicht mit ihr erlebt habe, sondern mit einem Jungen. Im Urlaub. Allerdings hat sie keine Ahnung, dass es Jude war. Das könnte noch zu einem Problem werden.

»Tucker?«, flüstert meine Freundin.

»Mmh?«

»Willst du uns nicht vorstellen?«

Nein. Eigentlich nicht.

Trotzdem setze ich mich in Bewegung und gehe auf ihn zu. »Jude.« Meiner Stimme fehlt jeglicher Enthusiasmus, als ich seinen Namen ausspreche. Kann mich bitte jemand retten? Meine Mom? Dad? Eines meiner hundert Geschwister?

»Ähm … hi?«, würge ich hervor und bleibe vor ihm stehen. *Großartig, Tucker. Wirklich großartig.* »Ich weiß nicht, ob du dich noch an mich erinnerst. Ich bin Tucker.«

Ein dreckiges Grinsen erscheint in seinem Gesicht und er leckt über seine Lippen. Natürlich folge ich der Bewegung mit dem Blick. Er ist einfach zu heiß, um wahr zu sein.

Warte … was?

»Natürlich erinnere ich mich noch an dich.« Jetzt zwinkert er mir zu. »Schön, dass du dein Akne-Problem in den Griff bekommen hast.«

Was zur Hölle? Mein Mund klappt auf und ich starre Jude schockiert an. Was für ein Arschloch.

»Ja«, stimmt ihm meine Freundin zu. »Das war wirklich keine gute Zeit für ihn.« Sie streckt ihm die Hand entgegen. »Ich bin übrigens Lexa. Tuckers Freundin.«

»Schön, dich kennenzulernen, Lexa.« Während er ihre Hand schüttelt, lässt er den Blick über ihren Körper schweifen. Ich verspüre plötzlich das Bedürfnis, Lexa ihr Handtuch über zu werfen. Der Kerl starrt ziemlich offensichtlich auf die Brüste meiner Freundin.

Nicht cool! Dann schweift sein Blick von ihrem Körper zu meinem, den er ebenfalls ziemlich eingehend betrachtet. »Ihr seid ein verdammt hübsches Pärchen.«

Was für ein eigenartiges Kompliment. »Danke?«

Lexa besitzt tatsächlich die Frechheit geschmeichelt zu kichern.

»Jude, wie du offensichtlich *sehr* genau siehst, kommen wir gerade vom See zurück. Wir duschen kurz und dann können wir dieses überaus liebreizende Gespräch weiterführen. Angezogen. Du entschuldigst uns?«

»Ungern«, sagt er.

»Wir sind nicht lange weg«, verspricht ihm Lexa. Ich lege ihr mein Handtuch um die Schultern. Er muss ihr nicht auch noch auf den Arsch glotzen, während wir durch die Schiebetür direkt in die Küche gehen.

»Mom«, begrüße ich sie und drücke ihr einen Kuss auf die Wange.

»Schön. Ihr seid endlich da. Und ihr habt Jude schon kennengelernt.«

»Er wirkt nett«, sagt meine Freundin.

»Nett ist nun wirklich nicht das erste Wort, das mir in den Sinn kommt«, murre ich.

Moms Blick fällt auf mich.

»Was?«, frage ich.

»Du magst ihn nicht«, schlussfolgert sie.

»Das hab ich nicht gesagt.«

»Gib ihm bitte eine Chance. Er hat eine schwere Zeit hinter sich und braucht ein paar nette Menschen, die sich um ihm kümmern.«

»Was will er dann bei uns?«, murmle ich.

»Wie bitte?«, hakt sie nach.

»Ich sagte, dass ich mich bemühen werde.«

»Das ist schön.«

Im nächsten Moment kommt Lilly mit ihrem Puppenwagen um die Ecke gerollt. »Duuuck«, ruft sie erfreut.

»Tucker«, korrigiere ich sie. »Tu-cker. So schwer ist das nicht.« Sie gibt dem Puppenwagen einen Schubs und streckt mir ihre Arme entgegen. »Duck.«

Ich hebe sie hoch. »Du kannst Tuck sagen. Das ist völlig in Ordnung. *Tuck.* Aber nicht Duck.«

Sie schlingt ihre Arme um mich. »Duck.«

»Ja, ich hab dich auch lieb, kleines Monster.« Mit Lilly auf dem Arm, und dicht gefolgt von Lexa, gehe ich ins Wohnzimmer. Dort platziere ich die Kleine inmitten eines Haufens Duplosteine. Es sieht aus, als wäre eine ganze Duplostadt explodiert. Isla baut seelenruhig weiter, während Ezra sie mit den Steinen bewirft.

»Abendessen ist in zehn Minuten fertig«, ruft Mom aus der Küche.

Dad sieht auf und wirkt erstaunt, Lexa und mich zu sehen. »Wow, wann habt ihr euch hierher gebeamt?«

»Gerade eben. Du weißt doch, Tristan hat sich vor dem Sommer einen DeLorean gekauft. Hat sich herausgestellt, es war genau der aus *Zurück in die Zukunft*.«

Dad sieht mich verwirrt an. »Wer ist Tristan?«

»Mein bester Freund? Seit Beginn der Highschool-Zeit?« Gott, dieser Mann ist einfach nie da. Und wenn er sich mal in Creekville sehen lässt, ist er nur körperlich anwesend. »Meine Freundin Lexa kennst du schon noch, oder?«

Er wirft mir einen genervten Blick zu. »Lexa, wirst du heute mit uns essen?«, fragt er freundlich.

»Klar.« Verschwörerisch flüstert sie: »Ich lass mir doch nicht das Kennenlern-Essen mit Jude entgehen.«

»Absolut nachvollziehbar«, stimmt Dad ihr zu.

»Boah, ihr tut, als wäre er ein Superstar.«

»Er kommt aus Vegas«, sagt sie. »Seit deine Familie vor zehn Jahren hierhergezogen ist, ist Judes Auftauchen das absolut Spannendste, was seit Ewigkeiten in Creekville passiert ist.« Hab ich erwähnt, dass meine Freundin vielleicht nicht das nette Mädchen von nebenan ist? Also, zu mir schon. Aber an der Schule zeigt sie manchmal leichte Mean-Girls-Regina-George-Tendenzen. Sie ist das beliebte Mädchen, das mit dem superheißen Captain der Eishockey-Mannschaft zusammen ist. Mir!

»Ich glaube, wir sollten jetzt duschen, damit du im Anschluss dazukommst, Jude über sein ganzes Leben auszufragen.« Gemeinsam verlassen wir das Wohnzimmer, zum Glück ohne dass uns meine Geschwister wie ein schnatterndes Entenrudel folgen.

Ich lege meine Hand in Lexas Rücken und führe sie die Treppe hoch.

»Wo ist eigentlich Taylor?«, fragt sie mich.

Boah, bin ich jetzt der Bodyguard meiner großen Schwester, der sie auf Schritt und Tritt verfolgt? Nein. Allerdings kann ich mir ganz gut vorstellen, wo sie sich aufhält. »Schmollt vermutlich immer noch in ihrer neuen Kammer unter dem Dach, nachdem Mom ihr Zimmer an Jude übergeben hat.«

»Das heißt ihr Jungs habt jetzt die erste Etage für euch allein?«

Ich nicke.

»Heiß.«

»Heiß?«, frage ich und öffne meine Zimmertür.

»Na ja, ihr ganz allein auf einer Etage.« Sie schlüpft an mir vorbei ins Zimmer.

Ich folge ihr und schließe die Tür hinter uns. »Und?«

»Na ja, Jude ist verdammt hot. Eure Badezimmer sind miteinander verbunden. Da ploppen in meinem Kopf automatisch heiße Bilder auf.« Frech grinst sie mich an.

»Ach so? Welche denn?«

»Du nackt unter der Dusche. Er stolpert zufällig in den Raum und mein heimlich bisexueller Freund befriedigt seine Neugierde.« Sie beißt sich auf die Unterlippe.

Ich lehne mich mit dem Rücken gegen meine Zimmertür und verschränke die Arme vor der Brust. »Lexa, ich hab dir das im Vertrauen erzählt«, murmle ich. »Außerdem würde ich das nie tun. Wir sind seit drei Jahren zusammen.«

»Ich weiß, ich weiß. Aber etwas zu tun oder sich einer … sagen wir interessanten Vorstellung hinzugeben, sind zwei völlig unterschiedliche Dinge. Und Jude ist wirklich … wow.«

»Hast du einen Crush auf ihn?« Fast unmöglich. Ich bin nämlich der heißeste Kerl in Creekville.

»Für mich gibt es nur dich, das weißt du. Aber hin und wieder stelle ich mir im Bett eben gerne ein paar Dinge vor.« Lexa ist einfach perfekt. Vor meinen Eltern spielt sie die Vorzeigefreundin, bei meinen Geschwistern gibt sie gerne die Ersatzmama und beste Freundin, in der Schule mimt sie die inoffizielle Ballkönigin, die alle beneiden, und hinter verschlossenen Türen erfüllt sie mir so ziemlich jeden Wunsch.

»Jude ist quasi ein Familienmitglied«, sage ich. Allerdings fällt mir das Denken bereits relativ schwer, da Lexa gerade dabei ist, ihr Bikini-Oberteil auszuziehen. »Ich finde ihn weder besonders sympathisch noch annähernd attraktiv ...« Der letzte Teil ist so was von gelogen.

Brüste.

Direkt vor mir. Ähm ... wo war ich ...? Ach ja. Vortrag. »Aber ich mag, dass dich der Gedanke an mich und einen anderen Kerl heiß macht.« Nun schlüpft sie aus ihrem Höschen und ich muss schlucken.

»Wann gibt es noch mal Essen?«, fragt sie und zieht mich hinter sich her ins Badezimmer.

»In fünf Minuten«, krächze ich.

»Tja, dann nutzen wir die Zeit, die uns noch bleibt.« Das werden wir. Auf jeden Fall.

KAPITEL 3
Jude

Betrunkene und Kinder unterscheiden sich gar nicht so sehr, wie ich dachte. Sie reden ohne Punkt und Komma, egal ob jemand zuhört oder nicht und bemühen sich dabei um eine Lautstärke, die einem glatt das Trommelfell schrotten könnte. Außerdem denken sie immer, dass jemand sie ärgern will und reden, wie Lilly, eine Sprache, die ich nicht mal verstehen könnte, wenn ich Nachhilfestunden in Gebrabbel nehmen würde.

Und sie denken sie wären im Fight-Club! Zumindest Isla und Ezra. Ich bin gerade mal seit knappen drei Stunden hier und die beiden haben sich schon öfter körperlich angegriffen als Löwen in der Paarungszeit. Dass keiner von beiden blutet, wundert mich ernsthaft.

Als Kate uns zum Essen ruft, rasen die Monster zu ihren Plätzen. Lilly sitzt bereits in einem Hochstuhl an der Stirnseite. Mir bleibt ein Platz neben ihr, Ezra oder Isla. Über die Entscheidung muss ich nicht lange nachdenken. Ich lasse mich auf den Stuhl neben der Kleinen sinken. Kate ist bereits damit beschäftigt, allen Essen auf die Teller zu schaufeln, während David lediglich mit seinem Handy beschäftigt ist. Die Zwillinge streiten sich derweil um ihre Teller. Was ich zugegebenermaßen verstehe. Zur Auswahl stehen die Pokémon Gengar und Taubsi, von dem je eins aufgedruckt ist. Den Taubsi-Teller würde ich ebenfalls nicht haben wollen. Seine Schwester mit einem Löffel abzuwerfen, ist also eine nachvollziehbare Handlung, wie ich finde.

»Ezra!« Kate sieht ihn wütend an, ist aber zeitgleich mit der quengelnden Lilly, die nach ihrem Essen verlangt, vollkommen ausgelastet. David ist noch immer in sein Handy vertieft.

»Sie hat angefangen!«, verteidigt Ezra sich lautstark.

»Hab ich gar nicht!«

Ich bin im Irrenhaus.

»Schluss jetzt, alle beide!« Bestimmend deutet Kate auf die Zwillinge, die kurz danach Ruhe geben.

»Tuuucker!«, ruft sie derweil über ihre Schulter in Richtung Flur. »Kommt endlich runter!«

Die Turteltauben sind noch nicht zurückgekehrt, dabei brenne ich darauf, unser Gespräch fortzuführen. Tucker schien angepisst zu sein, mich zu sehen, was mich … amüsiert. Sehr sogar.

Und er hat sich verändert. Aus dem niedlichen, schmächtigen Typen mit Akne ist ein muskelbepackter Hottie geworden, womit ich nicht gerechnet habe. Früher fand ich ihn richtig süß. Das ist er jetzt definitiv nicht mehr. Damals war er … küssbar. Mittlerweile ist er eher fickbar.

Ich bin noch in meinem Kopfkino gefangen, als er und Lexa ins Zimmer kommen. Die beiden zusammen sind ein netter Anblick. Genau genommen sind sie das auch getrennt voneinander. Tuckers dunkelbraune Haare locken sich, obwohl sie noch nass sind. Er trägt eine locker sitzende graue Jogginghose. Grau. Ich starre ihn an. Auf das, was sich klar durch die Hose abzeichnet. Wer würde da bitte nicht hinschauen?

»Das ist mein Platz«, knurrt er mürrisch, was mich dazu bewegt, den Blick von seiner Schwanzregion zu lösen und ihm ins Gesicht zu sehen. Er sieht genervt aus.

»Wie bitte?«, frage ich grinsend.

Nur flüchtig nehme ich Lexas Augenrollen wahr, als sie um den Tisch herumkommt und sich neben mich setzt.

Tucker verschränkt die Arme vor der Brust. »Ich sitze neben meiner Freundin.«

»Ihr wart doch eben erst im Funnyland, ich bin mir also sicher, dass es okay ist, wenn ihr mal kurz nicht aneinanderklebt.«

Die beiden haben eben so was von gevögelt. Das verraten mir die rosigen Wangen. Und die Gesichtsausdrücke. Eben einfach … durchgebumst.

Kate reißt ihren Kopf nach oben und sieht mich mit offenem Mund an. Ähm. Ups? War das eines dieser Dinge, die ich nicht sagen darf? Ich habe extra die Worte *Ficken* und *Sex* vermieden.

»Was ist das Funnyland?«, fragen Ezra und Isla im Chor. Sie klingen aufgeregt.

Meine Augenbrauen schießen in die Höhe. Wieso fragen die das nach? Und wieso sind sie so neugierig?

»Ja, Jude. Was ist das Funnyland?«, fragt Tucker scheinheilig und setzt sich auf den Stuhl zwischen Isla und seiner Mom. Demonstrativ greift er nach dem Besteck und beginnt den Nudelauflauf zu essen.

Am liebsten würde ich jetzt ehrlich antworten, nur sagt mir irgendetwas, dass Kate und David nicht die gleiche Art Offenheit in der Kindererziehung befürworten, wie meine Mom es tut. Sie hat nie ein Blatt vor den Mund genommen. Wozu um die Dinge herumreden?

»Wenn man ins Funnyland geht, spielt man, dass man Achterbahn fährt.« Die Antwort finde ich beinahe poetisch. Ich bin stolz auf mich. Zufrieden schiebe ich mir die Gabel in den Mund.

»Ich will ins Funnyland!«, ruft Isla laut.

»Ich auch!«, stimmt ihr Bruder enthusiastisch zu.

Ein Lachen löst sich aus meiner Kehle, das ich versuche mit einem Husten zu tarnen. Lexas Augen treffen auf meine und plötzlich stehe ich kurz vor einem Lachanfall. Sie presst ebenfalls ihre Lippen aufeinander und schlägt sich die Hand vor den Mund. Ich glaube, Lexa ist definitiv keine süße, unschuldige Blondine.

Shit. Damit ist klar, dass ich sie mag. Ich bin mir sogar beinahe sicher, dass es nichts damit zu tun hat, dass sie phänomenal aussieht. Sie ist fast so heiß wie Tucker. Fast.

Kate schenkt mir einen mahnenden Blick.

»Sorry«, sage ich und hebe beschwichtigend meine Arme.

»Ob die Achterbahn schnell ist?«, fragt Ezra an seine Schwester gewandt.

»Das musst du Tucker fragen«, werfe ich ein, ehe ich es verhindern kann. »Anhand der eben gewonnenen Erkenntnisse würde ich sagen, es ist ein Zwei-Sekunden-Erlebnis.«

Tucker lässt sein Besteck laut klappernd auf den Teller krachen. Alle am Tisch Versammelten zucken zusammen. »Willst du mich jetzt ernsthaft anpissen?«, fragt er mich provozierend.

»Tucker, Wortwahl!«, mischt sich David nun endlich ins Geschehen ein und erntet dafür einen dankbaren Blick von Kate, die etwas gestresst aussieht. Verständlich, wenn man bedenkt, dass Lilly permanent ihr Essen auf den Boden wirft, während wir in Sex-Metaphern sprechen. Leider finde ich es lustig, dass ich Tucker so einfach aus der Fassung bringen kann. Denn eigentlich habe ich nur einen dummen Spruch gemacht.

Ich stütze meine Ellenbogen auf den Tisch und lehne mich vor. »Wunder Punkt?« Ich zwinkere ihm zu.

Er schielt zu seinen Geschwistern und beißt sichtlich die Zähne zusammen. Dann isst er ungerührt weiter und ignoriert mich. Wie enttäuschend.

»Wo ist Taylor, Mom?«, fragt er schließlich.

»Trifft sich mit Freunden«, murmelt Kate abgelenkt. Noch immer versucht sie, Lilly von den Nudeln zu überzeugen.

Die Zwillinge schmieden kurz darauf Pläne für ein Baumhaus im Garten und das hier wird zu einem halbwegs normalen Essen. Glaube ich, denn genau genommen fehlen mir da die Vergleichswerte.

»Also, du kommst wirklich aus Las Vegas?«, fragt Lexa fröhlich und klingt ehrlich interessiert.

Ich kann nichts gegen das Lächeln machen, das sich auf meinem Gesicht ausbreitet. Ich liebe Vegas. Habe es immer geliebt. Immerhin ist es mein Zuhause. »Jap. Die Lichter der Stadt fehlen mir jetzt schon.« Das ist nicht mal gelogen. Draußen dämmert es und für meinen Geschmack ist es bereits jetzt viel zu dunkel.

»Das ist so cool. Hast du schon mal Glückspiele gespielt? So richtig?«, hakt sie weiter nach.

Ich grinse. »Du kannst mich Profi in Black Jack und Poker nennen.«

Tucker stößt ein abfälliges Schnauben aus. »Als ob dich jemand in ein Casino lässt.«

»Man braucht kein Casino fürs Glücksspiel. Ein versifftes Hinterzimmer reicht.« Und davon kenne ich einige.

»Zeigst du mir, wie man Black Jack spielt?«, fragt Lexa. »Ich habe zwar schon gepokert, aber das Spiel kann ich nicht.«

Ich zwinkere ihr zu. »Liebend gern. Wenn ich spiele, subtrahiere ich allerdings gerne Kleidungsstücke.«

»Jude …« Tuckers warnende Stimme gleicht einem Knurren. Vermutlich, weil ich mit seiner Freundin flirte. Was nicht mal zwingend an ihr liegt, ich flirte eben einfach gerne.

»Keine Sorge, du darfst mitspielen.« Ziemlich gerne sogar.

Sein Gesicht verzieht sich verständnislos. »Alter, ist dir klar, dass wir mit meinen Eltern beim Essen sitzen?«

Ich lasse meine Augen kurz über die Erwachsenen in der Runde schweifen. »Ja. Der eine ist in sein Smartphone verliebt, während die andere versucht, das Kind zu bändigen.« Wie um meine Worte zu untermauern, entschließt sich Lilly dazu, ihre Schale mit einem Schwung vom Tisch zu fegen.

»Ach Lilly«, seufzt Kate und steht auf, um das Chaos zu beseitigen. Mich wundert, dass sie so ruhig bleibt. Die Kleine ist echt süß, doch ich möchte wetten, dass ich sie bereits angemotzt hätte.

David legt ein weiteres Mal sein Handy auf dem Tisch ab und lächelt zufrieden in die Runde. »So, Jude. Bist du schon aufgeregt auf deinen ersten Tag?« Belustigt sehe ich ihn an. Hat er auch nur einen Fetzen von dem mitbekommen, was ich eben gefaselt habe? Wie kann man bitte so vertieft in sein Smartphone sein?

Ich zucke mit den Schultern. »Eigentlich nicht. Passt schon.«

»Wir zeigen dir alles. Du willst ja mit den richtigen Leuten abhängen«, sagt Lexa zuversichtlich und stößt mich spielerisch mit dem Ellenbogen an. *Mit den richtigen Leuten?*

»Das Hockeytraining beginnt direkt am ersten Tag«, erklärt David. »Der Coach hat mich gefragt, ob ich ebenfalls einen Blick auf das Team werfe und meine Meinung abgebe. Du musst dir also keine Sorgen machen.«

Ezra und Isla springen beinahe gleichzeitig auf und verlassen zu meiner Erleichterung sogar den Raum.

»Ich mache mir keine Sorgen«, stelle ich klar.

Tucker reißt den Kopf zu seinem Dad herum und versteift sich. »Wieso Hockeytraining? Was macht Jude beim Hockeytraining?«

David blickt ihn verständnislos an. »Spielen natürlich.«

»Das geht nicht!« Tuckers Augen sind weit aufgerissen, während sein Blick von mir zu David wandert. »Du kannst nicht einfach deine Beziehungen spielen und den NHL-Coach raushängen lassen, nur um Jude ins Team zu bekommen.«

Ich hebe eine Augenbraue. Arschloch.

»Das habe ich nicht, Tucker. Jude hat ihm ein Video von sich gesendet und das hat den Coach überzeugt.«

Jetzt starrt er mich mit offenem Mund an. »Du spielst Eishockey?«, vergewissert er sich.

»Jap. Stell dir vor, das ist außerhalb Kanadas möglich«, gebe ich zwischen ein paar Bissen zurück. Isst hier eigentlich überhaupt jemand außer mir?

Tucker fährt sich durch die Haare. »Du kannst nicht ins Team. Sorry, aber das ist meine letzte Saison. Wir können keine Anfänger brauchen!« Er klingt beinahe verzweifelt. Leider pisst er mich so langsam ziemlich an. Die können froh sein, mich in ihrem Team zu haben.

»Ich bin kein Anfänger!«, sage ich unzufrieden.

»Ach ja? Seit wann spielst du?«, fragt er herausfordernd.

»Zwei Jahre.«

Ein spöttisches Lachen verlässt Tuckers Mund. »Bitte, da hast du es.«

»Leck mich. Ich bin ein Naturtalent. Ich stehe jede freie Minute auf dem Eis. Und dein Coach war zufälligerweise ganz heiß darauf, mich für euer Team zu gewinnen.«

»Jude spielt richtig gut«, mischt sich nun sogar Kate in die Unterhaltung ein, nachdem sie Lilly auf dem Boden abgesetzt hat. »Als ich in Vegas war, habe ich ihn spielen sehen. Eigentlich hat er das komplette Spiel allein gemacht.«

»So oder so ist der Coach zufrieden, Tucker. Du solltest seine Entscheidungen nicht infrage stellen. Als Captain trägst du Verantwortung.« David deutet mit seiner Gabel belehrend auf seinen Sohn. Der presst die Lippen aufeinander und murmelt etwas Unverständliches.

Super. Das ist also mein neuer Captain, der anscheinend der Meinung ist, er wäre als Einziger gut, in dem, was er tut. Dabei ist genau dieses Jahr so verdammt wichtig für mich.

Ohne Stipendium wird es echt schwierig.

Seufzend stehe ich auf. »Wir sehen uns.« Das *Motherfucker* kann ich mir gerade so verkneifen.

KAPITEL 4
Tucker

»Taylor«, zische ich. Was ziemlich gruselig kommt, da es stockdunkel ist.

Meine Schwester schreit, holt noch in derselben Sekunde mit ihrer Handtasche aus und trifft mich damit mitten ins Gesicht.

»Aua! Fuck Tay, ich bin's«, rufe ich.

»Tucker! Was stimmt nicht mit dir? Du kannst nicht wie ein gruseliger Stalker aus dem Nichts auftauchen«, beschwert sie sich.

Ich verdrehe die Augen. »Ich bin nicht aus *dem Nichts* gekommen, sondern aus dem Wald.« Zuerst habe ich einen kleinen Spaziergang gemacht, später habe ich an einen Baum gelehnt auf sie gewartet.

Sie zeigt mir den Mittelfinger. »Das macht es nicht weniger gruselig. Es ist Mitternacht, du Freak. Warum lungerst du hier draußen herum?« Ob man es glaubt oder nicht: *Eigentlich* haben Taylor und ich ein gutes Verhältnis zueinander. Unsere Art, uns die geschwisterlichen Gefühle füreinander zu zeigen, ist es, uns gegenseitig Schimpfwörter an den Kopf zu werfen.

»Sorry«, entschuldige ich mich kleinlaut. »Ich wollte dich nicht erschrecken. Nur auf dich warten.«

»Warum zur Hölle? Solltest du nicht längst friedlich neben Lexa im Bett schlummern?«

»Erkläre ich dir gleich. Nur nicht hier.« Ich schnappe mir Taylors Unterarm und ziehe sie hinter mir her. Weg von der Einfahrt rund ums Haus herum, runter zum See.

»Du willst mich nicht ertränken, oder?«

Über meine Schulter hinweg werfe ich ihr einen irritierten Blick zu. »Scheiße, nein! Ich will nur mit dir reden.«

»Und warum können wir das nicht drinnen machen?« Beim Steg angekommen, setze ich mich auf die Planken. Sie fühlen sich immer noch warm an, obwohl die Sonne längst untergegangen ist.

»Wegen Jude.«

»Dieser Arsch«, sagt Taylor sofort.

»Ach, hast du ihn schon persönlich kennengelernt?«

»Hä?« Sie zieht ihre Flipflops aus und nimmt neben mir Platz. »Nein, bin ihm extra aus dem Weg gegangen, nachdem er mir mein Zimmer gestohlen hat.«

»Du fährst in drei Tagen zurück ans College. Dort hast du nicht nur ein Wohnheimzimmer, sondern in Dads Wohnung deine eigenen vier Wände.« Ganz im Gegensatz zum Rest von uns. »Heul nicht rum.«

»Es geht ums Prinzip, Tucker. Ums Prinzip.«

»Ich weiß, ich weiß. Mich nervt es tierisch, dass er hier ist.«

»Mich auch«, stimmt sie zu. »Und dabei habe ich ihn noch nicht mal live gesehen.«

»Hoffentlich verlierst du nicht den Verstand, sobald du ihm gegenüberstehst.«

»Wie meinst du das?«, fragt meine Schwester nach.

»Ich glaube, Lexa steht auf ihn.«

Nun prustet meine Schwester laut los. »Ernsthaft?«

»Ja, Mann.« Ich stoße Tay mit dem Ellenbogen an. »Und kannst du jetzt aufhören so dämlich zu gackern?«

Nun lacht sie noch lauter. »Der großspurige Tucker Landry ist eifersüchtig. Dass ich den Tag noch erlebe.«

»Ich bin *nicht* eifersüchtig. Nur angepisst, weil der Kerl hier reinspaziert, einen dummen Kommentar nach dem anderen ablässt, Mom und Dad entweder keine Zeit oder keine Lust haben, ihn zurechtzuweisen, und er ständig zweideutiges Zeug faselt.«

»Hast du mal daran gedacht, dass er das nur tut, weil es eine Art Schutzmechanismus ist? Er hat eine Menge durchgemacht in der letzten Zeit.« Im Gegensatz zu unseren jüngeren Geschwistern wissen Tay und ich ganz genau, was bei Jude zu Hause abgelaufen ist. Seine Mom ist ein Junkie. Ich habe keine Ahnung, welche Drogen sie konsumiert – oder bis vor kurzem konsumiert hat –, nur dass es über die Jahre hinweg immer schlimmer geworden ist. Jude hat sich an meine Mom gewandt, nachdem er ganz offensichtlich nicht mehr weitergewusst hat. Er kann einem also schon irgendwie leidtun. Minimal, denn seine Art kotzt mich einfach so dermaßen an, dass jeder Funken Mitleid sich innerhalb von Sekundenbruchteilen verflüchtigt.

Puff.

Und weg.

»Ja, ja, ich versteh schon. Er ist ein armer Junge, der Hilfe braucht. Bla bla. Kannst du ihn nicht mit nach Toronto nehmen?«

Taylor schnaubt belustigt. »Du klingst gerade wie Ezra, wenn er schmollt.«

»Ich schmolle nicht.«

»Natürlich nicht«, sagt sie in völlig überzogenem Tonfall.

»Mal ernsthaft. Was glaubt er denn? Er kommt hierher, klaut dir dein Zimmer, falls ich dich erinnern darf, führt sich beim Abendessen wie der größte Hinterwäldler auf, obwohl *wir* ganz offensichtlich mitten im Nirgendwo leben«, rede ich mich immer weiter in Rage, »dann flirtet der Kerl mit meiner Freundin, will mit ihr Strip-Poker oder so einen Scheiß spielen, und zu allem Überfluss lässt Dad noch die Bombe platzen, dass der Arsch in der kommenden Saison bei uns im Team ist. Was zur Hölle, Tay? Ich musste mir den verdammten Arsch aufreißen, um überhaupt spielen zu dürfen und dieses Arschloch soll automatisch einen Platz bei den Cold Crushers bekommen, nur weil er ein Video geschickt hat?«

»Ah, daher weht der Wind.«

Verwirrt sehe ich Taylor an. »Wie bitte?«

»Du hast Angst, dass du Dads letztes bisschen Aufmerksamkeit, das er dir schenkt, verlierst, wenn du nicht mehr der Beste im Team bist.«

Was ist denn heute mit allen los? Kann nicht irgendjemand an diesem Tag nett sein? Und mich trösten? Nein, Tay bohrt sogar mit dem Finger in der Wunde herum.

»Ich werde weiterhin der Beste im Team sein.«

»Du bist so eine Aufmerksamkeits-Schlampe, Tuck.«

Nun pruste ich laut los und Taylor stimmt mit ein. Es dauert eine Ewigkeit, bis ich mich beruhige.

»Geht's wieder?«, fragt sie und stößt mich mit der Schulter an.

»Ja«, murmle ich. »Es nervt nur, wenn plötzlich so ein großspuriger …«

»Arsch?«, hilft Taylor mir mit einem Schimpfwort aus.

»Ja, wenn so ein großspuriger Arsch auftaucht und alle Aufmerksamkeit auf sich zieht. Dad hat ihn sogar vom Flughafen abgeholt.«

»Du bist so ein Papakind. Aber hör jetzt endlich auf rumzuheulen. Mir ging es nach deiner Geburt nicht anders.«

Mein Mund klappt auf. »Tay! Ich bin großartig. Wie kannst du so was nur sagen?«

»Na, irgendjemand muss dich doch wieder auf den Boden der Tatsachen zurückholen.«

»Hast schon recht«, grummle ich und stehe auf. »Wollen wir reingehen?«

Ich reiche Taylor die Hand und sie lässt sich von mir hochziehen. »Weißt du«, sagt sie während wir aufs Haus zu schlendern, »irgendwie hast du mich jetzt ziemlich neugierig auf Jude gemacht.«

»Von mir aus kannst du ja hierbleiben und ich gehe nach Toronto.«

»Und deine Freundin?«

Wir gehen ums Haus herum zur Eingangstür. »Die hat ja jetzt Jude.«

»Du bist wirklich eine richtige Dramaqueen, Tucker.« Taylor öffnet die Haustür.

»Deshalb liebst du mich so. Weil du das Drama-Gen ebenfalls geerbt hast.«

»So was von«, sagt sie mit gedämpfter Stimme.

»Taylor?«, ruft Dad aus dem Wohnzimmer. »Bist du das?«

»Ich geh kurz Hallo sagen. Gute Nacht, Tuck.«

»Schlaf gut, Tay.«

Sie greift nach meiner Hand und drückt sie kurz. »Lass dich einfach nicht von ihm ärgern oder provozieren.«

»Ich versuch's.« Was leichter gesagt, als getan ist. Schon allein, wenn ich nur eine Sekunde an ihn denke, werde ich bereits wieder wütend. Und noch mehr stört mich, dass er sogar ein Druckmittel gegen mich hat. Er kann jedem in Creekville erzählen, dass ich auf Kerle stehe. Gut, ich kann es abstreiten. Mir wird vermutlich jeder glauben. Jeder, außer Lexa, die als Einzige die Wahrheit über meine sexuelle Orientierung kennt.

Fuck, ich muss ihr unbedingt erzählen, dass Jude mein erster Kuss war. Nicht irgendein Kerl im Urlaub.

Oben angekommen, gehe ich sofort in mein Zimmer. Mich begrüßen ein stockdunkler Raum und der gleichmäßige Atem meiner schlafenden Freundin. Um sie nicht zu wecken, schleiche ich auf Zehenspitzen weiter ins Badezimmer.

Dort blinzle ich gegen die plötzliche Helligkeit an und schließe die Tür hinter mir. Erst nachdem sich meine Augen an die veränderten Lichtverhältnisse gewöhnt haben, bemerke ich, dass ich nicht allein im Badezimmer bin. Jude steht vor dem Spiegel.

Nackt.

Na ja, fast nackt.

Er hat ein Handtuch um die Hüften geschlungen und sieht mich mit hochgezogener Augenbraue an. »Was soll das?«, fragt er mich.

Ach du heilige Scheiße. Wie gut will ein Mensch ohne Kleidung aussehen? Sein Körper ist schlank, aber voller Muskeln. Jeder Zentimeter ist trainiert und mein Blick verweilt für ein paar Sekunden auf seinen flachen Bauchmuskeln, allerdings zwinge ich mich, wegzuschauen. Ich lenke meinen Blick weg von seinem Oberkörper, weiter zu seinen starken Armen, die mit Tattoos übersät sind. Auf seinem linken Arm befinden sich Spielkarten, Roulette und Würfel. Das auf seinem rechten Arm hingegen wirkt deutlich abstrakter. Das Bild ist zweigeteilt, eine feine Linie zieht sich durch die Mitte. Ich kann ganz klar einen Löwen ausmachen. Die andere Seite ist ein … Widder? Steinbock? Oh Gott, ich starre.

»Ich will Zähneputzen«, antworte ich spät. Viel zu spät.

»Und warum tust du das in meinem Bad?«

»Unserem Bad«, korrigiere ich. »Siehst du diese magische Tür hinter mir? Die führt nicht nach Narnia, sondern in mein Zimmer.«

Jude hebt seine Hand und streckt den Zeigefinger in die Luft. »Warte, warte, warte … Erzählst du mir gerade ernsthaft, dass du dir ein Badezimmer mit deiner Schwester geteilt hast?«

»Ähm … ja?« Worauf will der Armleuchter hinaus?

Ein dreckiges Grinsen erscheint auf seinem Gesicht. »Hast du sie mal nackt gesehen?«

Würg. »Nein, natürlich nicht, du Freak.« Angewidert verziehe ich das Gesicht. »An den Türen sind kleine Zauberdinger angebracht, die es einem erlauben, sie von innen zu verschließen. Man nennt es Türschloss.«

»Ach, interessant.« Er verschränkt die Arme vor der Brust, was meinen Blick sofort wieder auf seine Tattoos lenkt. Zum Glück hat er Vegas verlassen. Wer weiß, was dem Vollpfosten sonst noch für Tattoo-Ideen eingefallen wären. Eine Wedding-Chapel. Elvis. Den Las Vegas Strip, der direkt unter dieses weiße Handtuch führt, das gefährlich tief auf seinen Hüften sitzt.

Konzentration, Tucker!

»Jude, komm zum Punkt«, sage ich genervt. Ein bisschen von mir selbst, weil ich ihn wie ein sabbernder Labrador anschmachte. Widerlich. Einfach widerlich!

»Du sagst, es gibt ein Schloss, aber bei mir schneist du plötzlich zufällig ins Badezimmer?« Er kommt auf mich zu und steht viel zu dicht vor mir. Er ist ein bisschen kleiner als ich, allerdings nicht besonders viel. Fünf Zentimeter. Höchstens. Mit vierzehn war er noch größer als ich, fällt mir plötzlich ein. »Sag bloß, du willst unseren Kuss wiederholen.«

»*Du* musst das Badezimmer verriegeln, wenn du dich hier drin aufhältst«, knurre ich. »Nicht ich! Und welcher Kuss?«, frage ich provokant. Dabei weiß ich ganz genau, wovon er spricht. Meine Mom und ich waren vor ungefähr vier Jahren auf einer Comic Con in Vegas. Wir haben bei Jude und seiner Mom zu Hause übernachtet. Unsere Mütter sind zusammen etwas trinken gegangen und haben einen klassischen Mädelsabend zelebriert. Und was soll ich sagen: In der letzten Nacht hat Jude mich geküsst. Sehr intensiv. Und sehr lange. Ich kann mich nicht erinnern, auch nur eine Sekunde geschlafen zu haben. Und das Schlimmste an der Sache war: Die Knutscherei hat mich nicht einmal überrascht. Es hat sich völlig natürlich angefühlt, einen anderen Jungen zu küssen. Jude zu küssen! So als wäre es unvermeidbar gewesen. Es hat einfach gepasst. Genauso wie bei Lexa und mir.

Allerdings hat sich der Kontakt zwischen uns nach dem Vegas-Trip im Sand verlaufen, ich habe Lexa näher kennengelernt und lange Zeit nicht mehr an ihn oder den Kuss gedacht. So lange, bis meine Mom mir erzählt hat, dass er für eine Weile bei uns wohnen wird.

»Brauchst du eine Erinnerung?«, raunt er.

»Nein, danke. Die Zeiten, in denen ich meine sexuelle Orientierung hinterfragt habe, sind vorbei. Es ist kein Testobjekt mehr nötig, das mir zeigt, wie sehr ich auf Frauen stehe.« Meine Stimme zittert, als ich ihm die Worte an den Kopf werfe.

KAPITEL 5
Jude

Dafür, dass Tucker auf Frauen steht, hat er mich ziemlich lange angesehen. Oder vielmehr meine Tattoos.

»Okay, Mister Super-Hetero. Dein Verlust. Ich kann mit meiner Zunge nämlich verdammt gut umgehen.« Noch immer sind unsere Gesichter sich nah. Er weicht nicht zurück.

Tucker blinzelt mich an, den Mund ein wenig geöffnet. »Du bist ja echt gestört.«

»Gestört. Hinreißend. Liegt alles dicht beieinander«, murmele ich großspurig.

Einige Sekunden verstreichen in absoluter Stille. Schließlich weicht Tucker zurück.

»Kann ich jetzt meine Zähne putzen?«, fragt er unzufrieden.

Ich will gerade zu einer Antwort ansetzen, als mein Handy neben dem Waschbecken anfängt zu vibrieren. Ein Zwinkern in Tuckers Richtung kann ich mir nicht verkneifen, bevor ich danach greife und den Namen meines besten Freundes auf dem Display lese.

»Fuck, ist das schön, dich zu sehen. Wie geht's meinem Long-Distance-Boyfriend?«, begrüße ich ihn fröhlich, als ich aus dem Badezimmer gehe und die Tür hinter mir schließe. Kann ich die eigentlich von meinem Zimmer aus versperren oder kann Tucker einfach jederzeit in mein Zimmer spazieren?

Oder ich in seines …? Ich schüttele den Kopf und konzentriere mich auf Asher.

Natürlich ist er nicht mein Boyfriend. Aber als er vor ein paar Monaten aufs College nach New York gegangen ist und Vegas verlassen hat, habe ich angefangen, ihn so zu nennen.

»Wieso bist du eigentlich immer nackt, wenn ich dich sehe?«, kommentiert er trocken und lehnt sich auf der Couch, auf der er sitzt, zurück. Ich lasse mich auf meinem Bett nach hinten fallen.

Dem Bett, das eigentlich nicht meins ist und das nicht nach zu Hause riecht.

»Sag du es mir. Du rufst immer an, wenn ich gerade duschen war.« Er lacht, wird jedoch darauf wieder ernster. »Wie geht's dir?«

Ich unterdrücke ein Seufzen. Auf ernste Gespräche habe ich so gar keinen Bock.

»Gut.«

Asher hebt eine Augenbraue. »Gut, ja?« Er glaubt mir nicht. Natürlich nicht.

Ich verdrehe die Augen. »Ja. Es ist schön. Kate und David sind nett. Das Haus ist gigantisch. Selbst mein Zimmer ist größer als unsere ganze Wohnung in Vegas. Und wir haben einen See direkt vor der Tür.«

»Du hasst Wasser, Jude.«

Ein Schnauben löst sich aus meiner Kehle. »Es sieht hübsch aus.« Ich kann nicht verhindern, dass ich bockig klinge. Alles ist gut. Mir geht's gut.

Mein bester Freund zögert einige Sekunden. »Jude, ich bin's. Ich weiß, dass du nicht gerne über deine Gefühle redest, aber meinst du nicht, dass du wenigstens mit mir reden kannst? So ein Umzug ist eine große Sache.«

Asher sieht niedlich aus, wenn er so besorgt schaut. Seine lockigen blonden Haare fallen ihm wie so oft in die Stirn und verleihen ihm den für ihn so typischen Surfer-Look, obwohl er noch nie in seinem Leben auf einem Board stand.

»Mir geht es prima, Bro. Mach dir keine Sorgen«, weiche ich aus.

»Verdammt noch mal, Jude. Hör auf damit. Die Scheiße hat bei mir noch nie funktioniert. Ich werde so lange nerven, bis du mir sagst, wie du dich wirklich fühlst.«

Leider kenne ich ihn gut genug, um zu wissen, dass er nicht blufft.

»Ich hasse dich«, knurre ich. Wenn möglich, lasse ich mich noch tiefer in die Kissen sinken.

»Tust du nicht. Und ich warte.«

Für einen kurzen Moment schließe ich die Augen. »Hier sind überall Bäume. Richtig viele beschissene Bäume. Alles ist grün. Und dann ist da ein verkackter See direkt vor der Tür. Wer zieht freiwillig an einen See?«, sprudelt es aus mir hervor. Zum Antworten lasse ich ihm keine Zeit. »Und diese Kinder. Da sind Zwillinge, die sich die ganze Zeit anschreien. Die eine wollte mir Geld aus der Tasche ziehen, um es in ein Fluchglas zu stecken. Und die ganz Kleine schmeißt ihr Essen vom Tisch. Alter, ich weiß nicht mal, wie man mit Kindern redet. Und Tucker ist ein Arsch.«

»Okay. Ist da noch mehr?«, hakt er nach. Dieser Motherfucker kennt mich zu gut. Da ist noch so viel mehr. Doch mehr würde ich niemals schaffen auszusprechen.

»Also ich finde, das reicht. Den See habe ich erwähnt?«

»Mehrmals, ja«, gibt Asher zurück. »Lass uns noch mal auf Arschloch Tucker zurückkommen. Das passt nämlich so gar nicht mit der Cutie-erster-Kuss-Version zusammen, die du mir erzählt hast. Ehrlich gesagt dachte ich, du würdest direkt versuchen, einen Disney-Kuss-Moment zu bekommen.«

Automatisch kehrt das versaute Grinsen in mein Gesicht zurück, das ich nicht unterdrücken kann. »Also süß ist er definitiv nicht mehr«, sage ich zweideutig.

Asher setzt sich weiter auf. »Ist er heiß?«

»Sagen wir, dass ich eben unter der Dusche sehr ausgeprägte Fantasien von ihm und seiner Freundin in Action hatte.«

Jetzt steht Asher der Mund offen. »Hast du gerade Freundin gesagt?«

»Heiße Freundin. Verdammt heiße Freundin.«

»Wie heiß? Auf einer Skala von –«

»Zehn«, unterbreche ich ihn.

Er lacht laut auf. »Und Tucker ist –«

»Zwölf.«

»Okay, also um das mal kurzzufassen: Willst du beide flachlegen?«

»Definitiv. Bei Tucker würdest sogar du überdenken, ob du hetero bist.« Ich würde gerne übertreiben. Tue ich allerdings nicht. Schade, dass er so dermaßen von sich selbst überzeugt ist.

»Jetzt bin ich neugierig. Richtig neugierig. Sieht so aus, als müsste ich dich in den nächsten Monaten besuchen kommen.«

Ein Lächeln schleicht sich auf meine Lippen. »Das wäre cool.«

Selbst wenn ich es niemals zugeben würde – ich vermisse meinen besten Freund. Die letzten Monate waren hart und ich hatte ihn nicht an meiner Seite, obwohl ich ihn gebraucht hätte.

»Na gut, Bro. Ich werde mich mal langsam ins Bett hauen. Ich liebe dich, das weißt du, oder?«

Ein Kloß bildet sich in meinem Hals. »Ich dich auch, Mann.«

»Du packst das alles. Sieh es als Chance. Reiß beim Hockey richtig einen ab und verdien dir einen verdammten Platz in einem College-Team.«

Ich nicke zuversichtlich. »Alles klar. Beim nächsten Mal reden wir wieder über dich.«

Asher verdreht demonstrativ die Augen. »Glaubst du, ich fühle mich jetzt vernachlässigt, weil ich es zum ersten Mal seit Monaten geschafft habe, dass du mal ein bisschen was von deiner Gefühlswelt preisgibst?«

Jetzt ist es an mir die Augen zu verdrehen. »Ich hasse dich.«

»Du liebst mich. Mach's gut.«

»Bye.«

Es vergeht kaum eine Sekunde, bis ich den Chat mit meiner Mom öffne. Eine Woche. Es ist eine Woche her, seit sie mir das letzte Mal geschrieben hat. Und da war sie wütend auf mich, weil ich Kate mit ins Boot geholt habe. Weil Kate sie zu einem Entzug überredet hat.

Ich schreibe ihr, wie jeden Abend seitdem, eine kurze Nachricht. Nicht, weil sie sie lesen könnte, immerhin hat sie keinen Zugang zu ihrem Handy. Sondern weil ich es brauche. Für mein Scheißgewissen.

Gute Nacht, Mom.

Es tut mir leid.

Ich liebe dich.

Die Bäume sind heute nicht weniger nervig. Keine Ahnung, was ausgerechnet die an sich haben, das mich so aufregt, aber ich möchte am liebsten dagegen treten.

Es ist noch sehr früh am Morgen. So früh, dass die Sonne eben erst aufgegangen ist. Ich bin nun mal ein Frühaufsteher. Was zu größten Teilen daran liegt, dass ich nicht genug Zeit habe, um sie mit Schlafen zu verschwenden. Trotz der frühen Uhrzeit bin ich auf dem Weg zu der Tankstelle, die ich gestern beim Vorbeifahren gesehen habe. Ich nehme die Cap kurz von meinem Kopf, um mir durch die verwuschelten Haare zu fahren. Indem ich gestern mit nassen Haaren ins Bett gegangen bin, habe ich sie mir heute für den kompletten Tag versaut. Was ich hasse. Bleibt also nur die Cap. Ich setze sie verkehrt herum auf meinen Kopf und bahne mir weiter meinen Weg. Zwischen den verdammten Bäumen. Der Weg ist wesentlich länger, als er mir gestern mit dem Auto vorkam.

Ich unterdrücke ein erleichtertes Stöhnen, als ich endlich auf die Hauptstraße einbiege. Jetzt kann es nicht mehr allzu weit sein.

Eine kühle Brise umspielt meine Arme, und ich genieße sie, auch wenn sie mich ein wenig frösteln lässt. Der Tag verspricht gut zu werden. Oder zumindest besser. Ein bisschen Schlaf habe ich gebraucht. Gestern Abend war ich neben der Spur. Ich habe mich wie eine verdammte Heulsuse in den Schlaf geheult, weil ich meine Mommy und mein Zuhause vermisst habe. Ein Umstand, den ich niemals irgendwem erzählen werde. Lieber schneide ich mir einen Fuß ab.

Die kleine Tankstelle kommt in Sicht. Wird Zeit, dass ich mir einen Job suche. Auf meinem Konto sieht es ziemlich düster aus. Ein Flugticket nach Vancouver war definitiv nicht eingeplant, ebenso wenig wie die Miete, die ich im Voraus gezahlt habe. Meine Ersparnisse flennen immer noch. Zudem habe ich nicht vor, Kate und David auf der Tasche zu liegen.

Dafür, dass dieser Ort hier ziemlich klein ist, ist an der Tankstelle für die Uhrzeit eine Menge los. Einige Autos stehen Schlange. Es gibt nur eine Zapfsäule, die nicht automatisch und mit Kreditkarte läuft. Ein älterer, grimmig dreinschauender Mann bedient diese und wirkt gestresst. Ich bleibe kurz stehen und beobachte die Szenerie vor mir. Nach gerade mal zwei Minuten ist mir klar, weshalb der Typ Hilfe braucht. Er scheint allein zu sein, füllt den Tank von jedem Trottel auf, als könnten die das nicht selbst machen und geht dann mit ihnen in das Tankstellenhäuschen, von dem ich mal schwer ausgehe, dass die Leute dort bezahlen. Umgehend vermisse ich die Tankstellen in Vegas. Wo man einfach seine Kreditkarte in den Schlitz schieben muss, um zu tanken. Nicht dass ich je ein eigenes Auto besessen hätte, aber ich habe mir dann und wann mal Ashers Schrottkarre geliehen.

Jedenfalls ist das hier für mich gut. Das heißt nämlich, dass der Typ wirklich Hilfe benötigt. Ich warte, bis sich die Schlange schließlich aufgelöst hat und schlendere dann zu dem Griesgram hinüber.

»Hey. Wie geht's Ihnen?«, sage ich, als ich direkt neben ihm stehe.

Als er sich zu mir dreht, verdüstert sich sein Gesicht noch mehr. Ein abschätziger Blick gleitet von oben an mir herab. »Willst du mich ausrauben?«, fährt er mich an.

Verwirrt runzle ich die Stirn. »Würde ich dann fragen, wie es Ihnen geht?«

»Weiß ich nicht, was ihr Kids mittlerweile so tut oder nicht tut. Jedenfalls siehst du aus wie ein Schwerverbrecher.«

»Sir, meine Weste ist schneeweiß«, sage ich großspurig.

Er verzieht den Mund. »Arrogant. Mag ich nicht.«

Ich weiß nicht wieso, doch ich pruste los. »Der war nicht schlecht.«

Der alte Mann blinzelt mich verwirrt an. »Was willst du, wenn du mich weder ausrauben noch erschießen willst?«

»Dass ich Sie nicht erschießen will, habe ich genau genommen nicht gesagt.«

Sein Mundwinkel zuckt für eine Sekunde, doch ich habe es trotzdem gesehen. »Was willst du, Junge?«, fragt er, doch dreht mir im gleichen Atemzug den Rücken zu, um ins Häuschen zu gehen. Ich beeile mich, um ihm hinterherzukommen.

Wir betreten das Innere, das überraschend geordnet und gepflegt wirkt. Eigentlich sieht es aus wie ein kleiner Supermarkt. Von Mehl bis Windeln scheint man hier alles zu bekommen, was man im Alltag braucht. Ich sehe sogar Schreibwarenartikel. Neben mir stehen Eier, von denen behauptet wird, sie seien frisch.

Und ... ist das Obst?

Leicht schüttele ich meinen Kopf, wie um mich zu konzentrieren. »Ich brauche einen Job. Und Sie jemanden, der aushilft«, komme ich direkt zum Punkt.

Jetzt habe ich seine volle Aufmerksamkeit. Er dreht sich mit gerunzelter Stirn zu mir herum. Um seine Abwehrhaltung noch zu untermauern, verschränkt er die Arme vor der Brust.

»Wer bist du? Ich habe dich noch nie gesehen.«

»Jude Garcia-Wilson.« Ich halte ihm höflich meine Hand hin, die er jedoch komplett ignoriert.

»Klingt Spanisch.«

Der Typ ist seltsam. »Äh, ja. Ich habe mexikanische Wurzeln«, stammele ich, obwohl ich nicht weiß, wieso das wichtig ist. Ist der Typ ein Rassist?

»Ich kenne weder Garcias noch Wilsons in der Gegend«, stellt er klar. »Außerdem will ich keine Hilfe.«

Ich starre ihn dümmlich an. »Sie haben draußen ein Schild, auf dem steht, dass Sie Hilfe suchen.«

»Mein Schild geht dich gar nichts an!«, motzt er mich an.

»Mensch, Sie sind ja ein richtiger Sonnenschein, was?« Ich grinse breit. »Hören Sie. Ich brauche einen Job. Ich bin flexibel. Ich kann am Wochenende arbeiten. Vor der Schule. Nach dem Hockeytraining. Egal.«

»Und ich benötige hier niemanden.«

»Und das Schild?«, frage ich erneut.

Er seufzt. »Das habe ich nur, damit meine Tochter mich in Ruhe lässt. Sie hat Spione in Creekville, die ihr berichten, wenn ich das blöde Schild nicht draußen habe.«

»Nichts für ungut, Sir. Ich habe eben gesehen, dass Sie Hilfe brauchen.«

Jetzt sieht er eingeschnappt aus. »Nenn mich nicht Sir, Junge.«

»Wie soll ich Sie denn sonst nennen? Sonnenschein? Strahlemaus?«

»Bist du immer so ein Witzbold?«, fragt er grummelnd.

Ich grinse breiter. »So ziemlich.«

»Die Bezahlung ist schlecht. Es lohnt sich nicht für dich.«

Ich mag ihn. »Passt schon für mich.«

»Bist du neu hierhergezogen?« Er ist immer noch misstrauisch.

»Ja«, antworte ich nickend. »Ich wohne für mein letztes Schuljahr bei den Landrys.«

Ein überraschter Ausdruck huscht über sein Gesicht. »Du lebst bei den Landrys?«

»Sieht so aus.«

Er nickt einige Male. »Nenn mich Stan, Junge. Von mir aus kannst du anfangen. Du wirst eh bald hinschmeißen.«

Das bezweifle ich stark. Allerdings lasse ich ihn gerne in dem Glauben.

Wir tauschen Telefonnummern aus und ich verspreche, mich bei ihm zu melden, sobald ich meinen Stundenplan habe. Meine erste Hürde, einen Job zu finden, ist also übersprungen. Immerhin. Bevor ich gehe, kaufe ich einige Dinge in seinem Tankstellen-fresh-Supermarkt, damit ich gleich in meinem neuen Irrenhaus Frühstück machen kann. Pancakes gehen immer. Als ich in einem Regal Erdnussbutter entdecke, kann ich nur mit Mühe unterdrücken, einen Freudentanz aufzuführen. Pancakes mit Ahornsirup sind immerhin ein Verbrechen.

Wenig später mache ich mich auf den Rückweg. Zuversichtlich. Irgendwie zumindest.

KAPITEL 6

Tucker

Was gibt es Besseres als eine große Joggingrunde am Morgen? Genau. Nichts.

Tief sauge ich die frische Luft in meine Lunge und genieße, wie der moosige Waldboden unter meinen Füßen leicht nachgibt. Das Sonnenlicht bricht zwischen den Baumkronen hindurch und blendet mich. Irgendwo weit entfernt höre ich das Klopfen eines Spechts. Auch die Vögel sind längst wach und singen ihre schönsten Lieder. Ich fliege beinahe durch den Wald, so beflügelt fühle ich mich durch die Umgebung.

Leider wird meine Freude über den Waldlauf von meinem besten Freund Tristan getrübt, der mir gerade aus dem Wald hinaus auf die Zufahrtsstraße zu unserem Haus folgt, aber dabei wie ein Dampfkessel kurz vor der Explosion klingt.

Genervt bleibe ich stehen.

Er nicht.

Ungebremst knallt er gegen meinen Rücken und ich mache einen Ausfallschritt nach vorne. Ich weiß nicht, ob ich angepisst oder belustigt sein soll. Mit hochgezogenen Augenbrauen drehe ich mich zu ihm um. »Was war das?«

»Sor-ry«, keucht er. »Die«, rasselnd holt er Luft und klingt dabei, als würde er gerade seinen letzten Atemzug machen, »schwarzen Flecken vor meinen Augen«, nun stützt er seine Hände auf den Knien ab und ringt weiter nach Luft, »haben mein Sichtfeld getrübt.«

Ich hebe mein Shirt an und wische mir mit dem Saum ein paar Schweißtropfen von der Stirn. »Wie hast du es geschafft, den Sommer über die Ausdauer eines neunzigjährigen Kettenrauchers zu bekommen?«

»Viel Bier, Chips und faul am See liegen«, erklärt er mir.

»Das hab ich gesehen.«

Immerhin war ich oft genug mit ihm gemeinsam unterwegs. »Hast du dich auch mal von deinem Handtuch runterbewegt?«

»Jedes Mal, wenn ich Ashley gevö–«

»Fuck, Tris. Ich will das nicht hören.« Eventuell bin ich ganz kurz davor ihn anzuschreien. »Du weißt schon, dass morgen die Schule beginnt. Und damit auch das Training.«

Er zappelt vor mir herum. »Ich dachte nicht, dass es mit mir so schnell bergab geht.«

»Erzähl das mal den Scouts, die zu unseren Spielen kommen«, fahre ich ihn an. »Ab jetzt läufst du jeden Tag. Verstanden?« Ich hasse es, wenn ich einen auf Moralapostel machen muss, aber wir gehören zu einem Team. Und wir haben große Pläne für die Saison. Was er im Sommer offensichtlich vergessen hat.

»Ja, Captain.« Es klingt eher nach: *Fick dich, Arschloch.* Was mich zum Grinsen bringt.

»Komm schon, du wünschst dir doch schon dein ganzes Leben lang, Creekville zu verlassen.« Tristan wohnt nicht in einem wunderschönen Haus am See, sondern gemeinsam mit seinem Grandpa in einer alten Zweizimmerwohnung. Und ich weiß, dass Tris sich mehr für die Zukunft wünscht. Hockey ist seine Chance, das zu bekommen. Im Gegensatz zu meinen Eltern kann sein Gramps nicht einfach mal so die College-Gebühren für ihn bezahlen. Er kommt ja so schon nicht über die Runden.

»Schon. Nur bin ich jetzt ja mit Ash zusammen und –«

»Nein, Mann! Es ist deine Zukunft, verbau sie dir nicht wegen deinem Schwanz.«

»Aber …«

»Du wolltest immer in einer College-Mannschaft spielen und deine Noten sind gut genug, dass du das tatsächlich hinbekommen kannst. Also verbock es jetzt nicht wegen eines Mädchens.«

»Ja, Mann.« Er klingt geknickt. Scheiße, das wollte ich nicht. Ich weiß, wie sehr er an Ash hängt.

»Komm, lass uns zum Haus zurücklaufen.« Ich lege ihm einen Arm in seinen Rücken und will die letzte Meile mit ihm gemeinsam joggen, als ich Jude auf uns zukommen sehe.

Tris folgt meinem Blick. »Wer ist das?«

»Jemand, der dich um deinen Platz im Team bringen kann«, grummle ich.

»Hä?«

»Das ist Jude. Der Arsch, der bei uns wohnt. Komm, lass uns abhauen.«

Ich drehe mich um und gehe los.

»Hey, ich bin Tristan«, höre ich Tris, den elenden Verräter, sagen. Offensichtlich hat er andere Pläne.

»Ist das Tucker?«, fragt Jude verwirrt. »Warum …« Er stoppt mitten im Satz, als ihm ganz offensichtlich ein Licht aufgeht. »Hey Arschloch.« Er klingt amüsiert. »Läufst du vor mir davon?«

Sofort bleibe ich stehen.

Ich hasse den Kerl. Wirklich. Und irgendwie macht es mir sogar Spaß, ihn nicht zu mögen. Ein verdammt wildes Konzept für mich, da ich sonst eigentlich nicht so bin, aber er nervt mich tierisch. Allein schon der Umstand, dass er hier ist. Dann, dass er sich im Zimmer *meiner* Schwester einquartiert hat, mit *meiner* Freundin flirtet und jetzt auch noch durch *meinen* Waldweg zu *meinem* Haus geht. Das Tüpfelchen auf dem I ist natürlich die Sache mit *meinem* Team. Und wo war er überhaupt so früh morgens? Ich hätte ihn nicht für einen Frühaufsteher gehalten.

Und obwohl ich schon beim Klang seiner rauen Stimme eine Gänsehaut bekomme – und nicht die gute Sorte – muss ich schmunzeln. Weil es irgendeinen abgedrehten Teil meiner Persönlichkeit gefällt, ihm die kalte Schulter zu zeigen.

Ich drehe mich zu Tristan und ihm um. »Jude«, sage ich seufzend. »Du hier. Wie schön.« Mein Tonfall sagt etwas ganz anderes.

Grinsend schüttelt er seinen Kopf und wendet sich dann Tristan zu. »Hey, ich bin Jude. Neu in der Stadt und für alle Schandtaten offen.« Muss Jude immer so zweideutig klingen?

Verwirrt schaut mein Freund von Jude zu mir.

Und zurück.

Bestimmt fragt er sich, warum ich die beiden einander nicht freundlich vorstelle. Was ich im Normalfall auch tun würde. Nur eben nicht bei Jude, da mich seine reine Anwesenheit schon auf so vielen Ebenen ankotzt, dass ich sie gar nicht zählen kann.

»Tristan«, wiederholt er seinen Namen.

»Was macht ihr hier?«, fragt Jude.

»Wir laufen«, erklärt Tris.

»Eigentlich«, mische ich mich ein, »stehen wir nur rum, weil du plötzlich wie ein Asthmatiker klingst, wenn du dich bewegst.«

»Tu ich nicht.« Beleidigt verschränkt er die Arme vor der Brust. »Gib mir ein bis zwei Wochen und ich bin in Bestform.«

Ich mache eine wegscheuchende Handbewegung. »Dann fang am besten damit an und lauf nach Hause.« Leicht angepisst veranstaltet er irgendein Beste-Freunde-Blickduell mit mir. Vermutlich soll ich seine Gedanken lesen oder so einen Scheiß.

»Wer bist du? Meine Mom?«, fragt er, nachdem er merkt, dass ich keine Ahnung habe, was er mir telepathisch mitteilen möchte.

»Nein, aber dein verdammter Team-Captain. Ab mit dir. Husch, husch.«

»Ist er jetzt ein Hund?«, murmelt Jude. Gott, ich wusste nicht, dass ich einen Kommentator für den heutigen Morgenlauf engagiert habe. Auf dumme Zwischenbemerkungen kann ich echt verzichten.

Tristan sieht mich einige Sekunden völlig fassungslos an, nickt dann allerdings. »Du hast recht.«

»Wow.« War klar, dass Jude schon wieder den Mund aufmacht. »Das lässt du dir echt von Tucker bieten?«

»Er meint es gut.« Tu ich wirklich. Und Tristan weiß das. Ganz im Gegensatz zu Vegas.

Aus Judes Mund kommt eine Mischung aus Lachen und Grunzen. »Ernsthaft?«

»Du kennst weder Tris noch mich«, blaffe ich ihn an. »Und du weißt nichts über das Team. Also halt dich einfach raus.« Ich deute über meine Schulter hinweg in die ungefähre Richtung unseres Hauses. »Da geht es übrigens zurück, falls du dich verlaufen hast.«

»Wär kein Wunder bei all den Bäumen«, zischt Jude.

»Ähm.« Tristan ist die Situation sichtlich unangenehm. Er steigt nervös von einem Bein aufs andere. »Ich … ich mach mich dann mal vom Acker. War nett, dich kennenzulernen, Jude. Wir sehen uns bestimmt … irgendwann.« Und dann haut er einfach ab und lässt mich mit Vegas allein.

»Bis morgen«, rufe ich Tristan noch hinterher und wende mich dann Jude zu. »Weißt du eigentlich, dass du ziemlich nervst?«, frage ich ihn.

»Ist dir eigentlich klar, dass du ein unfreundlicher Arsch bist?«

»Na, definitiv besser als ein Pausenclown.«

Judes Augenbrauen wandern weit nach oben. »Wie bitte?«

»Du hast mich schon gehört.«

»Gott, hab ich dir eigentlich irgendwas getan?«

»Du bist hier. Das reicht doch.«

»Schiebst du irgendwie Panik, weil wir mal rumgemacht haben? Hast du Angst, dass deine Freundin erfährt, dass du mit einem Kerl geknutscht hast?«

Die würde das eher heiß finden.

»Was?«, frage ich, da ich keine Ahnung habe, was ich sonst sagen soll.

»Oh. Mein. Gott. Das ist es, oder? Du schiebst Panik, dass irgendjemand von deinem kleinen schwulen Experiment in Vegas erfährt.« Er lacht laut auf. »Kleiner Reminder. Wir haben 2024 und du brauchst dir nicht vor Angst ins Hemd machen, weil du einmal in deinem Leben mit einem Kerl geknutscht hast.«

»Sorry, hast du eine narzisstische Persönlichkeitsstörung?«, frage ich ihn. »Mir ist es scheißegal, dass wir mal miteinander rumgemacht haben.« Eine glatte Lüge. »Es hat nichts bedeutet, ich wollte einfach auschecken, ob Kerle mich anmachen und Spoiler: Tun sie nicht.« Langsam glaube ich mir selbst, so überzeugend klinge ich. »Du scheinst irgendwie besessen von der Tatsache zu sein, dass meine Ablehnung dir gegenüber irgendetwas mit dem Kuss zu tun hat.«

»Warum solltest du dann so arschig sein? Ich bin toll.« Das Schlimmste ist: Er denkt das wirklich.

»Genau deswegen.«

»Hä?«

Eine Schweißperle rinnt über meine Stirn und ich hebe erneut mein

Shirt, um sie wegzuwischen. Als ich Jude ansehe, reißt er ertappt den Kopf hoch.

Na, wer hat da eben auf meine Bauchmuskeln gestarrt? Langsam denke ich eher, er hofft auf eine Wiederholung dieses Kusses.

»Ob du es glaubst oder nicht«, sage ich, »ich kann deine laute, penetrante Art nicht leiden, Vegas.« Ich mache einen Schritt auf ihn zu und baue mich drohend vor ihm auf. »Und noch weniger mag ich es, dass du dich in mein Team gedrängt hast. Jeder andere musste hart für seinen Platz arbeiten, aber nicht du. Nein, der Goldjunge aus Vegas kommt und nimmt sich, was er will. Weißt du was? So läuft das nicht. In Creekville spielen wir nämlich nach meinen Regeln.«

KAPITEL 7
Jude

Ich habe mich immer für ziemlich schlagfertig gehalten. Bis gestern zumindest. Da stand ich sprachlos da, als Tucker quasi seinen Besitzanspruch auf Creekville deutlich gemacht hat und dann abgehauen ist.

Was ist sein verdammtes Problem?

Genau diese Frage stelle ich mir in Dauerschleife, während ich mit den Fingern durch meine Haare fahre, damit sie in einer perfekten Welle auf der Seite liegen.

Irgendwie bin ich ein bisschen sauer. Neben dem gegenseitigen Geplänkel, was mir durchaus Spaß macht, hat der Typ tatsächlich behauptet, mir würde alles in den Schoß fallen, nur weil ich noch nicht in Schlittschuhen steckte, bevor ich laufen konnte. Was bildet er sich eigentlich ein? Ich habe mir den Arsch aufgerissen, um dort zu sein, wo ich jetzt bin. Als die Scheiße mit Mom lief, brauchte ich etwas, in das ich mich stürzen konnte, und möglicherweise habe ich dann eine krankhafte Obsession entwickelt. Selbst als ich Fieber hatte, stand ich zitternd auf dem Eis und habe alles gegeben. Den Platz in diesem Scheißteam habe ich mir also so was von verdient. Und es ärgert mich, dass ich gestern so perplex war, dass ich meine Klappe gehalten habe, denn das hätte ich Tucker ins Gesicht schleudern sollen.

Ein unzufriedenes Schnauben entfährt mir, das ich am liebsten an Tucker selbst richten würde, aber seit er im Wald vor mir geflohen ist, habe ich ihn nicht mehr gesehen. Aus seinem Zimmer dringt kein Geräusch zu mir.

Ich seufze, genervt von mir selbst, und streife ein enges Longsleeve mit Rundhalsausschnitt über. Dann verlasse ich das Bad, schnappe mir meinen Rucksack und gehe die Treppe, zwei Stufen auf einmal nehmend, hinunter.

»Da ist ja der Zimmerdieb«, murmelt eine Stimme hinter mir.

Ich strauchele und wäre um ein Haar hingefallen. Gerade so fange ich mich mit einem Arm am Geländer ab und drehe mich um. Ein Mädchen, das Tucker verdammt ähnlich sieht, kommt gemächlich die Stufen hinabgeschlendert und grinst dabei.

»Taylor, vermute ich mal?« Ich mustere sie von oben bis unten, einen Gefallen, den sie prompt erwidert.

»Du hast mein Zimmer gestohlen«, sagt sie trocken. »Du solltest dich entschuldigen.« In ihrer Stimme schwingt ein Unterton mit, der mir verrät, dass sie das nicht ganz so ernst meint. Dennoch – ein weiterer Jemand in der Familie, der meint, ich würde ihm etwas wegnehmen. Wird man so, wenn man Geschwister hat? Falls ja, danke ich vorsichtshalber Mom im Stillen, dass sie nach mir keine weiteren Kinder mehr in die Welt gesetzt hat.

»Du hast mich eben beinahe getötet, ich denke wir sind quitt«, erwidere ich sarkastisch.

Sie lacht auf. »Du bist lustig.«

»Natürlich bin ich lustig.« Ich drehe mich um und folge dem Stimmengewirr nach unten in die Küche, wo die Zwillinge sich streiten. Erneut. Ein weiterer stiller Dank geht an meine Mom. Währenddessen ignoriere ich das Chaos um mich herum, etwas, das ich über die Jahre beim Kellnern perfektioniert habe. Kate bereitet mit einem gestressten Gesichtsausdruck Sandwiches vor und schafft es trotzdem mir ein müdes Lächeln zu schenken. »Guten Morgen, Jude. Möchtest du etwas essen?«

Ich verziehe das Gesicht. Auch wenn ich Frühstück abgöttisch liebe – vor der Schule etwas zu essen, packe ich nicht. »Nein, danke.«

Kate nickt abwesend und wendet sich ihrer Ältesten zu. »Danke Tay, dass du auf Lilly aufpasst, wenn ich die Zwillinge gleich zur Schule fahre. Sie hat immer so schlechte Laune, wenn ich sie wecke.«

Taylor schnipst Isla gegen die Stirn. Sympathisch. »Mache ich gerne. Besser, als die Monster zu fahren.«

»Hey«, protestieren Isla und Ezra im Chor.

»Habt ihr eure Taschen gepackt?«, unterbricht Kate den aufkeimenden Streit.

Die Zwillinge tauschen einen Blick und verschwinden kurz darauf. Taylor setzt sich mit einem Kaffee an den Tresen und beobachtet mich ziemlich offensichtlich. Weird. Ihre Augen sind zusammengekniffen, als wüsste sie nicht so recht, was sie von mir halten soll. *Danke, gleichfalls.*

Ich wende mich lieber Kate zu. »Wo ist Tucker?«

»Bei Lexa.« Sie schneidet die Sandwiches durch und legt sie in die Lunchbox. »Er wollte bei ihr schlafen und fährt dann mit ihr zur Schule.« Plötzlich hebt sie ruckartig den Kopf. »Was ich vergessen habe – du hast doch einen Führerschein, oder?«

Nun ja ... nein. Habe ich nicht. Was mich allerdings noch nie abgehalten hat.

»Ich kann fahren«, umgehe ich die Lüge, »habe aber kein Auto.«

»David und ich haben uns gedacht, dass du den Truck nehmen kannst.«

»MEINEN Truck?«, grätscht Taylor empört dazwischen und knallt ihre Tasse auf den Küchentresen.

Wow. Diese Familie hat wirklich Komplexe in Bezug auf ihre Besitztümer.

»Taylor!« Kate stemmt die Hände in die Hüften und sieht tatsächlich wütend aus. »Reiß dich zusammen. Niemand nimmt dir etwas weg. In zwei Tagen fährst du zurück nach Toronto und das ohne den Truck, da er nun mal nicht dir gehört. Werd erwachsen, es reicht, dass ich fünf andere Kinder im Haus in Schach halten muss.«

Dass sie mich als Kind bezeichnet, lasse ich mal so stehen, weil mir gefällt, dass sie ihre Tochter in die Schranken weist. Das sollten eindeutig mehrere Menschen tun. Schließlich ist sie, ebenso wie ihr Bruder, in einem riesengroßen Haus am See aufgewachsen. Sie haben immer etwas zu Essen im Kühlschrank, müssen sich nicht um Geld sorgen oder um eine drogenabhängige Mutter. Sie müssen nicht neben der Schule arbeiten gehen, um über die Runden zu kommen. Und zufällig weiß ich, dass Taylor kein Stipendium hat. Sie hat Eltern, die für ihre Collegegebühren aufkommen. Die Kinder in dieser Familie haben alles – warum sie also permanent das Gefühl haben, dass man ihnen etwas wegnimmt, ist mir ein einziges Rätsel.

Immerhin schafft Taylor es, beschämt auszusehen. »Entschuldige, Jude. Hab's nicht so gemeint. Ich bin kein Morgenmensch.«

Ich zucke nur mit den Schultern. »Passt schon.«

»Hier ist der Schlüssel«, sagt Kate und drückt ihn mir direkt in die Hand. »Der Wagen steht in der Garage. Und warte, ich gebe dir Geld für das Mittagessen.«

Ich mache einen Schritt zurück. Das werde ich im Leben nicht annehmen. Genug, dass ich mit ihrem Auto herumfahre und in ihrem Haus lebe. »Danke, ich habe Geld dabei.«

»Was? Nein, du musst das Essen nicht von deinem eigenen Geld bezahlen.«

»Bis später«, rufe ich munter, ignoriere Kates Protest und trete kurz darauf in die angenehme Morgenluft hinaus. Ich nehme einen tiefen Atemzug. Auf in den Kampf.

Ich fühle mich beinahe wie ein Stalker, als ich von Weitem Tucker und Lexa beobachte, die direkt vorm Eingang der Schule stehen und von Leuten umringt werden. Verständlich. Selbst ich kann die Augen nicht von Tucker lassen. Er sieht verdammt gut aus. Wieder einmal. Er trägt eine locker sitzende schwarze Jogginghose und ein weißes T-Shirt. Ich lehne am Truck und … starre. Wenn Tucker nicht vorher schon klargemacht hätte, dass Creekville ihm gehört, würde ich es spätestens jetzt wissen. Er hat seinen Arm lässig um Lexa gelegt und beide scheinen vor Selbstbewusstsein überzusprudeln. Sie wirken wie ein wandelndes Highschool-Klischee. Das Mean-Girl und die Sportskanone.

Allerdings kann ich dieses Spiel ebenfalls mitspielen. Und ich werde dabei ganz sicher nicht der Nerd oder der Loser sein. Irgendwie habe ich gerade Lust, Tucker so richtig zu provozieren. Ein Grinsen schleicht sich auf mein Gesicht, während ich meine Ärmel nach oben schiebe und meine Tattoos freilege. Zeit, ein bisschen Aufmerksamkeit zu erregen und Tucker ans Bein zu pissen.

Gemächlich schlendere ich auf den Eingang zu und es dauert nicht lange, bis die ersten Leute mich anstarren. Und tuscheln. Tuscheleien habe ich noch nie verstanden. Wenn du was zu sagen hast, sag es einfach laut.

Ich laufe an einer Gruppe Mädchen vorbei, zwinkere ihnen zu und ernte ein Kichern dafür. Je näher ich dem Eingang komme, desto eher kann ich Tuckers Gesichtsausdruck erkennen.

Angepisst.

Eindeutig angepisst.

Mein Grinsen wird breiter. Lexa hingegen scheint sich zu freuen, mich zu sehen. Sie löst sich von ihrem Freund, kommt auf mich zu und schlingt ihre Arme um mich. Unerwartet.

»Hey, Jude.« Sie lächelt mich an, als sie sich von mir löst, hakt sich bei mir unter und zieht mich mit sich zu ihren Freunden. Ich erkenne Tristan wieder, den ich gestern im Wald kennengelernt habe. Tja, wie es aussieht, steigt Lexa in mein Spiel mit ein und macht mich durch ihre ungeteilte Aufmerksamkeit sofort zu einem Teil der coolen Kids.

»Leute, das ist Jude.«

Mir werden Begrüßungen zu gemurmelt.

»Das hier ist Ashley, meine beste Freundin.« Sie deutet auf ein dunkelhaariges Mädchen, das neben Tristan steht.

»Hey. Freut mich«, sage ich lächelnd.

»Woah, das ist zufällig meine Freundin.« Tristan legt seinen Arm um sie und zieht sie dicht zu sich heran.

Lexa verdreht die Augen. »Das ist mein Cousin Tristan. Der ein einfaches ›Hey‹ nicht von einem Flirt unterscheiden kann.«

Ich lache auf. Genau mein Humor.

Er streckt ihr allerdings nur die Zunge heraus.

»Und das hier ist Corey«, murmelt Lexa mit einem Nicken in Richtung eines Typen, dessen dunkle Haare unter einer Cap hervorblitzen, die er falsch herum auf seinem Kopf trägt.

»Was geht?«, raunt er und hält mir die Faust entgegen. Ich stoße mit meiner dagegen. Mein Blick gleitet zurück zu Tucker. Er sieht aus, als ob er mir am liebsten ins Gesicht spucken würde. Ich zwinkere ihm zu, woraufhin seine Augen sich zunächst vergrößern, nur um sich dann zu Schlitzen zu verengen.

»Was hast du in der ersten Stunde?«, fragt mich Lexa, die entweder die schlechte Laune ihres Freundes nicht bemerkt oder sie ignoriert.

»Wieso so nett heute, Lexa?«, brummt Tucker.

»Bin ich doch immer«, antwortet sie, was ihr ein lautes Lachen von Corey einbringt, das er nach einem kurzen Seitenblick von Lexa sofort einstellt.

Ich ziehe das Blatt Papier, das Kate mir gestern zugesteckt hat, aus meiner Hosentasche. Mein neuer Stundenplan.

»Geschichte Grundkurs, wie es aussieht.« Geschichte ist okay. Damit komme ich klar.

»Wirklich? Ich auch!« Ihre Freude scheint so echt zu sein, dass ich gar nicht anders kann, als mich mitzufreuen. Das Ding mit Mädchen wie Lexa ist nur: Man weiß nie, was sie wirklich denken.

Trotzdem halte ich ihr spontan meine Hand zum High five hin. Sie zögert keine Sekunde, um einzuschlagen.

Tucker schnaubt. So leise, dass ich beinahe glaube, es mir nur eingebildet zu haben.

»Na, Tucker. Ebenfalls Geschichte?«

»Nein«, brummt er.

»Wir dürfen uns mit Mathe rumschlagen«, wirft Ashley ein.

Ich verziehe das Gesicht. Mit Mathe habe ich so meine Schwierigkeiten.

»Lasst uns reingehen. Mrs Anderson dreht uns den Hals um, wenn wir auch nur eine Minute zu spät kommen«, sagt Lexa.

Alle setzen sich in Bewegung und da Lexa immer noch bei mir untergehakt ist, bleibt mir nichts anderes übrig, als ihnen zu folgen. Tucker tötet mich derweil mit Blicken.

Der Schulflur sieht nett aus. Die gelben Spinde an den Seiten wirken brandneu auf mich. Nirgendwo liegt Müll rum. Überall hängen bunte Plakate an den Wänden. Ich hebe eine Braue. Das hier ist definitiv was anderes als die Highschool, die ich aus Vegas gewohnt bin. Hier gibt es nicht mal einen Metalldetektor am Eingang.

Vor einem Klassenzimmer bleiben wir stehen. Mit einem kurzen Blick auf mich tritt Tucker näher zu Lexa, zieht sie an sich und presst seine Lippen auf ihre.

Ein Lachen bahnt sich den Weg aus meiner Kehle, das ich hastig mit einem Husten übertöne.

»Bis später, Cupcake«, murmelt er an ihren Lippen. Ich ernte einen weiteren scharfen Blick, bevor er sich herumdreht und mit Ashley davongeht. Zu meiner Überraschung betreten die anderen drei mit mir den Klassenraum.

Ich lasse mich auf den Platz zwischen Corey und Lexa sinken.

»Irgendwas, das ich über Mrs Anderson wissen muss?«, frage ich, wenngleich es mich im Grunde null interessiert. Ich habe nur keinen Bock auf Stille. Außerdem werden wir von den anderen Schülern im Raum beobachtet, weshalb ich was zu tun haben will.

»Hexe. Die ist 'ne absolute Hexe«, murmelt Corey neben mir.

Ich pruste los.

»Sie ist keine Hexe«, widerspricht Tristan. »Corey macht einfach seit der siebten Klasse einen Scheiß für Geschichte und wundert sich, weshalb Mrs Anderson ihm nicht die Füße küsst.«

»Fick dich«, gibt Corey zurück.

Lexa kichert. »Sie ist okay. Allerdings ist sie die Einzige, die uns ein Essay über die Ferien aufgegeben hat, was wirklich nicht cool war.«

»Ernsthaft? Über den Sommer?«, frage ich entgeistert.

»Fuck.« Corey macht große Augen. »Fuck, Fuck, Fuck.«

»Bitte sag mir, dass du nicht das Essay vergessen hast.« Jetzt ist es Tristan, der angepisst klingt. Überrascht starre ich die beiden an.

Corey schweigt, was Antwort genug ist.

Tristan stößt einen Fluch aus, gerade, als Mrs Anderson den Raum betritt. Sie sieht jung aus. Ich habe mir eine alte Schreckschraube vorgestellt.

»Verdammt.« Corey scheint in Panik zu geraten. Er zieht einen Stapel Blätter aus seinem Rucksack, was er meiner Meinung nach nur tut, um beschäftigt zu wirken. Dabei zittern seine Hände. »Sie wird mich so was von nachsitzen lassen. Die ganze Woche. Und dann kann ich nicht zum Hockeytraining.«

Ich halte in meiner Bewegung inne. Er ist im Hockeyteam? Shit. Das heißt, dass seine Probleme von nun an meine Probleme sind.

Tucker mag dieses Scheißteam gehören, ist mir egal. Aber ich bin im letzten Jahr selbst Team-Captain gewesen und es kommt für mich nicht infrage, die anderen hängen zu lassen.

Meine Gedanken überschlagen sich.

»Guten Morgen und willkommen zurück. Ich hoffe, ihr hattet alle einen wunderbaren Sommer und seid nun gut erholt«, begrüßt uns Mrs Anderson fröhlich. Auf mich wirkt sie nicht wie eine Hexe, sondern eigentlich ganz nett. »Bitte legt eure Essays auf den Tisch. Und Entschuldigungen will ich gar nicht erst hören.«

Bewegung kommt in das volle Klassenzimmer. Corey gibt ein kleines Wimmern von sich. Ich hingegen ein kleines Fluchen, als mir eine Idee in den Sinn kommt. Zeit, den Tollpatsch zu geben, der ich eigentlich nicht bin. Von heute an werde ich der Trottel an dieser Schule sein.

Ich ziehe meine Wasserflasche aus dem Rucksack, öffne sie und nehme demonstrativ einen großen Schluck. Es funktioniert. Mrs Anderson nimmt mich endlich wahr. Lächelnd kommt sie auf uns zu.

»Du musst Jude sein«, sagt sie mit warmer Stimme.

Ich stehe auf und stelle die Flasche geöffnet auf meinem Tisch ab.

»Mrs Anderson«, sage ich viel zu enthusiastisch. Lexa sieht mich verwirrt an. »Ich bin froh, hier zu sein. Die anderen haben mir schon vieles …« Die Sekunde nutze ich, um absichtlich versehentlich mit dem Ellenbogen gegen die Flasche zu stoßen. Showtime. Der Inhalt ergießt sich über Coreys Blättersammlung. »Fuck, was zum …« Er springt auf, da das Wasser ebenfalls den Weg zu seiner Hose gefunden hat.

»Shit, dein Essay!«, rufe ich, greife zu den Blättern und gebe mir extra Mühe, um das Papier zu schrotten.

Glücklicherweise ist Corey nicht schwer von Begriff, sondern steigt sofort mit ein. »Scheiße, sei vorsichtig!«

Wir fummeln beide an den Blättern herum, die reißen und schlussendlich auf den Boden fallen. Verdattert schauen wir hinterher, bevor wir uns in die Augen sehen. »Fuck, das tut mir so leid!« Meine Stimme klingt panisch. Der Drama-Club der achten Klasse macht sich endlich bezahlt. »Das wollte ich nicht, wirklich!« Ich drehe mich zu Mrs Anderson um, die aussieht, als wäre sie in einer Schockstarre.

»Ich schwöre, ich wollte das nicht. Das war ein Versehen, das …
o Gott, ich habe seine Hausaufgabe geschrottet. Bitte schicken Sie
mich nicht am ersten Tag zum Direktor.« Ich spreche extra in Re-
kordgeschwindigkeit, um den panischen Jungen zu geben. Lexa
taucht vor meiner Nase mit Tüchern auf und wischt über den Tisch.

»Hey, schon gut«, sagt unsere Lehrerin besänftigend. »Das kann alles passieren und ist kein Grund, dich zum Direktor zu schicken.«

Nun wendet sie sich an Corey. »Du hast dein Essay doch sicher zu
Hause am Computer gespeichert, oder?« Corey blinzelt und nickt
vorsichtig. »Ja, ich … Das habe ich.«

»Gut. Gib es mir einfach morgen ab.« Ihr Kopf ruckt zurück zu
mir. »Jude, das ist wirklich überhaupt nicht schlimm, bitte mach dir
keine Sorgen.«

Sie dreht sich zur Klasse zurück. »Okay, Leute, lasst uns loslegen.«
Ich lasse mich zufrieden auf meinen Platz zurücksinken.

Lexa schenkt mir ein anerkennendes Lächeln. »Das war der Wahn-
sinn. Ich glaube, von dir kann selbst ich noch eine Menge lernen.«
Hä? Was soll das bedeuten?

»Alter.« Corey boxt mir spielerisch gegen den Arm. »Du hast mir
gerade den Arsch gerettet. Danke!«

Ich zucke mit den Schultern. »Passt schon. Du bist im Hockey-
Team, genau wie ich. Was gut fürs Team ist, ist gut für mich.«

Corey blinzelt ein paarmal, starrt mich an. Genauso wie Tristan.
Die beiden tauschen einen bedeutungsvollen Blick.

Ich würde gerne nachfragen, doch leider beginnt Mrs Anderson
mit dem Unterricht.

KAPITEL 8

Tucker

Gerade binde ich seelenruhig die Bänder an meinen Schlittschuhen zu, als der Coach brüllt: »Garcia! Du bist zu spät!« Plötzlich ist es verdächtig still in der Umkleide. Man glaubt gar nicht, wie leise einundzwanzig Eishockey-Spieler werden können, wenn der Coach zu schreien beginnt. Nur noch der Geruch von Schweiß und muffigen Socken wabert durch den Raum. Und hoffentlich Judes Angst.

Ich hebe den Kopf und es ärgert mich tierisch, dass er unseren Trainer zwar perplex anstarrt, aber keineswegs eingeschüchtert wirkt. Ihm steht eher eine Mischung aus Erstaunen und Erregung ins Gesicht geschrieben. Der Arsch lässt seinen Blick beinahe schon anzüglich über Coachs Körper wandern. Widerlich! Der Kerl ist viel zu alt für ihn.

Und was hat er erwartet? Einen alten Sack, der kurz vor der Pensionierung steht? Coach Davis ist das genaue Gegenteil davon. Irgendwas zwischen dreißig und vierzig mit der typisch bulligen Statur eines Hockey-Spielers, der seinen Traum von der NHL-Karriere nie verwirklichen konnte und dessen Lebensaufgabe es nun ist, Highschool-Jungs gut genug auf eine Profi-Karriere vorzubereiten.

»Ja, Sir«, raunt er. *Ich glaube, ich muss kotzen.* »Hab den Weg nicht sofort gefunden. Erster Tag und so.«

Tristan schnaubt und flüstert: »Die winzige Eishalle ist ja echt leicht zu übersehen.« Ich strecke ihm meine Hand hin und er schlägt ein.

Der Coach bekommt davon zum Glück nichts mit, da er immer noch dabei ist, Jude zur Sau zu machen. »Und wo zur Hölle warst du heute Morgen?«

Ich beiße mir auf die Unterlippe, um ein breites Lächeln zu verbergen. »Genau Jude«, sage ich. »Warum hast du heute den Morgenlauf geschwänzt? Ich habe extra an deine Zimmertür geklopft.« Dass ich nicht einmal zu Hause geschlafen habe, muss ja niemand wissen.

»Landry«, fährt der Coach mich an, »ich weiß, du fühlst dich als Team-Captain für diesen Sauhaufen verantwortlich, aber misch dich nicht ein, wenn ich gerade jemanden zusammenfalte.« Dass der Coach bereits vor dem Training miese Laune hat, ist neu. Normalerweise wird er erst wütend, wenn wir es auf dem Eis versauen.

Jude sieht zu mir und ich erkenne genau den Zeitpunkt, in dem er begreift, dass ich ihm absichtlich nichts vom Morgenlauf gesagt habe. Es ist der Moment, in dem er mir hinter Coachs Rücken den Mittelfinger zeigt und mit seinen Lippen lautlos das Wort *Arschloch* formt.

Grinsend verschränke ich die Arme vor der Brust und konzentriere mich auf unseren Trainer. »Tut mir leid, Sir. Machen Sie unbedingt weiter mit der Ansprache.«

Der Coach wendet sich wieder Jude zu. Verdammt gespannt warte ich darauf, was als Nächstes passiert. Wenn er mich verpfeift, verscherzt er es sich sofort mit dem ganzen Team. Tut er es nicht, hat er einen schlechten Start bei Coach Davis.

»Also, Garcia.« Abwartend sieht er Jude an. »Ich warte auf eine Erklärung.«

Alle Blicke im Raum ruhen auf Jude. Er richtet sich zu seiner vollen Größe auf, ein spöttisches Lächeln im Gesicht. »Tut mir leid, ich musste heute Morgen in die Direktion wegen des Schulwechsels.« Eine glatte Lüge. Mom hat bereits während der Ferien alle wichtigen Unterlagen ans Sekretariat geschickt.

»Das ...« Der Coach ist sichtlich verunsichert wegen der Erklärung. Weil sie verdammt plausibel klingt. »Gut. Aber morgen läufst du genauso wie alle anderen um sechs Uhr dreißig durch den Wald. Und wehe ich sehe dich nicht, wenn ihr an meinem Haus vorbeijoggt.«

Judes Augen weiten sich, doch er nickt. »Natürlich, Sir!«

»Halt dich an Landry«, sagt er noch und verschwindet dann aus der Kabine.

Jude sackt zusammen, als die Tür hinter Coach ins Schloss fällt. Und er ist nicht der Einzige. Unsere Blicke treffen sich und plötzlich geht ein Ruck durch seinen Körper. Er macht sich auf den Weg zu mir, doch Corey fängt ihn auf dem Weg zu mir ab.

»Nicht schlecht, Bro«, lobt er ihn. *Tätschle ihm doch gleich den Kopf wie bei einem Hündchen.* Er zieht ihn in eine halbe Umarmung. »Schafft nicht jeder, Coach Davis sprachlos zu machen.«

»Tja, so bin ich eben.« Großspurig, arrogant und größenwahnsinnig? Definitiv.

»Dein Spind liegt gleich neben meinem.« Was stimmt mit Corey nicht? Sucht er neue Freunde oder warum wirft er sich so an Jude ran? »Ich zeige ihn dir mal.« Jude lässt sich in unsere Richtung ziehen.

Tristan streckt ihm die Hand entgegen und Jude schlägt ein. »Cool, dass du Tuck nicht verraten hast.«

»Was soll das?«, frage ich. »Ein paar gemeinsame Schulstunden und schon seid ihr beste Freunde?«

Irritiert sieht Corey mich an. »Wir sind ein Team. Das hast du uns in den letzten Jahren eingebläut. Und als solches halten wir zusammen. Oder hab ich ein wichtiges Memo verpasst?«

»Schön, dass du meine Worte so verinnerlicht hast. Wollen wir jetzt noch weiter miteinander schwatzen oder können wir aufs Eis? Natürlich nur, wenn Vegas dann auch endlich so weit ist.« Wütend gehe ich an Jude vorbei und remple ihn mit der Schulter an. Als ich die Kabine verlasse, höre ich gerade noch, wie unser Ersatztorhüter Fellmann sagt: »Du kommst aus Vegas? Wie cool ist das denn?«

Fuck!

Ich merke selbst, wie irrational ich mich aufführe. Dabei sollte ich mich in diesem Jahr ausschließlich aufs Eishockey und meine Noten konzentrieren. Stattdessen stapfe ich wütend durch den Flur, bis ich endlich auf dem Eis stehe.

Einen tiefen Atemzug später fühle ich mich bereits besser. Während das restliche Team noch in der Umkleide abhängt und vermutlich den Neuen ausfragt, ziehe ich meine Runden und wärme mich langsam auf. Unsere Trainingszeit in der Eishalle besteht im Grunde aus drei großen Blöcken. Der Vorbereitungs- und Aufwärmzeit, dem eigentlichen Hauptteil und dem Cool-down. Wir starten mit leichten Übungen, wie kontrolliert an einem bestimmten Punkt zu stoppen, Kniebeugen auf dem Eis oder so tief wie möglich in die Hocke zu gehen und die Balance zu halten.

Langweilig. Ich weiß. Aber es gibt fast nichts, was mich glücklicher macht, als auf dem Eis zu sein. Am besten allein, wenn es nur mich, das Kratzen meiner Kufen und meinen immer schneller gehenden Atem gibt. Und richtig spannend wird es dann, wenn der Puck ins Spiel kommt.

Ich merke erst nach einer Weile, dass es der Rest des Teams endlich aufs Eis geschafft hat. »Los geht's, Jungs. Aufwärmen und danach Partnerspiel.« Sofort sehe ich mich nach Tristan um. Nachdem er sich im Sommer so gehenlassen hat, braucht er mich unbedingt als Trainingspartner, um zu seiner alten Form zurückzufinden. »Landry, kümmere dich um den Neuen.« Fuck. Auch das noch.

Corey skatet zu mir. »Schade, ich hätte gerne gesehen, was er so drauf hat.«

»Blas ihm doch gleich einen, wenn du ihn so toll findest.«

Corey reißt die Augen auf, lacht dann aber laut auf. »Was hast du für ein Problem mit ihm?«

»Dass er bei mir wohnt?« Lebt. Atmet.

»Und? Ihr habt doch ein riesengroßes Haus.«

»In dem schon genug Menschen untergebracht sind. Außerdem ist er ein großspuriges Arschloch.«

»Redet ihr von mir?« Abrupt bremst Jude ab und eine kleine Eisfontäne landet auf mir. Angeber.

»Tuck lobt dich in den höchsten Tönen.« Corey zwinkert mir zu und skatet dann zu Tris.

»Hör mal, Tucker«, beginnt Jude. »Ich weiß, wir hatten einen beschissenen Start, was vermutlich ein klitzekleines bisschen an mir liegt, mach mir nur bitte das Eishockey-Training nicht kaputt, weil du mich nicht leiden kannst.«

»Wie bitte?«

»Ich weiß, du findest es absolut beschissen, dass ich einen Platz im Team bekommen habe. Und in deinem Haus«, fügt er noch hinzu, »aber ich bin nicht hier, um dir irgendetwas wegzunehmen. Wir müssen nicht die allerbesten Freunde werden, ich glaube allerdings, wenn wir uns zumindest auf dem Eis arrangieren …« Er lässt den Satz in der Luft hängen.

»Dann was?«, frage ich und verschränke die Arme vor der Brust.

»Nur dann habe ich eine Chance, aufs College zu gehen, Tucker. Wie du nur allzu gut weißt, kann meine Mom nicht einfach mal ihre schwarze Amex zücken und mir eine College-Ausbildung sponsern.« Das sind wohl die vernünftigsten Worte, die jemals Judes Mund verlassen haben. Und irgendwie berühren sie mich, weil ich weiß, dass er mit seinem Wunsch, ein Stipendium zu bekommen, nicht völlig allein ist. Mein bester Freund hofft ebenfalls darauf, was Judes Worte für mich schwierig machen. Denn mal ehrlich: Wie wahrscheinlich ist es, dass uns allen am Ende der Saison Sportstipendien angeboten werden? Vernichtend gering.

Jude hat eine verdammt beschissene Zeit hinter sich. Seine Mom ist drogenabhängig und ich hab mich seit seinem Auftauchen wie das absolute Oberarschloch verhalten. Zu meiner Verteidigung: zwar nur, weil mich seine nervtötende Art tierisch aufregt, aber wenn er sich nicht mehr benimmt, als würde er mit seinen Fingernägeln über eine Kreidetafel kratzen, kann ich mich womöglich am Riemen reißen.

»Du brauchst den Platz im Team«, fasse ich zusammen. »Und obendrauf ein Stipendium.«

»Ja. Und das kann ich nur schaffen, wenn du hinter mir stehst. Du bist der Team-Captain und ich brauche tatsächlich deine Unterstützung.«

»Landry! Garcia!«, brüllt Coach Davis. »Haltet ihr ein verdammtes Kaffeekränzchen ab, oder spielt ihr euch irgendwann mal den Puck zu?«

»Wir reden später weiter«, sage ich und klappe das Visier nach unten. »Ich lass mir was einfallen. Wir bekommen das schon irgendwie hin.«

Die Frage ist nur: Wie?

Das Training war eine absolute Katastrophe. Ich würde es gern beschönigen, leider ist Tristans Kondition echt am Arsch. So richtig. Und Jude ist zwar gut (wirklich gut!), wir sind nur absolut nicht

aufeinander eingespielt. Was klar ist. Wir waren das erste Mal gemeinsam auf dem Eis, aber … ich habe Bedenken, ob es wirklich besser
werden kann. Der Coach hat mich als Center abgezogen und zum
linken Flügelstürmer gemacht. Und das nur, weil Jude in seinem alten
Team auf genau dieser Position gespielt hat. Meiner Meinung nach
hätte Jude sich dieses Privileg erst erarbeiten müssen, aber ich hab
meine Klappe gehalten. Zum Wohle des Teams. Immerhin haben
wir alle dasselbe Ziel. Einen Pokal am Ende der Saison und einen
ausgerollten roten Teppich, der uns den Weg ans College ebnet. Ich
stelle mir gerne vor, wie verdammt stolz Dad dann auf mich sein
wird.

Tris durfte seine Position als Right Wing zwar behalten, durch
seine *Sommerpause* und Jude als unbekannte Konstante neben ihm war
das ganze Training eben – es gibt kein anderes Wort dafür – beschissen. Auch ich hab eine armselige Performance abgeliefert. Zumindest
hat Corey, unser Goalie, eine gute Figur gemacht.

»Tucker?« Jude taucht plötzlich neben mir auf dem Eis auf. Immer
noch in Trainingsklamotten. »Du stehst jetzt schon eine ganze Weile
hier auf dem Eis und starrst ins Leere. Geht's dir gut?«

Laut seufze ich auf. »Ja, das Training war –«

»… richtig mies«, beendet er den Satz für mich.

»Du sagst es.«

»Du hast sonst immer als Center gespielt?«, fragt er.

»Jap.«

»Du könntest weiterhin Center bleiben.« Dann wäre ich nicht
gleichzeitig mit Jude auf dem Eis. Und irgendwie gefällt mir der Gedanke nicht.

»Ich weiß, aber Davis hat sich etwas dabei gedacht, warum er ge-
rade uns drei gemeinsam aufgestellt hat. Außerdem bin ich ein guter
Winger. Ich bin schnell.« Ich klappe das Visier hoch und zwinkere.
»Bestimmt schneller als du.«

»Ach, das denkst du?«

»Soll ich es dir beweisen?«, frage ich mit provozierendem Tonfall.

»Einmal von Tor zu Tor übers Eis.« Jude hält meinen Blick fest.
»Der Gewinner bekommt vom Verlierer einen geblasen.«

Unvermittelt pruste ich los, weil mir der Vorschlag so verdammt lächerlich vorkommt. Ich glaube, das ist genau die Art, mit der man Jude nehmen muss. Mit Humor. »Hat man dich in Vegas so zum Hockeyspielen motiviert?«

»O ja.« Vielsagend wackelt er mit den Augenbrauen und ich versuche, den Jude von früher mit dem von heute in Einklang zu bringen. Der alte Jude war irgendwie süß und unschuldig. Dieser hier ist das absolute Gegenteil.

»Vergiss es. Wenn ich gewinne, fahre ich mit dem Auto nach Hause. Wenn du gewinnst, lasse ich dich vielleicht irgendwann wieder fahren.« Leiser füge ich hinzu: »Ich kann nicht glauben, dass Mom dir einfach unseren Wagen gegeben hat.«

»Und das obwohl ich nicht mal einen Führerschein besitze«, sagt er. Mein Mund klappt auf. »Jude!«

Er grinst. »Was?«

»Du machst es einem verdammt schwer, dich zu mögen.«

»Was? Wieso?«

»Mom hat schon genug um die Ohren. Da muss sie dich nicht noch bei Mountie Baxter abholen, weil du ohne Führerschein fährst.«

»Ich frag mich ernsthaft, warum man in Kanada zur Polizei will.« Ein dreckiges Lächeln erscheint auf seinem Gesicht. »Ich meine, die Männer müssen doch einen Kostüm-Fetisch haben. Hast du dir mal die Uniformen angesehen?«

Nun muss ich ebenfalls schmunzeln. »Sie sehen schon irgendwie witzig aus, muss ich zugeben. Aber Jude, ernsthaft. Bring Mom nicht in Schwierigkeiten. Sie hat mit den Zwillingen und Lilly schon genug um die Ohren.«

»Und du bist auch nicht ganz pflegeleicht.«

Ich verdrehe die Augen. »Doch, solange man mir nicht ans Bein pinkelt.«

»Was ist jetzt eigentlich wegen des Wettrennens?«, fragt Jude.

Ich winke ab. »Lohnt sich gerade nicht. Die Wetteinsätze sind zu mies. Denn jetzt, wo ich weiß, dass du keinen Führerschein hast, werde ich dich sowieso nicht mehr damit fahren lassen.«

»Und was ist mit dem Blowjob?«

»Wie du weißt, habe ich eine Freundin. Dein Angebot ist also ziemlich reizlos für mich«, sage ich, sehe in meinem versauten Hirn aber plötzlich Jude vor mir knien und … Ganz böses Kopfkino. Leider ist Jude nämlich genauso heiß wie nervig. Doch das ändert natürlich nichts an der Tatsache, dass ich vergeben bin. Glücklich vergeben. Und nur weil mich der Gedanke an Sex mit Männern grundsätzlich anmacht, werde ich deswegen ganz sicher nicht auf dieses dämliche Blowjob-Angebot eingehen. Vor allem, wenn er es nicht einmal wirklich ernst meint.

Jude sieht etwas beleidigt aus. »Also, ein Blowjob von mir wäre alles andere als reizlos, möchte ich nur betonen.«

»Gott, Jude! Reiß dich zusammen.«

»Sorry.«

Wir sehen uns an. Mustern uns.

»Und?«, beginnt Jude, »haben wir jetzt echt Frieden miteinander geschlossen?«

»Zumindest auf dem Eis.« Alles andere kann ich nicht versprechen, denn ich werde definitiv nicht ruhig bleiben, wenn er weiterhin so offensiv mit meiner Freundin flirtet. Oder sich in Gegenwart meiner Geschwister wie ein Arsch benimmt. Über Mom will ich gar nicht erst nachdenken. Er soll ihr nicht zur Last fallen und einfach wie Taylor und ich sein eigenes Ding durchziehen.

Jude zieht sich die Handschuhe aus und streckt mir seine Hand entgegen. »Deal!«

Ich tu es ihm gleich. »Deal.« Als wir uns berühren, springt ein Funkenschlag von seiner Hand auf meine über. Wir zucken beide zurück und starren uns erschrocken an. Dann verzieht Jude seine Lippen zu einem spöttischen Grinsen. Gleichzeitig lachen wir auf, weil wir förmlich auseinandergesprungen sind. Wie lächerlich.

»Komm«, sage ich und lege meine Hand über Judes Schultern. »Lass uns duschen gehen.« Gemeinsam skaten wir übers Eis und verlassen die Halle.

KAPITEL 9
Jude

Eishockey-Tucker ist eine völlig andere Person, als der mürrische, unfreundliche Drecksack, den ich sonst zu sehen bekomme. Selbst wenn es immer noch nicht besonders gut läuft, so ist zumindest ein Unterschied erkennbar, wenn wir zusammen auf dem Eis agieren. Als würde ich mich so langsam an seine Bewegungen gewöhnen und er sich an meine. Vielleicht bilde ich mir das alles aber auch nur ein, denn immerhin hat der Coach uns heute mächtig zusammengeschissen. Wir sind gerade mal in Woche zwei und er wirkt extrem unzufrieden. Ich weiß, dass ich gut bin. Besser als manch anderer im Team. Nur spielen diese Jungs schon seit … immer. Und das ist spürbar. Selbst Tristan mit der Kondition eines schwergewichtigen Kettenrauchers hat es drauf. Als hätten sie Eishockey im Blut. Dass ich mich also um meine Position sorge, ist keine Untertreibung. Ich zweifle nicht an mir oder meinem Talent und trotzdem ist es eben schwer, mitzuhalten. Und nun hat sich zu allem Überfluss David für das morgige Training angekündigt, bevor er am Wochenende zurück nach Toronto zur Saisonvorbereitung muss.

Ich unterdrücke ein Seufzen, als ich aus dem Truck steige und die Tür mit mehr Schwung zuknalle als nötig.

Obwohl Tucker behauptet hat, dass er mich nicht mehr fahren lassen würde, hat er es doch getan. Außerhalb der Halle meidet er mich.

Fucking. Frustrierend.

Es macht Spaß, ihn auf die Palme zu bringen, und irgendwie habe ich angenommen, dass es ihm ebenfalls ein bisschen Spaß macht. Doch Fakt ist, dass ich Lexa häufiger sehe als ihn. Was seltsam ist, wenn man bedenkt, dass er und ich unter einem Dach leben.

Noch während ich mich durch die Haustür schiebe, bemerke ich, dass etwas nicht richtig ist. Ich bleibe stehen und rühre mich nicht. Lausche in die … Stille. Es ist ruhig. Zu ruhig.

Weder Ezra noch Isla schreien um die Wette. Niemand heult. Das ist mal was Neues.

Ich lasse meinen Rucksack sinken und trete mir die Schuhe von den Füßen. Erst dann gehe ich um die Ecke und spähe ins Wohnzimmer. Mir fallen beinahe die Augen aus dem Kopf, denn der große Raum ist leer. Zum ersten Mal, seit ich in Kanada lebe, bin ich allein in diesem Haus.

Mit einem undefinierbaren Geräusch lasse ich mich auf die ausladende Couch plumpsen und vergrabe mein Gesicht in den Kissen. Die vergangene Woche war anstrengend. Mein gesamter Fokus liegt auf Hockey. Zumindest rede ich mir das ein. Alles ist echt anstrengend. Der Unterricht in der Schule ist härter, als ich es gewohnt bin, was bedeutet, ich muss mich durchbeißen und lernen. Schlechte Noten darf ich mir nicht erlauben, weshalb ich spät abends noch Hausaufgaben fertig machen und lernen muss. Die Lehrer hier stehen verdammt auf Hausaufgaben. Gleichzeitig arbeite ich, wann immer es geht, ein paar Stunden bei Stan an der Tankstelle, was kein Zuckerschlecken ist, bedenkt man, dass er mich mit seiner Scheißlaune überhäuft und mich gleichzeitig als menschlichen Packesel missbraucht. Wenn man den Fakt hinzuaddiert, dass ich verdammt schlecht mit dem Umstand umgehe, dass Mom in der Klinik ist und ich nicht mit ihr sprechen kann, kristallisiert sich meine Verfassung sehr deutlich heraus. Ich bin nicht so fokussiert, wie ich gern sein will.

Fuck.

Ein Poltern auf der Treppe reißt mich aus meinem Jammer-Modus heraus. Müde reibe ich mir die Augen und setze mich auf.

Kate kommt mit einer fröhlich brabbelnden Lilly auf dem Arm ins Wohnzimmer. Sie wirkt gedankenverloren. Ihre Haare stehen ihr wirr vom Kopf ab.

»Oh, hey. Du bist ja schon hier.« Sie schenkt mir ein müdes Lächeln.

Ich nicke vorsichtig. »Ja. Alles okay bei dir?«

Kate bleibt stehen und blinzelt mich verwirrt an. »Ich ... ja. Weshalb fragst du das?« Als wäre sie es nicht gewohnt, dass jemand sich erkundigt.

Ich mache eine vage Handbewegung. »Du siehst aus, als hättest du einen harten Tag, das ist alles.«

Kate presst die Lippen aufeinander. »Lilly hat heute keine einzige Sekunde Mittagsschlaf gemacht und will sich nicht selbst beschäftigen. Ich habe haufenweise Zeug zu erledigen, da wir am Wochenende nach Toronto fahren und muss gleichzeitig noch so viele Dinge besorgen. David hat ebenfalls zu tun und ist unterwegs, Taylor trifft ihre Freundinnen und ich …« Sie atmet ein Mal sichtlich durch. »Ich musste die Zwillinge zu unterschiedlichen Spieldates fahren, während Lilly nicht aufgehört hat zu schreien. Es ist einfach ein harter Tag.« Sie sieht aus, als würde sie gleich in Tränen ausbrechen.

Hat David nicht eigentlich frei aufgrund der Spielpause? Gut, fairerweise muss ich zugeben, dass ich absolut keine Ahnung habe, wie der Arbeitsalltag eines NHL-Coachs aussieht.

»Dude«, quiekt Lilly fröhlich dazwischen, so als würde sie ihrer Mom heute nicht das Leben schwermachen. Dabei fallen mir die kleinen Grübchen an ihren Pausbäckchen auf. Wie niedlich kann ein Wesen eigentlich sein?

»Tut mir leid, Kate.« Das tut es wirklich. Sie ist vermutlich der beste und herzlichste Mensch, den ich kenne. »Kann ich dir irgendwie helfen?«

Gedankenverloren schüttelt sie den Kopf. Doch dann hält sie inne und scheint nachzudenken.

»Nun ja …«, murmelt sie.

Ich hebe eine Braue. »Ja?«

»Könntest du auf Lilly aufpassen? Nur für zwei Stunden? Ich muss so viele Besorgungen machen und sie hasst das Autofahren so sehr.«

Verdattert nicke ich. Und nicke. Und nicke. »Ja klar, ich … Ja. Sicher.«

Pure, ungefilterte Erleichterung scheint aus jeder ihrer Poren zu strömen, als sie ihre Schultern sinken lässt und einen Seufzer ausstößt. »Danke, Jude! Du ahnst gar nicht, wie sehr du mir gerade hilfst.«

Ich stehe auf und ehe ich mich versehe, habe ich eine glucksende Lilly auf dem Arm und sehe Kate hinterher, die sich bewegt, als wäre sie Flash persönlich. Mehr als hinterherstarren, bringe ich nicht zustande. Die Haustür fällt ins Schloss.

»Dude.«

Oh. Mein. Gott.

Fuck.

Ich blicke auf das kleine Mädchen in meinem Arm. Ein Kind. Ein echtes Kind. Was zur Hölle habe ich mir hier eingebrockt? Mit einem Mal rauscht das Blut in Hochgeschwindigkeit durch meine Adern. Meine Brust verengt sich und meine Hände werden schwitzig. Panik. Ich schiebe eindeutig Panik.

Ich setze Lilly in ihrem Paradies aus Spielsachen ab und wie immer geht sie fröhlich zu ihrem Puppenwagen hinüber, obwohl Kate eben gesagt hat, sie würde sich heute nicht selbst beschäftigen wollen.

Meine Gedanken rasen umher. Was mache ich mit ihr? Was, wenn sie hinfällt? Oder ich sie mit meinem Vokabular für immer versaue? Oder, Gott bewahre, sie in die Windel macht?

Schweiß bricht mir aus. Was soll ich jetzt tun? Ich weiß rein gar nichts über Kinder. Mit Ezra und Isla wäre ich ja schon überfordert, aber ... die benehmen sich zumindest ansatzweise nachvollziehbar. Lilly isst einen Klostein, wenn ich nicht aufpasse.

Shit.

Und wenn sie wirklich einen Klostein unter meiner Aufsicht isst?

»Fuck«, murmele ich und raufe mir die Haare. »Shit, Shit, Shit!«

»Dit!«, wiederholt Lilly enthusiastisch und lacht dabei fröhlich.

Ich verliere beinahe das Gleichgewicht. Nicht gut, gar nicht gut. Hilfe!

Mein Gedankenkarussell dreht sich und dreht sich.

Meine zitternden Finger fischen mein Smartphone aus meiner Hosentasche, doch wen kann ich anrufen? Immerhin fällt Kate weg. Asher kann mir auch nicht helfen, er ist zu weit weg. Was soll er da machen.

David? Nein. Vermutlich leitet er meine Panik nur an Kate weiter und dann kommt sie zurück, obwohl ich ja gerade sie entlasten will.

Ach, scheiß drauf! Meine Fingerspitzen gleiten über das Display und kurz darauf halte ich mir das Smartphone ans Ohr.

Es tutet eine verdammte Ewigkeit!

»Hallo?«, meldet sich Tucker. Endlich!

Im Stillen danke ich unserem verdammten Team-Gruppenchat dafür, dass ich so an seine Nummer gekommen bin und sie abgespeichert habe.

»Du musst sofort herkommen. Ich habe keine Ahnung, ob ich sie füttern oder aufpassen muss, dass sie keine von Islas und Ezras Spielsachen in den Mund nimmt. Gibt es hier Sachen, die sie verschlucken kann? Fuck!« Meine Stimme überschlägt sich.

Einige Sekunden herrscht Stille in der Leitung.

»Jude?«, fragt Tucker schließlich perplex.

»Fuck, ja. Shit, ich habe schon wieder Fuck gesagt. Verdammt noch mal, ich habe keine Ahnung, was ich hier tue.«

Das Herz schlägt mir bis zum Hals. Ich habe wirklich Panik.

»Alter, wovon zur Hölle redest du überhaupt? Und wieso rufst du mich an?« Der genervte Tucker ist zurück.

Ich atme einmal tief durch. Ein verzweifelter Versuch, nicht weiter durchzudrehen.

Heftig zucke ich zusammen. Dabei macht Lilly nur einen kleinen Sprung auf der Stelle. O Mann. Ich weiß nicht mal, ob ich nicht sogar Angst vor ihr habe.

»Ich passe auf Lilly auf. Ich bin allein. Und … o mein Gott! Sie ist ein Mensch. Ein richtig echter Mensch, der kaputt gehen kann, wenn ich nicht richtig aufpasse. Ich habe die Verantwortung für ein echtes menschliches Wesen, das auf meine Hilfe angewiesen ist!« Jetzt schreie ich fast. Lilly beobachtet mich interessiert.

»Fuck, jetzt beruhige dich doch mal!«, brüllt Tucker.

»Ich kann mich aber nicht beruhigen, wenn auch nur die kleinste Unachtsamkeit meinerseits zum Tod eines Kindes führen kann! Oder dazu, dass sie auf ewig Schimpfwörter benutzt!«, schreie ich zurück.

»Du bist mit Lilly allein zu Hause?«, fragt Tucker, noch immer genervt, wenn auch unbekümmert.

»JA!«

»Und? Pass einfach auf sie auf.«

»Sie ist ein echter Mensch. Hast du mir nicht zugehört?« Jetzt klinge ich genervt.

Tucker seufzt lautstark. »Was willst du von mir, Jude?«

Ich halte inne … Tja, was will ich eigentlich? Darüber habe ich nicht so wirklich nachgedacht, als ich ihn angerufen habe.

»Kannst du herkommen?«, platze ich heraus, ohne dass ich es verhindern kann.

Eine gefühlte Ewigkeit vernehme ich nichts als das Rauschen in meinen Ohren und dem fröhlichen Gebrabbel von Lilly.

»Ich bin gleich da.«

Er beendet den Anruf ohne ein weiteres Wort. Egal. Denn ich bin viel zu erleichtert, um mich über seine Art aufzuregen.

Etwas unschlüssig stehe ich herum, den Blick noch immer auf die Kleine gerichtet, die ihren Puppenwagen mittlerweile gegen Duplo-Steine eingetauscht hat. Langsam nähere ich mich ihr. Mit dem Wissen, dass Tucker jede Minute hier eintreffen kann, fühle ich mich schlagartig besser. Mit jedem Atemzug beruhigt sich mein Herzschlag.

»Hey, willst du spielen, kleines Monster?«, frage ich vorsichtig und lasse mich neben ihr auf dem Spieleteppich nieder.

Lilly klatscht in ihre Hände. »Pielen!«

Ich lache auf. »Was bauen wir? Einen Flughafen? Ein Raumschiff? Eine Eishalle?«

Mit großen Augen sieht sie zu mir hoch. Oje. Vermutlich war die Frage etwas viel für ein Kleinkind.

»Gut, lass uns einfach einen Turm bauen. Einen richtig großen!«

Ihr Strahlen ist Antwort genug. Sie gibt mir einen blauen Stein und greift kurz danach nach einem gelben. Anstatt selbst zu bauen, hält sie mir auch diesen entgegen.

»Soll ich den Turm bauen?«, frage ich vorsichtig. Ich habe genug Wutanfälle ihrerseits gesehen, um nicht kopflos irgendwas zu machen. Gestern ist sie ausgeflippt, weil Kate Soße über ihren Nudeln verteilt hat. Doch jetzt nickt sie nur begeistert, ihre süßen Kulleraugen weit aufgerissen.

Nach und nach baue ich einen Turm, der mit jeder Sekunde höher wird. Irgendwann erwische ich mich dabei, wie ich danebenstehe und – Spaß habe. Lilly klatscht begeistert in die Hände.

»Pass gut auf, Lilly. Wenn wir uns gut anstellen, wird das Ding höher als ich selbst.«

Das tue ich bereits die ganze Zeit. Ich labere sie voll. Doch im Gegensatz zu Taylor, Tucker und den Zwillingen, die schon die Augen verdrehen, wenn ich nur den Mund aufmache, scheint sie sich nicht daran zu stören.

Der Turm wackelt verdächtig, bleibt aber stehen. »Ooh, Lilly, hast du das gesehen? Fu–« In der letzten Sekunde unterbreche ich mich selbst. Wieso ist es so schwierig, nicht zu fluchen? Ich schließe kurz meine Augen und fahre mir mit der flachen Hand übers Gesicht.

»Also, für mich sieht es so aus, als würdest du ganz gut klarkommen«, kommentiert Tucker trocken.

Ich zucke zusammen und drehe mich erschrocken zu ihm herum.

»Whoa!« Ich halte mir die Hand ans Herz, das urplötzlich zu rasen angefangen hat.

Tucker lehnt mit verschränkten Armen im Türrahmen. Und verdammt – er sieht verflucht heiß dabei aus. Erneut steckt er in dieser verdammten grauen Jogginghose, die er mit einem lockeren weißen Shirt kombiniert hat.

»Duck!«, quietscht Lilly und reißt mich damit aus meinem Starren heraus. Glücklicherweise.

Ich pruste los. »Hat sie gerade Duck gesagt?«

Tucker verdreht die Augen und richtet die Aufmerksamkeit auf seine kleine Schwester. »Na kleine Maus, spielst du mit Jude?«

»Dude«, antwortet sie zufrieden. Mein Spitzname ist eindeutig besser als seiner. Das scheint ihm selbst ebenfalls aufzufallen, denn während sich auf meinem Gesicht ein Grinsen ausbreitet, spannt sich sein Kiefer sichtlich an. Mir läuft ein kleiner Schauer über den Rücken. Warum muss ausgerechnet er solche Gefühle in meinem Körper hervorrufen?

Es ist nicht mal so, dass ich es nötig hätte. Entgegen allen Erwartungen habe ich am Sonntag direkt nach meiner Schicht an der Tankstelle einen Blowjob eingefahren. Von einem ziemlich niedlichen Typen, den ich irgendwo von Weitem mal in der Schule gesehen habe. Viel mehr, als dass er Noah heißt und in Action wesentlich heißer als niedlich ist, weiß ich nicht über ihn, und das ist mir ganz recht – ebenso wie ihm. Die Grenzen haben wir gleich klar abgesteckt. Und dennoch stehe ich hier und schmachte einen Typen an, der mich nicht leiden kann. Jämmerlich. Mit einem Mal bin ich genervt von mir selbst. Ich reiße mich von dem gottgleichen Anblick los und richte meine Aufmerksamkeit zurück auf Lilly. Keine Ahnung, wann sie aufgestanden ist, doch nun steht sie neben mir, die Arme ausgestreckt. Was will sie mir damit sagen?

»Hi?«, sage ich fragend.

Sie blinzelt. »Arm«, sagt sie quengelnd. Oh. Da hätte man durchaus drauf kommen können. Ich nehme sie hoch und setze sie auf meinen Hüften ab, wie ich es nun schon so oft bei Kate beobachtet habe. Und jetzt? Sie kuschelt sich an meine Schulter und reibt sich die Augen. Vermutlich macht sich der fehlende Mittagsschlaf bemerkbar.

Weil ich nicht weiß, was ich sonst tun soll, lasse ich mich vorsichtig auf die Kante der großen Couch sinken. Lilly legt sich in der Sekunde auf meine Brust, als mein Arsch das Polster berührt.

Okay … das ist neu. Und niedlich. Und überfordernd.

Hilflos recke ich meinen Hals, um Tucker anzusehen, was mir allerdings nicht gelingt. »Was macht sie?«, frage ich also laut.

Er kommt in mein Sichtfeld, die Hände in den Hosentaschen vergraben. »Ich schätze, sie mag dich«, raunt er. Dabei sieht er mich irgendwie seltsam an und ich frage mich, was ich dieses Mal falsch gemacht habe. Er behält seine Gedanken allerdings für sich und lässt sich auf die Couch neben mich sinken – möglichst weit von mir entfernt versteht sich.

Ich unterdrücke ein Grinsen und schiele zu ihm rüber. »Danke, dass du hergekommen bist.«

Er runzelt die Stirn und knabbert an seiner Wange. »Warum musste ich gleich herkommen?«

Ich seufze. Er muss mich für komplett bescheuert halten. Am Telefon habe ich mich vermutlich hysterisch angehört und jetzt – schläft Lilly auf meinem Arm. Sie schläft tatsächlich.

Ich rutsche langsam, Stück für Stück weiter nach hinten, bis ich mich schließlich anlehnen kann. »Ich habe keine Ahnung von Kindern. Bin nie wirklich welchen begegnet.«

Ein verwirrter Ausdruck legt sich auf Tuckers Gesicht. »Wie meinst du das?«

»In einer Bar sieht man in der Regel keine Kinder«, antworte ich vage.

Die Furche auf seiner Stirn wird nur tiefer. »Was? Ehrlich, Jude. Ich verstehe kein Wort.« Er klingt genervt.

»Die Bar, in der Mom und ich gearbeitet haben. Da bin ich quasi aufgewachsen. Die einzigen Kinder, die dort jemals waren, waren mein bester Freund Asher und ich. Nach der Schule war ich immer in der Eishalle, wo sich logischerweise auch keine Kinder rumgetrieben haben. Meine Erfahrung ist also absolut nicht vorhanden. Möglicherweise bin ich deshalb ausgeflippt.« Ich klinge schnippisch. Na toll.

Tucker scheint meine Antwort nach und nach zu verarbeiten. Seine Züge werden weicher. Hübscher. »Du bist in einer Bar aufgewachsen«, wiederholt er. Mitgefühl schwingt in seiner Stimme mit.

»Okay, no way!« Ich hebe eine Hand, um meine Worte zu untermauern. »Dein Mitleid kannst du dir in den Arsch schieben. Ich bin kein armer, kleiner Junge, der sein Leben zwischen versoffenen Wichsern verbringen musste.« Die versoffenen Wichser gehören zwar durchaus zu meinem Leben dazu, nur muss er das ja nicht wissen. »Das Sixteen-Corner war mein Zuhause. Und definitiv keine schlechte Zeit.«

Tucker nickt und fährt sich dabei durch seine dunklen Locken. »Wenn du das sagst«, murmelt er. Der Unterton in seiner Stimme lässt keinen Zweifel daran, dass er mir nicht glaubt.

»Fick dich«, knurre ich. »Dank dieses Jobs habe ich vermutlich mehr gevögelt, als andere mit achtzehn von sich behaupten können.«

Einige Minuten herrscht Stille zwischen uns. Er macht nicht mal einen Spruch.

»Hast du einen Freund?«, fragt er schließlich.

Meine Augenbrauen schießen nach oben. Vor Überraschung steht mir der Mund offen. Tucker knabbert auf seiner Unterlippe herum, als wäre ihm die Frage unangenehm.

»Klares Nein.« Ich lache leise.

»Wieso?«

Ich zögere. Wie soll man denn so eine Frage beantworten, ohne einen Seelen-Striptease hinzulegen? »Wieso fragst du nicht, ob ich eine Freundin habe?«, stelle ich stattdessen eine Gegenfrage. Und erwische ihn damit kalt.

Er ringt sichtlich um Worte. Und … wird er rot?

»Na ja …«, stammelt er, »keine Ahnung.« So, so. Der große Tucker Landry, der mir großspurig erklärt hat, dass das hier seine Stadt ist und dass ich ihm auf den Keks gehe, weiß nicht, was er sagen soll.

Ich grinse mehr, als ich sollte. »Dachtest du, ich wäre schwul?«

Tucker runzelt die Stirn. »Nein. Eigentlich dachte ich das nicht. Bis eben habe ich nicht mal über deine sexuelle Orientierung nachgedacht. Keine Ahnung, warum ich nach einem Freund und nicht nach einer Freundin gefragt habe.«

Ich schlucke das aufkeimende Lachen herunter. Das hier ist ihm unangenehm. Es macht verdammt Spaß, wenn ihm etwas unangenehm ist.

»Um das mal klarzustellen. Ich bin bi. So was von bi.«

Tucker errötet. »Okay«, sagt er nur, was irgendwie süß ist.

Danach sagen wir einige Minuten rein gar nichts. Das Einzige, was zu hören ist, sind die gleichmäßigen schweren Atemzüge von Lilly.

»Danke, dass du hergekommen bist, Tucker«, breche ich schließlich das Schweigen, weil ich es nicht mehr aushalte.

Er sieht mich überrascht an. »Mal ehrlich, du hattest doch alles im Griff.«

»Der einzige Grund, warum ich entspannt mit ihr spielen konnte, war, dass ich wusste, dass du auf dem Weg hierher bist. Tut mir leid, dass ich deine Zeit verschwende.«

Meine Worte liegen bedeutungsschwerer in der Luft, als ich es vorgesehen habe. Aber leider entsprechen sie der Wahrheit.

»Schon okay«, sagt er sanft. »Du hast das gut mit ihr gemacht.«

Ein kleines Lächeln breitet sich auf meinem Gesicht aus. »Danke.«

KAPITEL 10
Tucker

Aus dem Augenwinkel schiele ich zu Jude. Lilly liegt auf seinem Bauch und gibt schnaufende Atemzüge von sich. Der Anblick ist unerwartet. Unerwartet ... süß.

Gott, Tucker! Reiß dich zusammen.

Dennoch ... ich kann nicht wegsehen. Außer beim Training habe ich Jude noch nie so ... entspannt erlebt. Wobei das nicht das richtige Wort ist.

Losgelöst?

Mit sich selbst im Reinen?

Scheiße, was denke ich da?

Ich schüttele über mich selbst den Kopf. »Soll ich den Fernseher anmachen?«

Judes Blick fällt auf Lilly. »Wird sie davon nicht wach?«

»Nein, sie schläft wie ein Stein.« Muss sie auch, immerhin ist sie die Schwester randalierender Zwillinge.

»Traumatisieren wir sie damit nicht unbewusst?«, fragt er.

»Jude, ich weiß nicht, was du dir anschauen willst, aber ich denke, wenn wir nebenbei irgendeine Serie aus dem Nachmittagsprogramm laufen la–«

Ich komme nicht dazu, meinen Satz zu beenden, da Dad plötzlich vor mit steht. *Wo kommt der denn her?*

»Was macht ihr denn hier? Solltet ihr nicht trainieren?«

Hä? Was soll die dämliche Frage? Wir haben nicht jeden Nachmittag Training und wenn er sich ein bisschen für das Team – oder mich – interessieren würde, wüsste er das. Neben ihm taucht unvermittelt ein anderer Mann auf. Vielleicht hat er auch schon die ganze Zeit neben ihm gestanden und ich habe ihm bisher keine Aufmerksamkeit geschenkt.

»Wir passen auf Lilly auf«, antwortet Jude an meiner Stelle.

»Statt dir«, murmle ich vorwurfsvoll. Er hat sich ja abgeseilt und unsere überforderte Mom allein gelassen.

»Wo ist deine Mutter? Ich dachte, die Zwillinge haben ein Spieledate und sie nimmt Lilly mit zum Einkaufen?«

»Bestimmt wollte Mom mal entspannt durch den Laden laufen?«

Er hebt eine Augenbraue. »Also, für mich sieht das hier ziemlich entspannt aus.«

»Wenn ich nie da wäre, würde ich das auch sagen.« Von Sekunde zu Sekunde werde ich wütender. Klar, er hat einen guten Job in Toronto und verbringt die meiste Zeit des Jahres dort in seiner Stadtwohnung. Mit Taylor. Warum zur Hölle ist der Rest von uns hier? Warum sind wir nicht als Familie zusammen in einer Stadt? Zornig balle ich meine Hand zur Faust. Fuck, ich bin es leid, ständig darüber nachzudenken, warum meine Eltern nicht *richtig* zusammenleben. So wie andere Paare.

»Ich passe gern auf Lilly auf«, sagt Jude. Er sieht mich fragend an. Versteht nicht, warum ich mich gerade so bockig meinem Dad gegenüber verhalte. Warum auch. Auf den ersten Blick wirken wir wie eine Vorzeigefamilie. Vielleicht waren wir das mal.

»Tja«, sagt Dad, der es offensichtlich vorzieht, mich zu ignorieren, »du bist aber hier, um dich auf die Schule und den Sport zu konzentrieren, Jude. Und nicht, um auf meine Kinder aufzupassen.« Er geht zu ihm und hebt sie hoch. Nicht grob, sondern einfach nur ungelenk.

»Nicht«, protestiert er, »sie ist doch gerade erst —«

Und dann geht die Sirene los. Also, Lilly. Denn sie beginnt laut zu schreien und strampelt wie eine Verrückte in Dads Armen.

Gleichzeitig springen Jude und ich auf, ich erreiche meinen Dad zuerst und nehme ihm die bitterlich weinende Lilly wieder ab. Der Kerl hat fünf Kinder, weiß aber nicht mit ihnen umzugehen.

»Alter, Dad«, blaffe ich ihn an. »War das notwendig?«

»Kannst du dich bitte um sie kümmern? Immerhin ist sie deine Schwester, nicht Judes.« So wird er bestimmt nicht Vater des Jahres.

Kümmer du dich doch um sie. Immerhin ist sie deine Tochter.

Ich streichle Lillys Köpfchen und mache immer leise Sh-sh-Geräusche, um sie zu beruhigen.

Jude kommt mir zur Hilfe und reibt vorsichtig über ihren Rücken. »Alles ist gut, Prinzessin. Duck und Dude sind ja bei dir«, wispert er. Ich fühle mich unwohl, weil ich mich von Dad und seinem … Kumpel oder wer auch immer der Kerl ist, beobachtet fühle.

»Gott, Lilly«, murmelt Dad völlig überfordert. »Tut mir leid.« Er kommt zu mir und tätschelt ihren Kopf, als wäre sie ein Hündchen. Ich drehe mich von ihm weg und drücke die Kleine etwas fester an mich.

»Darf ich sie jetzt nicht mal mehr trösten?«, fragt mein Vater. Ich wippe mit ihr im Arm auf und ab. »Gott, Dad. Du hast sie aus dem Schlaf gerissen. Ich versuche nur, sie zu beruhigen, und es ist offensichtlich, dass du dabei keine große Hilfe bist. Außerdem wolltest du doch, dass ich mich um sie kümmere.« Harte Worte, aber wahr. »Alles gut, Prinzessin«, wispere ich und langsam beruhigt Lilly sich.

Der Mann, den mein Dad mitgebracht hat, tritt neben ihn. »Dave, ich glaube, Tucker hat alles im Griff. Alles ist gut.« *Dave?* Ich hab noch nie gehört, dass jemand meinen Dad so genannt hat. Und woher kennt der Kerl überhaupt meinen Namen?

Die beiden tauschen einen Blick und mein Dad sackt umgehend ein bisschen zusammen. »Du hast recht. Alles ist gut.« Es klingt mehr wie ein Mantra als die Wahrheit.

Lilly beruhigt sich endlich. »Was hältst du davon, wenn wir dir einen Keks holen?«, frage ich sie. »Diese süßen Tierkekse, die du so magst.«

Sie schnieft noch einmal, nickt dann allerdings. »Deks.«

»Genau, Süße. Wir holen uns jetzt einen Keks.« Ich werfe meinem Dad einen angepissten Blick zu. Lieber würde ich ihm den Mittelfinger zeigen, mit Lilly im Arm ist das leider nur nicht wirklich möglich.

»Ich komme mit«, flüstert Jude. »Lass mich hier nicht allein.«

Flüchtig nicke ich und setze mich mit der verstummten Heulboje auf dem Arm in Bewegung.

»Jude«, sagt mein Dad. »Könntest du noch einen Moment bleiben?«

»Warum?«, fragt er verwirrt. Auch ich stoppe. Nicht dass er noch einen Sozialarbeiter angeschleppt hat. Das Haus ist zwar übervoll, aber wenn Dad und Taylor erst zurück in Toronto sind, wird sich alles beruhigen. Und leichter werden. Ich gebe es nicht gern zu, aber Jude fällt bei dem ganzen Chaos hier kaum ins Gewicht. Er wäscht sogar seine Wäsche selbst, anstatt Mom das für sich tun zu lassen. Und kürzlich habe ich ihn dabei erwischt, wie er einen Salat fürs Abendessen vorbereitet und sich dabei mit Mom unterhalten hat.

»Weil ich dir jemanden vorstellen möchte.« Er deutet auf den Kerl neben sich. »Das ist mein College-Freund Cyrille.«

»Und?«, entfährt es mir.

»Cyrille Fournier«, präzisiert er.

Fournier? »Coach Fournier vom Lakeshore College of Toronto?«, frage ich. Ein kleines bisschen ängstlich, weil … na ja, niemand möchte, dass der hoffentlich zukünftige Coach so ein kleines Familiendrama mitbekommt. Denn diese Uni steht ganz weit oben auf meiner Wunschliste.

Dad nickt und wirft mir gleichzeitig einen genervten Blick zu. »Genau der«, knurrt er.

Immer noch mit Lilly auf dem Arm gehe ich zu ihm und reiche ihm meine Hand. »Schön, Sie kennenzulernen, Coach Fournier.«

Jude kommt an meine Seite und schüttelt ebenfalls seine Hand. »Freut mich.« Ich schwöre, man merkt ihm die Begeisterung richtiggehend an.

»Dave hat mir dein Video geschickt«, sagt er an Jude gewandt.

An Jude!

Nicht an mich!

»Und weil sich der Sommer dem Ende zuneigt«, schwafelt er weiter, »dachte ich mir, ich nutze die letzten freien Tage und schau bei eurem Training vorbei. Und bei Dave.«

»Ernsthaft?«, entfährt es Jude und mir gleichzeitig.

»Tucker«, murmelt Dad. »Hast du Lilly nicht eben noch etwas über irgendwelche Kekse erzählt? Geh doch bitte in die Küche und lass uns mit Jude allein.«

Ich sollte mit Cyrille Fournier ein Gespräch führen. Nicht Jude – der Arsch. Fest beiße ich meine Zähne zusammen und stapfe dann mit meiner Schwester im Arm in die Küche.

Eine Stunde später baden Lilly und ich im See. Ich habe ihr Zöpfchen geflochten, ihr den pinken Badeanzug angezogen, ihre Schwimmflügel aufgeblasen und sie zusätzlich in einen rosa Flamingo-Schwimmreifen gesetzt. Jetzt ziehe ich sie durchs Wasser und mache dabei Motorboot-Geräusche, was sie laut zum Lachen bringt.

»Süß.«

»Whoa, Jude«, rufe ich erschrocken. »Schleich dich nicht an.«

Er übergeht meine Worte einfach. »Seit wann gibt es motorisierte Flamingos?«

»Seit Lilly mich dazu gezwungen hat, Motorengeräusche zu machen.«

Er schnaubt. »Nett.«

Jude setzt sich ans Seeufer und betrachtet uns. Ich ignoriere ihn eine ganze Weile und spiele weiter mit Lilly im Wasser. Ihr süßes Kichern tröstet mich ein wenig darüber hinweg, dass sie mich ständig nassspritzt. Gut, ich habe ebenfalls Spaß dabei. Ich weiß, man sollte keine Lieblingsschwester haben, aber Lilly ist schon ziemlich toll. Ich war sogar bei ihrer Geburt dabei und habe die Nabelschnur durchtrennt, da Dad und Taylor es nicht rechtzeitig von Toronto hierhergeschafft haben.

Immer wieder sehe ich zu Jude. Er macht weder Anstalten, ins Wasser zu kommen, noch zu verschwinden.

»Wie war das Gespräch?«, frage ich, als ich es nicht mehr aushalte.

Belustigt schnaubt er. »Ich dachte schon, du fragst nie.«

»Wollte ich eigentlich auch nicht. Aber meine Neugierde hat gesiegt.«

»Über was?«

»Meine Wut.«

»Auf mich?« Er mustert mich mit schräggelegtem Kopf. So, als würde er nicht ganz schlau aus mir werden.

»Zuerst ja. Dann ist mir aufgefallen, dass ich eigentlich auf Dad sauer sein sollte. Immerhin hat er sich wie ein Arsch verhalten. Nicht du.«

»Aaasch«, brabbelt Lilly mir nach.

Ich lasse den Kopf in den Nacken fallen und starre für einige Sekunden in den Himmel. *Warum bringe ich meiner Schwester Schimpfwörter bei?*

Jude prustet laut. »Siehst du, ich bin nicht das einzige schlechte Vorbild.«

»Wem sagst du das«, murmle ich. »Lilly, es wird Zeit, dass du aus dem Wasser rauskommst.«

Jude schnappt sich eines der Handtücher. »Soll ich sie zu Kate und Taylor bringen?«

»Sind sie wieder da?«

»Jap. Und dein Dad und Cyrille holen gemeinsam die Zwillinge. Später gibt es dann eines dieser tollen Familienabendessen, wo wir uns über das Geschrei der Zwillinge hinweg anbrüllen. Nur, dass Cyrille heute noch mitschreien und um die Aufmerksamkeit deines Dads buhlen kann.«

Ich hebe Lilly aus dem Schwimmreifen und gehe mit ihr im Arm auf Jude zu. »Ihr nennt euch also schon beim Vornamen?«

Er zwinkert mir zu. »Nur im privaten Rahmen.« Warum klingen eigentlich neunzig Prozent der Sätze, die Jude ausspricht, anzüglich?

»Würg.«

Natürlich verdreht er die Augen. »Wir haben uns echt gut verstanden. Cyrille und ich.«

»Schön.«

»Antwortest du jetzt nur noch einsilbig?«

»Erzählst du mir endlich vom Gespräch?«, stelle ich eine Gegenfrage.

»Will ich doch«, blafft er mich an, nimmt mir Lilly ab und wickelt sie in ein Handtuch. »Ich bringe nur vorher kurz Prinzessin Flamingo rein.«

Meine Schwester seufzt laut auf und kuschelt sich an seine Brust. »Dude.« Sie klingt echt glücklich. Und irgendwie erleichtert, weil sie wieder bei ihm ist. Offensichtlich hat die kleine Heulboje einen Crush auf ihn.

Unverständlicherweise, wenn man mich fragt.

»Ich schwimme noch eine Runde, bis du zurück bist.« Ich wate zurück ins Wasser, schnappe mir den umhertreibenden Flamingo und werfe ihn auf die Wiese. Jude hat sich längst abgewendet und geht gemeinsam mit Lilly aufs Haus zu. Ich sehe ihnen hinterher. Und in meiner Brust sticht es beim Anblick der beiden.

Auch ich drehe ihnen den Rücken zu, gehe weiter ins Wasser. Den Blick fest auf die glitzernde Wasseroberfläche gerichtet. Nicht zurücksehen, befehle ich meinem Herz, das plötzlich schneller schlägt. Und meinem Kopf ebenfalls, der mir ein Abbild eines jüngeren Judes zeigt, dessen Atem sich beschleunigt. Und dessen Hände sanft über meine Wange streichen. Der mir tief in die Augen sieht.

Einfach weitergehen. Es ist nur eine alte Erinnerung, die rein gar nichts mit der Gegenwart zu tun hat. Überhaupt nichts!

Konzentrier dich!, befehle ich mir. Auf die Mischung aus glasklarem Wasser und den satten grünen Bergen auf der anderen Seeseite. Auf das Zwitschern der Vögel. Das Schwappen der Wellen. Auf das Motorboot, das immer kleiner wird. Das Rascheln der Blätter im Wind.

Stille!

In mir.

Endlich. Und dann tauche ich unter. Bin umgeben von Luftblasen inmitten des Wassers. Als ich wieder auftauche, lässt die langsam untergehende Sommersonne ein paar Sonnenstrahlen auf dem See tanzen. Und dann schwimme ich. Bis zur ersten Boje. Und zurück.

Gerade als ich eine weitere Runde drehen will, fällt mein Blick auf Jude. Er hat sich ans Seeufer gesetzt.

»Kommst du rein?«, frage ich ihn.

Er schüttelt den Kopf. »Nein.«

»Wieso nicht?«

Nun zuckt er mit den Schultern.

»Angst, nass zu werden?«

»Nein.«

»Aber ...«

»Zu kalt.«

Ich schnaube. »Du warst noch kein einziges Mal im Wasser, seit du angekommen bist.«

»Bin ja nicht da, um mir einen Platz im örtlichen Schwimmteam zu sichern, sondern im Eishockeyteam«, grummelt er und ist dabei irgendwie … süß?

Gott, Tuck. Komm mal klar.

Ich gehe aus dem Wasser und nehme ihm das Strandtuch ab, das er mir entgegenstreckt. »Danke.«

Mit einem Seufzer lasse ich mich neben ihn fallen und ziehe meine Beine an. »Also?«

»Dein Dad denkt, dass ich gute Chancen auf einen Platz in einem College-Team habe.«

»Das ist doch toll«, brumme ich.

Jude lacht. »Gott, könntest du wenigstens so tun, als würdest du dich für mich freuen?«

»Sorry, Jude, ich kapier's nicht.«

»Was jetzt?«, fragt er nach. Verwirrt. Und ein kleines bisschen angepisst.

»Ich reiße mir seit Jahren den verdammten Arsch auf, damit Dad mir nur einen Hauch seiner Aufmerksamkeit schenkt. Mir ist klar, dass ich kein Einzelkind bin und sich die Welt nicht nur um mich dreht, aber der Scheißkerl kommt seltener zu einem meiner Spiele, als Santa Claus mit seinem Schlitten Weihnachtsgeschenke verteilt, von dir sieht er sich allerdings ein Hockey-Video an? Und lädt dann gleich noch irgendeinen verschollenen College-Kumpel zu uns ein, weil er …« Frustriert breche ich mitten im Satz ab, greife nach einem Stein und schleudere ihn in den See.

»David hat … Er hat das für dich nicht getan?« Jude klingt tatsächlich etwas kleinlaut. »Irgendwie dachte ich, du hast sowieso schon deinen Platz sicher. Immerhin bist du der Sohn von Coach Landry. Er ist NHL-Trainer.«

»Habe ich so gewirkt, als würde ich Cyrille Fournier bereits kennen?«, fahre ich Jude an.

»Nein, ich dachte vielleicht einen anderen Trainer. Es gibt mehrere gute Colleges mit Eishockeymannschaften. Ich hab dich spielen gesehen. Die warten quasi auf dich.« Gott, ich will nicht, dass denen auffällt, wie gut ich bin. Sondern meinem Dad.

»Die meisten sind nicht in Toronto.«

»Warum ausgerechnet Toronto? Du hast tausend Optionen.«

»Weil Taylor und Dad dort sind. Und … Fuck! Ich liebe meine Mom und meine Geschwister, aber dieses Haus«, ich deute hinter mich, »ist manchmal zu viel für mich.«

»Würdest du lieber allein in einer Wohnung sitzen wollen, die kaum größer als ein Schuhkarton ist?«, fragt Jude. »Mit einer Mom, die dich zwar über alles liebt, die allerdings ein verdammtes Drogenproblem hat und du dich deshalb die meiste Zeit deines Lebens wie ein Erwachsener fühlst?«

»Nein«, gebe ich zu. »Jude, tut mir leid … ich bin froh, dass Dad dir Cyrille Fournier vorgestellt hat. Und ob du es glaubst oder nicht, ich weiß, dass du ein verdammt guter Spieler bist. Ein bisschen zu gut für meinen Geschmack, deshalb lass dir deinen Tag nicht von mir versauen, nur weil ich irgendwelche Daddy-Issues habe.«

»Na wenn, dann bin ich wohl der Kerl mit den Daddy-Issues«, raunt Jude.

Ungläubig lache ich auf. »Das hast du jetzt nicht gesagt.«

»Was soll ich sagen: Ältere Männer sind heiß.«

»Ich hab gesehen, wie du Coach Davis abgecheckt hast.«

»Hast du mal diesen Körper gesehen? Der Kerl kann kein Gramm Körperfett am Leib haben.«

»Vielleicht weil er nachts nicht heimlich in die Vorratskammer geht und Chips frisst.«

»Das hast du mitbekommen?« Ich liebe, wie schnell die Stimmung mit Jude von ernst zu spielerisch ausgelassen wechselt.

»Ich bekomme alles mit, was in meinem Haus passiert.«

Nun prustet Jude so richtig los. »Alter … sei froh, dass du dich nicht selbst reden hörst. *Ich bekomme alles mit*«, sagt er mit dunkel verstellter Stimme, »*was in meinem Haus passiert.*« Jetzt macht er noch so eine dämliche Bodybuilder-Pose und ich kann nicht mehr anders. Ich lache mit ihm mit. Was unerwartet schön ist.

Irgendwann klopft er mir auf den Rücken, was mir eine Gänsehaut beschert. »Gott, du kannst manchmal überraschend witzig sein, Tuck.«

»Danke.«

»Gerne.«

»Fürs Ablenken, meine ich.«

Er lächelt mich von der Seite an. »Ich weiß. Und mach dir keinen Kopf. Morgen zeigen wir Coach College-Kumpel, dass wir beide es draufhaben.«

»Der wird nur Augen für dich haben. Immerhin ist er wegen deines Videos hier.«

»Oh, Tuck. Das hoffe ich«, sagt er in diesem raunenden Tonfall, der wohl irgendwie heiß sein soll. »Du weißt, dass ich auf Kerle stehe.« Nun lässt er seinen Blick demonstrativ über meinen Körper wandern.

Ich schüttle den Kopf über ihn. Und über mich. Weil ich mich dabei ertappe, dass ich seine Nähe genieße. Richtig genieße. Und ihn mag. So wie früher.

KAPITEL 11

Jude

»Bewegt gefälligst euren Arsch aufs Eis, Jungs! Wenn ihr in fünf Minuten nicht mit Aufwärmen beschäftigt seid, sitzt ihr bei unserem Spiel am Wochenende auf der Bank«, dröhnt die donnernde Stimme des Coachs durch die Kabine.

Corey und ich murmeln etwas Zustimmendes, während wir eilig unsere Ausrüstung aus den Spinden räumen. Wir sind zu spät, allerdings nicht sehr viel. Doch leider konnte ich nicht aufhören, mit Lexa zu quatschen, dafür war ich viel zu aufgeregt.

Corey schielt zu mir herüber und verzieht das Gesicht. »Boah, bei deinem blöden Grinsen würde ich dir am liebsten einen Puck in die Fresse schießen.«

Ich lache befreit auf. »Alter, ich habe ein A im Geschichtstest. Ein fucking A! Hast du eine Ahnung, wie lange es gedauert hat, diese Scheiße auswendig zu lernen?«

»Nein. Ich habe ein F. Ich weiß es also nicht«, brummt er.

»Nächstes Mal lernen wir zusammen«, verspreche ich ihm, was ihm ein halbherziges Lächeln entlockt.

Ich ziehe mir hastig mein Shirt über den Kopf und beeile mich, in meine Ausrüstung samt Jersey zu schlüpfen. Kurz danach greife ich nach meinen Schlittschuhen und renne beinahe. Dem Fluchen hinter mir entnehme ich, dass Corey direkt hinter mir ist. Ich werfe einen Blick über die Schulter und sehe ihn mehr stolpern als laufen, da er sich währenddessen sein Jersey überzieht und irgendwie Helm und Schlittschuhe mit sich trägt. Manchmal ist er ein bisschen trottelig.

»Komm schon, Corey. Stell dir einfach vor, dass der Coach dir einen bläst, wenn du schnell genug die Kufen auf dem Eis hast.«

Mit einem Satz ist er neben mir. »Das wär doch mal heiß«, raunt er, allerdings völlig außer Atem. Vor dem Training wohlgemerkt.

Eine meiner Augenbrauen schießt in die Höhe, was er dank meines

Helms nicht sehen kann. »Ach, ist das so?« Eigentlich habe ich nur mal wieder einen Spruch gemacht, ohne darüber nachzudenken.

Corey zuckt mit den Schultern. »Ich behalte meine sexuelle Orientierung lieber für mich. Immerhin sind wir in Creekville. Der Ort ist so beschissen klein, dass sich so eine Nachricht verbreitet wie ein Lauffeuer. Na ja, keine Ahnung. Ich habe den Eindruck, man kann dir vertrauen.« Dass er es mir hiermit offenbart, ist süß. Ich fühle mich geehrt, dass er es ausgerechnet mir erzählt, obwohl wir uns noch nicht lange kennen. Am liebsten würde ich ihn umarmen, beschließe aber, keine Sache daraus zu machen.

Ich denke einen weiteren Augenblick über seine Worte nach. Seit ich hier bin, habe ich rumgebaggert, was das Zeug hält. Beim männlichen und weiblichen Geschlecht. »Ich bin bi. Das scheint bisher kein Problem hier zu sein.«

Corey winkt ab. »Das ist was anderes. Du bist Vegas-Boy. Du lebst nicht schon dein ganzes Leben hier.«

Ich pruste los. »Vegas-Boy?« Corey stimmt mit ein und kurz darauf lassen wir uns auf die Bank neben dem Eis fallen, um uns die Schlittschuhe anzuziehen – noch immer lachend.

»Jude«, ertönt plötzlich Cyrilles Stimme neben mir.

Ich blicke auf. Er steht direkt neben David an der Bande. »Oh, hey!« Rasch stehe ich auf und reiche ihm die Hand. »Cyrille, das hier ist Corey, unser Goalie.« Ich deute auf meinen Kumpel. »Corey, das ist Cyrille Fournier, Trainer …«

»Des College Teams des Lakeshore College of Toronto. Ich weiß. Freut mich sehr, Sie kennenzulernen, Sir.«

Die beiden schütteln sich die Hände, doch direkt danach wendet Cyrille seine Aufmerksamkeit mir zu. »Dann zeig mal, was du kannst, Jude.« In seinen Worten liegt zu keiner Sekunde etwas Anzügliches, dennoch spüre ich, wie mir die Röte den Hals hinaufkriecht. Mit einem Mal bin ich dankbar für meinen Helm.

Ich wende mich ab und betrete mit Corey das Eis. »Ich sag ja … Vegas-Boy. Für dich gelten die Regeln scheinbar nicht.«

»Was meinst du denn damit?«, hake ich abgelenkt nach, da mein Blick bereits übers Eis wandert und nach Tucker Ausschau hält. Ah.

Da ist er. Ich brauche nicht mal besonders viel Talent, um schon von Weitem ausmachen zu können, dass er angepisst ist.

»Bisher war noch nie ein fucking College-Coach hier, um uns beim Training zuzusehen. Doch du bist Vegas-Boy.«

Ich übergehe seine Worte einfach. »Er ist heiß, oder?«, flüstere ich ihm stattdessen zu.

Corey schielt zu mir, ein dreckiges Grinsen auf dem Gesicht. »In der Sekunde, in der er meine Hand geschüttelt hat, hatte ich eine ausgeprägte Fantasie von ihm vor mir auf den Knien.« Er zwinkert mir zu, setzt sich seinen Helm auf und gleitet dann mit geschmeidigen Zügen zum Tor. Ich mag ihn!

Jetzt lache ich lauthals, werde allerdings von der wütenden Stimme des Coachs unterbrochen. »GARCIA! Beweg deinen verdammten Arsch!«

Ich salutiere frech in seine Richtung und fahre dann zu Tucker hinüber.

»Du bist zu spät!«, begrüßt Tucker mich. Angepisst. Oh, ja, richtig angepisst.

»Sorry, aber …«

»Deine blöde Entschuldigung interessiert mich nicht!«, blafft er mich an. »Mach deine beschissenen Aufwärmübungen.«

»Entschuldige«, sage ich besänftigend. »Ich habe mich mit Lexa verquatscht, weil …«

»Toll, erzähl mir nur, wie du dich an meine Freundin ranschmeißt.«

Frustriert lasse ich den Kopf in den Nacken sinken. »Mache ich doch gar nicht!«, knurre ich. »Warum bist du so ätzend?«

»Klar, ich bin das Arschloch, während du mit meiner Freundin flirtest, wann immer es geht.«

Boah. Das ist selbst für seine Verhältnisse zum Kotzen. Wir haben uns gestern so gut verstanden. Was hat dem denn die Laune verhagelt?

»Fick dich! Ich habe ein A im Geschichtstest geschrieben. Lexa hat sich einfach für mich gefreut, weil sie weiß, was meine Noten für mich in Bezug auf ein Stipendium bedeuten.«

»Lexa freut sich für niemanden.«

»Was bist du denn für ein Arsch?«

»Einer, der seine Freundin gut kennt. Ich weiß, dass sie manchmal nicht unbedingt der netteste Mensch ist.«

»Halt die Klappe«, zische ich. »Im Gegensatz zu dir war sie immer nett zu mir. Und übrigens: Nur weil wir uns gut unterhalten haben, heißt das nicht, dass ich sie heimlich aufs Klo zerren und flachlegen wollte.«

Ich weiß nicht mal, wo das plötzlich herkommt. Flirte ich ab und zu mit Lexa? Ja. Ich flirte mit jedem, verdammt noch mal. Was er weiß, immerhin tue ich das sogar mit ihm.

Tucker seufzt laut. »Gut. Das lasse ich mal so stehen.« Er versucht, mich anzulächeln. Klappt nur semigut. »Also, ein A?«, fragt er nach. »Wirklich?«

Er hat seine Arme noch immer ablehnend vor der Brust verschränkt, doch er klingt schon versöhnlicher.

»Glattes A. Nicht mal ein Minus. Nenn mich ein fucking Genie.«

Selbst durch den Helm kann ich sein Augenrollen sehen. »Super, dann kannst du ja jetzt deinem tollen Kumpel Cyrille zeigen, was du alles kannst und ihm hinterher deine Supernoten präsentieren.« Bitterkeit schwingt in seinen Worten mit.

Und plötzlich weiß ich, warum er so ein Arsch ist. Fuck, ich könnte mir selbst ins Gesicht treten. Natürlich. Er ist sauer, weil Cyrille hier ist. Meinetwegen.

Mir geht immer noch nicht in den Kopf, was hier eigentlich abgeht. Warum zur Hölle hat David bisher kein Treffen zwischen seinem Sohn und seinem College-Trainer-Kumpel arrangiert? Das ergibt keinen Sinn. Gar keinen.

Ich trete einen Schritt näher zu Tucker.

»Okay, ich sag dir, was wir machen. Wir beide spielen bei unserem Testspiel heute sowieso im gleichen Team und dann zeigen wir denen, dass wir es beide verdammt noch mal draufhaben!«

Tucker zögert, schielt ebenfalls zu seinem Vater und Cyrille hinüber. »Meinst du, das bekommen wir hin?«

»Wir beide werden hier puren Sex auf dem Eis hinlegen, Tuck!«

Einige Sekunden sieht er mich verdattert an. Seine braunen Augen leuchten mir entgegen. Und stellen irgendwas mit mir an. Warum ist dieser Typ so schön?

»Das … Boah, Jude, hörst du dich eigentlich manchmal selbst reden?«

»Metapher, Tucker. Das nennt man eine Metapher. Komm schon, lass uns zeigen, dass wir die besten Spieler hier im Team sind.«

Ich halte ihm meinen Schläger hin und er schlägt kurz darauf mit seinem dagegen.

»Deal.«

Bei diesem Wort läuft mir ein unerwarteter Schauer über den Rücken. Es ist, als wären wir plötzlich Verbündete. Genauso wie mit Lilly gestern. Und das finde ich viel zu gut. Ich will Tucker auf meiner Seite und nicht gegen mich.

Wir nutzen die wenigen Minuten, die uns noch zum Aufwärmen bleiben, und werden kurz danach für unser Testspiel zusammengetrommelt. Corey, Tucker, Tristan, Greg (ich kann ihn nicht leiden, seit er mir klargemacht hat, dass er Schwulsein nicht nachvollziehen kann, aber leider ist er ein verdammt guter Verteidiger), TK (unser zweiter Verteidiger und zum Glück nicht homophob) und ich spielen zusammen in einem Team, da wir am kommenden Samstag in der Startaufstellung auf dem Eis sein werden.

Ich klopfe meinen Schläger zweimal aufs Eis, etwas, das Tuck nicht abkann. Für mich ist es allerdings eine Art Glücksritual und somit obligatorisch. Tucker positioniert sich zu meiner Linken und sieht zu mir herüber. Von Weitem kann ich seine Augen kaum erkennen. Ich blicke also stattdessen meinem Gegner entgegen … und grinse. Dieses Bully würde ich so was von für mich entscheiden.

Der Coach skatet direkt neben uns. »Strengt euch an, Jungs!«, brüllt er durch die Halle. Ich straffe meine Schultern und konzentriere mich. Er gibt das Signal und lässt den Puck zu Boden fallen. Es ist nicht mal nötig, dass ich hinschaue, mein Schläger trifft den Puck quasi von allein. Er gleitet zu Tucker und ich schieße augenblicklich los. Es dauert nicht lange, bis ich feststelle, dass heute irgendetwas anders ist. Zwischen Tucker und mir herrscht wirklich so eine Art Verbundenheit. Jeder Pass sitzt. Um Tristan nicht außen vor zu lassen, spiele ich immer mal wieder zu ihm, ebenso wie Tuck. Doch schnell wird klar, dass über die linke Seite mehr herausspringt. Tucker ist … wow. Er spielt fantastisch. Wenn ich könnte, würde ich mich einfach hinsetzen und ihm beim Spielen zusehen. Kann ich natürlich nicht, nicht wenn meine eigene Zukunft davon abhängt. Gleichzeitig geht es darum, meinem Team etwas zu beweisen. Immerhin denkt jeder von den Jungs, dass ich irgendwie bevorzugt wurde. Dass mir mein Platz geschenkt wurde. Dabei bin ich besser als sie, mit Ausnahme von Tucker.

Wird Zeit, dass ich meinen Teamkameraden zeige, was ich von einer festen Position halte. Ja, ich mag der Center sein. Ich habe schon immer als Center gespielt und bin gut darin. Aber letzten Endes mache ich das, was gerade getan werden muss. Der Puck schießt an uns vorbei in die entgegengesetzte Richtung. Greg verpasst es, an ihn zu gelangen, und unser Gegner steht kurz vor einem Tor. TK wird gedeckt. Ich schieße los, auf meinen Gegner zu, der sich viel zu dicht an der Bande befindet. Anfänger. Und der will seit hunderttausend Jahren Eishockey spielen? Ich ignoriere den Umstand, dass er eigentlich mein Teamkamerad und nur jetzt für unser Übungsspiel mein Gegner ist.

Ich erreiche ihn und ramme ihn gegen die Bande. Nicht stark genug, um ihm ernsthaft wehzutun, doch immerhin mit genügend Kraft, um ihn zu stoppen.

»Alter, fick dich!«, knurrt er in Eishockeymanier, während der Coach übers Eis brüllt, »Verdammt, so macht man das, Garcia!«

Ich ignoriere beide und rase auf meine Position zurück.

Zwanzig Minuten später läuft mir der Schweiß in Strömen den Rücken hinunter. Wir haben gewonnen. Haushoch. Dabei weiß ich nicht mal, ob ich mich über meine eigenen Tore oder die von Tucker mehr freue. Tatsächlich fand ich Eishockeyspieler nie besonders heiß. Klar, ich hatte viele feuchtfröhliche Begegnungen nach Spielen mit ein paar gegnerischen Typen, aber … es war nie so, dass mich Eishockeyausrüstung irgendwie angemacht hätte. Bis heute. Tucker in seiner Ausrüstung, während er den Puck ins Tor befördert, ist next level. Jetzt gerade skate ich auf ihn zu und rase ihn beinahe über den Haufen.

»Woah, Jude.«

»Wir haben das Ding hier verdammt noch mal gerockt, ist dir das klar?«, frage ich überschwänglich.

Tucker nimmt sich den Helm vom Kopf und fährt sich mit der Hand durch die schweißnassen Haare. Und ich würde ihn gern ablecken.

Warte … was?

»Jude …«, setzt er an. »Das war … wir besorgen dir so was von ein Stipendium.«

»Was?«, frage ich verwirrt, noch immer von meinen eigenen Gedanken abgelenkt.

Er knabbert an seiner Unterlippe herum. »Das hier war Sex auf dem Eis!«, stellt er klar.

Ich lache befreit auf. »Na, endlich drückst du dich mal anständig aus.« Ich deute auf Cyrille und David, die sich aufgeregt unterhalten und auf uns beide deuten. »Und ich bin mir sicher, dass den beiden nichts entgangen ist.«

Tucker lächelt. Er. Lächelt. So richtig. So, dass es sogar seine Augen erreicht.

»Das Spiel am Wochenende wird groß, oder?«, fragt er schließlich.

Ich reiße meinen Blick von ihm los und werfe stattdessen einen Blick übers Eis. Tristan wird gerade vom Coach zur Schnecke gemacht, jedenfalls deutet seine gebeugte Haltung darauf hin.

»Wir müssen Tristan irgendwie helfen«, murmele ich.

»Das sehe ich wie du. Seine Kondition ist im Arsch. Er ist zu langsam.«

Ich nicke und sehe wieder zu Tucker. »Morgen früh laufen wir 'ne halbe Stunde länger.« Nicht dass ich eine halbe Stunde Schlaf entbehren könnte, wo ich heute Abend bis elf arbeiten muss, um danach für Mathe zu lernen. Doch Tristan braucht eindeutig ein bisschen Hilfe. Und dieses *Wir*, das sich gerade zwischen Tucker und mir als … Team anbahnt, wiegt den fehlenden Schlaf irgendwie auf.

»Gute Idee. Dein Hirn ist ja doch zu was zu gebrauchen, Vegas.«

Ich grinse breit. Da ist er ja wieder.

KAPITEL 12
Tucker

»Tuck.« Lexa klingt schwer genervt. Verständlich. Dieses laute Klingeln ist unerträglich. Ich ziehe mir die Decke weiter über den Kopf. »Tucker!«, zischt meine Freundin. »Mach den Wecker aus.«

»Boah. Ich mach ja schon.« Blind taste ich nach meinem Smartphone und stelle den Alarm ab. »Es ist viel zu früh«, grummle ich, schiebe die Decke von meinem Körper und setze mich auf. Ich bin ein Frühaufsteher, aber fünf Uhr morgens ist selbst mir zu früh.

»Dann leg dich wieder hin.« Zum Ende des Satzes wird Lexas Stimme undeutlicher. Sie driftet eindeutig zurück in den Schlaf.

Ich beuge mich über sie und drücke ihr einen Kuss aufs Haar. »Schlaf weiter.«

»Hmmm.«

Mit einem Lächeln im Gesicht klettere ich über sie und gehe direkt ins Badezimmer. Dort putze ich mir gründlich die Zähne und betrachte den Kerl im Spiegel näher. Er sieht wirklich unausgeschlafen aus. Während ich meine Beißer auf Hochglanz poliere, lausche ich, ob aus Judes Zimmer bereits Geräusche kommen. Nichts. Nicht mal das Klingeln eines Weckers. Ich spucke den Schaum aus und klopfe dann an der Verbindungstür zu seinem Zimmer.

Keine Reaktion.

Vorsichtig drücke ich die Klinke nach unten. Ich betrete den abgedunkelten Raum.

»Jude«, zische ich. »Jude? Bist du wach?« Ich stoße mit dem Zeh gegen sein Bett. »Au, Fuck. Jude, mach das Licht an.«

»Hmm? Wer'sn da?«

»Ich bin's Tucker.«

»Tuck?«

Ich humple zum Bett und lasse mich dort auf die Matratze sinken. »Nein, nicht Tuck, sondern dein heimlicher Lover.«

»Welcher?«

Wegen der dämlichen Aussage muss ich die Augen verdrehen. »Gibt's so viele?«, frage ich nach.

»Na ja, da wär mal Noah.«

»Wer?«

»Nur so'n Typ von der Tankstelle, der mir hin und wieder nach Dienstschluss einen bläst.«

»Wer?«

»Muss ich das wirklich näher ausführen? Aussehen? Statur? Schwanzgröße?« Ich will wirklich keine Details, neugierig bin ich allerdings doch irgendwie. »Ist er der Einzige? Oder gibt es noch andere ... Personen, mit denen du rummachst?«

»Weiß nicht. Da ist die Kleine aus dem Mathe-Kurs. Und kürzlich hat mir —« Jude bricht mitten im Satz ab. »Kürzlich hat mir ein ziemlich hübscher Jemand erzählt, dass er auf Kerle steht. Vielleicht geht da mal was.«

»Ehrlich? Und bei den ganzen Angeboten liegst du noch in deinem eigenen Bett?«

»Wundert mich selbst.«

»Du sprichst aber nicht von mir, oder?«

Nun lacht Jude. »Gott, du hältst dich wahrscheinlich nicht nur selbst für unwiderstehlich, sondern für den heißesten Kerl in Creekville.«

»Wenn der Schuh passt.«

»Du bist ja überhaupt nicht eingebildet.«

»Auf jeden Fall nicht mehr als du«, kontere ich.

»Hey. Warte ... warum denkst du, dass ich von dir rede, wenn ich behaupte, ein ziemlich hübscher Jemand hat erzählt, dass er auf Kerle steht? Ich dachte, du stehst nur auf Frauen?«

Scheiße. Abrupt stehe ich auf. »Los, Jude. Raus aus den Federn.« Einfach im Programm weitermachen, als hätte er die Frage nie gestellt. »Wir gehen laufen.«

Anstatt meiner Aufforderung nachzukommen, schaltet er das Licht auf seinem Nachttischchen an und setzt sich auf. Die Decke rutscht von seinem Oberkörper und ich habe einen astreinen Ausblick auf seine breite Brust. Seine Tattoos auf seinen Unterarmen ziehen mich ebenfalls wieder in ihren Bann. Ich hatte bisher nie das Gefühl, dass Tinte auf Haut mich irgendwie anmacht, aber bei Jude … Fuck, ich kann einfach nicht wegsehen. »Lenk nicht ab, Tucker Landry.«

»Wovon?«, frage ich. Ganz unschuldig.

»Du stehst also doch auf Kerle?«

Ich stöhne genervt auf. »Selbst wenn, Jude. Es spielt keine Rolle, weil ich mit Lexa zusammen bin. Wir sind glücklich.«

»Oh, glaub mir. Das habe ich gestern Nacht gehört.«

»Hä? Wie meinst du das?«, will ich wissen.

»Na ja, ich war im Badezimmer und da hab ich euch gehört.«

»Was?« Ich mache ein paar Schritte zurück. »Wie?«

»Na ja, die Tür ist nicht schalldicht, Tucker.«

Ich verziehe das Gesicht. »Das ist …«

»Was?« Provokant sieht Jude mich an.

Heiß. »Krank. Du kannst uns nicht beim Sex belauschen.«

»Ich hab doch nicht mein Ohr gegen die Tür gedrückt und mir auf eure Performance einen runtergeholt.«

Kopfschüttelnd sehe ich ihn an. Kann nicht fassen, dass ich diese Unterhaltung gerade tatsächlich führe. »Was dann?«

»Na ja, ich wurde während des Zähneputzens einfach unfreiwillig Hörzeuge von eurer Show. So laut wie Lexa gestöhnt hat, hast du dich ordentlich ins Zeug gelegt, Bro.« *Bro?* Und liegt da etwa so was wie Anerkennung in seiner Stimme?

»Gott, Jude.« Ich raufe mir das Haar.

»Gestern hat es noch *Gott, Tucker* geheißen.« Er leckt sich über die Lippen. Was irgendwie total anzüglich wirkt. Und heiß. Verdammt heiß.

»Hör auf.«

»Erst, wenn du mir eine Frage beantwortest.«

»Welche?« Egal, wie wir bei diesem Gespräch gelandet sind – ich will alles tun, um es zu beenden.

Er grinst. »Immer noch dieselbe von vorhin. Stehst du auf Kerle?«

»Als wüsstest du das nicht«, antworte ich ausweichend.

Er schüttelt den Kopf und seufzt.

»Ehrlich gesagt, weiß ich es nicht. Immerhin hast du mir sehr eindringlich erklärt, dass du dir – dank mir – deiner Sexualität ziemlich bewusst bist und ausschließlich auf Frauen stehst.«

Ich lasse den Kopf in den Nacken fallen. »Fuck, Jude. Es ist kurz nach fünf Uhr morgens. Wir sollten joggen gehen, keine Gespräche führen.«

»Wann darf ich dich sonst fragen? Um acht? Oder lieber beim Mittagessen in der Schule? Beim Abendessen mit deiner Familie? Vielleicht ist Cyrille ja wieder dabei. Könnte lustig werden.«

»Ja, Mann«, blaffe ich ihn an, weil der Name von Couch Fournier irgendeine Sicherung in meinem Kopf zum Durchschmoren bringt. »Ich steh auch auf Männer. Es tut allerdings überhaupt nichts zur Sache, weil ich nämlich mit Lexa zusammen bin. Glücklich. Wie ich dir gestern offensichtlich sehr deutlich bewiesen habe.«

»Weiß sie es?«

»Was?«, frage ich genervt.

»Dass du auf Kerle stehst?«

Laut seufze ich. »Ja, ich hab es ihr gesagt. Wir haben keine Geheimnisse.« Na ja, fast keine.

»Und? Hat sie ein Problem damit?«

»Nein, sie findet es okay.« Mehr als das, um genau zu sein, das ist aber nichts, was ich Jude auf die Nase binden werde. »Können wir jetzt laufen gehen?«

»In Ordnung.« Jude springt aus dem Bett und automatisch landet mein Blick auf der tief auf seinen Hüften sitzenden Pyjamahose. Ein Pfad heller Härchen führt direkt hinein und ich muss schlucken.

Fokus, Tucker! Fokus!

Als ich aufsehe, schüttelt Jude den Kopf über mich. »Tucker, du stehst so was von auf mich.«

»Tu ich nicht.« Ja, er ist heiß. Solange er die Klappe hält. Sein Geschwafel tötet leider jegliche Lust ab.

»Doch. Du findest mich anziehend.«

»Die Verpackung ist schön anzusehen, aber mal ernsthaft Jude: Du würdest mich dauerhaft auf die Palme bringen.«

»Dann sei froh, dass das Wort *dauerhaft* in meinem Wortschatz nicht enthalten ist. Dafür *Spaß* und *Unverbindlichkeit*.«

»Können wir das Gespräch jetzt an dieser Stelle beenden, Jude?«

»Ja, muss mir sowieso die Zähne putzen. Wir treffen uns in fünf Minuten vor dem Haus.«

Ich sitze auf der untersten Treppenstufe, als die Haustür geöffnet wird. »Du warst ja –« Ich breche mitten im Satz ab, als Taylor aus der Tür kommt. Ihre Reisetasche in der Hand.

»Ihr fahrt schon?«, frage ich völlig schockiert. »Ich dachte, wir frühstücken heute noch gemeinsam?«

»Dad wollte nicht im Frühverkehr steckenbleiben.« Verständlich, allerdings auch enttäuschend.

Seufzend rapple ich mich hoch, jogge die Stufen nach oben und nehme meiner großen Schwester ihr Gepäck ab. »Komm, ich helfe dir.«

»Danke.« Gemeinsam gehen wir zu Dads Wagen und ich verfrachte ihr Zeug in den Kofferraum. Danach sehe ich Taylor nachdenklich an.

»Was?«, fragt sie mich.

»Ich find's nur schade, dass ihr jetzt wieder weg seid.« So ist das immer. Sobald der Sommer vorbei ist, geht Tay zurück ans College. Und Dad geht mit ihr, da beinahe gleichzeitig die neue Eishockey-Saison startet und er eben der Trainer einer NHL-Mannschaft ist.

»Du weißt, wie es läuft«, murmelt sie.

Traurig nicke ich. »Ich vermisse die Zeit, als es nur Dad, Mom, dich und mich gab.« Ich liebe die kleinen Monster. Natürlich tue ich das. Es hat sich nur einfach alles geändert, seit sie da sind. »Damals waren wir immer zusammen.« Früher – bevor die Zwillinge geboren worden sind, haben wir alle in Toronto gelebt. Und ich will nicht behaupten, dass ich die Stadt an sich vermisse, eher die Tatsache, dass wir als Familie nicht mehr das ganze Jahr über zusammen sein können. Die Zwillinge und Lilly kennen Dad kaum. Und ich habe das Gefühl, dass Dad und ich von Tag zu Tag, Woche zu Woche und Jahr zu

Jahr weniger Gemeinsamkeiten haben. Die Verbindung zwischen uns wird immer brüchiger. Würde ich nicht Eishockey spielen, gäbe es überhaupt keine Gesprächsbasis mehr.

»Ein Jahr noch, dann kommst du ebenfalls zurück in die Stadt.« Einerseits ist es mein großer Traum ans College zu gehen. College-Hockey zu spielen. Und das am besten in Toronto, um Dad und Taylor regelmäßig zu sehen. Andererseits mache ich mir Sorgen um Mom. Ich will sie nicht mit drei Kindern allein lassen. Sie wirkt jetzt bereits völlig überlastet.

»Ja«, murmle ich trotz meiner Bedenken. »Ein Jahr noch.«

Plötzlich taucht Jude neben uns auf. »Was geht ab? Schleichst du dich davon, Taylor?«

»Nur zurück nach Toronto. Ihr solltet Dad und mich mal ein Wochenende lang besuchen kommen.«

Jude stößt mich mit den Hüften an. »Also, mit mir kannst du auf jeden Fall rechnen. Cyrille hat mich zu einem Orientierungswochenende auf den Campus eingeladen.«

Taylor schenkt Jude ein freundliches Lächeln, doch es wirkt nicht echt. »Das klingt toll.« Danach sieht sie zu mir. »Und was ist mit dir, Tuck?«

»Mich hat Coach Fournier leider nicht eingeladen«, sage ich und muss mich wirklich bemühen, dass meine Stimme nicht zittert. Ehrlich, es pisst mich so dermaßen an, dass Dad dem College-Coach Jude wie den neuen Messias präsentiert hat und mich dabei völlig außen vorlässt. *Ich* bin sein Sohn. Nicht Jude. Und ich bin mindestens ein genauso guter Spieler wie Jude. Wenn nicht sogar besser, zumindest, wenn man mich auf meiner Position spielen lässt.

Taylor nickt. Verstehend. Nicht bemitleidend. »Das ist ...«

»Scheiße«, beendet Jude den Satz für sie. »Hast du Tucker mal spielen sehen? Er ist großartig.«

Nun erscheint ein stolzes Lächeln auf ihrem Gesicht. »O ja, das ist er.« Sie wuschelt mir durchs Haar. »Wie fandest du Cy?«, fragt sie dann.

»Du nennst ihn bei seinem Spitznamen?«

Das stört mich.

Sie zuckt mit den Schultern. »Er ist Dads Freund.« Dads Freund. Wie das klingt. »Ich sehe ihn oft.«

»Dann leg bei ihm ein gutes Wort für mich ein«, bitte ich sie.

»Das allein wird nicht helfen, kleiner Bruder.«

»Ich schicke dir Videos«, mischt Jude sich ins Gespräch ein. »Von Tuck. Und mir. Und du zeigst sie ihm. Deine Nummer hab ich ja.« Alter, jetzt zwinkert er meiner Schwester zu. Ist vor diesem Kerl niemand sicher?

»Mach ich.«

»Versprochen?«, fragt Jude.

»Ja, auf jeden Fall, du Spinner.« Nun wuschelt sie ihm durchs Haar.

»Komm, Tuck.« Jude greift nach meinem Unterarm und zieht mich ein Stück von Taylor weg. »Wir müssen los. Tris wartet bestimmt schon auf uns.«

»Schon gut.« Ich mache mich von ihm los, gehe noch mal zu Tay und umarme sie. »Bis bald.«

Sie drückt mich kurz. »Komm mich wirklich mal besuchen.«

»Mach ich.« Wir lassen uns los und ich gehe zurück zu Jude.

»Willst du nicht auf Dad warten, Tuck?«, fragt Taylor, während Jude an meinem Arm zieht.

Ich schüttle den Kopf. »Nein.« Ich bin eindeutig noch nicht darüber hinweg, dass er für Jude – einen völlig Fremden – einen seiner alten Freunde nach Creekville bringt und quasi mit einem College-Stipendium vor seiner Nase wedelt, er mir aber nicht einmal sagen kann, dass er im Morgengrauen nach Toronto aufbricht. Geschweige denn, sich von mir verabschiedet. »Komm Jude«, treibe nun ich ihn zur Eile an. »Wer als Letzter bei Tristan ist, zahlt das Bier beim nächsten Auswärtsspiel.«

Ohne sich noch einmal umzusehen, läuft er los. »Das werde definitiv nicht ich sein.«

KAPITEL 13
Jude

»Schließ die Tür ja anständig ab, Junge!«, ruft Stan mir quer durch den Laden zu. Dabei klingt er so grumpy wie eh und je.

Ich erspare mir eine Antwort, schnappe mir stattdessen den Schlüsselbund, der unter der Kasse versteckt liegt, und sperre die Tür ab. Langsam kreise ich die Schultern. Alles tut weh.

Die letzten Wochen liegen mir in den Knochen. Würde ich mich deshalb beschweren? Nein. Denn unser Team ist fucking ungeschlagen und meine Noten sind gut. Ein Stipendium ist zum Greifen nah, es steht also nicht zur Debatte, den Kopf in den Sand zu stecken. Außerdem haben wir bald Ferien. Ein paar Tage Frieden.

»Was träumst du denn schon wieder, Julien?«, brummt Stan hinter mir. »Irgendwann muss ein alter Mann wie ich mal schlafen.«

Ich lache. Noch so etwas. Der alte Griesgram nennt mich mit voller Absicht Julien. Noch immer versucht er, mich zu vergraulen, obwohl ich ganz genau weiß, dass er dankbar für meine Hilfe ist.

»Morgen früh sollten wir endlich die Frühstücksidee umsetzen. Ein paar frische Sandwiches am Morgen würden hier weggehen wie Kondome beim Spring-Break!«

»Ich brauche hier keine Sandwiches.« Er verschränkt die Arme vor der Brust, als ich näher trete. »Hier ist alles gut, wie es ist.«

»Stan, natürlich ist hier alles gut. Aber deshalb kann man es …«

Das Klingeln meines Handys unterbricht uns.

»Geh ruhig ran, Junge«, sagt er vergnügt. »Ich warte draußen.«

Ich schnaube. Das Thema ist noch nicht beendet. Dennoch lasse ich von der Diskussion ab und ziehe mein Smartphone aus der Tasche.

Lexa.

»Hallo, holde Maid. Wie kann ich Ihnen dienen?«, sage ich im Singsang und gehe hinter den Tresen, um mir meinen Rucksack zu schnappen.

»Juuude«, ruft sie fröhlich. Und quietschig. Klares Zeichen für Alkohol.

»Lexaaa«, rufe ich zurück und ernte direkt ein Kichern.

Laute Musik dringt aus dem Hintergrund, ebenso wie Stimmengewirr. Ich meine, mich dunkel zu erinnern, dass irgendwo eine Party stattfindet, weil wir heute unser Heimspiel gewonnen haben.

»Warum bist du nicht auf der Party? Alle fragen, wo du bist. Corey hat schon beinahe einen Heulanfall bekommen, weil sein bester Freund nicht hier ist.«

Das Lächeln breitet sich ohne mein Zutun auf meinem Gesicht aus.

Corey und ich sind in den letzten Wochen gute Freunde geworden. Und seit er mir offenbart hat, dass er auf Typen steht, hört er gar nicht mehr auf, mir Geheimnisse anzuvertrauen. Und das scheinen eine Menge zu sein. Allein siebenundzwanzigtausend handeln davon, dass er irgendwelche heimlichen Pranks bei seiner großen Schwester durchgeführt und bis heute nicht aufgedeckt hat.

»Ich bin noch bei Stan. Ich hatte heute die Spätschicht«, murmele ich und gähne dabei.

»Perfekt, dann bist du jetzt fertig, oder?«, fragt sie aufgeregt.

»Ja schon ...«

»Bitte«, fällt sie mir ins Wort. »Außerdem brauchen wir dich hier.«

Meine Gedanken driften augenblicklich in eine anzügliche Richtung, weil ihre Worte so zweideutig klingen. »Ist das so, ja?«

Ich schlüpfe in meine Teamjacke, für die ich verdammt dankbar bin. Es ist kalt geworden. Danach schwinge ich meinen Rucksack über eine Schulter und stoße die Hintertür auf. Ich stelle sicher, dass sie richtig zugezogen ist, und nicke Stan zu, der wie immer an seinem Truck lehnt und wartet, bis ich selbst in meinem sitze.

»Jaaa«, sagt Lexa langgezogen, während ich die Tür zuschlage. »Tucker und ich haben getrunken, obwohl einer von uns eigentlich fahren wollte. Das Boot hatte heute nicht genügend Benzin und deshalb haben wir mein Auto genommen und ... nun. Im Gegensatz zu Tuck laufe ich nicht gerne im Dunkeln durch den Wald.«

Ich lehne mich in meinem Sitz zurück. Das Seufzen bleibt mir im

Halse stecken. Auch wenn ich unbedingt nach Hause ins Bett will, weil dieser nicht zu enden scheinende Tag so verdammt lang ist, ist Lexa doch meine Freundin. Sie hat schon einmal erwähnt, dass der Wald ihr im Dunkeln Angst macht und da die Landrys nun mal komplett und mitten im Wald wohnen, gibt's keine andere Möglichkeit. Wo sie wohnt, weiß ich nicht mal.

Ich werfe einen Blick in meinem Rückspiegel. Immerhin sehen meine Haare fantastisch aus. Das hilft über meine dunklen Augenringe hinweg.

»Jude? Bitte?«, bettelt Lexa mit ihrer liebreizendsten Stimme.

»Schick mir den Standort.«

Sie quiekt zufrieden. »Du bist der Beste, Jude!«

»Ich weiß. Gott muss mich besonders lieben.«

Darüber lacht sie. »Bis gleich.«

Wir legen auf und kurz darauf schickt sie mir ihren Standort per Messenger. Ich öffne die Karten App auf meinem Handy und starte die Navigation. Erst als ich den Motor anlasse, startet Stan ebenfalls sein Auto. Das tut er immer. Er wartet, bis ich losgefahren bin. Vorher verlässt er niemals das Grundstück. Ich kann mich nicht mal drüber ärgern, weil es irgendwie süß ist, wenngleich ungewohnt. Immerhin habe ich mich bereits in den übelsten Ecken von Las Vegas rumgetrieben. Eigentlich überraschend, dass aus mir kein Schwerverbrecher geworden ist.

Die Fahrt dauert nur wenige Minuten. Mein Ziel bildet ein kleiner Schotterparkplatz, auf dem sich feinsäuberlich Auto an Auto reiht. Manchmal weiß ich nicht, ob ich die Kanadier für solcherlei Dinge bewundern oder bemitleiden soll. Der Amerikaner in mir zwingt mich dazu, mein Auto wie der letzte Arsch zu parken. Dadurch nehme ich zwei Parkplätze auf einmal ein. Ein bisschen Rebellion muss wohl ab und zu sein.

Ich trete in die kühle Nachtluft, die ich irgendwie genieße. Ich würde nicht soweit gehen, dass ich mich mit der Natur und den Bäumen angefreundet habe, doch irgendwie arrangieren wir uns.

Vor mir erstreckt sich eine große Wiese voller Jugendlicher. Mitten im Nirgendwo. Außerdem glaube ich, dass mich dieser beschissene

See verfolgt. Dem Vollmond ist es zu verdanken, dass ich das Glitzern des Wassers ausmachen kann. Gruselig.

Die Musik ist gar nicht so laut, wie sie am Telefon den Anschein gemacht hat. Jugendliche stehen in Grüppchen zusammen, doch ich muss gar nicht lange nach meinen Freunden suchen. Lexa und sogar Ashley kommen auf mich zugestürmt und fallen mir überschwänglich um den Hals. Jede auf einer Seite.

»Du bist gekommen«, sagt Lexa glücklich. »Komm, wir haben ein Bier für dich.«

Die Mädchen ziehen mich zu den anderen, die auf Holzstämmen um ein Lagerfeuer herumsitzen. Und es ist nicht mal das einzige. Überall züngeln die Flammen im Wind. Mehrere Bierfässer schieben sich in mein Blickfeld. Wer hätte gedacht, dass die Kids in Creekville wissen, wie man feiert.

Sowohl Lexa als auch Ashley verschränken jeweils eine Hand mit meiner. Etwas überfordert blicke ich von einer zur anderen.

Als wir beim Feuer ankommen, blicken mir Tucker, Tristan, Corey und TK entgegen.

»Ich schwöre, ich war's nicht!«, sage ich und hebe meine beiden Hände zur Erklärung.

Corey lacht dreckig. Tristan sieht aus, als ob er gleich anfängt zu heulen. Tuck hingegen lächelt und schüttelt mit dem Kopf. Kein Spruch. Kein genervtes Augenrollen. Und er sieht wie immer verdammt gut aus. Im Gegensatz zu mir trägt er nur ein T-Shirt. Seine muskulösen Oberarme blitzen hervor und spannen sich an, als er einen Arm hebt, um aus seinem Becher zu trinken. Ich wende den Blick hastig ab.

Ashley löst sich von mir und geht zu dem schmollenden Tristan. »Du weißt doch, dass es nur dich gibt.«

Das scheint ihn zu besänftigen. Er zieht seine Freundin auf seinen Schoß, legt sein Kinn auf ihrer Schulter ab und streckt mir die Zunge heraus. Total erwachsen.

Ich löse meine Finger aus Lexas, allerdings nicht, ohne einen Kuss auf ihren Handrücken zu drücken, nur um Tucker zu provozieren. Seine Augen liegen auf mir, die Mundwinkel sind noch immer zu einem Lächeln verzogen, doch noch immer flippt er nicht aus. Interessant.

»Bier?«, fragt Lexa.

Ich verziehe das Gesicht. »Nee, lass mal. Ich muss euch Saufnasen ja noch nach Hause fahren.«

»So ein Blödsinn. Wir können doch mit Ashs Mom nach Hause fahren«, hält Tucker dagegen. »Hat sie doch vorhin angeboten.«

Hä? Das klang vorhin am Telefon bei Lexa anders. »Warum lässt du mich so auflaufen?«

Ich sehe zu Lexa, die mich frech angrinst. »Ups. Erwischt.« Sie boxt Tucker gegen den Oberarm.

Er zuckt mit den Schultern. »Bin für jede Art von Bestrafung offen.« Meine Augen weiten sich. So eine Aussage habe ich noch nie von ihm gehört. Fuck, das ist heiß. So was von heiß. Und seit ich weiß, dass er auch auf Typen steht, reagiere ich verdammt noch mal anders auf ihn.

Ich beschließe, nicht nachzufragen, warum Lexa mich angelogen und quasi angebettelt hat, herzukommen und lasse mich neben Corey auf einen Baumstamm fallen.

Kurzerhand nehme ich ihm den Becher aus der Hand und leere ihn in einem Zug. Er sieht mich nur mit hochgezogener Augenbraue an. Fuck. Er wird fragen. Keine Chance, dass er das hier vergisst. Dennoch beschließe ich, den Dummen zu spielen und lasse meine Augen über die Wiese gleiten. Die meisten Gesichter sind mir bekannt, weil ich ihnen tagtäglich in der Schule begegne. Weiter hinten mache ich Noah aus. Cameron, einer der jüngeren Spieler in unserem Team, steht bei ihm. Ich sehe mich weiter um. Und runzle die Stirn.

»Sind das unsere Gegner von heute?«, frage ich an Corey gewandt und deute mit einem Nicken zu einer Gruppe Typen, die nicht weit von uns entfernt gut gelaunt zusammensitzen.

Mein Kumpel zuckt nur mit den Schultern. »Ja, klar. Egal, ob in Creekville oder in Darbysfield, nach den Spielen feiern wir entweder hier oder dort.«

Ich nicke, verziehe aber das Gesicht. »Nichts für ungut. Wirkten wie ziemliche Vollpfosten auf mich.«

Corey boxt mir lachend gegen den Oberarm. »Ja, irgendwie stimmt das schon.«

Ich beobachte die Jungs eine Weile. Die benehmen sich seltsam. Vollkommen überdreht. Irgendwann reicht einer irgendwas von einem zum nächsten und kurz darauf führen alle gemeinsam ihre Finger zum Mund.

»Fuck!«, stoße ich viel lauter aus als geplant. In Sekundenschnelle liegen die Blicke aller meiner Freunde auf mir. Während ich innerlich vollkommen aus der Haut fahre. Eiseskälte schießt durch meine Adern und beweist mir ein weiteres Mal, dass es keinen heftigeren Trigger für mich geben kann.

»Was ist los?«, bricht schließlich Lexa die Stille.

Einatmen. Ausatmen. Ich werde hier keinen verdammten Seelenstriptease hinlegen.

»Unsere Freunde aus Darbysfield haben gerade Drogen geballert.« Meine Stimme schneidet durch die Luft wie eine scharfe Klinge.

»Bist du sicher?«, fragt Corey verwirrt.

»Ja.« Ein einziges Wort. Doch meine Stimmlage plus Gesichtsausdruck sorgen dafür, dass Corey die Klappe hält.

Nur Lexa und Tucker wissen von meiner Mom und irgendwas sagt mir, dass die beiden mit der Info nicht hausieren gegangen sind. Keine Ahnung, was mich so sicher macht … ich bin eben einfach sicher.

Mein Blick liegt nach wie vor auf der Gruppe. Ein Tütchen blitzt hervor. Die Jungs setzen sich damit in Bewegung in Richtung von ein paar Mädels aus unserer Schule.

Mit einem Satz bin ich auf den Beinen und stürme auf die anderen zu. »Hey Arschloch!«, knurre ich demjenigen zu, der meines Wissens das Tütchen hat. Er dreht sich überrascht um. Jap. Ich hatte recht. Das Tütchen befindet sich in seiner Hand.

Wut überrollt mich.

Mit einem überheblichen Grinsen sieht er zu mir hoch. Zu meiner absoluten Befriedigung bin ich größer als er.

»Was ist los? Willst du was?« Gönnerhaft hält er mir die, wie ich jetzt erkenne, Pillen vor die Nase.

Gerade als ich einen Satz nach vorne machen will, werde ich an der Schulter gepackt. Ohne hinzusehen, spüre ich Tucker an meiner Seite. Keine Ahnung weshalb, aber das beruhigt mich irgendwie. Genauso das Gemurmel von den anderen Jungs hinter mir gibt mir unerwartete Rückendeckung.

»Nimm deinen Scheiß und verpiss dich aus Creekville.« Das klingt netter als es sollte.

Erneut grinst der Typ mich nur blöd an. »Nee, ich denke, ich biete lieber den hübschen Mädchen dort drüben was an.«

Alter!

Ein weiteres Mal hält Tucker mich zurück. »Beruhig dich, Jude!«, sagt er neben mir. »Das ist es nicht wert.«

Doch. Irgendwie ist es das. Vermutlich wird das nie einer verstehen. Das Bild meiner Mom erscheint vor meinem inneren Auge. Das, wie sie … Fuck! Mein Atem geht schneller.

»Hör auf deine Freundin« murmelt das Arschloch großspurig. »Als ich dich heute auf dem Eis gesehen habe, war mir schon klar, dass du lieber Schwänze lutscht«, spuckt er mir ins Gesicht.

Irgendwie rückt das mein Hirn klar und lenkt mich von meinen düsteren Gedanken ab. Das hier. Homophobe Loser. Damit komme ich klar. An solche Leute verschwende ich gar nichts. Ich breche in ein fieses Lachen aus und sehe zu Tucker. Keine Ahnung, wie er damit umgeht. Auf seinem Gesicht liegt lediglich ein verwirrter *Was-zur-Hölle?*-Blick. Er blinzelt, dreht den Kopf zu mir und macht bedeutungsvoll einen Schritt mit erhobenen Händen zurück. »Nur zu.«

Grinsend drehe ich mich zum Arschloch zurück, den Tuckers Geste sichtlich verunsichert hat.

Mit einem Mal bin ich dankbar für so manche Schlägerei, in die ich früher gegen meinen Willen gezogen wurde. Ich ziehe bewusst meine Teamjacke aus und reiche sie hinter mich. Corey ergreift sie mit großen Augen.

Jetzt liegen meine Tattoos und Ketten frei. Diese Tattoos bedeuten mir alles, was vermutlich niemand nachvollziehen kann. Es war nie meine Absicht, irgendwie gefährlich auszusehen. Wenn ich es allerdings will, gelingt es mir ziemlich gut.

»Also«, wende ich mich an Arschlochs Freunde und ignoriere ihn dabei vollkommen. »Zwei Möglichkeiten.« Zur Untermauerung meiner Worte halte ich zwei Finger nach oben. »Erstens. Ihr schnappt euch euren gar nicht mal so hübschen Kumpel hier und schafft seinen Arsch so schnell es geht aus unserer Stadt.«

Bedeutungsvolle Pause.

Das Arschloch schnaubt.

Ich lächle.

Jetzt sehe ich ihn direkt an. »Möglichkeit Nummer zwei: Vielleicht hole ich dafür etwas weiter aus. Wisst ihr, ich werde hier *Vegas* genannt. Das ist die Stadt mit einer der höchsten Kriminalitätsraten in den Vereinigten Staaten. Und nein, ich komme nicht vom glitzernden Vegas-Strip. Viel mehr aus den dunklen Gassen, in die ihr Pussys nicht mal einen kleinen Zeh setzen würdet. Während ihr also als Kinder fleißig euer Taschengeld gezählt habt, habe ich mich mit Fäusten durchs Leben bewegt. Ich weiß, ihr denkt euch: Ist der nicht zu hübsch dafür? Absolut. Bin ich. Allerdings hat man nicht immer eine Wahl, oder? Wenn ihr euren kleinen homophoben Freund also nicht umgehend aus meinem Sichtfeld entfernt, werde ich ihm die Fresse polieren, bis er nach seiner Mami weint.«

Arschloch blinzelt. Die Angst ist ihm bis zur Nasenspitze anzusehen. Seine Freunde sind sichtlich verunsichert. Sie sehen mir in mein grinsendes Gesicht, tauschen irritierte Blicke.

»Lass uns gehen, Holden«, sagen sie schließlich eindringlich.

»Ja, Holden. Hör auf deine Freunde, sie sind viel schlauer als du.« Der Sarkasmus trieft aus meiner Stimme.

Er erhebt schlussendlich keinen Protest und lässt sich von seinen Freunden wegziehen.

»Was für ein minimal denkender Mensch«, kommentiere ich trocken.

Corey klopft mir grinsend auf den Rücken. »Alter, das war beeindruckend. Hab noch nie gesehen, dass jemand so gut gelaunt eine andere Person bedroht hat. Zuerst dachte ich du haust ihm eine runter. Und dann kam der Spruch. Boom. Happy Jude ist da.«

Ich wünschte, wir wären allein.

Mir ist nämlich sehr wohl klar, dass ihn der Spruch mehr verletzt hat als mich.

Natürlich sage ich nichts. Wir tauschen lediglich ein High five und dann lege ich ihm freundschaftlich den Arm um die Schultern. »Kommt schon, Leute«, sage ich in die Runde. »Wir haben die Pisser heute auf dem Eis in den Boden gestampft. Ein bisschen feiern haben wir uns verdient.«

Als ich endlich die Tür des Trucks zuschlage, ist es spät. Tucker lässt sich neben mir auf den Beifahrersitz gleiten. So betrunken habe ich ihn noch nie gesehen. Normalerweise ist er ernster, scheint immer über irgendwas nachzudenken. Jetzt liegt ein seliges Lächeln auf seinen Lippen. Ich sehe in den Rückspiegel, doch Lexa steht noch immer mit ihrer besten Freundin Ashley zusammen. Sie wartet gerade darauf, von ihrer Mom abgeholt zu werden. Die Mom, die Lexa und Tucker hätte mitnehmen können.

»Warum hat Lexa mich heute hergelockt?«, frage ich ihn.

Er schmunzelt. »Gelockt? Wie die Hexe in einem Märchen?«

»Fühlt sich ein bisschen danach an.«

»Keine Ahnung. Ich denke, sie mag dich ein bisschen zu gern.«

Meine Augen weiten sich. Dass Tucker so direkt ist, muss am Alkohol liegen. »Wie meinst du das?«

»Steht bestimmt auf deine Frisur oder so einen Mist«, murmelt er.

Den Kopf schüttelnd begutachte ich mein Haar. Passt. »Sie sitzt heute besonders gut. Das hat noch niemand gewürdigt. Warum sagst *du* mir nicht, dass meine Haare heute gut aussehen, Tuck?« Haartick lässt grüßen.

Er dreht den Kopf zu mir und blinzelt verwirrt. Vermutlich ist es nur seinem Alkoholpegel zu verdanken, dass er die Augen einmal an mir auf und ab wandern lässt. Gänsehaut breitet sich auf meinen Armen aus. Sein Mund öffnet sich ein wenig, er fährt sich mit der Zunge über die Lippen, bevor er sie zu einer Linie zusammenpresst. Schon wendet er den Blick ab und räuspert sich.

»Du siehst müde aus, Vegas«, sagt er, meine Haare ignorierend.
Arsch.

»Ich *bin* müde, Tucker.«

Jetzt knabbert er an seiner Unterlippe. Er muss das lassen. Denn
das stellt irgendwas mit mir an. Mein Mund wird trocken.

»Hör mal, das mit dem anderen Team …«, setzt er an. »Das war …
Geht's dir gut?«

Tuckers Worte scheinen sich vorsichtig an mich heranzutasten. Ich
schlucke. Er macht sich Gedanken um mich. Dass er nachfragt,
ist … cool? Schließlich kann er ja nicht wissen, dass ich nicht über
meine Gefühle rede. Ich würde verdammt gerne sagen, dass mich die
Sache nicht aus der Bahn geworfen hätte, hat sie aber. Allerdings mache ich das ganz allein mit mir aus. Wie ich es immer getan habe.

»Was meinst du?«, frage ich dümmlich. Er kauft es mir ab, was
nicht weiter verwunderlich ist nach all den Jahren, in denen ich die
scheinbare Gleichgültigkeit perfektioniert habe.

Er will gerade antworten, da wird die Hintertür des Trucks aufgerissen und Lexa steigt in den Wagen. Sie setzt sich direkt in die Mitte,
stützt ihre Arme an der Sitzlehne ab und hat kurz danach ihren Kopf
direkt neben unseren.

»Hey«, sagt sie grinsend.

»Hey, Prinzessin Schluckspecht!«, sage ich grinsend.

»Jude!«, knurrt Tucker.

»Hey, was denn?«, verteidige ich mich. »Ich habe von Alkohol gesprochen. Woran du wieder denkst.«

Er grinst ebenfalls. Muss ja echt magisches Zeug gewesen sein, das
er da getrunken hat.

»Deine Haare sehen heute gut aus, Jude«, sagt Lexa im Singsang
und fährt mit den Fingern hindurch.

Ich werfe einen triumphierenden Blick zu Tucker. Nur meinem
Ego ist es zu verdanken, dass ich Lexas Hand nicht wegschlage. Wo
wir erneut beim Haartick wären. Keine Ahnung, wo das herkommt.
Schätzungsweise steht es sechzig Prozent für den Daddy-Komplex
und vierzig Prozent für den Mommy-Komplex.

Netterweise leide ich an beidem. Alles, was mit mir schiefläuft, lässt sich sicher auf eines dieser beiden Phänomene zurückführen. Meine Fresse, ich drifte ab.

Ehe ich weiter meine Psyche ergründen kann, wofür ich normalerweise nie genug Zeit habe, lasse ich den Motor an und fahre vom Parkplatz in die dunkle Nacht hinein.

Lexa fängt schließlich an, mit Tucker über Leute zu quatschen, die ich nicht kenne, wofür ich ihr ganz dankbar bin. Obwohl sie viel Mist redet, hat sie trotzdem eine angenehme Stimme. Selbst wenn der Inhalt ihrer Worte manchmal echt grenzwertig ist.

Ein Auto überholt uns. Verwirrt sehe ich die Rücklichter an, nur um kurz darauf die Buchstaben im Heckfenster auszumachen. *Stopp, Polizei.*

»Fuck«, stoße ich aus. »Fuck, Fuck, Fuck!«

Tucker und ich tauschen einen besorgten Blick. Er kann nicht meinen Platz einnehmen. Nicht wenn er voll ist wie tausend U-Boote.

»Warum zur Hölle macht Mountie Baxter Kontrollen um die Zeit? Hat er sein blödes verwöhntes Söhnchen abgeholt?«, fragt Tucker laut, erwartet aber hoffentlich keine Antwort von mir. Ich habe keinen Schimmer, wovon er spricht.

»Ist doch egal, Jude. Du hast doch nichts getrunken«, sagt Lexa. »Soll der alte Baxter doch seine geliebte Kontrolle durchführen.«

»Ja, technisch gesehen habe ich keinen Führerschein«, lasse ich die Bombe platzen.

»Was?«, fragt sie ungefähr zwölf Oktaven zu hoch.

»Fuck!«, knurre ich erneut.

»Fuck!«, stimmt Tucker mit ein. »Das habe ich völlig vergessen.«

»Fuck!«, wiederholt Lexa.

Ich bringe den Wagen schließlich am Straßenrand zum Stehen und überlege dabei fieberhaft, wie ich aus dieser Nummer herauskomme. Was soll das überhaupt? Wir sind in Kanada. Wozu brauchen die Polizisten? Ein älterer Mann steigt aus dem Wagen vor uns und kommt auf uns zu. Lustig. Ich dachte, Mounties wären immer auf Pferdchen unterwegs. Ich lasse die Fensterscheibe herunter. Das war's dann wohl. Mein Stipendium kann ich abhaken. Vermutlich schmeißt Kate mich gleich raus.

Shit.

»Guten Abend, Commissioner«, übernimmt Tucker das Reden. Er hat sein *Ich-bin-der-Star-der-Schule-und-jedermanns-Liebling*-Gesicht aufgesetzt.

»Hallo, Tucker«, grüßt der Commissioner freundlich zurück. »Gutes Spiel heute.«

Beinahe lache ich auf. Kleinstädte.

Ganz ohne mein Lachen fällt die Aufmerksamkeit trotzdem auf mich. Leider trage ich nicht mehr meine Jacke. Lexa war kalt, weshalb sie die jetzt anhat. Sicherlich muss ich nicht erwähnen, wie lange sie darüber mit Tucker diskutieren musste, weil sie jetzt in der Teamjacke eines anderen steckt. Albern. Als würde ein Kleidungsstück reichen, um irgendeinen Besitzanspruch geltend zu machen. Beziehungen sind seltsam.

Jedenfalls tragen meine offen liegenden Tattoos sicher nicht dazu bei, dass ich vertrauenswürdig aussehe. Scheint der Commissioner ebenfalls so zu sehen. Er beäugt mich misstrauisch. »Dich habe ich hier noch nie gesehen. Ist das euer Auto, Tucker?«

»Ja, meine Eltern haben es Jude geliehen. Er wohnt dieses Schuljahr bei uns, um Eishockey spielen zu können. Garcia-Wilson. Unser Center.«

Jetzt hellt sich die Miene des Mannes auf. »Gutes Spiel heute, Junge«, sagt er nun zu mir.

Weird, dieser Smalltalk. »Danke. Ich gebe mein Bestes.«

»Nun, ich will euch gar nicht lange aufhalten. Habt ihr getrunken?«

Ich winde mich innerlich. »Die beiden ja, ich nicht«, beantworte ich wahrheitsgemäß.

»Gut, gut. Siehst mir auch nicht betrunken aus.«

Ich lächle nickend. Eine zweite Person steigt aus dem Wagen und ruft dem Commissioner irgendwas zu, das ich nicht verstehe.

»Bin gleich fertig, Noah«, ruft er zurück und sieht kurz darauf wieder mich an. »Zeigst du mir noch deinen Führerschein, Junge? Dann könnt ihr gleich weiter.«

Fuck!

Verdammte Scheiße.

Wie der Vollpfosten, der ich nun mal bin, fange ich an, im Rucksack zu Tuckers Füßen zu graben, wohlwissend, dass sich dort kein Führerschein von selbst hineinzaubern kann.

»Dad, muss das sein? Jedes Mal, wenn du mich abholst, ziehst du diese Nummer ab«, erklingt eine genervte Stimme, die mir ziemlich bekannt vorkommt. Ich hebe den Kopf.

Schlank. Groß. Schwarze, wellige Haare. Stupsnase zu blauen Augen.

»Noah?«, frage ich verwirrt.

Mit großen Augen sieht er mich an. »Jude?«

Kurz darauf gleitet ein breites Lächeln über seine Züge. Ich tue es ihm gleich. Sieh einer an. Noah ist der Sohn des örtlichen Commissioners. Mein Noah. Blowjob-Noah.

»Ihr kennt euch bereits?«, fragt Noahs Vater.

»O ja, definitiv.« Ich kann die Anzüglichkeit nicht aus meiner Stimme verbannen. Es geht einfach nicht.

Mein Kumpel mit gewissen Vorzügen presst die Lippen unter einem Grinsen aufeinander.

»Oh«, murmelt Commissioner Baxter. »Ist er … ein *Freund*?«

Jetzt stehe ich kurz vor einem hysterischen Lachanfall. Noah hat mal erwähnt, dass seine Eltern wissen, dass er schwul ist. Und dass sein Dad nicht weiß, wie er das Thema händeln soll. Dafür habe ich ihm erzählt, dass ich keinen Führerschein habe. Wenn ich gewusst hätte, wer sein Vater ist, hätte ich das gelassen. Doch anscheinend hat er nicht vor, mich auffliegen zu lassen.

»Dad«, sagt Noah augenverdrehend. »Bist du jetzt endlich fertig? Das hier ist albern. Wir beide wissen, dass du permanent Jugendliche kontrollierst und doch nie jemanden erwischst. Sieh es ein. Das hier ist Kanada, nicht Mexico-City.«

Mountie Baxter lacht und rückt seinen Hut zurecht. »Ich bin meinem Sohn peinlich.«

»Gott, ja!«, stimmt er zu. »Gute Nacht, Leute. Jude, ich melde mich morgen bei dir. Komm, Dad.«

Er zieht seinen Vater davon. Sofort lasse ich das Fenster hoch.

»Fuck, Gott sei Dank!«, murmele ich erleichtert.

Geschickt lenke ich den Wagen zurück auf die Straße.

»Noah Baxter?«, fragt Tucker schließlich. Entsetzen schwingt in seiner Stimme mit.

»Du hast was mit dem Sohn von Mountie Baxter?« Lexa klingt nicht weniger aufgebracht.

»Wann? Wie? Ich meine ... ich wusste nicht mal, dass er ... oder dass ihr euch kennt.«

Ich grinse dreckig. »Hab dir doch erzählt, dass ich ab und zu nach der Arbeit einen Blowjob einfahre.«

»Aber ...«, stammelt er. »Wieso ausgerechnet *dieser* Noah?«

»Wo ist das Problem?«, frage ich ehrlich verwirrt. »Er ist süß und es geht nur um Sex.«

»Ihr hattet Sex?«, ruft Tucker schockiert durch den Wagen.

Ich lege den Kopf schief. »Nicht im herkömmlichen Rein-Raus-Sinne, nein. Zumindest noch nicht. Wieso interessiert dich das?«

»Interessiert mich nicht, Jude.« Tucker hat die Arme verschränkt und der unbeschwerte Ausdruck, den er den ganzen Abend aufgelegt hat, ist verschwunden.

Ich runzle die Stirn. Verwirrt. Habe ich irgendwas verpasst? Doch Tucker schweigt den Rest der Fahrt. Nur Lexa wechselt das Thema und redet kurz darauf von etwas anderem. Meine Verwirrung bleibt.

KAPITEL 14

Tucker

Kopfschüttelnd folge ich Jude und Lexa in die Küche. »Noah Baxter«, murmle ich, weil ich immer noch nicht über die Tatsache hinweg bin, dass er etwas mit dem Sohn des Commissioners hat.

Lexa dreht sich zu mir um und formt ein lautloses »*Ja? Oder?*« mit den Lippen. Das »*Unfassbar*!« lässt sich schon leichter lesen. Sie sieht zumindest genauso fassungslos wie ich aus.

»Wieso stört dich das?«, fragt Jude und geht zum Kühlschrank. Er verschwindet hinter der offenen Tür und streckt Lexa eine Flasche Wasser hin. Dann mir. »Trinkt das, ihr Saufnasen.«

»Danke«, sage ich und drehe den Verschluss auf. »Und es stört mich nicht.«

Lexas Augenbrauen wandern weit in die Höhe. Sie glaubt mir kein Wort.

»Hätte nur nicht gedacht, dass er dein Typ ist«, versuche ich, mich zu erklären. Immerhin hat er auch mal mit mir geknutscht. Und ich bin definitiv das absolute Gegenteil von Noah. Groß. Gut aussehend. Und verdammt vergeben.

»Außerdem ist er echt ein ganz schöner Lappen«, wirft Lexa ein, woraufhin sie einen irritierten Blick von Jude kassiert.

»Hab keinen bestimmten Typ«, nuschelt er und schließt die Kühlschranktür. Auch er hat eine Flasche Wasser in der Hand und er nimmt einen tiefen Zug daraus. Sein Adamsapfel hüpft beim Trinken auf und ab und ich starre etwas zu lange auf die Stelle. Als ich den Blick abwende, grinst Lexa mich an.

Erwischt.

»Lass uns ins Bett gehen«, sage ich zu ihr und trinke noch einen Schluck.

»Okay«, antwortet Jude an ihrer Stelle und wackelt vielsagend mit den Augenbrauen.

Ich verschlucke mich an meinem Wasser. »Ich meinte Lexa.«

Anstatt mir zu helfen, ernte ich einen vielsagenden Blick von meiner Freundin. Außerdem kann sie sich ein Lächeln nicht verkneifen.

»Schade.« Er greift in seine Hosentasche und legt ein paar Scheine auf den Küchentresen.

»Gott, Jude«, jammere ich genervt. Dann: »Was tust du da?«

»Ich beteilige mich.«

»Woran?«

»An den Haushaltskosten.«

Irritiert sehe ich ihn an. »Warum? Verlangt Mom das? Oder Dad?«

»Nein, natürlich nicht.«

»Warum tust du es dann?«, will Lexa wissen. Offensichtlich hat sie ihre Stimme wiedergefunden.

Jude lächelt. Ein ehrliches Lächeln. Keines dieser aufgesetzten Aufreißer-Grinsen. »Weil ich es will. Und kann.«

»Verstehe«, sage ich, weiß aber eigentlich nicht, was er meint. Gott, ich hab heute eindeutig zu viel getrunken. Klar, ich kann noch normal sprechen, irgendwie habe ich mich heute allerdings von der guten Stimmung wegen unseres Siegs mitreißen lassen. Und es hat gutgetan, mal an nichts zu denken, außer ob das nächste Bier genauso gut schmeckt wie das letzte. Sollte ich definitiv öfter machen. Mich einfach gehenlassen.

»Lexa?« Ich strecke die Hand nach ihr aus und sie kommt an meine Seite. »Bett?«

»Mit dir? Immer.« Als sie bei mir ist, lege ich den Arm um ihre Schulter. »Nacht Jude.«

»Was denkt ihr denn? Dass ich die ganze Nacht wach bleibe und hier rumstehe? Oder schon das Frühstück vorbereite? Ich geh auch nach oben.«

Ohne mich nach ihm umzudrehen, führe ich Lexa zur Treppe. Lange halte ich allerdings nicht aus. Ungefähr in der Mitte des Aufgangs schiele ich über meine Schulter hinweg zu Jude, der uns wirklich hinterherdackelt. Aber nicht nur das. Er sieht eindeutig auf den Arsch meiner Freundin.

»Alter, Jude«, rüge ich ihn.

»Was?« Er reißt ertappt beide Hände in die Luft und tut so, als würde ich eine Waffe auf ihn richten. Der Freak!

»Du glotzt meiner Freundin auf den Hintern.«

Lexa zwingt mich zum Stehenbleiben und dreht sich zu Jude um. »Ist das so, Vegas?«

»Zu meiner Verteidigung«, Jude sieht uns entschuldigend an, »es ist ein toller Arsch. Und ich habe keine bösen Absichten.«

Meine Freundin lehnt sich näher zu ihm, drückt ihm einen Kuss auf die Wange. »Schade«, wispert sie. Laut genug, dass ich es hören kann. Ich bin ein bisschen irritiert von ihrer Aussage. Was soll das bedeuten? *Schade ...*

Dann dreht sie sich um und geht mit wiegenden Hüften nach oben. Nun starren wir ihr zu zweit auf den Po.

Mit der flachen Hand schlage ich Jude auf den Hinterkopf.

»Aua«, jammert er. »Für was war das denn?«

»Du hast es schon wieder getan.«

Er steigt auf dieselbe Treppenstufe wie ich und lehnt sich näher zu mir. Da wir so gut wie gleich groß sind, berühren sich beinahe unsere Nasenspitzen. Der Aufgang ist einfach zu schmal für zwei Eishockeyspieler. »Ich würde mich ja entschuldigen«, flüstert er und ich spüre seinen Atem nicht nur, sondern rieche ihn auch. Minze. Lecker. »Aber es tut mir nicht im geringsten leid.«

»Tut's dir nie, oder?«, raune ich.

Nachdenklich legt er den Kopf schief. »Selten, Tucker. Selten.«

Wir sehen uns in die Augen und plötzlich wird mir bewusst, wie nah wir uns gerade sind. Ich müsste mich nur ein Stück nach vorne lehnen und dann ...

Jude kommt näher und ehe ich zurückweichen kann, drückt er mir einen Kuss auf die Wange. »Ich gehe vor dir ins Badezimmer«, sagt er lachend, zieht sich zurück und joggt dann vor mir die Treppen nach oben.

Toll!

Jetzt starre ich *ihm* auf den Arsch.

Seufzend lasse ich mich neben Lexa ins Bett fallen. Was für ein Tag. Sie hebt die Decke an und ich rutsche zu ihr. »Naaa?«, fragt sie.

»Hmm?«, mache ich, weil ich keine Ahnung habe, auf was sie hinauswill.

»Jude.«

Ich strecke mich zum Nachttisch und schalte das Licht aus. »Gott, zum Glück ist er endlich in seinem Zimmer. Der Kerl nervt.« Manchmal. Fuck – je länger er hier ist, desto mehr gewöhne ich mich an ihn. Und das Schockierendste: Ich verbringe gerne Zeit mit ihm.

»Das meine ich nicht«, flüstert sie. Man hört ihr immer noch an, dass sie heute eine ganze Menge getrunken hat. Zumindest hat sie dankenswerterweise das Quietschen eingestellt.

Lexa kuschelt sich näher zu mir und ich ziehe sie an meine Brust. »Ich glaube, ich kann dir nicht folgen. Hab zu viel getrunken.«

»O ja, hast du. Aber ich mag Party-Tucker. Du warst gut drauf.«

»Sonst nicht?«

»Na ja, meistens verhältst du dich auf Partys wie ein grummeliger Einsiedler und fährst vor allen anderen nach Hause. Heute nicht.«

»Hat einfach gepasst.« Oft schwirrt mein Kopf, wenn zu viele Leute um mich herum sind. Vor allem bei Partys, die drinnen stattfinden. Viel zu schnell wird mir alles zu viel. Die Leute werden mir zu aufgedreht. Die Musik zu laut. Und die Witze zu schlecht. Aber heute – bei der Wiese am See – hatte ich nicht das Gefühl, flüchten zu müssen.

»Stört es dich?« Unter der Decke taste ich nach ihrer Hand. »Dass ich manchmal lieber allein bin, anstatt mich auf Partys zu betrinken?«

»Nein, denn ich bin eine emanzipierte und unabhängige Frau. Ich kann ohne dich Spaß haben«, sagt sie.

»Das hab ich gemerkt. Gehört zum Spaßhaben auch, dass du andere Männer küsst? Ich meine, es war nur Judes Wange …« Ich lasse ihr keine Zeit für eine Antwort, sondern frage gleich: »Muss ich mir deswegen Sorgen machen?«

»Du weißt, ich würde nie etwas tun, das dich verletzt. Zumindest nicht absichtlich.«

»Ja …«

»Hab ich eine Grenze übertreten?«, bohrt sie nach.

»Nein?«

»Du klingst nicht überzeugt. Bist du eifersüchtig, weil Jude und ich uns gut verstehen? Du hast doch dieselbe Nähe zu ihm aufgebaut wie ich.«

Von welcher Nähe sprechen wir jetzt? Nicht dass ich etwas Falsches sage. »Wir sind … Freunde.«

»Sicher?«

»Klar.«

»Und da ist nicht mehr?«, will Lexa wissen.

»Na ja, er ist ganz offensichtlich ziemlich heiß.« Gott, warum habe ich das jetzt gesagt?

»Tucker Landry.« Lexas Stimme klingt gleichzeitig amüsiert und alarmiert. »Sag bloß, *ich* muss mir Sorgen machen.«

»Wieso solltest du?«

»Na ja, du findest ihn offensichtlich anziehend.«

Ich schmunzle. »Hast du den Kerl mal ohne Shirt gesehen?«

Lexa kichert. »Ja, neulich im Badezimmer. Und ich gebe es nicht gerne zu, weil ich mit dem hottesten Kerl aus ganz Creekville im Bett liege, aber Junge, sieht Jude gut aus.«

Ich weiß nicht, ob ich mich geschmeichelt fühlen oder beleidigt sein soll. »Fuck, Lexa. Was passiert hier?«

»Also, ich für meinen Teil schwärme mit meinem bisexuellen Freund über seinen … Was ist Jude eigentlich? Dein Mitbewohner? Teamkamerad? Oder deine Wichsvorlage?«

Mein Mund klappt weit auf. Ich bin ja einiges von ihr gewohnt, das ist allerdings neu. »Das hast du gerade nicht gesagt.« Ich lache auf. Belustigt und schockiert zugleich.

»Jetzt komm schon, Tuck.« Sie lässt ihre Hand über meinen nackten Oberkörper bis zu meinen Shorts wandern. »Macht dich der Gedanke an einen Dreier mit ihm nicht genauso heiß wie mich?«, wispert sie erstickt.

Ich schließe die Augen, gestatte mir für eine Sekunde den Gedanken an Jude. Dass er neben uns liegen könnte. Dass seine Hand gerade mit dem Bund meiner Shorts spielt. Und werde umgehend hart.

»Der Gedanke hat was«, gebe ich mit heiserer Stimme zu. »Es wird nur für immer bei diesem Gedankenspiel bleiben.«

»Also, ich bin mir sicher, Jude hätte nichts dagegen, einmal unverbindlich … mit uns beiden …« Lexa schiebt ihre Hand in meine Boxershorts und umschließt meine Erektion.

»Und was ist mit Noah?«, frage ich schwach nach. »Ganz offensichtlich haben Jude und er was am Laufen.«

»Unverständlich, oder?«, braust Lexa plötzlich auf. »Ich weiß gar nicht, was er an *dem* findet.« Sie klingt total abfällig. Das ist die eine Sache, die mich im Normalfall tierisch an ihr stört. Ich kann nicht leiden, wenn sie schlecht über andere spricht. Aber wenn es um Noah Baxter geht, macht mich ihre Reaktion ziemlich an. Ich meine, mal ernsthaft? Noah Baxter? Was zur Hölle will Jude mit dem?

Er könnte ja auch … mich haben. Und ganz offensichtlich Lexa ebenfalls.

Würde mich das stören?

Ich höre in mich hinein, doch da ist nichts. Keine Eifersucht. Keine Angst. Nur kribbelnde Erregung erfasst mich beim Gedanken an Lexa und Jude.

»Ja«, krächze ich. »Ey, wer will mit dem Sohn von Mountie Baxter ins Bett gehen?«

»Du offensichtlich nicht«, wispert Lexa und schiebt die Decke von unseren Körpern. Sie beugt sich über mich und zieht eine Spur feuchter Küsse über meinen Oberkörper immer weiter nach unten. »Und ich auch nicht.« Ich hebe die Hüften an und helfe ihr dabei, meine Boxershorts auszuziehen. »Weißt du, wen wir beide wollen?«

»Ja«, raune ich.

Jude.

»Dann zeig mir, wie du ihn gerne hättest, Tucker.« Lexa klingt wie der Teufel. Warum will sie mich unbedingt in Versuchung führen? Weil *sie* mit Jude ins Bett will? Oder weil sie mir eine sexuelle Fantasie erfüllen möchte? »Was würdest du im Bett mit Jude anstellen?«

Und plötzlich legt sich irgendein Schalter in meinem Kopf um. Es gibt kein Halten mehr. Ich greife nach Lexas Haar, dirigiere ihre Lippen zu meinem Schwanz und stelle mir mit geschlossenen Augen vor, es wären Judes Lippen, die sich um meine Erektion schließen.

Fuck!

Ich bin am Arsch.

KAPITEL 15
Jude

Ich bin kurz vorm Kotzen. Und das meine ich unglücklicherweise nicht metaphorisch. Mein Herzschlag donnert in meinen Ohren und ich japse nach Luft. Zehn Kilometer. Wir sind zehn fucking Kilometer gelaufen. Ich stütze meine Hände auf meinen Oberschenkeln ab und drehe den Kopf zu Corey herum. Er sieht aus, wie ich mich fühle. Wie der Tod auf zwei Latschen.

»Ich«, keucht er abgehackt, »sterbe.« Er lässt sich auf dem kalten Waldboden sinken, beide Arme von sich gestreckt und in den Himmel schauend. Ohne groß darüber nachzudenken, tue ich es ihm gleich. Dabei versuche ich krampfhaft, genug Luft in meine Lunge zu bekommen.

»Der Sprint am Ende war nicht meine beste Idee«, japse ich.

»Ach, findest du?«, kommentiert Corey.

Ich verziehe das Gesicht. »Hättest ja nicht mitmachen müssen.« Sogar ich höre den schmolligen Unterton in meiner Stimme.

Corey lacht nur und hält sich dabei den Bauch. »Au. Zu anstrengend.«

Also schweigen wir. Meine Augen sind auf den strahlend blauen Himmel gerichtet. Dann und wann schieben sich Baumkronen in mein Blickfeld. Gelb und rot. Teilweise schon etwas kahl. Jetzt, wo ich unter ihnen krepiere, fühle ich mich doch etwas verarscht. Ist das die Art der Bäume zurückzuschlagen, weil ich sie gedanklich mehrmals angezündet habe?

»Also«, sagt Corey nach mehreren Minuten in die Stille hinein. Er klingt kaum noch außer Atem.

Ich runzle die Stirn. »Also, was?«

»Was war das letztens bei der Party?« Augenblicklich rattert es in meinem Schädel los. Denn im Prinzip könnte er auf mehrere Dinge hinauswollen und ich weiß nicht, welches Thema ich schlimmer finde.

Die Drogensache oder meine Reaktion auf Tucker.

»Tucker«, schiebt er nach. Mist. Corey, der kleine Pisser. Die Party ist schon zwei Wochen her, ich war mir sicher, er hätte es vergessen.

»Was ist mit Tucker?«, stelle ich mich dumm und gebe vor, keine Ahnung zu haben, was er meint.

Corey seufzt theatralisch. »Du weißt ganz genau, was ich meine.«

»Nö.« Ich vermeide es, ihn anzusehen.

Jetzt setzt er sich so ruckartig auf, dass ich ihn ansehen muss, weil er mich zu Tode erschreckt. »Alter, was …«

»Du willst echt, dass ich es laut ausspreche?«, provoziert er mich.

»Fein. Ich meine den Moment, als Tucker irgendeinen Fick-mich-Satz zu seiner Freundin gesagt hat und du daraufhin losgesabbert und mein Bier runtergestürzt hast.«

Ich starre ihn mit offenem Mund an. »Ach so, das.«

»*Ach so, das*«, äfft er mich nach. »Ja, genau das. Bekomme ich jetzt eine Erklärung dafür?«

»Ich habe nicht gesabbert«, verteidige ich mich und setze mich schließlich ebenfalls auf. Mit meinem Shirt wische ich mir den Schweiß von der Stirn. Dann lehne ich meine Ellenbogen auf meinen Knien ab und starre nach vorne. Bäume, na toll.

»Und wie du gesabbert hast. Also, was war das? Stehst du auf ihn?« Er stellt die Frage so, als würde er nach meinem Lieblingsessen fragen, keine große Sache.

»Nein!«, lüge ich.

»Du willst mir sagen, du findest den großen Tucker Landry nicht heiß? Tuck? Hottie der ganzen Schule? Ach was, Hottie in ganz Creekville?«

»Findest *du* ihn denn heiß?«, stelle ich eine Gegenfrage.

»Natürlich finde ich ihn heiß!« Corey boxt mir gegen den Oberarm und zwingt mich somit, ihn ein weiteres Mal anzusehen.

»Also? Tucker – heiß oder nicht heiß?«

Ich schnaube. »Heiß.«

»Ich wusste es!« Zufrieden grinst er mich an. »Jetzt musst du mir nur noch erklären, weshalb du mein Bier runtergestürzt hat, als wäre es Wasser und du am Verdursten.«

Ich verdrehe die Augen. »Du hast doch gerade selbst gesagt, dass du ihn heiß findest.« Warum lässt er es nicht einfach gut sein?

»Jaaa«, gibt er zu. »Das ist wohl wahr. Deshalb sabbere ich Mister Ober-Hetero noch lange nicht hinterher.«

Nur leider ist Tucker nicht Mister Ober-Hetero. Es war einfacher für mich, als ich noch dachte, er wäre es. Seit ich weiß, dass Tucker nicht nur auf Typen steht, sondern mich gut aussehend findet … da will ich ihm an die Wäsche. Also … ernsthaft.

Natürlich spreche ich diese Gedanken nicht laut aus. Das ist Tuckers Geheimnis, nicht meins.

»Bist du in ihn verknallt?«, fragt Corey und bringt mich damit zum Lachen.

»Verknallt?«, frage ich irritiert. »Ich verknalle mich nicht.«

»Wie meinst du das denn?« Corey hat das Gesicht nachdenklich verzogen.

Ich zucke mit den Schultern. »Ich finde Beziehungen im Allgemeinen ziemlich beschissen. Wann immer ich eine gesehen habe, war sie 'ne absolute Katastrophe.« Allein der Gedanke an meine Mom und diverse Typen reicht, um die Galle in meinem Hals aufsteigen zu lassen. »Ich mag es locker und unverbindlich. Sex ist 'ne hammermäßig tolle Erfindung. Das war's. Und zu meinem Glück habe ich mich noch nie verliebt. Und so soll es auch bleiben.«

Corey starrt mich an. Blinzelt ein paarmal. Fährt sich durch die Haare. »Keine Ahnung, ob ich das gerade cool oder traurig finde.«

»Cool natürlich. Alles an mir ist cool.« Ich grinse.

Corey grinst zurück. »Ich bin froh, dass du hier bist, Vegas. Wenn ich mich beim nächsten Mal gottlos in mein Kissen heule, weil ich mich unglücklich verliebt habe, wäre es sehr lieb, wenn du mein Händchen halten und mir übers Haar streichen könntest. Es wäre ebenfalls sehr schön, wenn du mir dann versicherst, dass ich der sexiest man alive bin und der andere lediglich ein jämmerlicher Wicht.«

»Geht klar«, sage ich prustend.

»Ich revanchiere mich dann, wenn du wegen Tucker heulst.«

Pisser.

Nun boxe ich ihm gegen den Oberarm. »Ich verliebe mich nicht in

Tucker.« Wenigstens das kann ich mit Gewissheit sagen. »Und ich stehe nicht auf ihn.« Lüge. Glatte Lüge.

Corey grinst wissend. Als er aufsteht und die Arme in den Himmel reckt, um sich zu strecken, stelle ich ihm ein Bein, über das er wenige Sekunden später fällt.

Sofort rappelt er sich auf, als wäre nie was passiert. »Oh, Jude. Das hier wird 'ne grandiose Freundschaft.«

Er hält mir die Hand hin und ich ergreife sie, beinahe gerührt. »Hab dich auch lieb, Corey.«

Er hilft mir auf, nur um mich direkt zu schubsen. Ich lande kichernd auf meinem Arsch und muss mich nun allein aufrappeln.

»Was ziehst du eigentlich an Halloween an?«, fragt er, als wir uns langsam wieder in Bewegung setzen.

»Hä?«

»Halloween. Nächste Woche. Die Party.«

Ich durchforste mein Hirn nach irgendeinem Hinweis, finde allerdings keinen. Vielleicht bin ich nach dem Laufen noch unterversorgt mit Sauerstoff.

»Was für eine Party?«

Corey schüttelt den Kopf über mich. »Am Samstag ist Tucks Halloweenparty. Die schmeißt er jedes Jahr zu seinem Geburtstag.«

Ich bleibe stehen. »Tucker hat Geburtstag?«

»Wie kannst du das nicht wissen?«, fragt er vorwurfsvoll.

»Woher soll ich das denn bitte wissen?«

»Ihr wohnt doch zusammen.« Als würde das irgendwas erklären.

»Ja«, stimme ich zu. »Das heißt nicht, dass wir unsere Geheimnisse miteinander teilen.« Anscheinend laden wir uns nicht mal zum Geburtstag ein. Ich gebe es nicht gerne zu … das trifft mich ein bisschen.

»Seit wann ist ein Geburtstag ein Geheimnis?«

Ich stöhne gequält. »Keine Ahnung, Corey. Warum stellst du heute so viele Fragen?«

Jetzt strahlt er mich an. »Ich lebe in einem Haushalt voller Frauen. Meine Granny, meine Mom und meine Schwester. Schon früh habe ich gelernt, viele Fragen zu stellen. Zum einen, weil ich das Verhalten von Frauen nicht verstehe und zum anderen, weil die schnell beleidigt sind, wenn man keine Fragen stellt.«

»So genau wollte ich es eigentlich gar nicht wissen.«

Wir laufen zusammen bis zur nächsten Gabelung, dann trennen sich unsere Wege. »Wir sehen uns, Hase. Hab einen tollen Tag. Ich vermisse dich jetzt schon unheimlich«, murmelt Corey und zieht mich in eine herzerwärmende Umarmung, die mir die Luft abdrückt. Das macht der Trottel mit Absicht, immerhin ist er quasi in Schweiß gebadet.

Ich schubse ihn lachend von mir. »Bis morgen.«

Er salutiert, dreht sich um und läuft davon. Allerdings nicht, ohne noch mal über seine eigenen Füße zu stolpern. Ein ersticktes Lachen entschlüpft mir.

Zum Glück habe ich ihn hier gefunden.

Frisch geduscht trete ich ins Wohnzimmer. Kate hantiert in der Küche, während Tucker und Lexa auf dem Boden sitzen und mit Lilly spielen. Ein Blick durchs Fenster verrät mir, dass die Zwillinge sich gegenseitig durch den Garten jagen.

Ich lasse mich auf die Couch fallen.

»Hey, Jude«, sagt Lexa lächelnd. »Alles okay?«

»Klar. Bin nur heute ungefähr tausend Kilometer gejoggt.«

Tucker wirft mir einen spöttischen *Als-ob*-Blick zu. Den kann er gut.

»Sag mal.« Ich setze mich auf. »Wieso weiß ich eigentlich nichts von der Halloweenparty?« Eigentlich habe ich mir vorgenommen, nichts zu sagen. Der Vorsatz hat nicht lange angehalten.

Tucker runzelt die Stirn. »Oh. Stimmt. Manchmal vergesse ich, dass du nicht schon immer hier wohnst.«

Das ist so ziemlich das Netteste, was er je zu mir gesagt hat. Mein Blick bleibt etwas zu lange an seinen Augen hängen. Den geschwungenen Wimpern. »Tuck hat am Samstag Geburtstag. Seine Familie fährt nach Toronto und er darf eine Party feiern«, sagt Lexa grinsend, während sie Lilly einen Duplostein hinhält. Die Kleine ist verrückt nach Duplosteinen.

Die Aussicht auf ein Haus ohne die kleinen Monster ist … himmlisch. Zumal ich das ganze Wochenende frei habe.

»Brauchst du Hilfe mit deinem Kostüm? Wir könnten zusammen shoppen gehen.« Plötzlich setzt Lexa sich aufrechter hin, ihre Augen leuchten aufgeregt. Gruselig.

»Nein, danke. Mir fällt schon was ein.« Tut es immer. Ausgeschlossen, dass ich viel Geld für ein dämliches Kostüm ausgebe. Ein paar Dollar für eine blöde Maske sind allerdings drin.

»Falls du deine Meinung änderst, du weißt, wo du mich findest.«

Tucker runzelt die Stirn und sieht zu seiner Freundin. »Mit unserem Kostüm hast du schon genug zu tun.«

Ich unterdrücke ein Lachen, was mir auf ganzer Linie misslingt. Prompt werde ich von einem Lachanfall geschüttelt. »Ein Partnerkostüm?«, frage ich prustend.

Tucker zeigt mir den Mittelfinger.

»Das Kostüm wird großartig!«, sagt Lexa großspurig. »Du wirst noch bereuen, dich über uns lustig gemacht zu haben.«

»Ich bin gespannt.«

Kates Handy klingelt und kurz darauf verschwindet sie auf die Terrasse.

Ich beobachte das Mutter-Vater-Kind-Spiel vor mir eine Weile, bis es mir zu langweilig wird. Also tippe ich stumpfsinnig auf meinem Handy herum. Schließlich lande ich bei einer Instagram-Story von Asher. Nichts Besonderes. Sein Gesicht zu sehen, reicht aus, dass ich ihn vermisse.

»Hey, Tuck. Stört es dich, wenn ich meinen besten Freund zu deinem Geburtstag einlade?«

»Ist er ein Halloween-Fan?«

Nein. »Ja.«

Ich schiele über mein Handydisplay hinweg zu Tucker.

Er zuckt mit den Schultern. »Klar, mach ruhig. Aber wir haben definitiv kein Gästezimmer frei.«

»Was ist mit Tays Zimmer?«, will Lexa wissen.

»Alter, die tötet uns, wenn wir ihn dort unterbringen. Sie ist immer noch nicht darüber hinweg, dass sie wegen Jude umziehen musste.«

»Egal.« Ich winke ab. »Er kann in meinem Bett schlafen.«

Nun sehen mich Tucker und Lexa mit großen Augen an.

»Was?«, frage ich verwirrt.

Die beiden bleiben mir eine Antwort schuldig, denn Kate kommt herein, das Handy noch immer am Ohr.

»Jude«, sagt sie zaghaft. Viel zu zaghaft.

»Ja?«, frage ich argwöhnisch und sehe zu, wie sie das Telefon vom Ohr nimmt, es mir hinhält und mit langsamen Schritten auf mich zukommt.

»Für dich.«

Verdutzt nehme ich es ihr ab. Auf dem Display steht kein Name, nur eine Nummer mit der Vorwahl aus Las Vegas.

»Hallo?«, melde ich mich schließlich.

»Mi niño.« Diese zwei Worte reichen vollkommen aus, um mein Herz in tausend Teile zu zerschmettern. Plötzlich bin ich nichts anderes als ein kleiner Junge.

»Mamá«, sage ich zitternd und wechsle direkt ins Spanische. Ich frage, wie es ihr geht.

So gut wie niemand weiß, dass ich die Sprache fließend beherrsche. Meine Mom ist die einzige Person, mit der ich schon immer nur Spanisch gesprochen habe, wenn wir allein waren.

Ich verlasse hastig den Raum und frage dabei immer wieder, wie es ihr geht, lasse ihr kaum eine Gelegenheit zum Antworten.

»Es geht mir gut, Schatz. Wie geht es dir?«

Eilig renne ich die Stufen hinauf, verschwinde in meinem Zimmer und schließe die Tür hinter mir. Doch dieser Raum fühlt sich nicht nach zuhause an. Er ist zu groß. Er ist … falsch.

Hektisch sehe ich mich um und lande dann im kleinen Badezimmer. Zwischen Wand und Badewanne setze ich mich auf den Boden. Das ist besser. In unserer Wohnung habe ich viel Zeit im Bad verbracht. Wir hatten nur ein Zimmer und dementsprechend gab es nur diesen Raum, um mal etwas Privatsphäre zu haben.

»Jude?«, fragt Mom erneut.

»Ja, ich … Mir geht's gut.«

Mein Herz klopft mir bis zum Hals. Meine Hände sind schwitzig.

»Es tut mir leid«, sagt meine Mom. Und legt damit meine Welt in Schutt und Asche. Ich schließe meine Augen, als mir die Luft wegbleibt. Bilder rattern durch meinen Kopf. Bilder von ihr. Auf dem Boden. Leblos. Kalt. Die Angst überrollt mich erneut, selbst wenn ich genau weiß, dass es ihr jetzt gut geht. Dass sie *lebt*.

Meine Hände beginnen zu zittern. »Mir tut es leid, Mom«, sage ich erstickt. In meinen Augen sammeln sich Tränen.

»Was tut dir denn leid, Schatz?«

Dass ich nicht besser auf dich aufgepasst habe.

Ich antworte ihr nicht.

»Weißt du schon, wann du rausdarfst?«, frage ich und könnte mir dafür selbst eine runterhauen. Sie muss in der Klinik sein. Das ist gut für sie.

»Leider nicht. Das Telefonat ist ein erster Schritt. Ich habe es mir verdient.«

Danach erzählt meine Mom von ihrem Alltag und ich höre ihr zu. Beantworte Fragen zu meinem Leben hier, das ich in den schillerndsten Farben beschreibe. Mache Witze über die Kanadier. Alles, damit sie sich gut fühlt. Alles, damit sie sich auf sich konzentrieren kann.

Als wir aufgelegt haben, bleibe ich sitzen und schiebe das Handy von mir. Ich heule los. Und schaffe es nicht mehr, aufzuhören.

KAPITEL 16

Tucker

Mom tigert aufgeregt im Wohnzimmer herum. »Alles okay?«, frage ich.

»Ich mache mir Sorgen um Jude«, flüstert Mom.

»Hä? Warum? Jude ist zäh. Er freut sich bestimmt, dass seine Mom sich mal meldet«, sage ich. Lilly wirft den Duplo-Turm um, den ich gebaut habe, und kichert dabei.

»Lilly, du Schlingel«, schimpfe ich gespielt. »Dieses Mal baust du den Turm wieder auf. Nicht ich.«

Sie schüttelt den Kopf und zeigt mit dem Finger auf mich. »Du.«

»Ich?«

Als ich aufsehe, bemerke ich ein zaghaftes Lächeln auf Moms Lippen. Doch die Sorge um Jude ist nicht von ihrer Miene verschwunden.

»Seine Stimme hat gezittert«, sagt nun auch Lexa. »Jemand sollte zu ihm gehen.«

Ziemlich sicher meint sie mit *jemand* sich selbst. Ganz bestimmt nicht. Jude gehört ... Mir?

Whoa. Was geht bei mir ab? Was für einen Jude-ist-meine-Barbie-Moment durchlebe ich hier gerade? Ich verbringe definitiv zu viel Zeit mit meinen kleinen Geschwistern. Eindeutig!

Ich stehe auf. »Ich seh mal nach ihm.«

»Sicher, Schatz?«, fragt Mom. Sie wirkt erleichtert. Ein Kind weniger, um das sie sich Sorgen machen muss. »Weil ... es gibt vielleicht ein paar Dinge, die du noch nicht weißt. Über Judes Mom.« Und was soll das sein? Dass sie in der Entzugsklinik einen Töpferkurs belegt?

»Klar, er wird schon keinen Nervenzusammenbruch haben. Chillt mal alle ein wenig.«

»Soll ich mitkommen?«, fragt Lexa. »Du weißt, ich bin gut im Zuhören.«

Bloß nicht. »Was habt ihr denn alle? Jude und ich sind Teamkollegen. Wenn er mit jemanden sprechen wird, dann mit mir. Wir haben durch den Sport eine Verbindung aufgebaut. Und übrigens danke für euer Vertrauen. Ich bekomme das wirklich hin.« Halten die mich für unfähig, oder was? »Du könntest doch mit Lilly zu den Zwillingen rausgehen.« Lexa mag meine Geschwister, deshalb nickt sie. »Ich komme dann später nach«, verspreche ich ihr und stehe auf.

Ich jogge die Treppen nach oben, ignoriere meine eigene Zimmertür und klopfe stattdessen bei Jude.

Nichts.

Mal wieder.

Bei dem Kerl zu klopfen ist eindeutig zwecklos, deshalb öffne ich die Tür und spähe ins Zimmer. Leer.

Was zur Hölle?

Wo treibt er sich rum? Gerade als ich die Tür schließen will, höre ich ein gedämpftes Schniefen. »Jude?«, flüstere ich. Plötzlich ist mir ganz flau im Magen.

Er wird doch nicht ...?

Leise durchquere ich sein Zimmer und stoße vorsichtig die Tür zum Badezimmer auf.

Doch er wird ...

Zusammengekauert lehnt er an der gefliesten Wand. Die Beine dicht an den Körper gezogen und das Gesicht versteckt. Für einen so riesigen Kerl kann er sich erstaunlich klein machen. Sein Körper bebt regelrecht. Schlagartig wird mir bewusst, dass zwischen dem selbstbewussten Auftreten und den frechen Sprüchen ein Junge steckt, der in seinem Leben bereits zu viel gesehen hat, und der seine Mom gerade schrecklich vermisst.

Automatisch wandert meine Hand zu meinem Herzen. Gott, tut das weh, ihn so zu sehen. Es fühlt sich an, als würde eine tiefe Wunde in mir aufreißen. Offensichtlich bin ich nicht aus Stein. Nur ein unsensibler Mistkerl, der Judes Schmerz bisher nicht sehen wollte.

Man muss aber zugeben, dass er ein Meister darin ist, gute Laune vorzutäuschen und so zu tun, als wäre alles in bester Ordnung. Vielleicht lügt er sich das auch selbst vor. Dennoch ärgere ich mich. Ich hätte sehen müssen, dass er seine Mom vermisst. Und es hart für ihn ist, hier zu sein. In einer neuen Stadt. In einem neuen Haus. Mit einer verdammt chaotischen Familie, die nicht seine ist.

»Jude«, flüstere ich erstickt und er schreckt hoch. Sieht mich mit panischem Gesichtsausdruck an.

»Tucker.« Seine Stimme klingt so verdammt gebrochen. »Bitte geh einfach weg.«

Sofort setze ich mich in Bewegung. Natürlich nicht von ihm weg, sondern auf ihn zu. Ich lasse mich neben ihn auf den Boden gleiten.

»Ich will nicht, dass du mich so siehst«, protestiert er schwach.

Vorsichtig strecke ich eine Hand nach ihm aus. So, wie man es bei einem verletzten Tier tut, das jede Sekunde flüchten könnte. Unsicher berühre ich seine Schulter. Streiche federleicht darüber und schiebe meine Hand dann hinter seinen Rücken, wo ich ihn mit ein paar kreisenden Bewegungen zu beruhigen versuche. Ich habe keine Ahnung, was ich hier tue. Ob ich gerade irgendeine Grenze übertrete. Ich weiß nur eins: Ich kann Jude nicht allein lassen, wenn es ihm gerade beschissen geht. Er ist mein Teamkollege. Und mein ... Freund?

»Jude, ich bin froh, dass ich hochgekommen bin.«

»Warum?«

»Weil ich jetzt für dich da sein kann«, wispere ich und ziehe ihn in eine Umarmung. Er verbirgt sein Gesicht an meiner Brust und ich spüre, dass er zittert.

»Schon gut. Lass es einfach raus. Ich werde niemandem erzählen, dass der immer gut gelaunte Jude, der aus allem einen Witz macht, mal schlechte Momente hat.«

»Weiß ich«, murmelt er gegen meine Brust.

Seine Worte heilen den Riss in meinem Inneren ein klitzekleines bisschen. Dass er eine gute Meinung von mir hat, ist nicht selbstverständlich. Nicht, nachdem ich es ihm bei seinem Einzug so schwer gemacht habe.

»Ehrlich?«, frage ich nach.

»Ja, sonst hättest du doch längst allen von meiner Mom erzählt.« Er versteift sich in meinen Armen und schluchzt plötzlich auf.

Allein an sie zu denken, scheint ihm verdammt wehzutun.

»Jude, alles ist gut. Ich bin da und … Mann, es tut mir so leid, dass ich bisher nicht gesehen habe, wie beschissen es dir geht.«

Jude sagt eine ganze Weile nichts. Weint nur stumme Tränen an meiner Brust, drückt sich gegen mich und hält sich an mir fest. Es dauert eine ganze Weile, bis sich seine Atmung normalisiert und er sich ein bisschen entspannt.

»Ich hab mir alle Mühe gegeben, mir nichts anmerken zu lassen«, krächzt er. Seine Stimme klingt rauer als sonst. »Und die meiste Zeit, versuche ich selbst nicht daran zu denken.«

»Woran?«, frage ich nach.

»An alles. An den beschissenen Arzt, der Mom vor Jahren Fentanyl verschrieben hat, als sie verdammte Schmerzen wegen einer Verletzung hatte. Er ist schuld, dass sie süchtig wurde. Das Zeug macht so verflucht abhängig. Manchmal gebe ich sogar ihr die Schuld, weil sie es einfach so leichtfertig genommen hat. Und dann wieder und wieder und …« Deutlich höre ich ihn schlucken. »Scheiße. Mir gebe ich auch Schuld. Ich hätte irgendwas machen … oder tun sollen.«

»Und was? Du warst doch noch ein Kind, als das alles losging.«

»Ja, aber …«, versucht er, mir zu widersprechen.

»Nichts aber«, blaffe ich dazwischen. »Du warst allein mit deiner Mom, oder?«

»Ja«, gibt er zu. »Keine Großeltern. Kein Dad … nur Mom und ich. Deshalb war es ja meine Aufgabe, sie zu beschützen.«

»Du warst doch immer für sie da, Jude.«

»Ich hätte mehr tun sollen, Tucker. Ihr helfen müssen.«

»Hast du doch. Du hast doch meine Mom angerufen, damit deine Mom einen Entzug machen kann.« Dass er diesen Schritt gemacht hat, zeugt für mich von großer Stärke. Er hat sich Hilfe von außen geholt. Auch wenn es schwer war.

»Tucker«, fährt er mich an. »Ich habe Kate erst angerufen, nachdem meine Mom nach einem Herzstillstand halb krepiert ist.«

Mein Mund klappt auf. Diese Info ist mir neu. Warum zur Hölle … Warum hat mir das niemand erzählt?

»Ich …«, spricht Jude weiter, »ich hätte sie beinahe verloren, weil

134

ich gedacht habe, ich bekomme das selbst hin. Ganz allein. Dass ich stark genug für uns zwei bin und ihr irgendwie helfen kann. Wenn ich nur irgendwie genug verdiene, um die Miete zu übernehmen und nebenbei spare, um ihr irgendwann einen Therapieplatz bezahlen zu können.« Seine Stimme überschlägt sich beinahe und er redet von Wort zu Wort schneller. »Es hat nur nie gereicht. Ich war einfach nicht gut genug und dann wäre sie beinahe vor meinen Augen gestorben und … Fuck, ich kann nicht mehr, Tucker.«

Ich ziehe ihn dichter an mich, streichle über seinen Rücken. Weil seine Worte mir wehtun. Nicht nur weil ich bisher nichts von der Überdosis wusste, sondern auch weil ich so ein ignoranter Arsch bin. Gerade leide ich mit ihm. Verdammt, ich will nicht, dass es ihm beschissen geht. Und am meisten tut es mir weh, dass er niemanden an seiner Seite hatte. Der ihm geholfen hat.

»Tucker, verstehst du, was ich sage?«, murmelt er. »Deine Mom und dein Dad, sie bezahlen für den Entzug meiner Mutter. Weil ich es nicht geregelt bekommen hab und sie … sie ist am Ende.«

»War am Ende«, verbessere ich ihn. »Ihr geht es doch besser.«

»Das ist der Grund, warum ich in der Tankstelle arbeite.« Er geht gar nicht auf meine Worte ein, redet einfach immer weiter. »Deshalb lege ich deiner Mom jeden Abend Geld auf den Tresen. Weil ich es ihr verdammt noch mal schuldig bin. Ich kann nie zurückgeben, was sie für mich tut. Für uns. Aber ich will es zumindest versuchen, weil wir ohne die Hilfe deiner Eltern … ich würde ganz allein mit meinen Problemen dastehen, Tucker. Völlig allein. Und obwohl ich die meiste Zeit ganz gut allein zurechtkomme, gibt es eben Situationen, in denen ich nicht mehr weiterweiß. Oder nicht mehr kann. Weil ich am Ende bin. Mit meinen Kräften. Und ich keine Lust mehr habe, zu kämpfen.«

Ich glaube, ich habe Jude noch nie so viel reden gehört. Wir haben auch noch nie so ein ehrliches Gespräch geführt. Nur oberflächliches Geplänkel.

Und o mein Gott – was für ein Arschloch ich war. Ich habe Jude sein neues Leben in Creekville absichtlich zur Hölle gemacht.

»Scheiße, Mann.« Jude reibt mit den Handballen an seinen Augen rum und als er sie wegnimmt, sind sie gerötet, aber eine weitere Träne rinnt über seine Wange nach unten. Ich kann mich nicht zurückhalten und streiche ihm mit dem Daumen übers Gesicht. Wische die salzigen Tropfen weg und lehne mich dichter zu ihm. »Jude, ich bin da. Immer. Okay? Das verspreche ich dir jetzt hoch und heilig. Du wirst nie wieder allein sein, in Ordnung? Wenn irgendwas in deinem Leben schiefgeht, werde ich für dich da sein.«

Judes Augen weiten sich und er sieht mich an wie ein angeschossenes Reh. Sein Mund steht leicht offen und es scheint so, als würden ihm die Worte fehlen. Dass ich den Moment noch erlebe.

Ich lehne meine Stirn gegen seine. »Hast du mich verstanden?«

»Ja.« Sein Atem streicht über meine Haut und als er seinen Kopf bewegt, streifen sich unsere Nasenspitzen. Und dann unsere Lippen. Nur für einen Sekundenbruchteil. Doch es reicht. Der verräterische Muskel in meiner Brust stolpert über den nächsten Herzschlag, nur um im Anschluss viel schneller weiter zu klopfen. Aufgeregt. Vorfreudig.

Und dann ist es wieder vorbei, weil ich mich zurückziehe und einen Kuss auf Judes Stirn platziere. Etwas, was ich bei keinem anderen Kerl tun würde. Nicht bei Tristan. Und auch bei sonst niemandem. Nur bei ihm, weil es sich irgendwie richtig anfühlt. Vertraut. »Vergiss das nie, Jude.«

»Werde ich nicht.«

Irgendwie bin ich mir gerade nicht sicher, ob wir noch über mein Versprechen reden, dieses Gespräch im Allgemeinen oder über den kurzen Moment, in dem sich unsere Lippen berührt haben.

KAPITEL 17
Jude

Ich schmeiße die Tüte mit meinem Einkauf auf mein Bett und starre einige Minuten darauf. Darin befindet sich nicht nur mein Kostüm für morgen Abend, sondern auch mein Geburtstagsgeschenk für Tucker. Falls ich keinen Rückzieher mache. Plötzlich bin ich mir nämlich gar nicht mehr so sicher, ob das eine gute Idee ist. Seit ich einen kleinen Nervenzusammenbruch hatte, weiß ich ohnehin gar nichts mehr. Was möglicherweise damit zusammenhängt, dass ich Tucker seitdem keine Sekunde allein erwischt habe. Zum einen, weil ich viel zu viel an der Tankstelle gearbeitet habe und zum anderen, weil er immer in Begleitung ist. Lexa scheint an ihm zu kleben wie eine Klette. Und wenn sie nicht da ist, dann nistet sich Tristan ein wie ein uneingeladener Parasit. Dabei müsste ich echt dringend mit Tucker sprechen.

Ich seufze und reibe mir den Nacken. Schließlich krame ich das Pokerkartendeck aus der Tüte, das ich gekauft habe. Das kann ich nicht bringen ... Oder doch?

Es ist ein heftiger Wink mit dem Zaunpfahl. Als wir damals unseren ersten Kuss miteinander erlebt haben, haben wir Poker gespielt. Nur habe ich die Regeln irgendwann ... abgewandelt. Strip-Poker war mir zu billig und ich hatte ihn unbedingt küssen wollen. Also musste der Verlierer den anderen küssen. Auf die Wange, am Hals ... und irgendwann habe ich ihn auf den Mund geküsst. Daraus wurde eine stundenlange Knutsch-Session.

Fuck, ich weiß nicht, warum ich diese Karten gekauft habe. Schwungvoll schmeiße ich sie auf die Kommode neben dem Bett. Ein Blick auf die Uhr verrät mir, dass ich mich wohl mal nach unten bewegen sollte. Plötzliche Aufregung durchfährt mich. Asher wird bald hier sein.

Eine weitere Sache, die David für mich tut. Asher ist vor ein paar

Stunden in Toronto gelandet und er hat ihn für mich abgeholt und fährt ihn jetzt hierher. Na gut, er kommt ebenfalls her, um den Rest seiner Familie einzusammeln, damit Tucker seine Party feiern kann. Dennoch bin ich ihm für die Mühe dankbar. Ich würde mich gerne schlecht wegen des extra Aufwands fühlen, nur freue ich mich viel zu sehr, Asher zu sehen. Er ist wohl das, was einem Bruder für mich am nächsten kommt.

Schon als ich meine Zimmertür öffne, begrüßt mich Stimmengewirr. Daran habe ich mich mittlerweile gewöhnt. Allerdings nicht an Ezra, der direkt vor mir steht. Ich zucke zurück.

»Whoa, was erschreckst du mich denn so?«, frage ich.

»Ich verstecke mich vor Isla«, flüstert er mir zu. »Ich habe aus Versehen ihr selbst gebasteltes Schwert kaputt gemacht.«

Ich verziehe das Gesicht. »Das coole, an dem sie tagelang gebastelt hat und von dem sie dir immer wieder gesagt hat, dass du die Finger davon lassen sollst?«

Ezra wird eine Spur blasser. Er schluckt sichtbar und nickt vorsichtig.

»Also Kumpel, hier draußen vor meinem Zimmer ist kein besonders gutes Versteck. Weiß sie denn schon, dass du —«

Ein wütender Schrei beantwortet meine Frage.

Der kleine Junge vor mir reißt seine Augen weit auf. »O Gott.«

»Los, rein da.« Ich schiebe ihn in mein Zimmer und schließe die Tür hinter ihm.

Isla wird ihn niemals darin vermuten. In Tuckers Zimmer schon, in meinem hingegen nicht. Da drinnen ist er also sicher. Na gut, vielleicht findet er andere verstörende Dinge, das ist dann aber wirklich sein Problem.

Ich gehe die Treppe hinunter, während Isla den Namen ihres Bruders brüllt. Im unteren Flur begegnen wir uns. »Wo ist er?«, fragt sie. Ihr Gesicht ist wutverzerrt. Sie sieht aus, als ob sie gleich auf mich losgeht. In der Hand hält sie das Schwert, das aus Pappmaché und was weiß ich noch alles gefertigt wurde. Eigentlich müsste ich auf ihrer Seite sein. Nur habe ich nun mal keine Geschwister und war somit nie in der Situation, dass jemand meine Sachen kaputt gemacht hat. Kann mal passieren, oder? Außerdem fand sie meine Haare blöd, weshalb ich automatisch auf Ezras Seite bin.

»Mein Bruder.« Sie bemüht sich, mich nicht anzuschreien, immerhin.

»Also zuletzt habe ich ihn heute beim Hockeytraining gesehen. Danach leider nicht mehr, sorry.«

Verwirrt runzelt die Kleine die Stirn. »Hä?«

»Was?«

»Wieso war Ezra beim Hockeytraining?«

»Oh«, sage ich gespielt. »Ich dachte, du suchst Tucker. Ezra. Nee, den habe ich nicht gesehen.«

Islas Augen verengen sich zu Schlitzen. »Ich werde ihn schon finden.« Innerlich mache ich mir eine Notiz, niemals eine ihrer Sachen kaputt zu machen oder gar anzufassen.

Sie stürmt die Treppe hinter mir nach oben und ich setze meinen Weg ins Wohnzimmer fort.

Kate rennt wie eine Verrückte hin und her und packt anscheinend noch immer. Mir war nicht klar, dass man so viele Dinge benötigt, wenn man für zwei Nächte in die Wohnung des eigenen Mannes fährt, doch offensichtlich braucht man einen halben Hausstand. Drei Koffer. Drei. Wie in: zwei mehr als einer.

Ich wende den Blick ab und lande schließlich bei Tucker. Und habe augenblicklich ein Déjà-vu. Er sitzt wie so häufig neben Lilly auf dem Boden. Dieses Mal ohne die Klette und den Parasiten.

Mit Mühe schlucke ich. Als er mich letztens gehalten hat, getröstet hat, da haben sich unsere Lippen berührt. War das ein Kuss? Zählt das? Habe ich es mir nur eingebildet? Das frage ich mich nun schon seit beinahe einer Woche.

Was war das?

Er hat mir versichert, dass er immer für mich da sein wird. Mein Herz stolpert bei dem Gedanken an seine Worte. Gedankenverloren fahre ich mir mit der Hand über die Brust und verliere mich in Tuckers Seitenprofil. Seiner Kieferpartie. Dem Kehlkopf.

»Dude.« Lilly reißt mich aus meiner Starre. Ich blinzle.

Ruckartig reißt auch Tucker seinen Blick zu mir herum.

»Hey«, sagt er lächelnd und scheint sich wirklich zu freuen, mich zu sehen.

Ich lächle zurück. »Hi.« Ich deute ins Wohnzimmer. »Hier sieht es aus, als hätte eine Bombe eingeschlagen.«

Tucker lacht. »Das ist jedes Mal so. Nachher könnte ich deine Hilfe beim Aufräumen gebrauchen. Oder musst du arbeiten?«

Ich schüttle den Kopf. »Ich helfe dir.«

»Super. Lexa und Tristan kommen später vorbei. Schließlich fehlt noch eine Spooky-Halloweendeko.«

Mit zusammengepressten Lippen nicke ich. »Ich kann morgen ein paar Halloween-Snacks machen.«

»Das wäre cool.«

Bevor ich mich zu Tucker und Lilly setzen kann, ertönt ein Motorengeräusch von draußen.

»Dad ist da«, sagt Kate und strahlt dabei übers ganze Gesicht. Es muss hart sein, die ganze Zeit von seinem Partner getrennt zu sein. Nicht nur, weil sie alles allein managen muss, einfach aus emotionaler Sicht gesehen.

Lillys Augen leuchten auf. »Daddy.«

Tucker scheint sich nicht sicher zu sein, wie er das findet, schaltet jedoch umgehend in den Großer-Bruder-Modus und steht auf. »Wollen wir ihn begrüßen?«

Lilly klatscht begeistert in die Hände. Ein klares Ja.

Gemeinsam gehen wir nach draußen und mit einem Mal fühle ich mich wie ein kleiner Junge am Weihnachtsmorgen. Zuerst kommt Isla an mir vorbeigerannt, schnurstracks zur Fahrerseite. Kurz darauf steigt David aus und nimmt die Kleine in den Arm. Und dann ist auch Ezra da. Offensichtlich hat er das Versteckspiel aufgegeben und seine Schwester scheint ihn gar nicht mehr umlegen zu wollen.

Ich gehe die Stufen nach unten, als mein bester Freund den Kopf aus dem Wagen steckt. Da ist er. Die Haare fallen ihm wie immer wellig ins Gesicht. Groß. Schlank. Er steckt in einer schwarzen, verdammt eng aussehenden Skinny Jeans, die mehr Löcher hat als Schweizer Käse. Dazu trägt er ein dunkles T-Shirt irgendeiner Band und eine stylische College-Jacke. Er sieht aus wie eines dieser Tattoo-

Models. Erst recht, als er sich die schwarze Sonnenbrille ins Haar schiebt. Er war schon immer zu stylisch, um wahr zu sein. Doch hier mitten im Wald in Kanada wirkt sein Outfit mehr fehl am Platz denn je. Ich überbrücke den Abstand zwischen uns und springe ihm quasi entgegen. Als hätte er nichts anders erwartet, ist er vorbereitet und hält mit seinem Gewicht dagegen. Keine Ahnung, wie er das macht, immerhin bringe ich mehr auf die Waage als er. Ich schlinge meine Beine um ihn, wie ich es schon so oft getan habe. Wenn es um Asher ging, war ich schon immer etwas touchy, eben nur auf hundertprozentig unsexy und unromantische Weise. Zwischen uns ist noch nie was gelaufen, was nicht nur an seiner sexuellen Orientierung liegt, sondern vor allem daran, dass er auf mich ungefähr so viel sexuellen Reiz ausübt wie ein Lama. Gar keinen.

Es ist plötzlich, als wäre ein Stückchen zuhause hier in Creekville. Und das ist cool. Ich löse mich von meinem besten Freund. »Es ist so schön, dass du hier bist.«

Er wirkt … erleichtert. Als würde er das hier genauso sehr brauchen wie ich. »Ich freue mich auch.«

Wir drehen uns zusammen zu den anderen. Kate und die Kinder sind alle mit David beschäftigt. Mit Ausnahme von Tucker. Der starrt mit verschränkten Armen zu uns. Lilly scheint wie von Zauberhand nicht mehr auf seinem Arm zu sein.

»Hey, Mann«, sagt Asher, der noch nie schüchtern war. »Ich bin Asher, der beste Freund von dem hübschen Kerl hier.« Er deutet auf mich und ich zwinkere ihm zu.

Tucker verzieht keine Miene. Noch immer hat er seine Arme verschränkt. »Tucker«, gibt er lediglich von sich.

Warum ist er denn jetzt mürrisch? Eben war er noch nett. Liegt es an David?

»Freut mich, Tucker. Danke, dass ich hier unterkommen kann«, betont Asher. Er ist im Allgemeinen eher der freundliche Typ, zumindest wenn andere Menschen zuhören. Im Lästern ist er klasse. Wenn ich ihn nicht gehabt hätte, hätte ich mich vermutlich in ziemlich viel Scheiße hineinmanövriert. Er war mein kleiner moralischer Kompass.

»Und du stehst also auf Halloween?«, fragt Tucker an Asher gewandt.

Ups.

»Ja«, murmele ich, während mein bester Freund gleichzeitig ein lautes »Nein« zum Besten gibt.

Asher hasst Halloween. Aus tiefster Seele.

Verwirrung macht sich auf Tuckers Gesicht breit.

»Tuck. Hilfst du mir mit den Koffern?«, platzt David in unser Gespräch und klopft seinem Sohn kameradschaftlich auf die Schulter. »Hey, Jude«, schiebt er in meine Richtung nach.

»Hi, David.«

»Klar, ich helfe dir«, murmelt Tucker und folgt seinem Dad ins Haus. Die ganze Familienmeute folgt ihnen, zurück bleiben nur mein bester Freund und ich.

»Du hattest recht. Er ist ein Arschloch«, flüstert Asher mir zu. Typisch. Oft hat er schlimmere Schimpfwörter drauf als ich, allerdings ist er im Gegensatz zu mir immer darauf bedacht, dass sie, von mir abgesehen, niemand hört. Dabei hat er ein so schönes Repertoire zu bieten. »Ein richtig überheblicher Motherfucker, oder?«

Sag ich doch.

Asher schüttelt den Kopf und ich bringe nur ein schwaches Nicken zustande. Ja, Tucker war ein Arsch, aber das war vor … dem Badezimmer-Moment.

Fuck, ich würde am liebsten darüber reden. Ich will eine zweite Meinung zum Kuss oder Nicht-Kuss. Ab wann ist es überhaupt einer? Geht es um das Berühren der Lippen, denn ich bin fast sicher, dass sie sich berührt haben. Oder geht es darum, dass man die Lippen bewegen muss? Denn das ist hundertprozentig nicht passiert. Es war nicht mal heiß, es ging nicht um … Sex. Es ging um Nähe.

Großer Gott. Wie kann man sich so viele Gedanken darüber machen, ob ein Kuss stattgefunden hat oder nicht? Wen interessiert's. Mich nicht. Überhaupt nicht. Mir egal. Tucker hat seine hübsche Super-Barbie-Freundin und ist glücklich. Und ich habe … Blowjob-Noah?

Ich verziehe das Gesicht.

Mit einem Mal ist er gar nicht mehr so süß. Ich fahre mit meinen Fingerspitzen über meine Lippen, weil ich plötzlich Tucks Berührung spüren kann.

»Erde an Jude!« Ich zucke zusammen und sehe zu Asher, der mich mit hochgezogenen Augenbrauen mustert.

»Hm?«

»Was ist los mit dir?«

»Ich … Du … Gar nichts. Alles super.« Zur Untermauerung meiner Worte fuchtele ich mit meinen Armen vor dem Gesicht herum. Es ist schrecklich.

Das scheint Asher ganz genau so zu sehen, denn er verzieht den Mund und runzelt die Stirn. »Lass das«, sagt er bloß. »Bevor dich jemand sieht.«

Ich lasse meine Hände sinken und werde schließlich von Kate gerettet, die mit Lilly zurück nach draußen kommt. »Ab in den Kindersitz mit dir«, murmelt sie.

»Komm, wir sollten deinen Koffer holen«, wende ich mich an Asher und gehe zum Heck des Wagens.

Ich muss mich ablenken. Zum Glück findet morgen eine Party statt. Viel Alkohol lautet die Devise. Alkohol und Spaß. Keine Gedanken an das, was mit Tucker passiert oder nicht passiert ist. Er muss raus aus meinen Gedanken. Wir sind jetzt Freunde und das ist gut so. Alles ist gut. Mir geht's gut.

Fuck, ich muss darüber reden. Nur leider kommt das nicht infrage. Die Geschichte macht nur Sinn, wenn ich von Mom erzähle, und das wird nicht passieren. Asher weiß vielleicht einiges, aber … eben nicht alles. Was ich Tucker anvertraut habe, habe ich nur ihm anvertraut. Niemandem sonst.

Seine Worte kommen mir erneut in den Sinn.

Du wirst nie wieder allein sein.

Ruckartig schnappe ich mir den Koffer und wuchte ihn mit einem Schnaufen hinaus. »Was hast du da drinnen, Bowlingkugeln?«, beschwere ich mich.

Asher grinst und zwinkert mir zu. »Die ein oder andere Flasche Hochprozentiges.«

Ich grinse zurück. »Genau aus diesem Grund bist du mein Long-Distance-Boyfriend. So kann die Party morgen was werden.«

Sein Gesicht verdunkelt sich sofort. »Halloween, huh?«

»Ach, komm schon. Ich hab dir nicht mal ein Kostüm besorgt, weil ich wusste, dass du eh keins anziehen würdest.«

»Naaaw. Das ist ja richtig süß von dir«, erwidert er sarkastisch.

Ich lache. »Lass uns reingehen.«

»Jap. In deinem Zimmer kannst du mir weiter von Arschloch-Tucker berichten«, sagt er mit gesenkter Stimme.

Ich murmele irgendwas Zustimmendes und wende mich ab. Oh, Mann. Plötzlich bereue ich, dass ich meinen besten Freund hierhergeholt habe.

Arschloch-Tucker? Alles woran ich denken kann, sind zwei Lippen, eine hauchzarte Berührung und ein Versprechen, das mir noch immer eine Gänsehaut über den Rücken jagt.

KAPITEL 18

Tucker

Einmal im Jahr lasse ich so richtig die Sau raus. Seit meinem sechzehnten Geburtstag verlässt Mom mit meinen Geschwistern an Halloween die Stadt, damit ich mit meinen Freunden eine Party schmeißen kann. Da wir das Haus bisher noch nicht abgefackelt haben, kommt es dieses Jahr an Halloween zur vierten Wiederholung meiner Feierlichkeiten.

Und ich liebe es.

Das stelle ich gerade fest, als ich mit meinem Kostüm durch das dekorierte Haus gehe und alles betrachte. Das Licht ist gedimmt, die Musik läuft und die Snacks stehen bereit. Der Weg durch den Wald ist durch zahlreiche geschnitzte Kürbisse markiert, in denen LED-Lichter brennen. In den Bäumen hängen Geister und Spinnen, die man auch hier im Inneren des Hauses wiederfindet. Zusätzlich befinden sich Spinnweben an den Wänden.

Jetzt ist es definitiv Zeit für mein erstes Getränk. Ich gehe in die Küche, nehme mir einen Becher und befülle ihn mit Bier.

Auf meinen neunzehnten Geburtstag. Cheers.

Ich lehne mich gegen den Küchentresen und erschrecke etwas, als ich mein Spiegelbild im Fenster sehe. Meine Haare sind grün und nach hinten gegelt. Meine Augen mit schwarzem Kajal umrandet. Ich trage ein weißes Hemd. Noch ist es geschlossen, aber ich bin mir ziemlich sicher, dass ich es später öffnen werde, weil Lexa stundenlang Fake-Tattoos auf meine Haut geklebt hat. Außerdem trage ich ein paar Goldketten um den Hals. Auf den typischen Joker-Mund habe ich verzichtet. Dafür hat Lexa mir auf meine Hand ein echt wirkendes Joker-Grinsen gemalt und wenn ich meinen Arm anhebe und die Hand vor den Mund halte, hat das ganze denselben Effekt. Und ich lecke mir nicht die ganze Zeit Schminke von den Lippen.

»Alter«, höre ich eine Stimme aus dem Nebenzimmer.

Aus irgendeinem dummen Reflex heraus, mache ich einen Schritt zurück, damit man mich nicht vom Wohnzimmer aus sehen kann. Ich drücke mich sogar mit dem Rücken gegen die Kühlschranktür und stelle für zwei Sekunden das Atmen ein. »Ich komme mir vor, als hätte man mich direkt in ein Netflix-Teenie-Drama gebeamt.« Die Stimme gehört eindeutig Asher, Judes bestem Freund.

Oder mehr. Denn so wie die beiden seit seiner Ankunft gestern aufeinander kleben, würde mich nichts mehr wundern. Er hat sogar bei Jude im Zimmer geschlafen. Und es gibt dort nur ein Bett! Eins! Sie müssen es sich also zwangsläufig geteilt haben.

Und nein, ich bin nicht eifersüchtig.

Na ja, vielleicht ein bisschen.

Nachdem ich Jude im Badezimmer getröstet habe, hatte ich das Gefühl, dass sich zwischen uns was geändert hat. Wir irgendwie … enger miteinander sind. Doch dann haben wir uns die ganze Woche kaum gesehen und jetzt hängt der nervige Asher wie ein Schatten an ihm. Dabei will ich nichts lieber, als in Judes Nähe zu sein.

»Mir gefällt's«, sagt Jude, klingt dabei aber irgendwie abgelenkt.

Das fällt offensichtlich auch Asher auf. »Erde an Jude. Hat Pretty-Boy dich zu einem Vorzeige-Vorstadtjungen gemacht, der seine Tee-nager-Träume auf lahmen Highschool-Partys auslebt?«

Gott, ich sollte nicht lauschen, irgendwas sagt mir allerdings, dass Jude und Asher freier miteinander reden, wenn sie das Gefühl haben, unter sich zu sein. Und jetzt habe ich mich ja schon mehr oder weniger versteckt.

Jude schnaubt beleidigt. »Halt die Klappe, Ash.«

»Es gibt bestimmt nicht mal Alkohol auf der Party vom Goldjungen«, murmelt Asher.

»Und? Brauchst du den, um in Stimmung zu kommen?«

»Nein, aber du«, blafft Asher Jude an.

»Fick dich, Arschloch. Ich kann ohne Alkohol Spaß haben. Du bist doch derjenige, der nur bumsen kann, wenn er mehr als ein Promille intus hat.«

»Oha.« Ich höre das Grinsen aus Ashers Stimme. »Da ist ja ein Stück vom alten Jude.«

»Komm schon, nerv nicht rum und spuck aus, was du sagen willst.«

»Ich dachte, Tucker ist ein Riesenarschloch.« Jetzt wird's interessant. »Jedes Mal, wenn ich mit dir über ihn lästern will, kommt von dir einfach … nichts. So wie damals, als ich mich ständig über die eine Stripperin in dieser Bar lustig gemacht habe, weil ihre Titten so dermaßen offensichtlich –« Mitten im Satz bricht Ash ab und stößt ein alarmiertes »Nein!« aus. »Du stehst auf ihn«, behauptet er nun.

Was?

»Was?« Jude quiekt beinahe schon erschrocken auf. »Red keinen Scheiß, ich steh auf überhaupt niemanden.«

»Du bist scharf auf deinen … Was ist Tucker überhaupt. Dein Mitbewohner? Team-Kamerad?«

Laut seufzt Jude auf. »Er ist mein Freund. Und ein richtig guter Kerl, wenn du es unbedingt hören willst.« Mein Herzschlag beschleunigt sich ein wenig. Ich weiß, dass Jude mich mag. Und gerne Zeit mit mir verbringt. Nicht nur, wie zu Beginn, auf dem Eis, sondern auch abseits davon. Gemeinsam mit Lilly. Mit Lexa. Aber auch allein. Nur wir zwei.

»Muss ich eifersüchtig sein?«, fragt Asher. »Macht er mir den Titel als allerbester Freund aller Zeiten streitig? Du weißt, ich bin ein Unikat. Mich gibt es nur einmal. Man kann mich nicht einfach durch einen Hinterwäldler ersetzen.«

»Niemals, Süßer«, säuselt er und das ist der Moment, in dem ich es nicht länger in der Küche aushalte. Es war echt beschissen von mir, mich zu verstecken und zu lauschen. Ich stoße mich von der Küchenzeile ab und schlendere rüber ins Wohnzimmer.

Zu meiner grenzenlosen Erleichterung liegen sich die beiden nicht in den Armen und knutschen, sondern stehen sich gegenüber. Mit gebührend weitem Abstand.

»Hey«, grüße ich die beiden. »An euren Kostümen müsst ihr das nächste Mal noch arbeiten.«

Asher pflastert sich ein scheißfreundliches Grinsen ins Gesicht, das so gar nicht zu seinen Worten von vorhin passt. Gott, ich hasse Menschen, die das tun. Freundlich nach außen, aber sobald man ihnen den Rücken zudreht, lästern sie.

Ekelhafte Angewohnheit.

»Findest du?«, fragt er und zieht etwas aus seiner Hosentasche. Er präsentiert uns Vampirzähne. »Ich bin ein Vampir.«

»Tja, die Ähnlichkeit mit Edward Cullen ist fast nicht zu übersehen«, sage ich. »Üb noch ein bisschen diesen angewiderten Gesichtsausdruck.« Ich schenke ihm mein breitestes Fake-Lächeln. »Du weißt schon, den, der alle Frauen dazu bringt, an ihren Achseln zu schnuppern.«

»Haha.« Man sieht ihm deutlich an, dass er mich absolut nicht witzig findet. Ich ihn allerdings auch nicht. »Lustig.«

Blödmann.

Um den ungebetenen Gast nicht weiter ansehen zu müssen, drehe ich mich zu Jude und bleibe sofort an seinem nackten Oberkörper mit den Augen hängen. Dann wandere ich weiter zu seinen tätowierten Unterarmen. Kann sie endlich mal aus der Nähe betrachten, ohne dass ich mir wie ein Stalker vorkomme. Auf der linken Seite sticht mir zuerst das Roulette ins Auge, aus dem Rollen von Geldscheinen herauszuquellen scheinen. Die Würfel und die Spielkarten befinden sich darüber. Alles fließt ineinander über und die Schattierungen verleihen dem Gesamtbild etwas Düsteres. Geheimnisvolles. Und dennoch zieht mich das Tattoo auf seinem anderen Arm in den Bann. Ein wenig rote Farbe spielt mit den abstrakten Linien. Ich werde aus dem zweigeteilten Bild nicht schlau.

„Was soll das darstellen?" Mit dem Zeigefinger deute ich auf sein Tattoo.

Jude neigt den Kopf zur Seite. „Das hier ist ein Steinbock. Mein Sternzeichen. Und das hier ist mein Aszendent Löwe."

Ich nicke, als wüsste ich, wovon er spricht, und konzentriere mich wieder auf Judes Gesamtbild.

Gott.

Sein Kostüm ist nur geringfügig besser, allerdings sehr viel heißer als Ashers. Es sollte verboten sein, mit schwarzer Hose, ohne Shirt und mit Ghostface-Maske auf eine Party zu gehen. Zu unoriginell. Aber so verdammt hot. Sein trainierter Oberkörper ist einfach … zu viel. Diese Bauchmuskeln. Und die blonden Härchen, die in seiner

Hose verschwinden. Auf seinem Oberkörper befinden sich Handabdrücke aus Fake-Blut. Also, ich hätte ihm dabei gerne behilflich sein können, diese auf seinen Muskeln zu verewigen. Mit meinen Händen Abdrücke auf ihm zu hinterlassen, könnte mir gefallen. Vielleicht hätte ich mich sogar in die Nähe seiner Hose gewagt. Die Hand leicht unter den Bund seiner Jeans geschoben ...

Ach du heilige Scheiße.

Hart schlucke ich gegen den Kloß an, der sich in meinem Hals bildet. Hat meine Schwärmerei für Jude eigentlich noch halbwegs normale Ausmaße? Oder sollte ich mir Sorgen machen, weil ich ihn so verdammt heiß finde? Ich meine, der regelmäßige Dirty-Talk mit meiner Freundin, in dem wir uns gegenseitig erzählen, wie verdammt scharf wir auf Jude sind und was wir im Bett mit ihm anstellen würden, wenn wir single wären, ist doch nicht irgendwie ... gestört. Oder?

Gut, ich kenne die Antwort selbst.

Lexa und ich sind absolut am Arsch.

»Jude«, krächze ich. Vielleicht ist es auch ein Stöhnen. Unsere Blicke treffen sich. »Ich weiß nicht, ob ich das als Kostüm durchgehen lassen kann.«

Jude schiebt die Maske nach oben. »An Halloween zieht man sich entweder gruselig an. Oder sexy. Ich bin beides.«

Für einen Moment schließe ich die Augen. »Du bist halb nackt.«

»Ich frage mich, warum du es nicht bist, Joker.« Oh. Kostüm erkannt. Dafür gibt es definitiv einen Bonuspunkt.

»Hab keine Hand frei.« Mit meinem Becher proste ich ihm zu.

Ein Ruck geht durch ihn und er setzt sich in Bewegung. »Dabei kann ich dir helfen.«

Ich sollte einen Schritt zurückmachen. Ihn aufhalten. Aber ich kann nicht. Weil ich mich nach seiner Nähe sehne. Ich will es nicht. Doch ich kann mich nicht dagegen wehren. Er kommt zu mir und legt die Hände an den obersten Knopf meines Hemds. Mit bedächtigen Bewegungen öffnet er einen nach dem anderen. Und ich bin nicht wirklich stolz darauf, denn obwohl er mich nicht einmal richtig berührt, werde ich umgehend hart.

Gott, das wird ein verdammt langer Abend.

Als mein Hemd geöffnet ist, hebe ich meine Hand an und exe mein Getränk.

»Wow«, höre ich Judes Stimme.

»Bist du von meiner Motivation zum Trinken beeindruckt?«, frage ich ihn.

»Nein.« Seine Finger streichen nun hauchzart über meine Haut und umgehend bekomme ich am ganzen Körper eine Gänsehaut. Er berührt ein Tattoo nach dem anderen. Zieht unsichtbare Linien. Und ich kann nichts anderes tun, als wie erstarrt dazustehen. »Steht dir.«

»Danke«, wispere ich und lecke mir über die Lippen.

Asher räuspert sich laut und ich werde aus einer Art Trance gerissen. Wow, den Kerl habe ich ja komplett ausgeblendet. Sofort mache ich einen Schritt von Jude weg und sehe mich irgendwie benebelt um. Asher deutet mit der Hand in Richtung Flur. »Es hat geklingelt.«

»Ehrlich?«, frage ich verwirrt. »Das habe ich gar nicht mitbekommen.« Ich schüttle den Kopf und setze mich in Bewegung. »Dann mache ich besser auf.«

Ich bin bereits auf dem Weg zur Haustür, als ich Asher fragen höre: »Was zur Hölle, Jude?«

»Nichts«, sagt er. »Hab mir nur die Tattoos angesehen. Ich mag Tattoos.«

Asher lacht auf. »Das glaubst du doch selbst nicht.«

Ich kümmere mich nicht mehr um die beiden, sehe stattdessen zu Lexa, die die Treppe nach unten gelaufen kommt. Mit ihren Netzstrümpfen, den kurzen Shorts und den beiden Zöpfchen ist sie die perfekte Harley Quinn.

Fuck, sieht sie gut aus.

Ich ziehe sie an mich und drücke ihr einen Kuss auf die Lippen. »Du bist heiß. Haben wir noch Zeit für einen Quickie?«, frage ich, weil meine Hormone völlig verrücktspielen.

»Später«, wispert sie. »Jetzt müssen wir uns erst um unsere Gäste kümmern.« Unsere Gäste. Weil Lexa und ich zusammengehören. Und eindeutig ein *Uns* sind. Aber warum zur Hölle, habe ich langsam das Gefühl, dass mir das nicht mehr reicht? Dass ich mehr will.

Wir verschränken unsere Hände miteinander und öffnen dann gemeinsam die Tür.

Die Musik dröhnt in meinen Ohren. Und das Zimmer dreht sich leicht. Der Großteil des Teams hat sich vor einer halben Stunde in der Küche versammelt. Dort haben sie mir ein Shirt mit Bilderdruck geschenkt. Die Evolution des Hockeys. Außerdem Mini-Hockeyschläger und zwei Netze, die wohl mehr für Ezra und Isla sind als für mich. Aber ich mag's, dass die Jungs an meine Familie gedacht haben. Danach wurden mir eine ganze Menge Getränke in die Hand gedrückt.

»Noch einer?«, fragt Tristan und schwenkt die Tequila-Flasche fragend hin und her.

Ich schüttle den Kopf. »Später vielleicht.«

»Du, Corey?«, fragt er unseren Teamkameraden. Corey verträgt eine Menge. So groß und breit, wie er gebaut ist.

Er zuckt mit den Schultern. »Warum nicht?« Er lallt nicht mal. Bei mir selbst bin ich mir da ehrlich gesagt nicht sicher.

Asher läuft gerade an mir vorbei und ich packe ihn am Oberarm, zwinge ihn somit stehen zu bleiben. »Was ist mit dir, Vegas 2?«, frage ich ihn.

Er lacht. »Aktuell eigentlich New York, aber …«, er winkt ab, »wer will schon kleinlich sein.«

»Na, du ganz bestimmt nicht«, sage ich zuckersüß. »Tequila?«

Er nickt. »Klar.« Ich frage ihn nicht, weil ich ihn besser kennenlernen und Freundschaftsbändchen mit ihm knüpfen will, sondern damit er endlich mal nicht mehr um Jude herumscharwenzelt.

Tris schiebt ihm ein Glas herüber und deutet auf die restlichen Zutaten. »Zimt und Orange? Oder Salz und Zitrone?«, will mein bester Freund wissen. Corey greift nach dem Salz und streut es sich auf den Handrücken. Tristan nimmt den Zimt und angelt gleichzeitig mit seiner freien Hand nach seiner Freundin und schiebt ihr sein Orangenviertel zwischen die Lippen. Nice!

»Ich trinke ihn pur«, sagt Asher und prostet den anderen zu.

Alle drei stürzen die Getränke nach unten. »Noch eine Runde?«, fragt er sofort und ich atme erleichtert aus. Endlich hat er ein paar Leute gefunden, mit denen er sich unterhalten und Spaß haben kann. Von mir aus kann er den Rest des Abends bei ihnen bleiben.

Ich gehe herüber ins Wohnzimmer. Mein Blick fällt zuerst auf Lexa, dann auf Jude. Die beiden tanzen miteinander und gehen gerade ziemlich auf Tuchfühlung. Er lässt seine Hände über ihren Rücken wandern, stoppt aber immer, kurz bevor er ihren Po erreicht. Ich betrachte das Schauspiel eine Weile. Höre in mich hinein und stelle fest, dass ich nicht eifersüchtig bin. Ich will seine Hände nicht vom Körper meiner Freundin schlagen. Nur meine dazulegen.

Zwei Herzschläge lang betrachte ich die beiden weiter. Wie sie in einer Traube aus anderen Menschen tanzen, sich zum Beat bewegen und sich anlächeln. Miteinander reden. Und dann gehe ich auf sie zu.

Von hinten trete ich an Lexa heran. »Hey Babe«, raune ich.

Sie wirbelt zu mir herum und quietscht: »Tuuuck.« Sie streckt ihre Arme nach mir aus, umarmt und küsst mich dann. Nicht vorsichtig. Nicht zärtlich. Sondern mit vollem Einsatz.

Natürlich gehe ich auf den Kuss ein. Ich liebe es, wenn wir uns küssen. Doch dieses Mal schließe ich meine Augen nicht. Ich schiele zu Jude, der irgendwie unschlüssig wirkt.

Gehen? Oder bleiben?

Die Worte sind ihm regelrecht ins Gesicht geschrieben.

Ich strecke meine Hand nach ihm aus. Bekomme ihn am Unterarm zu fassen und ziehe ihn zu Lexa. Zu uns.

Er wirkt verwirrt. Und überrumpelt.

Ich beende den Kuss, lege mein Kinn auf Lexas Kopf ab. »Du musst nicht davonlaufen«, sage ich zu ihm.

»Nicht?«

»Nein.«

»Komm, Cupcake.« Ich drehe Lexa herum, sodass sie wieder zu Jude sieht. »Tanz mit ihm.«

Über ihre Schulter hinweg sieht sie mich an. »Sicher?«

»Ja.«

Sie schlingt ihre Arme nun um Jude und anstatt zu gehen, mache auch ich einen Schritt auf die beiden zu und platzierte meine Hände auf Lexas Hüften. Direkt dort, wo Judes liegen.

»Was wird das?«, fragt er.

Ich lächle. »Nichts. Wir tanzen nur.«

»Tun wir das?« Sein Tonfall ist dunkel. Fragend. Aber auch irgendwie flirtend.

Und ich genieße es.

»Ja.« Ganze drei Lieder bewegen wir uns gemeinsam zum Takt der Musik. Jude und ich sehen uns immer wieder über Lexas Kopf hinweg in die Augen. Und ich gehe sogar so weit, dass ich vorsichtig mit meinem Zeigefinger über seinen Handrücken streichle. Es ist mir scheißegal, dass wir inmitten von gefühlt Hunderten anderer miteinander tanzen. Es ist Halloween. Wir sind alle betrunken. Und ich habe Geburtstag. Es wird sich schon niemand etwas dabei denken, dass meine Freundin und ich mit meinem Mitbewohner tanzen. Wir sind Freunde. Alles gut.

Leider hält der Zauber nicht für immer. Denn plötzlich tippt Lindsey Carter gegen Judes Oberarm. Mein Blick wandert kurz zu ihrem üppigen Dekolleté. Sie ist als Zombie-Cheerleader verkleidet und auf ihrem Körper befindet sich eine Menge Fake-Blut. Genauso wie auf dem von Jude.

»Brauchst du noch ein Opfer für die heutige Nacht?«, fragt sie und beißt sich auf die Unterlippe.

Jude sieht von Lexa zu mir und dann zurück zu Lindsey. Dann tritt er einen Schritt von uns zurück. »Ja, warum nicht? Dann muss ich nicht das dritte Rad am Wagen von Joker und Harley Quinn sein.«

Er greift nach Lindseys Hand und dreht sie einmal im Kreis. »Ich glaube, du und ich können noch eine Menge Spaß miteinander haben.«

Lexa hat aufgehört zu tanzen. Genauso wie ich. Beide starren wir zu Jude, der nun Lindsey an seine Brust gezogen hat. Nicht mehr meine Freundin.

Ich fühle mich … seltsam enttäuscht. »Tja«, raune ich Lexa ins Ohr. »Ich würde sagen, wir sind gerade abserviert worden.«

Meine Freundin dreht sich zu mir um und sieht zu mir hoch. Wie klein sie im Gegensatz zu Jude ist. Und zart. An ihm ist absolut nichts zart. Er strahlt pure Kraft aus. Ob er mich hochheben und gegen eine Wand drücken könnte, während ich meine Beine um ihn schlinge?

Whoa … meine Gedanken sind heute ziemlich … Keine Ahnung. Versaut? Notgeil?

Sie schiebt schmollend ihre Unterlippe vor. »Bring Jude zurück.«

»Wieso? Hat es dich heiß gemacht, mit zwei Männern zu tanzen?« Ich beuge mich zu ihr und schiebe ihr meine Zunge in den Mund.

»Ja«, seufzt sie heiser zwischen zwei Küssen.

»Na dann sollten wir Jude vielleicht zeigen, was er verpasst, wenn er uns einfach für Lindsey hängenlässt«, flüstere ich.

»Sollten wir?«, fragt sie erstickt und streicht mit ihren Fingern über meine Brust bis zum Bund meiner Hose.

»Definitiv.«

KAPITEL 19
Jude

Ich bekomme meinen Blick nicht in eine andere Richtung gelenkt. Jede Faser meines Körpers steht unter Strom, während ich meine Augen ununterbrochen auf Lexa und Tucker gerichtet habe, die … quasi Trockensex mitten auf der Tanzfläche haben. Wobei ich wetten möchte, dass da gerade nichts trocken bleibt.

Das. Ist. So. Verdammt. Heiß.

Ich reiße mir die Maske vom Gesicht. Wie-auch-immer-ihr-Name-ist tanzt währenddessen eng mit mir und lässt ihre Finger beinahe übergriffig über meinen Körper wandern. Vor fünf Minuten dachte ich noch, dass es eine gute Idee wäre, mich mit ihr abzulenken. Nope. Ich bin hart, allerdings nicht ihretwegen, und kurz davor zurück zu Lexa und Tucker zu gehen. Mache ich natürlich nicht. Die beiden sind ein Paar. Wie man unschwer erkennen kann.

Tuckers Blick findet erneut meinen, als er die Hüften von seiner Freundin greift und sie enger an sich zieht. Ein verrücktes Funkeln blitzt auf. Er … lächelt. So richtig … flirty.

Was passiert hier?

Ich kann mir dieses Rumgeflirte heute doch nicht einbilden, oder? Vorhin, als ich sein Hemd aufgeknöpft habe, da … war so ein Moment. Ich glaube, ihm hat gefallen, dass ich ihn berührt habe. Möglicherweise und viel wahrscheinlicher ist es nur mein Wunschdenken. Eigentlich kann es nur das sein.

Und doch leckt er sich gerade über die Lippen, während er mit der Hand den Arsch seiner Freundin umfasst. Fuck. Ich halte das Zugucken nicht mehr aus. Das hier ist hotter als jeder Porno, den ich mir bisher reingezogen habe. Und ich kann den Zombie-Cheerleader an mir nicht mehr ertragen.

Ich schiebe sie sanft, wenngleich bestimmt von mir. »Sorry, ich muss mal kurz weg. Wir sehen uns später«, brülle ich über die Musik hinweg, die in den letzten Minuten drastisch aufgedreht wurde. Wenn ich raten müsste, würde ich sagen, das war Ashers Werk. Genau weiß ich es allerdings nicht, weil ich die ganze Zeit nur Lexa und Tucker beim Rummachen zusehe wie ein gestörter Stalker.

»Echt jetzt?«, ruft Zombie-Cheerleader verwirrt. »Ich dachte wir haben noch Spaß zusammen?«

Spaß zusammen. Jetzt gerade liegt die Wahrscheinlichkeit näher, dass ich gleich zwei Sekunden Spaß mit mir selbst habe.

»Ja … nee. Sorry.«

Ich wäre gerne netter, doch das bekomme ich gerade nicht hin. Denken hat sich verabschiedet.

Natürlich schaffe ich es nicht, den Raum zu verlassen, ohne noch mal zu Tucker und Lexa zu sehen. Und bleibe ruckartig stehen. Er hat sie hochgehoben. Er hat … sie hochgehoben. Ob er mich heben könnte, seine Hände fest an meinem Arsch, während mein …

Fuck.

Ich reiße den Blick los und bemühe mich, aus dem Raum zu kommen. Leider schaffe ich es nur in den Flur, bis ich in Asher hineinrenne, der gerade die Treppe herunterkommt. Offenbar kommt er aus dem Badezimmer, denn er wischt sich die Hände an seiner Hose ab. *Shit.* Ihm wollte ich jetzt nicht begegnen.

»Hey, Mann. Alles klar?«, fragt er grinsend. Er ist betrunken. So was von.

»Jap. Alles … Jap.«

Erschieß mich bitte.

Er legt die Stirn in Falten. »Was machst du?«

Wegrennen. Masturbieren. Wer weiß das schon?

Ich kratze das letzte bisschen Verstand zusammen, das ich finden kann. Einen nachbohrenden, besserwisserischen Asher kann ich jetzt gar nicht gebrauchen. Und ich muss kein Einstein sein, um zu raffen, dass mein bester Freund nicht gutheißt, dass ich Tucker schon den ganzen Tag hinterhergehechelt habe.

»Ich …«, stammle ich. »Hab Tuckers Geschenk oben vergessen. Das muss ich ihm geben.« Wow. Ich bin beeindruckt von meinem Denkvermögen. Und gleichzeitig enttäuscht, weil mein Kopf meine

Worte ganz zweideutig verdreht und plötzlich sehe ich mich vor Tucker kniend, ihm sein Geschenk gebend.

Fuck, was ist nur los mit mir?

Dieselbe Frage scheint Asher sich ebenfalls zu stellen. Seine Augen verengen sich. »Du laberst absoluten Schwachsinn, oder?«, fragt er schließlich.

»Nein«, ich schüttele den Kopf, entscheide spontan wirklich das Geschenk zu holen, damit ich nicht lügen muss. »Das Geschenk liegt in meinem Zimmer. Hab's total verrafft. Und ich habe keine Lust, mir hinterher vorwerfen zu lassen, ich hätte es vergessen.«

Das scheint für Suffnase-Asher auszureichen. Gott sei Dank. Er nickt verstehend. »Macht Sinn.«

»Hm. Bin dann mal oben.« Dann flüchte ich endlich und stürme in mein Zimmer. Dort angelangt, schmeiße ich die Tür hinter mir zu. Und stehe da. Schwer atmend, weil ich gar nicht mehr klarkomme. Dieser Abend ist total verwirrend. Ehrlich. Aber mir jetzt hier alleine einen runterholen ... Nee. Das werde ich jetzt sicher nicht tun. Tucker kann da unten seine Freundin ballern und ... das ist total okay für mich. Unschlüssig, was ich jetzt machen soll, sehe ich mich in meinem Zimmer um. Runtergehen ist keine Option. Schlussendlich greife ich tatsächlich nach der Tüte mit Tuckers Geschenk, nur damit ich was zu tun habe. Ich ziehe das Poker-Deck hervor und betrete durch das Badezimmer Tuckers Reich. Minimalistisch und gemütlich. Dunkle Holzmöbel. Pokale von Hockeyturnieren. Aufgeräumt.

Ich lege das Kartendeck auf seiner Bettdecke ab und flüchte zurück ins Badezimmer. Komme jedoch nicht weit.

Plötzlich stehen Lexa und Tucker in seinem Zimmer und beide sehen mich an. O Gott. Jetzt kommen die beiden zum Vögeln nach oben und ich störe schon wieder.

»Ich, sorry. Ich ... Viel Spaß.«

Viel Spaß? Wer sagt so etwas?

Die beiden wechseln einen Blick, wobei Lexa beinahe panisch aussieht.

»Warte«, sagt Tucker mit rauer Stimme, die genügt, um mir eine Gänsehaut über den Körper zu jagen.

Ich starre auf seine Brust. Die festen Muskeln. Die Tattoos, die ich liebend gerne mit meiner Zunge nachfahren würde.

»Kannst du vielleicht aus dem Badezimmer rauskommen?«, fragt Lexa. Leise. Sie klingt nervös. Warum?

Perplex komme ich ihrem Wunsch nach. Äh. WARUM?

Beide starren mich an. Es wäre gruselig, wenn es nicht so heiß wäre.

»Was? Gefällt euch der Anblick?«, frage ich selbstgefällig, weil ich eine gewisse Kontrolle brauche. Über mich. Flirty? Kann ich.

»Ja«, sagen beide zu meiner Überraschung.

Verwirrt lege ich den Kopf schief. »Ich … Hm?«

Schließlich ist es Lexa, die einen Schritt auf mich zukommt. Sie streckt eine Hand aus und fährt mit ihren Fingerspitzen über meine Brust. Krass.

Ich blicke zu Tucker, der aber nicht den Eindruck erweckt, als würde er mir gleich den Kopf abreißen. Wie vorhin beim Tanzen sieht er eher aus, als würde es ihn anmachen.

»Was wird das?«, stoße ich hervor, erkenne meine Stimme kaum wieder, weil sie so heiser klingt.

Lexa kommt ein weiteres Stück auf mich zu. Dicht. Sehr dicht.

»Wir wollen dich. Beide.«

Ich reiße meine Augen auf. »Was? Ist das ein Scherz?«

Einen Schritt rückwärtsgehend, bringe ich etwas Abstand zwischen uns. Habe ich hier einen Fiebertraum, oder was?

Erneut tauschen die beiden einen Blick, doch Lexa ist diejenige, die das Sprechen übernimmt. »Wir wollen dich. Ganz. Einen …« Sie scheint um Worte zu ringen.

Sie wird doch nicht … nie im Leben schlägt sie das vor, was direkt in meinem Kopf aufploppt.

»Einen Dreier«, beendet Tucker ihren Satz.

Mein Mund öffnet sich von ganz allein. Steht sperrangelweit offen. Mein bisexuelles Ich hat gerade seinen großen Traum zum Greifen nah vor der Nase. Mit den zwei heißesten Wesen des fucking Universums.

»Also«, flüstere ich halb. »Wenn das ein Witz ist … dann ist er verdammt unfair.«

Tucker grinst dreckig, kommt ein Stückchen näher.

»Traust du dich?«, fragt er herausfordernd.

What. The. Fuck?

Der Joker muss Besitz von ihm ergriffen haben, anders kann ich mir das nicht erklären.

Lexa streicht mir über den Bauch. Überrascht sehe ich sie an. »Im Ernst?«

Sie nickt und knabbert dabei an ihrer Unterlippe.

Ich blinzle.

Einmal.

Zweimal.

»Tucker?«, frage ich. Nur seinen Namen. Nicht mehr. »Es gibt gleich kein Zurück mehr.«

»Gut.«

Ich schließe die Augen. Drei Sekunden. Dann reiße ich sie wieder auf und ziehe Lexa näher zu mir heran. Ohne zu zögern, liegen meine Lippen auf ihren. Weich. Verdammt weich. Gefällt mir. Sie öffnet den Mund, um meine Zunge einzulassen. Dabei sind meine Augen mit Tuckers verankert. Ich erwarte, dass er mich wegstößt, was er nicht tut. Er leckt sich die Unterlippe und ... ist einfach verdammt hinreißend. Lexa fährt mit den Fingern an meinem Körper auf und ab. Ich mache kurzen Prozess und ziehe ihr das Shirt über den Kopf. Jetzt steht sie mit schwarzem BH und kurzen Shorts vor uns. Und genießt es sichtlich, dass sowohl ich als auch ihr Freund sie ansehen. Ohne Vorwarnung öffnet sie den BH mit einer Hand und schon liegen ihre Brüste frei.

Oha.

Wow. Sie ist der Hammer.

Sie tritt näher an Tucker heran und verschlingt ihn geradezu. Er zögert ebenfalls nicht und umfasst ihre Brüste. Ich schlucke schwer. Sie schiebt Tucker das offene Hemd über die Schultern. Heilige Maria, Mutter Gottes.

Lexa zieht sich zurück, lässt sich aufs Bett sinken. Sie sieht abwechselnd von mir zu Tuck, öffnet ihre Hose und zieht sie sich betont langsam über die Hüften. Es folgt die Netzstrumpfhose.

Mein Kopf fährt zu Tucker herum. Unsere Blicke verhaken sich.

»Na los«, sagt Lexa auffordernd. »Jetzt seid ihr dran.«

Der Gedanke, dass sie zusieht, macht es nur noch heißer. Sie ist die Freundin. Doch ich werde ihn küssen. Ich trete dichter an Tucker heran. Die Luft zwischen uns scheint elektrisch aufgeladen zu sein. Sie knistert geradezu. Langsam hebe ich eine Hand, nur um sie auf einem der Fake-Tattoos auf seiner Brust niederzulassen. Ich bringe mein Gesicht näher an seins. Nur wenige Zentimeter trennen uns noch. Ich spüre seinen Atem. »Sicher?«, flüstere ich, sodass nur er mich hören kann. Ich brauche einfach die Gewissheit, dass er das hier wirklich will. Vermutlich ist es die beschissenste Idee aller Zeiten. Ich möchte ihn als Freund an meiner Seite und so was hier … ein Dreier. Ändert vermutlich alles. Es ist quasi ein Sprung von einer Klippe mit ungewisser Höhe. Doch wenn er mich will … dann springe ich. Mit dem Kopf voran.

»Fuck, ja«, knurrt er. Und dann knallen unsere Lippen aufeinander. Fest. Hart. Das genaue Gegenteil von Lexa. Unsere Zungen treffen sich und plötzlich bin ich im Himmel. Und doch brenne ich.

Meine Hände finden ihren Weg in Tuckers Haare und ich werde mit einem kleinen Stöhnen belohnt. Das Geräusch fährt durch meinen ganzen Körper. Das habe ich von ihm noch nie gehört. Lexa? Klar. Die stöhnt immer rum wie eine Pornodarstellerin. Tuck … O mein Gott. Das Geräusch macht mich verdammt noch mal an.

Er fährt mir über den Rücken, landet bei meinem Arsch. Packt zu. Erstickt schnappe ich nach Luft, ziehe den Kopf zurück, um ihn anzusehen. So perfekt. Seine Lippen glitzern von unserem Kuss und seine schweren Lider werden von unendlich langen und geschwungenen Wimpern umrahmt, die es mir echt angetan haben. Ich lasse meine Hände tiefer gleiten, bis ich am Bund seiner Hose ankomme. Tuckers Muskeln spannen sich unter meinen Fingern an und er atmet schwer. Geschickt öffne ich den Knopf der Jeans. Schlucke erneut. Und schiebe meine Hand hinein. Tucker schnappt keuchend nach Luft, als ich ihn durch seine Boxershorts umfasse. Erneut presst er seine Lippen auf meine. Hungrig. Gierig küsse ich ihn zurück, während ich meine Hand bewege. Quälend langsam.

Das komplette Gegenteil unseres Kusses.

Was … Aus dem Nichts hat er meine Jeans geöffnet. Schneller als ich reagieren kann, schiebt er mir die Boxershorts über den Arsch und hat kurz darauf meinen ohnehin schon schmerzlich harten Schwanz in der Hand.

Ein tiefes Stöhnen löst sich aus meiner Kehle.

»Jude«, seufzt Tucker an meinem Hals.

Das hier ist … alles. Genießerisch schließe ich die Augen.

»O mein Gott, ist das heiß.«

Lexa!

Ich zucke kaum merklich zusammen und werfe einen Blick über meine Schulter. Sie sitzt auf dem Bett. Splitterfasernackt. Und … berührt sich selbst, während sie uns beobachtet.

What. In. The. Porno.

»Zieh dich aus«, raune ich zu Tucker und drücke ihm einen hastigen Kuss auf den Mund. Er befreit sich ebenso flink aus seiner Hose wie ich mich aus meiner. Und dann ist er nackt. Und perfekt. Und atemberaubend. Und groß. Überall.

Wir starren uns an. Ich ihn. Er mich. Lexa ebenfalls mich.

»Okay. Kondome«, bringe ich hervor.

Tucker schüttelt den Kopf, als würde er aus einer Trance erwachen. Mit zwei Schritten ist er am Nachttisch. Dann wirft er mir spielerisch grinsend ein Kondompäckchen rüber. »Dann zeig mal, was du kannst, Vegas.«

Ich sterbe. Das ist … von nun an meine Wichsvorlage. Für immer und ewig.

»Also wie …«, setzt Lexa an, »machen wir das?«

Erwartungsvoll sieht sie mich an, ebenso wie Tucker.

Fuck. Denken die, dass ich hier der Pro in Sachen Dreier bin? Mag sein, dass ich viel Sex mit vielen verschiedenen Menschen hatte, einen Dreier hatte ich allerdings nicht. Mir wurde mal einer von zwei Mädchen angeboten, den ich abgelehnt habe. Zu viel Verantwortung. Eine Frau allein ist schon schwer genug zum Höhepunkt zu bringen, da bürde ich mir bestimmt nicht noch eine zweite auf. Einmal war ich dabei, als Asher ein Mädchen im Hinterzimmer der Bar gevögelt hat, da habe ich aber nicht aktiv mitgemacht. Nur aktiv zugehört, weil ich mich schlafend gestellt habe, um Ash nicht die Tour zu versauen. Das hier? Neuland. Selbst für mich.

»Wir brauchen Gleitgel«, stelle ich heiser klar. Vor Erregung.

Tuckers Augen weiten sich. Ich erkenne leichte Panik darin. Verständlicherweise. Er hatte noch nie Sex mit einem Kerl, von daher kann ich verstehen, dass ihn der Gedanke beunruhigt.

»Wie …«, stammelt er.

»Ich bin in der Mitte«, unterbreche ich ihn. Das heißt, er toppt mich. Ich bin mir sicher, dass das für ihn einfacher ist.

Sofort entspannen sich seine Schultern. Sein Blick verdunkelt sich.

»Gleitgel«, erinnere ich ihn.

»Ich … Habe ich nicht.«

Ein Fluchen unterdrückend, drehe ich mich um. »Wartet.«

Ich renne beinahe in mein Zimmer. Dabei interessiert es mich nicht mal, ob mich jemand sieht. Aus meinem eigenen Nachttisch ziehe ich eine Tube Gleitgel hervor. Ich gehe zurück durch das Badezimmer und werfe die Tür hinter mir ins Schloss.

Lexa und Tucker küssen sich. Dabei hat er die Hand zwischen ihren Schenkeln vergraben und bewegt die Finger geübt, wie es scheint, immerhin stöhnt Lexa. Sofort gleitet sein Blick zurück zu mir.

Lexas Augen bohren sich zusätzlich in meine. Ich werfe das Kondompäckchen zu ihr herüber und deute mit dem Kopf auf Tucker. »Dein Part, Prinzessin.«

Gott, ich klinge so selbstsicher. Dabei bin ich das keine Sekunde. Keine Ahnung, was ich hier tue. Ich gebe eine ordentliche Portion Gleitgel auf meine Finger und lasse die Tube achtlos neben mich fallen.

Während Lexa damit beschäftigt ist, das Kondom mit dem Mund über Tucker zu stülpen (Holy Fuck!), bereite ich mich selbst mit geübten Handgriffen vor. Es wird eh nicht genug sein, aber wenn ich aktuell etwas nicht habe, dann ist es Geduld. Mein Schwanz ist steinhart. Mein ganzer Körper kribbelt vor Aufregung. Tucker, der den Kopf in den Nacken gelegt hat, während die Sehnen an seinem Hals hervortreten, ist zu viel. Wie sein Kehlkopf hervortritt, als er schluckt, bringt mich um den Verstand.

Und dann ist Lexa vor mir, nimmt das Kondom in den Mund. Bevor sie das tut, suchen meine Augen erneut Tuckers. Als Lexas heißer Mund mich umschließt, flattern meine Lider, doch ich erlaube es mir nicht, die Augen zu schließen. Ich brauche Tucker. Seinen Blick auf mir.

Schließlich ist das Kondom an Ort und Stelle. Lexa steht grinsend auf. Ich schlinge die Arme um sie und schiebe sie zum Bett herüber. Lasse sie darauf sinken. Und dann bin ich in ihr. Sie stöhnt heftig, als ich mich langsam bewege. Fühlt sich gut an. Dennoch sehe ich über die Schulter zu Tuck. Er beobachtet uns fasziniert und tritt endlich näher. Allein seine Hüften, die meinen Hintern streifen, fühlen sich wahnsinnig gut an. Ich beiße mir auf die Lippen. Seine Härte drückt gegen mich. Gegen meinen Eingang. Ein Druck, der beinahe zu viel ist. Ein scharfer Schmerz fährt durch mich hindurch, als Tucker sich in mich schiebt. Das ist es verdammt noch mal wert. Als er sich zurückzieht und wieder vorschiebt, verliere ich beinahe den Verstand. Und dennoch … passt irgendwas nicht. Ich habe Lexas Gesicht direkt vor mir, könnte sie küssen. Nur will ich das nicht. Tuckers Mund ist es, den ich erobern will. Außerdem … der Rhythmus ist … keine Ahnung. Ich bin mir sicher, die beiden merken es ebenfalls.

»Okay, wartet«, raune ich.

Tucker zieht sich zurück und ich löse mich von Lexa. Unsicher sehen die beiden mich an. Ich unterdrücke ein Fluchen. Sie verlassen sich gerade voll auf mich, als wüsste ich, was zu tun ist. Egal. Tun, was sich gut anfühlt.

»Lexa«, sage ich bittend. »Leg dich auf die Seite, Prinzessin.«

Ohne Umschweife kommt sie meiner Aufforderung nach. Ich klettere ebenfalls aufs Bett und lege mich direkt hinter sie. Vorsichtig öffne ich ihre Schenkel für mich und versenke mich erneut in ihr. Diesmal kräftiger. Sie stöhnt kehlig.

»Tuck?«, frage ich.

Schon ist er da. Hinter mir. Presst sein Becken an meinen Arsch. Gütiger Himmel.

»Was ist das?«, murmelt Tucker. Irritiert drehe ich mich zu ihm um. Er hält das Pokerdeck in der Hand, das ich vorhin hier platziert habe. Einen Moment sehen wir uns an. Ich erkenne den Augenblick des Verstehens, als seine Augen sich weiten. Wenn möglich, verdunkelt sein Blick sich noch mehr. Er schiebt sich Stück für Stück in mich, nimmt mir mit jedem Zentimeter die Luft zum Atmen. Keine Spur mehr von Schmerz, nur ... Genuss.

Ich fange an, mich zu bewegen und werde für jeden Stoß mit einem von Tuck belohnt. Fest. Heiß. Ich stöhne. Laut. Die Reibung bringt mich um den Verstand. Tuck schließt jede Lücke zwischen uns, indem er sich beinahe verzweifelt an mich presst. Jeder seiner Stöße durchdringt mich mit einer Heftigkeit, wie ich sie noch nie erlebt habe. Als würde er mich damit erobern. Kennzeichnen. Zu seinem machen. Fuck.

Ich bewege mich schneller. Lexa an meinem Schwanz und Tucker ... Tuck. Wie soll ich das aushalten? Ich habe das Gefühl, jede Sekunde in tausend Teile zu zerspringen.

Lexa zieht sich um mich zusammen, als sie kommt. Laut. Das ist der Moment, in dem ich meine Hand von ihren Hüften löse und sie in Tuckers Oberschenkel kralle. Alles in mir ist auf ihn ausgerichtet. Jede meiner Sinne schreit nach seinen Berührungen.

Tucker stöhnt ebenfalls laut. Er stützt sich mit dem Ellenbogen auf mein Becken, fährt mit dem Daumen über meine Unterlippe. Und verschlingt schließlich meinen Mund mit seinem. Unsere Zungen spielen miteinander. Und plötzlich trifft Tuck einen Punkt in meinem Inneren, der ... Whoa. Alles steht in Flammen, ich stehe in Flammen.

»Fuck, o mein Gott«, keuche ich an seinen Lippen.

»Jude«, stößt er stöhnend hervor. »Fuck, Jude.«

Er legt noch mehr an Tempo zu. Mit jedem Stoß lässt er mich Sterne sehen. Mit der Zunge ahmt er die Bewegungen nach.

Ich bin nah dran. So nah dran. Dränge mich ihm entgegen.

Tucker lässt von meinem Mund ab und widmet sich meinem Hals. Er leckt und saugt über die empfindliche Haut. Knabbert daran. Unkontrollierte Laute verlassen meinen Mund. Und dann zerspringe ich. Der Orgasmus überrollt mich mit voller Wucht und ich gebe mich vollkommen hin. Stöhne Tuckers Namen.

Er schiebt sich weiter in mich und treibt damit meinen Höhepunkt nur weiter an. Und dann kommt er, während die heißesten Geräusche, die ich je gehört habe an mein Ohr dringen.

Er keucht schwer. Legt den Kopf an meiner Schulter ab. Ich lasse meinen eigenen ins Kissen sinken, versuche selbst zu Atem zu kommen. Lexa keucht ebenfalls.

Fuck. Das hier … Ich finde keine Worte dafür.

Lexa löst sich zuerst von mir. Sie dreht sich zu uns herum. Die Wangen gerötet, die Haare völlig zerzaust. Der Mund geöffnet.

»Wow«, japse ich. »Das … Krass.«

Tucker drückt einen zärtlichen Kuss auf meine Schulter. Eine Geste, die verdammt intim ist und die verdammt viel mit mir anstellt. Die sich vollkommen richtig anfühlt.

Er löst sich von mir und sofort fühle ich mich leer. Ich stehe auf und werde das Kondom los. Verknote es und werfe es in den Mülleimer neben der Tür. Ein Blick an mir herab verrät mir, dass ich völlig verschwitzt bin, während das Fake Blut auf meinem Oberkörper verschmiert ist. Es ist genau genommen überall. Ich drehe mich zu den beiden um und fühle mich mit einem Mal völlig fehl am Platz. Die ganze vorherig angestaute Spannung zwischen uns dreien ist … abgebaut?

Plötzlich habe ich das Gefühl, dass die beiden nun mal ein Pärchen sind und ich das dritte Rad am Wagen. Tuckers Augen allerdings … sprechen eine andere Sprache. Vertrauen. Er vertraut mir und ich ihm. Alles ist gut.

Bevor ich mich noch bei einem von beiden bedanken kann, räuspere ich mich. Ich deute an meinem Körper herab. »Wie ihr vielleicht sehen könnt, benötige ich dringend eine Dusche.«

Lexa lächelt vorsichtig und nickt.

Tucker lässt seinen Blick langsam an mir herabgleiten und verharrt bei meiner Schwanzregion. Ein dreckiges Grinsen ergreift von mir Besitz.

»Wir sehen uns«, murmele ich und beeile mich, ins Bad zu kommen. Meine Hose habe ich vergessen, aber, Fuck. Egal. Dann habe ich wenigstens einen Grund, um zurückzukommen.

KAPITEL 20
Tucker

Ich ... Wow.

Mit immer noch zitternden Händen ziehe ich das Kondom von meinem Schwanz und verknote es. Ich ziele den Papierkorb neben der Tür an – und verfehle ihn. Kein Wunder. Mein Herz rast.

Wie konnte Jude so schnell aufspringen und ... weglaufen? Ich starre auf die Badezimmertür, hinter der er verschwunden ist. Ob er nach der Dusche wiederkommt? Ehrlich gesagt würde ich ihn gerne noch ein wenig im Arm halten, nachdem wir so übereinander hergefallen sind.

Fuck, war das ... heiß? Nein, nicht das richtige Wort.

Wie ein wahrgewordener Porno? Auch!

Weltenverändernd? Vielleicht.

Ich strecke meine Hand nach Lexa aus und sofort rollt sie sich zu mir. Ich ziehe sie an meine Brust und drücke ihr einen Kuss aufs Haar, weil ich das Gefühl habe, dass ich es irgendwie ... muss? Immerhin waren wir nur dank ihrer Zustimmung mit Jude im Bett.

»Geht's dir gut?«, frage ich sie.

»Hm«, brummt sie. Was alles bedeuten könnte.

»Was ist los?«

»Ich ...«, beginnt sie zögerlich. »Wir ... wir hatten das erste Mal mit jemandem Sex, der nicht ... *wir* ist.« O ja. Das hatten wir definitiv. »Verstehst du, was ich meine?«

Keine Ahnung, was ich darauf antworten soll. »Ja. Ich war dabei.« Gut, vielleicht nicht unbedingt das.

Lexa schnaubt. »Tuck, ich weiß gerade nicht, was ich denken soll.«

»Warum?«

»Na ja, zuvor war es nur eine Fantasie ...«

»Die jetzt Wirklichkeit geworden ist«, beende ich den Satz für sie. »War's ... keine gute Idee?«

»Doch, doch«, sagt sie. »Es war gut.«

Gut? Das eben war der beste Sex meines Lebens. Toppen sollte man das eigentlich nur mit mir in der Mitte können. Oder?

Gott, Landry, wenn du deine bisexuelle Seite auslebst, dann richtig.

»Das klingt verdammt nach einem Aber …«

»Ich weiß nicht, ob ich es noch mal machen möchte.«

Mein erster Reflex ist es, ein *Warum* in den Raum zu werfen. Doch ich bremse mich gerade noch. »Du musst nichts tun, womit du dich unwohl fühlst, Cupcake.« Als ich die Worte ausspreche, bin ich seltsam enttäuscht. Denn von mir aus könnten wir das jederzeit wiederholen. Von mir aus sofort.

»Danke«, wispert sie und klingt … erleichtert?

»Hab ich dich zu etwas überredet?«, frage ich sie dann. »Wolltest du es vielleicht nicht und hast es nur … meinetwegen getan? Weil du denkst, dass ich wegen meiner Bisexualität irgendwas … verpasse?«

»Nein, Tucker.« Sie bringt etwas Abstand zwischen uns. »Ich wollte es auch und während …« Sie bricht ab und schlägt die Augen nieder. »Während wir es getan haben, war es wirklich gut, nur …« Sie nestelt an ihren Fingern herum. Wirkt nervös und ein bisschen fahrig. »Irgendwie fühle ich mich jetzt unwohl mit der Situation. Ich meine, Jude hat mich nackt gesehen.« Tja, das passiert zwangsläufig, wenn man mit jemandem ins Bett geht. »Und … er ist nicht mein Freund. Nicht so wie du, Tucker. Was ist, wenn er jemandem erzählt, was wir getan haben?«

Ach, das ist ihr Problem! »Das wird er nicht. Ich vertraue ihm zu hundert Prozent.«

Ihre Augenbrauen wandern nach oben. »Seit wann?«

»Seit ich ihn besser kenne.«

»Ich würde sagen, du kennst ihn jetzt ziemlich gut«, sagt sie scharf. »Besser als man seinen Mitbewohner kennen sollte.«

Nun bin ich derjenige, dessen Augen sich weiten. »Machst du mir gerade einen Vorwurf? Weil wir gerade zu dritt einvernehmlichen Sex hatten?«

»Gott, Tucker«, stöhnt sie und setzt sich auf. Mein Blick fällt automatisch auf ihre perfekten Brüste und ich muss mich zwingen, ihr in die Augen zu sehen. »Ich bin einfach verwirrt und habe Angst, dass Jude damit angibt, uns ins Bett bekommen zu haben.« Also wenn, dann haben wir ihn ins Bett bekommen. Allerdings ist jetzt wohl nicht der richtige Moment, um eine Grundsatzdiskussion zu führen.

Auch ich rapple mich auf. »Ich rede mit ihm, okay? Er wird niemandem erzählen, was hier gerade passiert ist.«

Lexa klettert auf meinen Schoß und legt ihren Kopf auf meiner Schulter ab. »Danke, Tucker.«

Fest umarme ich sie und verharre einige Minuten mit ihr in dieser Position. So lange, bis die Tür aufgerissen wird. Nicht die zum Badezimmer, sondern meine Zimmertür.

Lexa keucht erschrocken auf und versucht, sich irgendwie zu bedecken, während ich wie ein verängstigtes Reh zur offenen Tür starre. Tristan, der Ashleys Hand hält, wirkt ebenso schockiert wie ich.

»Bro«, stößt er hervor, »man versperrt die Tür, wenn man vögelt.« Mit angewidertem Gesichtsausdruck zeigt er auf das gebrauchte Kondom.

Lexa hat es endlich geschafft, sich eine Decke über die nackten Schultern zu schmeißen und hüllt uns damit ein. »Raus«, kreischt sie. »Verschwindet sofort.«

Hinter Tristan schieben sich weitere Partygäste über den Flur und spähen natürlich in den Raum. »Nach unten«, brülle ich. »Alle. Vögelt oder pisst im Wald, aber die verfickte Party findet im Untergeschoss statt.«

»Sorry.« Mit knallrotem Kopf schließt Tristan endlich – ENDLICH! – die Tür.

»Tja«, sage ich, »ich denke, wir müssen uns keine Gedanken mehr machen, dass jemand das mit Jude herausfindet. Sie haben jetzt schon genug zu erzählen.«

Lexa springt auf, eilt zu ihren Klamotten und zieht ein Kleidungsstück nach dem anderen an. Ihre Hände zittern dabei. »Komm schon, Lexa. Wir sind seit Jahren ein Paar. Meinst du wirklich, irgendjemand interessiert sich für unser Sexleben?«

Ich rechne damit, dass sie sich mit Tränen in den Augen zu mir umdreht, dabei erkenne ich in ihrem Gesicht nur eine Gefühlsregung: Wut. »Tucker, das ist der peinlichste Moment meines Lebens«, zischt sie. »Warum zur Hölle hast du nicht abgeschlossen? Stell dir vor, es wäre jemand reingekommen, während ... während wir mit Jude ...«

Ich stehe auf und bücke mich nach meinen Boxershorts. »Es ist nicht passiert.« Aber ich bin mir ziemlich sicher, dass dann ich derjenige wäre, der ausflippt.

»Es wird jetzt schon schwer genug, da wieder runterzugehen und den anderen unter die Augen zu treten.«

»Komm schon, Cupcake.« Ich ziehe sie an meine Brust und sie lässt es widerwillig geschehen. »Wir gehen gemeinsam runter und lassen uns dafür feiern, dass wir guten Sex hatten.«

»Nicht witzig, Tucker.« Allerdings die Wahrheit. Sie stemmt ihre Hände gegen meine Brust. »Ich gehe nach unten. Und du ...«, sie pikst mit ihrem Fingernagel in meine Brust, »kümmerst dich darum, dass Jude wirklich die Klappe hält. Keiner darf davon erfahren, denn ich habe keine Lust, als notgeile Schlampe abgestempelt zu werden.«

»Weil du Sex hast?«

»Weil ich Sex mit zwei Männern hatte.«

»Also, ich will jetzt nicht kleinlich sein, aber du hattest eigentlich nur mit Jude Sex.«

Frustriert stampft sie mit dem Fuß auf.

»Lexa«, sage ich seufzend. »Du machst gerade echt unnötiges Drama. Tristan und Ashley haben nur uns beide gesehen. Und sie halten bestimmt die Klappe. Denen war das mindestens genauso peinlich wie dir.« Ich sage bewusst nicht uns, denn ich werde mich bestimmt nicht dafür schämen, dass man mich mit meiner Freundin im Bett erwischt hat.

»Und was ist mit den anderen, die durch den Flur geschlichen sind?«

»Die wollten sich vielleicht ebenfalls einen Platz zum Vögeln suchen.« Ich lege meine Hand an ihre Unterlippe und entferne die verwischten Stellen ihres Lippenstifts. »Alles wird gut«, sage ich beschwörend und lehne für einen Moment meine Stirn gegen ihre.

»Versprichst du es, Tucker?«

»Ich verspreche es.«

»Gut.« Lexa macht sich von mir los, atmet tief ein und streicht im Anschluss ihre Kleidung glatt. Sie sieht mir fest in die Augen. »Regle das!«

Mit diesen Worten lässt sie mich allein in meinem Zimmer zurück. Gott, was für ein Desaster.

Damit nicht erneut jemand die Tür aufstößt, schließe ich sie hinter mir ab.

»Regle das«, äffe ich meine Freundin nach. Was soll ich jetzt tun? Den Dreier ungeschehen machen? Leider hat mir zum Geburtstag niemand eine Zeitreise-Maschine geschenkt. So wie Lexa gewirkt hat, wäre die Zeit zurückdrehen nämlich ihre Lieblingsoption. Meine allerdings nicht. Denn ich will keine Sekunde dieser Nacht vergessen.

Seufzend setze ich mich in Bewegung. Laut klopfe ich gegen die Badezimmertür. »Jude? Darf ich reinkommen?«

Natürlich – mal wieder – keine Reaktion. Langsam frage ich mich, warum ich überhaupt noch klopfe. Ich drücke die Türklinke nach unten und rechne eigentlich schon damit, dass er getürmt ist. Abgehauen durch sein Zimmer, weil er genauso Panik wie meine Freundin schiebt, aber er steht immer noch unter der Dusche und schrubbt über seine Haut.

Mein Blick fällt zuerst auf seinen Schwanz. Was für ein Prachtexemplar. Und dann auf die ganze rote Farbe, die er in der gesamten Duschkabine verteilt hat.

»Whoa, Jude. Hast du hier drinnen jemanden abgestochen?«

»Ja, Tucker. Ich habe mir gedacht, nach dem Sex fehlt für einen richtig gelungenen Abend nur noch ein Mord.«

Ich schließe die Tür hinter mir und lehne mich dann gegen das Holz. »Scherzkeks. Soll ich dir helfen?«

»Musst du nicht zurück und mit Lexa weiter herumbrüllen?«

»*Das* hast du gehört, aber mein Klopfen nicht?«

Er zuckt nur mit den Schultern und schrubbt weiter über seinen Körper. »Starrst du mir auf den Schwanz, Landry?«

Nein, auf die Tattoos.

Ich grinse, weil ich nicht anders kann. Mit Jude zu reden, macht mich gerade ziemlich glücklich. So stelle ich mir ein post-orgasmisches Gespräch vor. Nicht dieses Gekeife von Lexa. »Nicht nur dahin.«

Unsere Blicke treffen sich und schlagartig wird er ernst. »Was war da eben los? Hab ich was falsch gemacht?«

»Nein, wir haben nur vergessen abzuschließen und jetzt flippt Lexa aus.«

»Oh, Scheiße. Hat uns drei jemand gesehen? Ich hab nichts mitbekommen, aber ich war auch ziemlich beschäftigt.« Sein dreckiges Grinsen spricht Bände.

»Nein, nur Lexa und mich.«

»Gut.«

»Gut?«, hake ich nach.

»Na ja, ich nehme mal an, ihr wollt den Dreier nicht an die große Glocke hängen.« Neugierig sieht er mich an. »Oder?«

Ich zucke mit den Schultern. »Wirst du es jemandem erzählen?«

»Denkst du, dass ich es tun werde?«, stellt er eine Gegenfrage.

»Ich weiß, dass du es nicht tun wirst, weil wir …«

»Weil wir, was?«

»Freunde sind?« Es klingt mehr nach einer Frage als nach einer Feststellung.

»Sind wir.« Er wendet den Blick ab und schrubbt weiter an seinem Körper herum.

»Also … sicher, dass ich dir nicht helfen soll, Vegas?«

Jude schnaubt. »Sicher, dass Freunde so etwas füreinander tun?«

»Na ja, wir waren gerade miteinander im Bett und … lass mich dir helfen.« Ich klinge quengeliger als geplant.

»Wieso willst du das?«

»Weil ich … Keine Ahnung, du warst so schnell weg.«

»Sag bloß, du bist ein Kuschler und willst nach dem Sex in den Arm genommen werden.«

»Und wenn's so wäre?«

Er öffnet die Duschkabine. »Na komm schon. Ich glaub zwar, der Großteil der Farbe ist ab, aber du könntest ja noch mal gründlich nachsehen.« Eindeutig eine Ausrede. Er wünscht sich meine Nähe genauso wie ich mir seine.

Sofort stoße ich mich von der Tür ab, streife mir im Gehen die Shorts von den Hüften und stelle mich zu Jude unter die Dusche. Er drückt mir grinsend das Duschgel in die Hand. »Hier, bitte.«

Nachdem ich eine großzügige Portion in meine Handfläche gegeben habe, stelle ich die Tube zurück. »Ich mag den Geruch deines Duschgels.«

»Meine Ein-Dollar-Großpackung?« Jude sieht mich verwundert an. »Ja. Weil es nach dir riecht.«

»Awww, Landry. Pass auf, sonst bekomme ich noch wackelige Knie.« Der Sarkasmus in seiner Stimme ist unüberhörbar.

Ich strecke die Arme aus und lege sie auf seine Brust. Schäume das Duschgel auf und wasche stumm die letzten Reste der roten Farbe von seinem Körper.

»Woher weißt du eigentlich, wie mein Duschgel riecht?«, fragt er nach. Seine Stimme klingt rauer als zuvor und nach einem Blick nach unten stelle ich fest, dass sich sein Schwanz wieder aufrichtet.

»Hab dran gerochen. Und es selbst verwendet.«

Judes Mundwinkel wandert belustigt nach oben und er macht einen Schritt auf mich zu. Er lehnt sich nach vorne und flüstert in mein Ohr: »Ich hab deines benutzt.«

Sein harter Schwanz streift meinen und ich mache einen Schritt zurück. Gott, ich traue mir gerade selbst nicht mehr. Eigentlich soll ich mit Jude reden. Nicht mit ihm unter der Dusche stehen, flirten und auf eine verdammte Wiederholung von vorhin hoffen.

»Wirklich?«, krächze ich.

»Ja. Wie lauten eigentlich die Regeln?«, fragt Jude mich dann.

»Welche Regeln?« Ich muss schlucken, da mich seine Nähe verrückt macht.

»Na ja … war der Dreier eine einmalige Sache? Oder wollt ihr das mal wiederholen?« So aufgebracht, wie Lexa war, gehe ich nicht davon aus. Aber denken fällt mir gerade ungeheuer schwer, weil sich das ganze Blut in meinem Schwanz sammelt. »Machen wir es dann erneut zu dritt? Oder haben wir mal zu zweit Spaß? Du und ich?«

»Oder Lexa und du?«, füge ich hinzu.

»Von mir aus«, murmelt er, klingt allerdings nicht besonders begeistert. Vermutlich, weil ich keine konkreten Antworten für ihn habe.

»Ich weiß es nicht«, gebe ich ganz ehrlich zu. »Das müsste ich wohl mit Lexa besprechen.« Völlig überflüssigerweise füge ich hinzu: »Sie ist meine Freundin.«

Jude verdreht genervt die Augen. »Danke für die Erinnerung, Tuck.«

»Sorry, für mich ist das alles ... neu.«

»Dass du mit deinem Hockey-Kumpel nackt in der Dusche stehst, nachdem ihr gerade gevögelt habt?«

Lächelnd schüttle ich den Kopf. »Machst du so was denn öfter?«

»Nein.«

»Würdest du so was denn gern öfter machen?«, frage ich nach.

»Mit dir?« Lächelnd wiegt er den Kopf hin und her. So als müsste er erst darüber nachdenken. »Jederzeit. Du siehst nämlich echt gut aus, Landry.« Sein Kompliment bringt mich zum Lächeln.

Nun greift Jude zum Duschgel und gibt sich eine ordentliche Portion auf die Handfläche. »Darf ich?« Mit dem Kinn deutet er auf meinen Oberkörper.

Ja. »Ich ... weiß nicht.«

»Sieh es als Aftercare nach dem Sex.«

»Wie bitte?«

»Vielleicht bist nicht nur du ein Kuschler und sehnst dich nach dem Sex nach Nähe, sondern ich auch.«

Skeptisch ziehe ich eine Augenbraue nach oben. »Das passt so gar nicht zu dir.«

»Hast recht. Kann ich eigentlich gar nichts mit anfangen, aber ich will, dass *du* das Erlebnis in guter Erinnerung behältst. Nicht dass Lexa es durch ihre Panikmache noch schlechtredet oder schlechtmacht. Denn das war es nicht. Eher das Gegenteil. Also, was ist jetzt?«

Statt einer Antwort nehme ich seine Hände und lege sie an meinen Oberkörper. »Aftercare«, murmle ich. »Das gehört noch zum Sex, oder? Ich mache also nichts hinter Lexas Rücken, weil wir uns ja einig waren, dass wir heute …« Ich beende den Satz nicht, weil mir selbst klar ist, dass ich mich gerade selbst belüge.

»Nein, tust du nicht«, sagt er lächelnd. »Wir können doch nichts dafür, dass Lexa einfach abgehauen ist.« Wen will er hier überzeugen? Mich? Oder auch sich selbst?

»Gehören Küsse zur Aftercare?«, wispere ich erstickt. Ich sollte aus dieser Dusche steigen. Jetzt.

»Auf jeden Fall«, stimmt Jude zu. Und innerhalb eines Wimpernschlags werfe ich all meine Bedenken über Bord und verschließe seinen Mund mit meinem. Wir küssen uns immer und immer wieder. Genießen die Nähe des anderen. Vermutlich ein letztes Mal, denn ich bin mir ziemlich sicher, dass ich ohne Restalkohol im Blut und vor allem ohne Lexa an meiner Seite oder ihre ausdrückliche Zustimmung nicht so weit gehen würde.

KAPITEL 21
Jude

Ich öffne blinzelnd die Augen, die sich total verquollen anfühlen. Und verklebt. Boah. Ich habe mich schon mal besser gefühlt. Vorsichtig drehe ich meinen Kopf, um mir einen Überblick zu verschaffen. In meinem Bett bin ich schon mal nicht. Genau genommen bin ich in gar keinem, sondern liege auf der Couch im Wohnzimmer. Behutsam setze ich mich auf, werde aber direkt mit einem donnernden Schädel belohnt.

»Oha«, murmele ich gequält und vergrabe das Gesicht in den Handflächen. Einige Minuten verharre ich in dieser Position. Schlafen wäre eine Möglichkeit, doch mein Rücken tut weh, weil diese Couch scheiße unbequem ist. Ich sehe mich im großen Raum um. Alter. Von den Kindern bin ich ja einiges gewohnt. Dachte ich. Denn jetzt sieht es tatsächlich so aus, als müsste das Haus abgerissen werden, weil eine Bombe explodiert ist. Becher und Müll türmen sich auf dem Boden, Flaschen liegen herum.

Zertretene Chipskrümel liegen verteilt, ebenso wie Kostüm-Accessoires und Deko. Die böse Vorahnung, dass ich Teil des Aufräumkomitees sein werde, überkommt mich und ich verziehe das Gesicht.

Ich schlucke ein paarmal. In meinem Mund herrscht die absolute Wüste.

Stöhnend stehe ich auf und muss erst mal an Ort und Stelle stehen bleiben. Man muss nicht Sherlock Holmes sein, um aufzudecken, dass ich es gestern mit dem Alkohol übertrieben habe. Ich hatte allerdings einfach viel zu gute Laune. Am Ende habe ich sogar meine Black-Jack-Skills ausgepackt und den Croupier gespielt, also die Karten gegeben.

Corey hat sich als Naturtalent entpuppt. Obwohl er gegen Asher keine Chance hatte. Die beiden schienen sich gut zu verstehen, was ich ziemlich cool finde.

Als ich am Kühlschrank ankomme, gesellt sich eine zweite Person zu mir in den Raum. Lexa.

»Morgen«, murmele ich und klinge dabei total jammernd.

Ich bewege mich in Zeitlupe. Zügig schaffe ich nicht. Beinahe stöhne ich erleichtert auf, als sich meine Finger um die kalte Wasserflasche schließen. Ich ziehe sie hervor, schraube sie auf und setze sie endlich an die Lippen. Geil. Kaltes Wasser schmeckt bei einem Kater ungefähr so wie flüssiger Nektar.

Mit wenigen Schlucken leere ich die Flasche zur Hälfte. Lexa beobachtet mich, während sie die Kaffeemaschine ansteuert. Hat sie mir überhaupt schon einen guten Morgen gewünscht? Weiß ich nicht.

Ich stehe einfach nur da, starre ins Wohnzimmer und versuche, auf mein Leben klarzukommen. Alkohol ist ja ab und zu schon echt was Gutes, nur leider bin ich scheißanfällig für einen Hangover.

»Was tust du da?«, fragt Lexa schließlich.

»Jetzt gerade entscheide ich mich, ob ich mich übergebe oder es lieber lasse.« Oh, Mann. Nach dem Saufen bin ich ein absoluter Jammerlappen. Schon immer gewesen.

»Hast ja gestern ziemlich zugelangt beim Alkohol«, kommentiert Lexa.

Verurteilt sie mich gerade? Weil ich auf einer Highschool-Party getrunken habe? So wie sie? Obwohl, zum Ende des Abends hat sie eher die Spaßbremse als die Partymaus gegeben.

»Jap«, gebe ich also nur zurück. »Das bringt *Spaß* so mit sich.«

»Ich weiß ja nicht. Ich kann ohne Alkohol genau so viel Spaß haben«, sagt sie überheblich. Hä? Als ob ich das nicht könnte.

Ist sie zickig oder bilde ich mir das ein?

»Echt? Dafür hast du dir das Bier gestern aber ganz schön quer gekippt.«

Ich schiele zu ihr. Sie presst ihre Lippen zusammen. Ihr Kaffee scheint durchgelaufen zu sein, denn sie dreht mir den Rücken zu.

Währenddessen lehne ich mich mit den Unterarmen auf die Kücheninsel. Halb im Delirium. Vermutlich sollte ich einfach in mein Bett gehen, doch die Treppe … Gott, die Stufen. Heulen. Ich könnte stattdessen anfangen zu heulen.

Ein weiteres unzufriedenes Jammergeräusch verlässt meinen Mund. »Was auch immer du über uns erzählen willst, vergiss es. Was passiert ist, bleibt unter uns«, fährt Lexa mich aus dem Nichts an.

Ruckartig hebe ich den Kopf. Was ein Fehler ist, da ich mit einem grenzenlosen Hämmern darin belohnt werde.

»Hm?«, bringe ich lediglich hervor, denn gerade bin ich etwas langsam mit meinen Gedanken. Außerdem habe ich mich eben aufs Atmen konzentriert. Ich sollte noch mehr Wasser trinken. Erneut setze ich die Flasche an und trinke sie in einem Zug leer.

»Ich sagte, dass du vergessen kannst, die Sache von gestern rumzuposaunen.«

Hat sie das gerade echt gesagt?

»Willst du mich verarschen?«, platze ich heraus.

Wütend funkelt sie mich an und krallt sich an ihre Kaffeetasse. »Nein!«

»Warum zur Hölle sollte ich das herumerzählen?«, frage ich verwirrt.

»Weil …«, sie macht einen Schritt auf mich zu, »du es geschafft hast, *mich* ins Bett zu bekommen, obwohl ich mit Tucker zusammen bin. Verdammt viele würden das herumerzählen.«

Jetzt steht mir der Mund offen. Was zum …

Blöde Kuh!

»Das ist jetzt nicht dein fucking Ernst …«, knurre ich sie an. Nun ebenfalls sauer.

Wieso zur Hölle schiebt sie mir gerade den schwarzen Peter zu?

»Nichts für ungut, *Prinzessin*.« Den Kosenamen von letzter Nacht würge ich so sarkastisch wie möglich hervor. »*Du* bist diejenige, die alles dafür getan hat, von mir gefickt zu werden. Nicht umgekehrt.«

Ihre Augen weiten sich bei meinen Worten, was ich beabsichtigt habe. Sie hat keinen Grund, mir irgendwas zu unterstellen. Ich habe es gar nicht nötig, herumzurennen und irgendwem etwas über mein Sexleben zu erzählen. Als ob ich damit angeben würde, irgendwen herumbekommen zu haben. Tucker weiß das. Lexa hat offenbar keine Ahnung, wer ich bin.

»Arschloch.« Sie knallt die Kaffeetasse neben sich auf den Tresen.

Ich lache unzufrieden auf. »Klar. *Ich* bin das Arschloch. Dabei habe ich genau das getan, worum du mich gebeten hast, Prinzessin.«

»Hör auf, mich so zu nennen!«, verlangt sie aufgebracht.

»Dann hör du auf, mir irgendwelche Sachen zu unterstellen. Warum sollte ich anderen auf die Nase binden, was gestern vorgefallen ist? Weil du *du* bist, oder was? Außerdem brauchst du mir nicht erzählen, dass dir das gestern nicht gefallen hat. Dein pornoreifes Gestöhne hat dich leider verraten.«

»Ich will einfach ...«, setzt sie beinahe verzweifelt an, führt ihren Satz allerdings nicht zu Ende.

Ich seufze. »Lexa, was ist dein Problem? Gestern war alles cool.«

Vermutlich ist genau das der Grund, weshalb man nicht mit einem Paar ins Bett steigt. Irgendwer flippt danach aus. Und überraschenderweise ist es nicht Tucker. Der hat mir gestern klar zu verstehen gegeben, dass er den Dreier nicht bereut. Wie könnte man auch?

»Behalte es für dich, okay?«, stößt sie aus zusammengebissenen Zähnen hervor.

»Ich kapiere nicht, wieso du sauer auf mich bist«, sage ich ehrlich. Was habe ich bitte getan? Wenn man es genau nimmt, sind die zwei über mich hergefallen.

»Ich bin nicht sauer, Jude. Aber ein bisschen Verständnis wäre schön, findest du nicht?« Mit diesen Worten stürmt sie an mir vorbei aus der Küche.

Ich blinzle ein paarmal. Und werde doch nicht schlauer. Verständnis für was jetzt genau? Langsam schüttele ich den Kopf. Deshalb führe ich keine Beziehungen. Das ist doch total ... bekloppt.

Wir hatten Sex, alle hatten Spaß. Klingt für mich persönlich nach einer sehr gelungenen Freizeitaktivität.

Ich schlurfe los, will nur noch ins Bett. Scheiß auf die Treppen.

Stufe für Stufe quäle ich mich nach oben. Vor meiner Tür bleibe ich stehen, weil ich plötzlich noch mal über das Kotzen nachdenken muss. Ein bisschen dreht sich der Flur um mich herum.

Okay. Geht wieder.

Vorsichtig drücke ich die Klinke herunter, um meinen besten Freund nicht zu wecken, und schiebe mich durch die Zimmertür.

»Whoa.« Ich springe zu Tode erschrocken zurück.

Asher schläft nicht friedlich, er sitzt auf dem Bett und starrt mich mit verschränkten Armen an.

»Fuck, ist das gruselig!«, fahre ich ihn an. »Was zum Teufel tust du da?«

Ich halte die Hand an mein wild schlagendes Herz. Und schlucke. Möglicherweise habe ich einen Herzinfarkt.

»Was ich tue? Wirklich?« Seine Stimme klingt tadelnd. Das tut sie immer dann, wenn er den moralischen Kompass anwirft.

»Was?«, frage ich verwirrt.

»Komm schon, Jude. Ich ... Einfach nur ... Warum?« Das letzte Wort zieht er in die Länge und untermalt es, indem er die Arme nach oben reißt.

Mehr als ihn anzustarren, schaffe ich nicht. Denn ich stehe auf dem Schlauch.

Asher seufzt und schnaubt zugleich. »Ich habe euch gehört. Eben in der Küche.«

Ich presse die Lippen zusammen, als meine Augen sich weiten. »Oh.«

»Ja, oh.«

»Okaaay«, sage ich vorsichtig. »Warum bekomme« ich dann jetzt den *Jude-ich-bin-so-wahnsinnig-enttäuscht-von-dir*-Blick?«

Eigentlich habe ich nichts Verwerfliches getan. »Wenn es um meinen Tonfall Lexa gegenüber geht – sie hat doch angefangen.«

Asher verzieht verständnislos das Gesicht. »Also, dass sie ausflippt, ist doch wohl verständlich. Was ist los mit dir? Hast du dir deinen Verstand weggesoffen?«

Hä?

»Wieso denn, bitte schön? Warum bist du so gemein?« Jetzt klinge ich quengelig. Ich mag es nicht, wenn Asher so ist.

Er schüttelt den Kopf. »Jude. Du hattest Sex mit Lexa. Mit der Freundin deines Mitbewohners und Teamkameraden. In dem Haus, in das dich die ganze Familie mit Kusshand aufgenommen hat. Und was denkst du bitte, wie Lexa das heute nüchtern betrachtet? Sie hat ihren Freund betrogen und –«

»Whoa, Moment mal, stopp.« Ich mache ein paar Schritte mit erhobenen Händen auf ihn zu. »Was hast du gerade gesagt?«

»Du hattest Sex mit Lexa!« Er klingt total fassungslos.

»Was? Nein!«, streite ich ab. »Also ... doch. Aber nicht ... so ...« Mir fällt selbst auf, wie bescheuert ich mich anhöre. »Oh, Mann«, setze ich nach.

»Fuck, wenn Tucker das herausbekommt«, murmelt Asher mehr zu sich selbst als zu mir.

Oh. Okay. Daher weht der Wind. Er hat Angst, dass ich verprügelt werde. Und auf die Straße gesetzt.

»Tucker weiß es doch«, sage ich also in der Absicht, ihn zu beruhigen. Funktioniert nicht.

»WAS?« Grenzenlose Verwirrung spiegelt sich auf dem Gesicht meines besten Freundes.

»Gott«, murmele ich und fahre mir mit der Hand übers Gesicht. »Lexa, Tucker und ich ... wir hatten gestern einen Dreier.«

Asher öffnet den Mund. Und starrt mich an. Blinzelt. Starrt.

»Nein«, stößt er aus. »Du hast ernsthaft beide ins Bett bekommen?« Schlagartig klingt er aufgeregt, beinahe begeistert.

Ich atme tief durch und lasse mich schließlich neben ihn rückwärts auf das Bett fallen. »Eigentlich habe ich gar nichts gemacht. Die beiden haben mich klargemacht.«

»Ach komm schon. Blödsinn.« Sollte ich beleidigt sein?

»Doch!«, beharre ich. »Erst haben die sich beim Tanzen an mir gerieben, nur um mir später mitzuteilen, dass sie mich wollen.«

»Das haben sie nicht gesagt.«

»Genau mit den Worten!«

Ich schiele zu Asher hoch, der vollkommen schockiert ist – und dabei grinst.

»Wie?«, will er wissen.

»Wie, was?«, frage ich mit gerunzelter Stirn. »Ich bin zu verkatert für so was, Ash.«

»Wie habt ihr es getan?«

Ein kleines Lachen entfährt mir. »Das ist es, was dich interessiert?«

»Äh ... ja. Und du brauchst gar nicht so zu tun, als wäre das andersherum nicht genauso.« Er kneift die Augen zusammen. »Warte mal … du hast unten gesagt, dass du sie …«

Ich nicke. »Jap. Ich war in der Mitte.«

»Das ist der Traum eines jeden bisexuellen Kerls, oder?«, vergewissert er sich.

»So ziemlich«, gebe ich zu. Wobei weniger der Umstand, dass ich in der Mitte war, mich völlig überwältigt hat, sondern eher Tucker.

Einige Sekunden herrscht Stille zwischen uns. Dann schnipst er mir gegen die Stirn.

»Aua!«, beschwere ich mich. »Wofür war das denn?«

»Weil du ein Trottel bist.« Das klingt spöttisch.

»Wieso?«

»Du hast die goldenen Regeln vergessen!«

»Musst du heute unbedingt Rätselraten mit mir spielen, Asher?« Dafür bin ich echt nicht fit genug.

»Jonelle aus der Bar hat uns früher doch über Dreier aufgeklärt. Und die drei magischen Regeln. Regel Nummer eins: Trage ein Kondom.«

»Habe ich doch!«

»Regel Nummer zwei«, fährt er unbeirrt fort, »lass niemanden außen vor.«

»Fein. Ist nicht passiert«, werfe ich trotzig ein.

»Regel Nummer drei: Vögel. Nie. Mit. Einem. Paar!«

Das lässt mich verstummen. Wenn auch nur kurz. »Beide haben ganz deutlich gemacht, dass sie es wollen. Nichts ist ohne Zustimmung abgelaufen. Niemand hat irgendwen überredet.«

Asher stöhnt gequält auf. »Mit Paaren funktioniert es nicht. Irgendwer findet es am Ende immer scheiße.«

»Es war überhaupt nicht scheiße!«

»Boah, Jude. Manchmal bist du echt anstrengend. Wie geht das jetzt deiner Meinung nach weiter?«

Ich schnaube. »Wovon redest du bitte? Wir drei hatten Sex. Und das war's. Kein Weiter. Zumindest nicht … im Dreierpack.«

»Was willst du denn damit sagen?«, fragt Asher, die Stirn in Falten gelegt.

Ich drehe den Kopf, sodass ich ihn besser ansehen kann. »Nichts. Nach Lexas Reaktion wird es keine Wiederholung geben.«

»Aber …?«

»Das heißt ja nicht, dass zwischen Tucker und mir nichts mehr geht.«

Ashers Mundwinkel verziehen sich immer mehr zu einem Lächeln. Bis er schließlich lacht. »Alter, du bist am Arsch.«

Ich starre an die Zimmerdecke. Ja. Vielleicht bin ich das.

»Tucker will es wiederholen«, flüstere ich.

»Woher willst du das wissen?«

Ich kaue auf meiner Unterlippe herum. Der Moment gestern in der Dusche lebt vor meinem inneren Auge erneut auf. Die Küsse. Die Berührungen. Doch irgendwie … bin ich nicht bereit, das mit irgendwem zu teilen. Der Augenblick gehört Tuck und mir.

»Ich weiß es einfach«, sage ich also vage.

KAPITEL 22
Tucker

Ich weiß bereits, dass irgendetwas nicht stimmt, als ich die Highschool betrete. Mal ehrlich. Ich müsste blind und taub sein, um das Getuschel und die Blicke, die mir zugeworfen werden, nicht mitzubekommen.

Ich lehne mich zu Jude. »Hab ich was zwischen den Zähnen?«

»Leider nicht meinen Schwanz«, flüstert er und gähnt danach lautstark. Und gelangweilt. »Warum?«

»Weil mich alle anstarren.«

»Häh?« Gott, Jude ist so was von kein Morgenmensch, obwohl er Frühaufsteher ist. Warum macht er das überhaupt?

»Schau dich doch um.«

Jude tut mir den Gefallen. »Hmm? Vielleicht finden sie, dass du gut aussiehst.« Er kommt ein bisschen näher. »Was du übrigens tust. Dein Chaoshaar wird es zwar nie mit meiner Frisur aufnehmen können, aber … es passt zu dir.«

»Ein Kompliment und eine Beleidigung in einem Atemzug. Ich bin beeindruckt.«

Er grinst. »Warte mal, bis ich dir einen blase. Dann bist du erst richtig beeindruckt.«

Ich remple ihn mit der Schulter an. »Halt die Klappe.«

»Stopf sie mir doch. Zunge. Schwanz. Ich bin flexibel.«

Gott, der Kerl sieht aus wie ein Zombie, schafft es allerdings auch im Halbschlaf, mich zum Erröten zu bringen. Seine Sprüche sind nicht mal originell. Trotzdem stehe ich darauf, denn sie regen mein verdammtes Kopfkino an und erinnern mich ans Wochenende.

An den guten Teil davon. Nicht an den, wo das Haus ein Saustall war, das wir mehrere Stunden lang geputzt haben, während meine Freundin uns ignoriert und kaum mit uns gesprochen hat.

»Das wünscht du dir?«, frage ich ihn.

»Tuck, ich wünsch mir noch so viel mehr von dir«, säuselt er.

Ich würde ihn ja ernst nehmen. Nur … Sorry. Bei Jude geht das nicht.

»Du nervst.«

»Als du mir heute beim Morgenlauf ständig auf den Arsch gestarrt hast, hatte ich dieses Gefühl nicht.«

Mein Mund klappt auf. »Hab ich nicht.« Hab ich doch. Allerdings werde ich das niemals zugeben. Judes Ego ist groß genug.

»Doch.«

»Woher willst du das überhaupt wissen?«, frage ich ihn und steuere auf meinen Spind zu.

»Hab ich gespürt.«

»Und die Blicke der gesamten Schule spürst du nicht?«, zische ich und gebe die Kombination ins Zahlenschloss ein. Jude lehnt sich gegen einen Spind.

»Was hast du in der ersten Stunde?«, fragt er mich dann. »Ich kann ja dein Händchen halten, wenn du dich unwohl fühlst.«

»Mathe. Du?«

»Geschichte Grundkurs.«

»Mit Lexa, oder?« Meine Freundin hat am Tag nach der Party das Haus verlassen und seitdem habe ich sie nicht mehr gesehen. Sie hat irgendwas von familiären Verpflichtungen und einem Mädelsabend mit Ashley erzählt. Die Wahrheit ist wohl, dass sie mir seit dem Dreier aus dem Weg geht.

Und das, obwohl ich die Sache geregelt habe. Jude wird nichts erzählen.

»Ja.« Jude sieht mich leidend an. »Sie ist nicht wirklich gut auf mich zu sprechen.«

Ich strecke ihm die Faust hin und er lässt seine dagegen krachen. »Auf mich ebenfalls nicht.«

»Ah, da ist es ja. Das Dreamteam.« Jude und ich wenden den Kopf und sehen zu Greg, dem homophobsten Arschloch aus dem ganzen Team. »Wie man hört, teilt ihr seit kurzem nicht nur eure Leidenschaft fürs Hockeyspielen, sondern auch für Landrys Freundin.«

Was zur Hölle? Ich starre ihn fassungslos an und sage einfach …

nichts. Weil ich verdammt noch mal völlig überfordert von der Situation bin und tausend Fragen gleichzeitig in meinem Kopf aufploppen. *Was hat er gesehen? Den Tanz? Oder mehr? Hat er uns im Bett erwischt? Ist er Tristan zuvorgekommen und hat die Tür zu meinem Zimmer geöffnet? Oder hat ihm jemand etwas verraten?*

Mein Blick schwenkt zu Jude, der mich mit einem *Tu-endlich-was*-Blick ansieht. *Er hat doch nicht …* Nein. Ich vertraue Jude. Er hat bestimmt nichts erzählt.

»Tucker«, sagt Jude. »Das ist jetzt eigentlich der Zeitpunkt, an dem du die Ehre deines Mädchens verteidigen solltest.«

Ich öffne den Mund und … nichts. Einfach nichts.

Jude seufzt, stellt sich dann aber etwas gerader hin. »Was faselst du da für Scheiße?«

Einen Sekundenbruchteil zögert Greg, doch er wäre nicht Arschloch-Greg, wenn er jetzt klein beigeben und einen Rückzieher machen würde. Leider.

»Ich weiß gar nicht, was mich mehr amüsiert«, säuselt er. »Dass du Lexa in der Öffentlichkeit betatscht oder es Landry nicht stört? Was teilt ihr sonst noch so?«

Jude lächelt. Ein echtes Lächeln. »Ach, nur unser Duschgel und den Hockey-Coach. Leider nicht auf die Art, die ich gerne hätte.« Er leckt sich anzüglich über die Lippen.

»Du bist ekelhaft.« Greg spuckt vor Jude auf den Boden. Wer ist hier bitte ekelhaft? »Du stehst auf Typen und machst dich jetzt auch noch an unsere Freundinnen ran? Bekommst du nie genug?«

»Von Schwänzen und Pussys? Nein, leider nicht.« Mit gespieltem Bedauern sieht Jude Greg an. »Ich würde mich als sehr sinnlichen Menschen beschreiben.«

Das ist der Moment, in dem sich meine Schockstarre in Luft auflöst. »Und seit wann hast *du* überhaupt eine Freundin, um die du dir Sorgen machen müsstest?«, frage ich. »Oder bist du vielleicht einfach nur eifersüchtig, weil dich nie jemand ranlässt, *Gregory*?« Er hasst seinen vollen Namen, deshalb betone ich ihn extra.

»Ach, halt doch die Klappe, Landry, und reich Lexa weiterhin rum, wenn du drauf stehst.« Ich balle die Hand zur Faust und bin kurz davor, ihm eine reinzuhauen. Und wenn man mich dafür Monate vom Hockeytraining suspendiert: Das ist es wert.

Aber es kommt nicht so weit, weil Jude zu lachen anfängt. Laut und dröhnend. »Gott, Greg. Sorry, ich meinte: *Gregory*! Hörst du dich eigentlich selbst reden?« Wieder ein Lachen. Jude geht sogar soweit, sich eine Lachträne aus dem Augenwinkel zu wischen. Genau in dieser Sekunde wird mir klar, dass alle uns anstarren. Wirklich alle. Und niemand spricht ein Wort, da jeder in diesem verdammten Flur lauscht und nichts von der Show verpassen will. »Warum machst du hier so ein Drama, weil ich einmal mit vollem Körpereinsatz mit Tuckers Freundin getanzt habe? Meine Fresse, seid ihr prüde in Creekville. Und ich will dich jetzt nicht enttäuschen, allerdings haben wir auf der Party keine Orgie veranstaltet. Glaub mir: Ich war bereits auf Orgien und diese Bibelkreisveranstaltung, die Landry Party nennt«, jetzt macht er Anführungszeichen in der Luft, »war ganz sicher keine. Ich kenne den Unterschied.« Tut er das wirklich?

Bevor Jude noch weiter von seiner ausschweifenden Vergangenheit erzählen kann, packe ich ihn am Oberarm. »Wir gehen.«

»Ja, lauft nur davon.«

Ich lasse Jude los, wirble zu Greg herum und packe ihn am T-Shirt. »Bro, wenn du heute Nachmittag noch ein Teil der Hockey-Mannschaft sein willst, solltest du endlich die Fresse halten. Haben wir uns verstanden? Ich bin dein Team-Captain und du wirst mich mit Respekt behandeln.«

»Und seine Freundin auch«, wirft Jude ein.

»Genau. Wenn du weiterhin irgendwelche dummen Lügengeschichten rumerzählst ...«

»Dann was?«, unterbricht Greg mich.

»Dann wirst du mit den Konsequenzen leben müssen«, sage ich. Jude lacht erneut. »Und die werden nicht schön sein, *Gregory*.«

»Leck mich, Landry.«

»Nein danke. Ich lecke lieber die Pussy meiner Freundin. Und das exklusiv.« Kopfschüttelnd gehe ich zu Jude, dessen Mundwinkel belustigt zuckt.

»Was?«, frage ich.

»Das hast du jetzt nicht vor der ganzen Schule gesagt, Tucker.«

»Sorry, ich war in Fahrt.«

Er deutet zum Ende des Flurs. »Sag das mal besser deiner Freundin.«

Lexa steht dort mit geweiteten Augen. Sie hält sich an Ashley fest. Auf ihrer anderen Seite steht Tristan. Tja, leider hat auch sie das Schauspiel mitbekommen. Es wäre mir lieber gewesen, ich hätte ihr eine abgeschwächte Version der Geschehnisse erzählen können, denn jetzt bin ich am Arsch. Lexa wird mir ab heute das Leben zur Hölle machen. Während Jude und ich auf unsere Freunde zugehen, setzt das Getuschel wieder ein.

Bei Lexa angekommen, ziehe ich sie an meine Brust. »Sorry, dass du das gehört hast«, flüstere ich und drücke ihr einen Kuss auf den Scheitel. Sie will sich sofort von mir losmachen.

»Bleib so. Es bringt jetzt nichts, wenn du wütend davonstürmst. Wir müssen jetzt zusammenhalten. Allen signalisieren, dass man uns wegen ein paar Gerüchten nicht auseinanderbringen kann.«

»Alle denken, ich bin eine Schlampe«, zischt Lexa gegen meine Brust. Sie ist angepisst. So angepisst, dass sie es nicht hinter einem freundlichen Lächeln versteckt.

»Niemand denkt das. Außer Greg. Und der ist nur frustriert, weil er niemanden abbekommt.«

»Ist wirklich so«, stimmt Tris zu und ich werfe ihm einen dankbaren Blick zu. »Niemand kann das Arschloch leiden.«

»Genau«, kommt mir nun unerwartet Ashley zur Hilfe. »Außerdem nimmt ihn niemand ernst. Wir wissen alle, dass ihr das Vorzeigepärchen der Schule seid.«

Jude schnaubt. »Greg ist eine verdammte Witzfigur. So etwas Lächerliches.«

Nun lacht Tristan auf. »Ernsthaft. Total unsinnig, was der Arsch schwafelt. Tuck ist der eifersüchtigste Kerl, den ich kenne. Wenn jemand Lexa nur schief ansiehst, will er ihm bereits an die Gurgel gehen.«

»Erinnert ihr euch, wie eifersüchtig er anfangs wegen mir war?«, fragt Jude. »Er dachte ernsthaft, ich baggere seine Freundin an.«

Ashley grinst. »Dabei flirtest du mit allen.«

Während sich die drei auf unsere Kosten amüsieren, drücke ich Lexa ein bisschen von mir weg und schaue ihr tief in die Augen. »Hörst du das, Prinzessin?« Ich weiß nicht, warum mir ausgerechnet Judes Spitzname über die Lippen kommt. »Alles ist gut.«

Und dann küsse ich Lexa. Vor unseren Freunden. Und vor der ganzen Schule, um jedem zu beweisen, dass wir weiterhin das glücklichste Paar der Creekville-High sind. Leider spüre ich dabei absolut nichts und frage mich, ob der Mangel jeglichen Gefühls neu ist oder es schon länger fehlt und ich nur zu festgefahren war, um es zu bemerken.

KAPITEL 23
Jude

Diese beschissenen Bäume lassen mich nicht los.

Nun … genau genommen muss man in einem Wald mit diesen Ungetümen rechnen, doch jetzt gerade bin ich nicht in der Stimmung, die Schuld bei mir selbst zu suchen. Also werfe ich den Bäumen böse Blicke zu, während meine Gedanken um Tucker kreisen. Wann immer mein Kopf zur Ruhe kommt, sehe ich Bilder vor meinem inneren Auge, die zu heiß sind, um wahr zu sein. Und doch sind sie genau so passiert. Deshalb laufe ich. Extra Joggingrunden sind zur Gewohnheit geworden. Nicht, weil ich vergessen will, sondern viel eher, weil ich mich wie ein hormongesteuerter Teenager fühle, der den ganzen Tag nur an das Eine denkt.

Kann man mit achtzehn sexuell frustriert sein?

Mein Körper erspart mir weiter darüber nachzudenken, da mein Herz in meiner Brust rast und ich mich mit einem Mal auf meine Atmung konzentrieren muss. Ein. Tuckers Augen. Aus. Seine Wangenknochen. Ein. Sein perfekter Körper.

Ach, Fuck!

Ich erhöhe mein Tempo. Der Wind braust mir um die Ohren und hinterlässt eine Gänsehaut auf meinen Armen. Das Licht wird allmählich spärlich, da es bereits dämmert. Dennoch treibe ich mich weiter an, renne durch den Wald, der mir mittlerweile vertraut geworden ist. Vielleicht hasse ich die Bäume gar nicht mehr so sehr.

Als ich an meiner gewohnten Lichtung ankomme, bleibe ich stehen und stemme die Hände in die Hüften. Mit dem Handrücken wische ich mir den Schweiß von der Stirn. Und ich keuche wie ein hundertdreißigjähriger Asthmatiker. Heute habe ich mir selbst alles abverlangt. Dazu muss ich sagen, dass der Schultag echt ätzend war. Ein D in Mathe, Lexa, die mich mit arroganten Blicken gestraft hat, Tucker, der auf Knutschi-Tutschi mit ihr gemacht hat, und on top gab es dann beim Training Arschloch-Gregory, der einen homophoben Witz nach dem anderen gerissen hat, natürlich nur wenn niemand anderes es hören konnte. Es hat nicht viel zur Premiere von Lasst-uns-Gregory-in-die-Fresse-schlagen gefehlt. Und bis man mich dazu bringt, jemandem aufs Maul hauen zu wollen, braucht es eine ganze Menge. Er schafft es trotzdem. Der Anruf von Mom hat es nicht besser gemacht.

Ich seufze und sehe in den Himmel, als hätte er irgendwelche konstruktiven Lösungsvorschläge parat. Hat er leider nicht.

Alles, was ich bekomme, ist ein Vibrieren in meiner Hosentasche, langweiligerweise aufgrund meines Smartphones. Ich ziehe es hervor. Asher. Den vermisse ich auch schmerzlich, seit er wieder nach New York abgehauen ist.

»Was geht ab?«, frage ich, noch immer außer Atem, als ich den Anruf annehme.

»Was tust du?«, fragt er perplex. »Du holst dir nicht gerade einen runter, oder?«

Immer rein in die Wunde des sexuell frustrierten Achtzehnjährigen. »Natur genießen.«

Asher schnaubt belustigt. »Mieser Tag?«

»Mhh, *manchmal ist das Schicksal ein mieser Verräter*«, zitiere ich den Titel eines Films, den ich mir gestern Abend gemeinsam mit Kate reingezogen habe.

Wenige Sekunden sagt er nichts. »Vergleichst du dein Was-auch-immer-gerade-los-ist mit der Geschichte von zwei sterbenden Kindern?«

Ich verdrehe die Augen. »Das ist kein Wettbewerb darum, wen es schlechter getroffen hat«, erwidere ich sarkastisch.

»Gut. Denn den verlierst du.«

Wenn ich könnte, würde ich ihm den Stinkefinger zeigen.

»Was gibt's? Warum rufst du an?«, erkundige ich mich, während sich meine Beine quasi von selbst erneut in Bewegung setzen und ich planlos loslaufe.

»Eigentlich nichts. Mein Mitbewohner ist schwer zu ertragen und im College ist es zum Kotzen.«

Ich runzle die Stirn. Das ist nicht das erste Mal, dass er sich negativ zum College äußert. Dabei dachte ich, das wird besser, wenn man die Highschool abgeschlossen hat.

»Gibt's da keine Partys?«

»Keine, zu denen ich gehen will«, murrt er.

»Lass mich raten: Meine herausragende Persönlichkeit fehlt, damit du Spaß haben kannst?«

Mein bester Freund schnaubt. »Ja klar, das wird es sein.«

Ich grinse zufrieden, zumindest für zwei Sekunden, denn dann beginnt Asher seine Fragerunde.

»Du bist joggen? Warst du das nicht heute Morgen erst?«

Mehr als ein zustimmendes Brummen bringe ich nicht zustande.

»Was ist los, musst du Dampf ablassen?«

»So was in der Art.«

»Lässt Tucker dich nicht ran?«, fachsimpelt er.

»Ich hasse dich.«

Jetzt lacht er laut und befreit auf. Blödmann.

»Das ist nicht lustig«, stelle ich klar.

»Das ist so was von lustig«, widerspricht er. »Insbesondere, weil du dir doch so sicher warst, dass ihr beide ein weiteres Mal im Bett landet.«

»Alter, weshalb bin ich mit dir befreundet?«

»Komm drüber weg.« Er ignoriert meine Frage. »Du hattest deinen Moment – einen Dreier mit einem Paar, das ebenso gut aus einem Porno entsprungen sein könnte. Gib dich damit zufrieden und lass die beiden in Ruhe.«

Aus irgendeinem Grund macht mich sein Satz irgendwie ... wütend? Unzufrieden? »Er wird von Tag zu Tag heißer.« Ich klinge wie ein quengelndes Kleinkind.

»Ach, bitte!«

»Holz«, murmele ich abgelenkt, als allein die Vorstellung an heute Nachmittag mich innerlich durchdrehen lässt.

»Was?«

»Holz ist der Shit.«

»Alter, Jude. Kannst du vielleicht die gleiche Sprache sprechen wie ich?«

»Heute Nachmittag hat er Holz gehackt. Holz. Gehackt. Ohne Shirt. Ich schwöre dir, ich war kurz davor, einen Baum zu ficken, so scharf hat mich das gemacht«, platze ich heraus.

Asher prustet los. Und braucht bestimmt eine geschlagene Minute, um sich einzukriegen.

»Stirbst du gerade?«, hake ich nach, da die Geräusche, die er macht, verdächtig nach verreckendem Eichhörnchen klingen.

»Such dir einen Freund oder eine Freundin. Nach aktuellen Vorlieben würde ich sagen einen Freund. Oder wie hieß dieser eine da, mit dem du was am Laufen hattest? Nathan?«

»Noah?«, frage ich eine Spur zu laut.

»Ja. Ruf den doch mal an.«

Ich beiße mir auf die Zunge. Noah. Den ich seit der Nacht mit Tucker und Lexa ghoste. Warum, weiß ich selbst nicht mal.

»Nein, danke. Und einen Freund will ich gar nicht. Geschweige denn Freundin.«

»Muss ich dich daran erinnern, dass du noch nie eine Beziehung hattest?«

Boah. Heute ist Asher aber exorbitant nervig.

»Warum gehen Menschen Beziehungen ein, Asher?«, stelle ich eine Gegenfrage.

»Keine Ahnung. Weil sie verliebt sind?«

»Aha, da haben wir's. Ich habe mich noch nie verliebt und das ändere ich jetzt nicht.«

»Sicher? Ich bleibe dabei. Ruf Noah an.«

»Ich leg jetzt auf. Du nervst.«

Asher lacht ein weiteres Mal. »Das war es wert. Deine notgeile Baum-Geschichte hat mir den Tag versüßt.«

Ich unterdrücke ein Grinsen. »Gern geschehen. Wir hören uns. Und geh auf irgendeine dämliche College-Party.«

»Bye«, verabschiedet er sich.

Kopfschüttelnd lasse ich das Handy zurück in meine Hosentasche sinken und blicke mich um. Wie es aussieht, haben meine Füße mich allein in Richtung Schule getragen. Eishalle, um genau zu sein. Mittlerweile ist es dunkel geworden, auf dem Parkplatz der Schule steht kein einziges Auto mehr. Die Lichter in den Gebäuden sind gelöscht. Nur die Laternen weisen mir den Weg.

Ich trete näher an die große Halle heran. Mit ziemlich großer Wahrscheinlichkeit ist die Tür versperrt. Allerdings sollten meine Nevada-Skills mich trotzdem reinbringen. Als ich an der Tür ziehe, öffnet sie sich zu meiner Überraschung. Kurz starre ich darauf, so als würde sie wie von Zauberhand zufallen oder als hätte ich es mir nur eingebildet. Schließlich schiebe ich mich hindurch. Bei der Kabine mache ich halt und stoße die Tür zum dunklen Raum auf. Licht wäre gut, allerdings will ich keine Aufmerksamkeit auf mich ziehen. Nachts in die Eishalle einzubrechen, kommt bestimmt nicht so gut beim Schulpersonal an. Mountie Baxter ist sicherlich ebenfalls kein Fan davon. Ich stolpere mehr, als dass ich laufe, doch schlussendlich sitze ich neben dem Eis, habe Schlittschuhe an den Füßen und eine Mütze auf dem Kopf. Den Hockeyschläger in den Händen. Mehr ist nicht nötig.

Ich bin so sehr mit mir selbst beschäftigt, dass ich ihn erst bemerke, als ich bereits auf dem Eis stehe.

Tucker.

Wie angewurzelt bleibe ich an Ort und Stelle stehen, beobachte ihn. Der Mondschein, der durch die Glasfassade scheint, erhellt beinahe die komplette Fläche, sodass ich ihn gut genug erkennen kann.

Er trägt einen dunklen Hoodie zu einer grauen (!) Jogginghose. Manchmal habe ich das Gefühl, er macht das mit Absicht. Jetzt allerdings ist er vollkommen auf seinen Hockeyschläger konzentriert und schiebt den Puck gekonnt übers Eis. Eine Gänsehaut kriecht mir über den Rücken. Tucker wirkt angespannt und er hämmert etwas stärker auf den Puck ein als nötig. Was nicht weiter verwunderlich ist. Das dumme Gequatsche in der Schule muss ihm ziemlich zusetzen.

Ich setze mich in Bewegung. Kurz bevor ich bei ihm ankomme, bemerkt er mich. Tuck hält in seiner Bewegung inne und ... lächelt.

Das stellt irgendwas mit mir an. Etwas, das ich nicht näher ergründen werde. Aber ... es fühlt sich gut an.

»Scheint so, als wäre ich nicht der Einzige, der abends in die Eishalle einbricht«, murmle ich grinsend, als ich neben ihm zum Stehen komme.

»Einbricht?«, fragt er schmunzelnd. »Ich habe einen Schlüssel.«

Beeindruckt hebe ich die Augenbrauen. »VIP also, ja?« Ich kann nichts gegen den flirty Unterton machen. Der kommt automatisch.

»Was machst du hier?«, fragt Tucker schließlich.

Ich zucke mit den Schultern. »Der Tag hätte besser sein können. Irgendwas hat mich hierhergezogen.« Oder irgendjemand.

»Dito«, sagt er ruhig.

»Ignorier das dumme Gerede in der Schule!«

Tuck seufzt laut. »Es ist nicht nur das. Lexa … Keine Ahnung. Sie ist echt sauer auf mich, nur weiß ich nicht weshalb. Immerhin ist nichts passiert, was wir nicht beide wollten.« Ich presse die Lippen aufeinander. Über Lexa will ich nicht reden. Gar nicht.

»Keine Ahnung, ob sie wollte, dass du mich in den Himmel vögelst«, platze ich ungefiltert heraus.

Tuckers Augen weiten sich. »Das hast du gerade nicht gesagt.«

Ein Grinsen schleicht sich auf mein Gesicht. »Du weißt es aber besser.«

Ein Lachen entschlüpft ihm, bevor er den Kopf schüttelt. »Was treibt dich her?«

Du. »Alles und nichts.«

Er runzelt die Stirn. »Was ist das denn für eine Scheißantwort?«

»Ich rede nicht sonderlich gerne über meine Befindlichkeiten«, murmele ich mit schräg gelegtem Kopf.

»Wieso?«, fragt er irritiert, das Gesicht verzogen, die Nase gerümpft. Hinreißend. »Letztens hast du mir gesagt, dass du meinen Schwanz lutschen willst. Das ist okay, oder was?«

Ich pruste los. »Keine Angst, das will ich immer noch.«

Tucker verdreht demonstrativ die Augen. »Lenk nicht ab. Über den Punkt, dass wir uns gegenseitig nichts anvertrauen, sind wir hinaus. Also los, rede!«

Mit aller Macht dränge ich das Grinsen zurück, das von mir Besitz ergreifen will. Wieso macht jeder Schlagabtausch mit ihm so verdammt viel Spaß?

»Mom hat angerufen. Diesmal war es schon einfacher, aber … bringt mich ziemlich aus dem Takt.«

Untertreibung des Jahrhunderts. Möglich, dass ich nach dem Gespräch erneut geheult habe. Wenn auch nicht so gottlos wie letztes Mal. Zugeben würde ich allerdings nichts davon.

»Fuck, Jude. Warum muss man dir denn immer alles aus der Nase ziehen«, beschwert Tucker sich und legt kurz darauf einen Arm um mich. Eng.

Für einen Augenblick bin ich so überrascht, dass ich nur dastehe. Doch dann umschlinge ich ihn mit meiner freien Hand. Der Duft seiner Haare steigt mir in die Nase. Der Duft nach … meinem Duschgel.

»Du riechst nach mir«, murmele ich an seinem Hals.

»Ja«, flüstert er, direkt neben meinem Ohr.

Keiner von uns beiden macht Anstalten, sich von dem anderen zu lösen.

»Tuck?«, frage ich sanft.

»Hm?«

Shit. Was will ich ihm eigentlich sagen? Blackout. Stattdessen beschließe ich, seinen Hals zu küssen.

Er erschauert. »Jude«, flüstert er. »Nicht.«

»Warum?«, frage ich provozierend. »Es gefällt dir doch, wenn ich dich küsse.«

Das hier fühlt sich so verdammt intim an. Wir beide, eng aneinandergeschmiegt, in der nur vom Mondschein erhellten Eishalle.

»Ja«, gibt er zu. »Es geht trotzdem nicht.«

Tucker löst sich von mir, bringt ein wenig Abstand zwischen uns. Ich versuche, mir meine Enttäuschung nicht anmerken zu lassen. Fuck. Seine Zurückweisung trifft mich irgendwie. Das werde ich ihn natürlich nicht wissen lassen.

Ich skate einmal einen kleinen Kreis. »Wie wäre es dann mit einem Spiel, Landry?«

Tucker wirkt durcheinander. »Was für ein Spiel?«

»Mh«, überlege ich laut. »Penalty-Schießen.«

»Was ist der Einsatz?«, fragt er sofort. Es gibt immer einen Einsatz. Ich lecke mir über die Lippen.

Mit dieser Art von Blödsinn fühle ich mich gleich wohler. So muss ich nicht darüber nachdenken, warum es mir so viel ausmacht, dass Tucker mich von sich gestoßen hat.

»Wenn ich gewinne, machst du mit mir rum.«

Tucker schüttelt grinsend den Kopf und gibt ein Lachen von sich. »Und wenn ich gewinne?«

»Dann mache ich mit dir rum.«

»Netter Versuch, Vegas.«

Jetzt dreht er sich um und skatet ebenfalls ein wenig hin und her, ohne sich weit von mir zu entfernen.

Erneut will ich ihn aus der Reserve locken. »Ich verstehe es also richtig, dass du das hier«, ich deute an mir herab, »ausschlägst?«

Ein leicht genervter Ausdruck, wie ich ihn nun schon so oft gesehen habe, fällt auf mich. »Jap. Sieht so aus.«

Ich schnalze mit der Zunge. »Nun gut, dann sei es so.«

Mit Schwung drehe ich mich auf dem Eis herum und gleite Richtung Bande.

»Was tust du?«, ruft Tucker mir nach.

»Nichts«, sage ich betont unbekümmert. »Ich schätze ich werde Noah anrufen.«

Stille. Ich blicke über meine Schulter. Tucker ist stehen geblieben. Starrt mich mit offenem Mund an.

»Wozu?«, fragt er. Jegliches Grinsen ist aus seinem Gesicht gewichen. Interessant. Das … kann nicht sein, oder doch?

Ich zucke mit den Schultern. »Na ja. Wenn du mich nicht willst, hat Noah ja vielleicht Lust.«

»Hör auf damit, Jude.«

»Womit?«, frage ich möglichst unschuldig.

Tucker kommt näher. »Mir ist es egal, was du tust.«

Autsch. Der tut weh. Ein weiteres Mal versuche ich, es mir nicht anmerken zu lassen. »Gut. Denn ich bin ein großer Junge und kann tun und lassen, was ich will.«

Die Frage ist nur, was das ist, denn Noah anrufen will ich nicht. Dennoch hole ich mein Handy aus der Tasche. Kneifen geht jetzt nicht mehr. Nicht, nachdem er gesagt hat, dass es ihm egal ist, was ich tue.

»Jude!« Die Art und Weise, wie Tucker meinen Namen sagt, geht mir durch Mark und Bein. Er ist aufgebracht. Klingt frustriert. Kümmert es ihn doch?

Ich blicke auf. Meine Augen treffen auf seine. Ein wütendes Funkeln blitzt darin auf.

»Tucker«, erwidere ich. »Du willst nicht, dass ich dich küsse. Noah will sehr wohl von mir geküsst werden.« Demonstrativ beginne ich auf meinem Handy herumzutippen. Und weil ich manchmal ein Trottel bin, öffne ich sogar den Chat mit Noah.

»Fuck, hör auf damit!«, fährt Tucker mich an, doch ich ignoriere ihn.

Keine zwei Sekunden später wird mir mein Smartphone aus der Hand gerissen. Tucker ist mir jetzt so nah, dass sich unsere Nasenspitzen beinahe berühren.

»Was? Warum soll ich ihm nicht schreiben? Er hat schon ungefähr hundertmal gefragt, wann wir uns sehen. Und er hat ...«

»Halt die Klappe, Jude.« Tucker schließt die Lücke zwischen uns und presst seine Lippen auf meine, drückt mich mit dem Rücken gegen die Bande, die plötzlich hinter mir auftaucht.

Heilige Scheiße.

»Du schreibst Noah nicht!«, stellt er an meinen Lippen klar, nur um mich noch heftiger zu küssen.

»Warum?«, frage ich herausfordernd und beiße ihm dabei provozierend in die Unterlippe.

»Weil du mir gehörst!«

Oh. Mein. Gott.

Hitze durchflutet meinen ganzen Körper. Noch niemals haben mich Worte so hart gemacht wie diese. Ich schiebe meine Hände unter seinen Pulli und fahre mit den Fingerspitzen seine Bauchmuskeln entlang.

Tucker knurrt kaum hörbar an meinen Lippen und entlockt mir ein Stöhnen. Unsere Zungen treffen immer wieder aufeinander, umspielen einander.

Mit jedem Atemzug sauge ich seinen Duft auf und kann nicht mehr klar denken. Ich zerre an seinem Hoodie herum. Er versteht den

Wink und löst sich so weit von mir, dass ich ihn ausziehen kann. Kurz darauf reiße ich mir meine Trainingsjacke und das Shirt über den Kopf. Dabei löst sich die Mütze, doch es könnte mich nicht weniger kümmern.

»Verwuschelte Haare. Heiß!«

Ich grinse ihn an, speichere mir seinen Anblick, oberkörperfrei, in grauer Jogginghose auf dem Eis für immer ab.

Erneut knallen unsere Lippen aufeinander, während ich ihn so fest an mich ziehe, dass er spüren kann, wie sehr ich ihn will.

»Jude«, stöhnt er an meinen Lippen.

»Was hältst du davon, wenn ich endlich Worte Taten sprechen lasse?«, hauche ich an seinem Hals und beiße sanft in die empfindliche Haut.

»Gott, ja«, raunt er ungeduldig.

Ich sinke vor ihm auf die Knie.

Ein lautes Geräusch lässt uns synchron zusammenfahren.

»Was zur Hölle?«, fragt Tucker außer Atem.

Ich stehe auf und sehe mich um. »Ziemlich windig draußen, oder?«, frage ich stirnrunzelnd. Ich trete vom Eis und öffne meine Schlittschuhe. Kurz darauf laufe ich auf Socken durch den Gang. Die Kabinentür steht offen, wie ich sie zurückgelassen habe. Ich spähe nach links. Und werde angesprungen.

»Fuck!«, schreie ich laut und falle dabei nach hinten auf meinen Arsch.

Eine schwarze Katze, wild fauchend, rennt an mir vorbei in Richtung Ausgang, was ihr nicht viel helfen wird, da die Tür noch immer geschlossen ist.

Ich fahre mit meiner Hand zu meinem Herzen, das wie wild schlägt und versuche, meinen Atem zu kontrollieren.

Tucker kommt angerannt, noch immer auf seinen Schlittschuhen. Doch er scheint an seinen Schläger gekommen zu sein, den er jetzt als Waffe erhoben hält. Sein Blick fällt auf mich, bevor er sich suchend umsieht. Mit nacktem Oberkörper. Wie ein Rachegott. »Was ist passiert?«

»Katze«, würge ich hervor. »Sie ist da hinten, falls du sie töten willst.« Das meine ich nicht mal sarkastisch. Dieses blöde Vieh hat mich zu Tode erschreckt.

Tucker hält inne, einen verwirrten Ausdruck im Gesicht. Seine Schultern beginnen zunächst leicht zu beben. Die Mundwinkel verziehen sich immer mehr. Und dann lacht er. Lauthals. Befreit. Und ich bin mir fast sicher, nie etwas Schöneres gehört zu haben.

KAPITEL 24
Tucker

Gemeinsam mit Lexa sitze ich in unserer Küche. Während sie auf einem Küchenbrett Zucchini schnippelt, lerne ich für den anstehenden Mathe-Test. Oder ich tue zumindest so, als würde ich lernen.

»Jude, kannst du Lexa die Aubergine bringen?«, fragt Mom. Ich sehe auf und sofort treffen sich Judes und mein Blick. Ja, auch er steht in der Küche. Einträchtig neben meiner Mom, weil sie gemeinsam – mit Lexa – ein Gemüsecurry fürs Abendessen vorbereiten. Keine Ahnung, wie das passiert ist.

Wobei … eigentlich weiß ich doch, wie es dazu gekommen ist.

Jude hilft meiner Mom oft in der Küche. Die beiden verstehen sich richtig gut. Kürzlich habe ich sie dabei erwischt, wie sie gemeinsam zu Dirty-Dancing-Songs gekocht haben. Mit Gemüse zuwerfen, Drehungen und gelegentlichem Mitsingen einiger Textzeilen. Was irgendwie ziemlich … *interessant* anzusehen war. Und albern. Aber auch verdammt süß. Jude hat glücklich gewirkt. Er hat alle seine Masken fallenlassen und eine gute Zeit mit meiner Mom verbracht.

Und das macht nicht nur ihn glücklich, sondern mich ebenfalls. Er hatte nicht die beste Kindheit und wenn es eine Löwenmama gibt, die alles für ihre Jungen tut, dann ist das Kate Landry. Und als Sohn ihrer besten Collegefreundin gehört Jude zur Familie. Wenn es einen Menschen gibt, der zu gut für diese Welt ist, dann ist es meine Mom.

Dass Lexa allerdings beim Kochen hilft, ist neu. Und dass ich in der Küche lerne ebenfalls. Leider haben die letzten Wochen gezeigt: Lexa und Jude gemeinsam in einem Raum ist eine verdammt schwierige Kombi. Mein Leben könnte so viel leichter sein, wenn meine Freundin wieder normal mit Jude umgehen könnte. Und ich hätte so viel mehr Sex.

So. Viel. Mehr.

Mit ihr.

Mit ihm.

Zu zweit.

Zu dritt.

Und das in allen möglichen Kombinationen. So schwer kann das doch nicht sein. Aber nein, Lexa ist dazu übergegangen, Jude zu hassen. Was vermutlich nicht mal so sehr daran liegt, dass sie den Sex bereut, sondern eher daran, dass es immer noch dummes Gerede an der Schule gibt. Das wir natürlich wegignorieren. Gemeinsam. Als Einheit. Und zusätzlich das verliebte Pärchen spielen, das wir bis vor kurzem waren. Die Wahrheit ist leider, dass wir im Moment weit davon entfernt sind, wirklich ein verliebtes Pärchen zu sein. Klar hängen wir immer noch miteinander ab, wir treffen uns mit Tris und Ashley, gehen essen, auf Partys oder ins Kino. Und sie ist immer noch oft bei mir zu Hause, doch abends fährt sie zu ihren Eltern. Und sie lädt mich nicht ein, mitzukommen.

Ich brauche wohl nicht erwähnen, dass ich schon lange Zeit keinen Sex mehr hatte, oder?

Wirklich lange.

Und dass ich weiß, wie Jude nackt aussieht und vor allem, wie heiß Sex mit ihm ist, entspannt die Situation in meiner Hose nicht besonders.

Mit der Aubergine in der Hand geht Jude zu Lexa und legt sie vor ihr ab. Ich schwöre – noch vor kurzer Zeit hätte er einen dummen Kommentar gemacht. Ich meine, eine Aubergine! Was für eine Vorlage. Aber nichts.

Na ja, nicht ganz nichts. Als er zurück zu Mom geht, schenkt er mir einen dieser intensiven Blicke, die mich völlig durcheinanderbringen. Diese Blicke, die sagen: *Ich will dich, Landry.* Und ich sehe ihn an. Und denke … dasselbe.

Und an den Sex. Vor allem aber an den Kuss, der eigentlich nicht hätte passieren dürfen. Weil ich verdammt noch mal in einer Beziehung bin. Dennoch wünsche ich mir eine Wiederholung.

Die es nicht geben wird.

Nicht geben darf, verdammt!

Einmal ist ein Ausrutscher. Ein zweites Mal … nicht mehr!

Mom und Lexa beginnen ein Gespräch über die Schule, während Jude Karotten schneidet. Fuck, ich kann nicht wegsehen. Warum zur Hölle ist dieser Kerl einfach Sex auf zwei Beinen? Seine Schultern bewegen sich und ich fixiere diese eine Stelle in seinem Nacken, die mich magisch anzieht. *Gott, wie sehr ich ihn dort küssen will.*

»Tucker, Tucker, Tucker!« Ich schrecke hoch, weil Ezra an meinem Arm rüttelt. »Es schneit.«

»Was?« Wow. Eloquenz, dein Name ist Tucker Landry.

»Der erste Schnee! Schau aus dem Fenster.«

Wirklich! Es hat zu schneien begonnen. Endlich! Ich schlage sofort das Mathebuch zu. »Lass uns rausgehen!«

Mom legt ebenfalls ihr Messer zur Seite. »O ja.«

»Hä?« Jude sieht uns verwirrt an. »Wir kochen gerade.«

Lexa rutscht von ihrem Stuhl. »Es ist Landry-Familientradition nach draußen zu gehen, wenn der erste Schnee vom Himmel fällt.« Ich weiß, sie ist meine Freundin, ihr Tonfall klingt allerdings gerade total arschig. Und arrogant. Ist das nur so, weil sie seit Jahren Teil dieser Familientradition ist? Oder weil ich nicht mehr ignoriere, dass sie manchmal eine richtige Bitch sein kann?

»Ernsthaft?« Judes Tonfall klingt auch nicht besser.

»Ja, ernsthaft Jude. Und deshalb musst du mit rauskommen«, beschließe ich über seinen Kopf hinweg. »Immerhin bist du ein wichtiger Teil dieser Familie.«

Lexa schnaubt.

»Was?«, zische ich. »Er gehört zur Familie.«

Lexa lehnt sich dicht zu mir und wispert: »Und vögelst du mit allen Familienmitgliedern?«

Angewidert sehe ich sie an. Sie verhält sich in letzter Zeit oft ekelhaft mir gegenüber, so eine Aussage geht allerdings eindeutig zu weit.

»Schon gut.« Jude winkt ab. »Ich brauche das nicht.«

»Komm schon«, sagt nun auch Mom. »Du musst mit uns raus.«

Er seufzt. Laut.

»Aber es ist … Schnee. Der ist kalt. Und nass.«

»Und supertoll«, mischt Ezra sich ein und springt dabei wie ein Flummi auf und ab. »Ich hole Isla. Und Lilly.« Und schon ist er weg.

»Ich helfe den Kleinen besser beim Anziehen«, sagt Mom und geht ihm hinterher.

»Tja.« Ich sehe zwischen Lexa und Jude hin und her und beschließe, die miese Stimmung zwischen ihnen einfach zu ignorieren. »Sollen wir uns anziehen gehen?«

Lexa nimmt meine Hand, was sich nach ihrer Aussage total falsch anfühlt. »Lass Jude doch hierbleiben und weiterkochen.«

Ich will gerade protestieren, als Jude sich wieder zum Schneidebrett umdreht. »Lexa hat recht. Geht ihr raus und ich koche weiter. Deine Mom hat so begeistert gewirkt und … ich halte hier die Stellung für sie.«

Da er mir den Rücken zugedreht hat, sehe ich seinen Gesichtsausdruck nicht. Er klingt ehrlich, aber wenn ich eine Sache weiß, dann, dass er seine wahren Gefühle verdammt gut verbergen kann. Manchmal sogar vor sich selbst. »Bist du sicher?«, frage ich deshalb nach.

»Absolut.«

»Hör auf ihn«, zischt Lexa, packt mich beim Unterarm und zieht mich von Jude weg, weiter in den Flur, wo wir auf Mom und den Rest der Rasselbande treffen. Und das Chaos, das sie angerichtet haben. Es liegen bereits mehrere Skianzüge, Schals, Mützen und Handschuhe verteilt auf dem Boden.

»Brauchen wir das alles wirklich?«, frage ich. »Es sind nur die ersten Schneeflocken. Kein Blizzard.«

»Ezra und Isla bestehen drauf«, sagt Mom.

»Genau«, stimmt Isla ihr zu.

»Denau«, plappert Lilly ihr nach und stellt sich mit vorgeschobener Lippe zu ihren Geschwistern.

»Du weißt«, Mom stößt mich mit der Schulter an und lacht glücklich, »sie sind sehr willensstark.«

So kann man es auch ausdrücken. »Na gut«, murmle ich und zu dritt verfrachten wir meine Geschwister in ihre Skianzüge. Als wir fertig sind, sehen sie wie kleine Schneemänner aus. So anstrengend sie manchmal sind, so sehr liebe ich es aber auch, solche Momente mit ihnen zu verbringen. »Na kommt, ihr kleinen Rowdys. Gehen wir nach draußen.«

Eine Stunde später haben die Kinder genug davon, Schneeflocken mit ihren Zungen zu fangen und auf der Wiese herumzutollen und gehen mit Mom ins Haus. Zuerst wollte der Schnee gar nicht richtig liegen bleiben. Hat nur wie eine dünne Zuckerschicht auf dem Gras gewirkt, doch in den letzten fünfzehn Minuten wurden die Flocken immer dichter und bedecken nun bereits knöchelhoch den Boden. Außerdem hat es sich merklich abgekühlt. Der Schnee wird uns definitiv noch eine Weile erhalten bleiben.

Sehnsuchtsvoll sehe ich hinunter zum See. Hoffentlich wird es kalt genug und er friert zu. Nichts ist besser als Hockey auf dem zugefrorenen See.

»Tucker?« Lexa tritt neben mich.

»Hm?«

»Mein Dad ist gleich da.« Sie hält ihr Smartphone in der Hand.

»Hä?« Verwirrt sehe ich sie an. »Warum?«

»Es soll die ganze Nacht schneien und ihm wäre es lieber, wenn ich zu Hause schlafe.«

Ihr Dad. Klar doch. »Ihm wäre es lieber?«, frage ich. »Sicher, dass du damit nicht dich selbst meinst?«

Lexa wendet den Blick ab. Erwischt.

»Reden wir irgendwann darüber, warum du nicht mehr hier übernachtest?«, frage ich sie ganz direkt.

»Du weißt, warum.«

»Ehrlich gesagt nicht.« Ich bin nämlich kein verdammter Hellseher.

»Ich werde nicht hier übernachten, solange *er* bei euch wohnt.«

Überfordert lache ich auf. »Du ... was?«

»Es heißt *wie bitte*.«

»Das macht doch keinen Sinn, Lexa. Ja, wir hatten Sex mit Jude, aber wir müssen es nicht wiederholen. Wir können doch einfach weitermachen wie bisher.«

»Hörst du eigentlich, was die Leute hinter unserem Rücken reden?«

Genervt von dem Thema lasse ich den Kopf in den Nacken fallen und starre ich den dunklen Himmel. Die Sonne ist längst untergegangen, doch aufgrund des vielen Schnees sieht man heute keine Sterne. »Wir haben doch gesagt, dass wir es ignorieren.«

»Das schaffst du vielleicht, weil sie dich bemitleiden. Weil du ja mit der Schlampe«, sie macht Anführungszeichen in der Luft, »zusammen bist, die mit jedem flirtet.«

»Das sagt doch niemand, Lexa.« Langsam glaube ich, Lexa bildet sich das Getuschel der Leute nur ein. Ja, hin und wieder habe ich ebenfalls das Gefühl, schief angesehen zu werden, allerdings bin ich mir absolut sicher, dass niemand weiß, was auf der Halloween-Party wirklich zwischen Jude, Lexa und mir gelaufen ist. »Kann es sein, dass *du* dich vielleicht für eine Schlampe hältst?«

Fuck, das hätte ich nicht sagen sollen.

Lexas Mund klappt wie zur Bestätigung weit auf, aber sie steigert sich nun mal in die Sache hinein. Solange wir nur über Sex mit Jude fantasiert haben, war alles in Ordnung. Jetzt kommt sie meiner Meinung nach einfach nicht damit klar, dass diese Fantasie wahr geworden ist.

Obwohl es ihr gefallen hat. Genauso wie mir. Denn was bedeutet es für uns, dass wir beide Sex mit einer anderen Person verdammt genossen haben? Ist es der Anfang vom Ende?

Ein lautes Hupen erklingt und Lexa dreht den Kopf in die Richtung, aus der es kommt. »Dad ist da.«

»Ich begleite dich –«

»Nicht nötig.«

Ich beuge mich vor, um sie zu küssen, doch sie wirbelt herum und schleudert mir dabei ihr Haar ins Gesicht. Kopfschüttelnd sehe ich ihr hinterher, wie sie das Haus umrundet, bis sie irgendwann aus meinem Sichtfeld verschwindet.

Was für ein Abgang.

Was für ein Tag.

Was für ein Leben …

Ich schlurfe Richtung Haus, gehe allerdings nicht wie Lexa außen herum, sondern auf die Terrasse und zur Tür, die in die Küche führt. Ich klopfe mit den Fingern gegen die Scheibe und kurz darauf steht Jude vor mir.

»Essen ist fertig«, sagt er genau in dem Moment, in dem ich frage: »Kommst du raus?« Wir sehen uns lange an.

»Es ist kalt«, antwortet er.

»Du besitzt eine dicke Jacke.«

»Ich trage nur Jogginghosen.«

»Soll ich dir eine lange Unterhose leihen?«, frage ich ihn grinsend.

Er verzieht das Gesicht. »Unsexy.«

»Aber warm. Kommst du jetzt? Du willst doch nicht ernsthaft mit der Landry Familien-Tradition brechen.«

»Ich hab eher Angst, dass Lexa mir bald was bricht.«

»Die ist längst weg.«

»Sagst du jetzt. In Wirklichkeit lauert sie mir bestimmt mit einer Schneeschaufel auf.«

»Mit einer Schneeschaufel?« Laut lache ich auf. »Ernsthaft, Jude? Wieso sollte sie das tun?«

»Weil sie mich schon mit Blicken tötet. Man sollte diesem Mädchen keine Waffe in die Hand geben. Und irgendwas sagt mir, dass in Kanada im Winter jede Menge Schneeschaufeln im Umlauf sind.«

»Spinner.« Ich lege den Kopf schief und sehe ihn abwartend an.

»Was? Willst du mir nicht widersprechen?«

»Ich will dich nicht belügen. Möglichweise ist sie gerade wirklich nicht gut auf dich zu sprechen. Und auf mich auch nicht. Aber ich halte sie nicht für eine verrückte Axtmörd– sorry, Schneeschaufel-mörderin.«

»Bei euch läuft es gerade also nicht besonders gut?«

»Ist das so offensichtlich?«

»Ja.«

»Kommst du jetzt raus oder nicht, Jude?«

»Und was soll ich deiner Mom sagen?«

»Dass wir später essen.«

Frustriert stöhnt Jude auf. »Na gut. Ich komme gleich.«

Ein breites Lächeln schleicht sich auf mein Gesicht. »Sehr gut. Ich warte unten beim See.«

»Was hast du nur immer mit dieser … Natur?«, jammert Jude und schließt die Tür.

Die Frage ist wohl eher: Warum zur Hölle macht es mich so glücklich, dass Jude zugestimmt hat, ebenfalls nach draußen zu kommen? Die Wahrheit ist wohl: Weil mich jede Sekunde, die ich mit ihm verbringe, verdammt glücklich macht. Und ich wirklich, wirklich, wirklich gerne mit ihm zusammen bin.

Auf dem Weg über die Terrasse nach unten verblasst mein Lächeln nicht. Auch nicht, als ich am Steg stehe und minutenlang auf ihn warte.

»Buh«, macht Jude kurze Zeit später, als er hinter mir steht.

Natürlich erschrecke ich mich nicht, da ich ihn längst kommen gehört habe. Als über hundertfünfzig Pfund schwerer Sportler ist er nicht gerade leichtfüßig unterwegs.

Er tritt neben mich und sieht auch auf den See hinaus. »Also, was tun wir hier? Warum wolltest du unbedingt, dass ich nach draußen komme? Es ist arschkalt.«

»Schließ die Augen, Jude.«

»Du stößt mich nicht in den See, oder?«

»Vertraust du mir nicht?«, frage ich grinsend.

Er deutet auf mein breites Lächeln. »Nicht, wenn du so aussiehst.«

»Komm schon«, säusle ich. »Vertrau mir.«

»Na gut.« Widerwillig schließt er die Augen. »Und jetzt?«

»Nichts.«

»Wie nichts?«

»Hörst du es nicht?«, frage ich ihn.

Er kneift die Augen weiter zusammen. Konzentriert sich richtig. »Da ist nichts …«

»Eben.« Auch ich schließe meine Augen und genieße die absolute Stille. Sobald der erste Schnee vom Himmel fällt, ist sie da. Die Ruhe. Kein Specht mehr, der im Wald auf den Baum einhämmert. Die Wellen schwappen nicht mehr so laut gegen die Holzplanken. Alle Geräusche verstummen.

Ich taste blind nach Judes Hand. Verschränke unsere Finger miteinander. »Genieß es einfach noch eine Weile.«

»Was genau?«, fragt er. Seine Stimme klingt kratziger als sonst.

»Die Ruhe, Jude.«

Tief atme ich ein. Und wieder aus. Spüre die Schneeflocken, die auf meinem Gesicht landen. Und Judes Hand in meiner.

»Und jetzt öffne die Augen.«

»Wow«, entfährt es ihm und ich weiß genau, was er meint. Endlich sieht er den Schnee richtig. Erlebt ihn mit allen Sinnen und nimmt ihn so wahr, wie ich ihn wahrnehme. Wie er in dichten Flocken nach unten fällt und die Landschaft rund um uns herum in eine weiße Decke hüllt. Wie er Creekville ein Stück weit in eine magische Zauberlandschaft verwandelt. Wie er alles, was sonst laut und bunt ist, leise und weiß macht.

Zum Glück kann Jude meine Gedanken nicht lesen. Er würde sich über mich totlachen.

»Vielleicht ist Schnee doch nicht nur kalt und nass.«

»Nicht, wenn du ihn richtig siehst«, sage ich zu ihm. »Und jetzt komm mal mit.«

»Wohin?«

»Erfährst du dann, wenn wir dort sind.«

Ich lasse Jude los, nehme das Smartphone aus meiner Jackentasche und schalte die Taschenlampe ein, damit ich uns den Weg leuchten kann. »Ey, du willst doch jetzt nicht in den Wald.«

»Doch.«

»Du weißt, dass es nicht gut für Bella ausging, als sie Edward in den Wald gefolgt ist?«

Laut lache ich auf. »Vor allem weiß ich, dass du einen miserablen Filmgeschmack hast, Vegas.«

Wir gehen nahe am Wasser entlang, bis wir zu dem kleinen Bach kommen, der in den See fließt. »Von hier aus gehen wir jetzt weiter in den dunklen bösen Wald«, sage ich zu Jude.

»Ich wusste gar nicht, wie dunkel es sein kann, bevor ich Vegas verlassen habe.«

»Hast du Angst, Jude?«

»Nein.« Eine absolute Lüge.

»Was soll dir passieren?«

»Vampire? Werwölfe? Axt- oder Schneeschaufelmörder«, zählt er nur einige Möglichkeiten auf.

»Ich werde dich beschützen.«

»Na gut.« Jude gibt sich einen Ruck und greift nach meiner Hand. »Wenn es sich nicht lohnt, nachts durch den Wald zu latschen, bin ich schwer beleidigt.«

»Es wird sich lohnen«, verspreche ich ihm. Wir gehen den Bach entlang immer weiter in den Wald hinein. Folgen ihm zuerst einige hundert Meter, bis es schließlich mehrere Kilometer werden.

»Ich hätte das Angebot mit der langen Unterhose annehmen sollen«, murmelt Jude bibbernd.

»Bevor dir der Schwanz abfällt, sag Bescheid. Dann reibe ich ihn warm.«

Jude bleibt stehen und lacht laut auf. »Tucker!«

»Was?« Ich drehe mich zu ihm um.

»Solche Aussagen erwartet man von mir, aber doch nicht vom Vorzeigeschüler, Team-Captain und Schulliebling Tucker Landry.«

»Du hast in letzter Zeit ziemlich nachgelassen. Das solltest du dir ganz ernsthaft eingestehen.« Ich mache einen Schritt auf ihn zu, genau in dem Moment als eine Schneeflocke auf seiner Nasenspitze landet. »Du hast da was«, flüstere ich.

»Was?«

Ich lehne mich vor und küsse die Schneeflocke weg. Als ich mich zurückziehe, ist mir die Aktion ziemlich peinlich. Jude scheint das anders zu sehen, denn in der nächsten Sekunde presst er seine Lippen auf meine. Es ist kein sanfter Kuss. Sondern das harte Aufeinanderprallen zweier Lippen. Da ist so viel Sehnsucht. So viel Verlangen. Aber auch so viel Reue in mir.

Lexa ...

»Stopp, Jude. Stopp.«

»Nein, Mann«, fährt er mich an und stößt mich gegen die Brust. Ich stolpere einen Schritt zurück. »So geht das nicht.« Jude fährt herum und stapft den Bachlauf entlang. Immer weiter in die Dunkelheit, denn natürlich hat der Schwachkopf kein Smartphone in der Hand, das ihm den Weg leuchtet.

»Warte«, rufe ich ihm hinterher und setze mich in Bewegung.

»Nein.«

»Was, nein?« Ich hole ihn ein und leuchte den Weg aus.

»Ich sag jetzt auch einfach Nein. So wie du. Ständig.«

»Mach ich doch gar nicht.«

Jude stapft unbeirrt weiter. »Doch. Tust du. In den wichtigen Momenten.«

»Als wir gefickt haben, habe ich nicht *Nein* gesagt«, schleudere ich ihm wütend entgegen.

Spöttisch lacht er auf. »Ja, da hast du dich nicht geziert. Und in der Dusche ebenfalls nicht. Seitdem höre ich allerdings ständig nur: *Nein, ich kann das nicht tun. Ich habe eine Freundin.* Bla bla bla.«

»Ja, aber es ist doch so. Ich will sie nicht betrügen.«

»Spoiler-Alarm, Tucker. Das tust du längst. Du kannst keine Schneeflocken von fremden Nasen küssen, händchenhaltend durch den Wald laufen und in Eishallen rumknutschen und immer noch denken, dass du ihr treu bist. Wie soll das in Zukunft laufen? Du küsst mich und wenn sich dein Hirn wieder einschaltet, wirfst du mir ein kurzes Nein an den Kopf und wir tun erneut so, als wären wie nur Eishockey-Kumpels?«

»Wir sind mehr als das, Jude«, sage ich.

»Ach, und was sind wir?«

»Freunde?«

»Freunde küssen sich nicht.«

»Ich versuche doch, dich *nicht* zu küssen.«

»Ja, toll. Dann versuche das mal weiter, aber dann stell auch dein Blickgeficke ein.«

»Mein was?« Schockiert lache ich auf.

Er legt noch mal an Tempo zu. »Du fickst mich ständig mit Blicken! Das bilde ich mir doch nicht ein.«

Nein, tut er nicht. »Aber ...«

»Was, aber, Tucker? Du kannst nicht in einem Moment ein *Weil-du-mir-gehörst* in den Raum, oder die Eishalle, knurren und dann versuchen, dich von mir fernzuhalten und mich nicht zu küssen. So funktioniert das nicht!«

Abrupt bleibt Jude stehen. Wir haben unser Ziel erreicht. Vor uns liegt der kleine Wasserfall, den ich ihm zeigen wollte. Noch ist er nicht zugefroren, doch in ein paar Tagen oder Wochen kann man hier wundervolle Eiskristalle bewundern. Sein Blick streift die Hütte, die Dad, Taylor und ich vor drei Sommern gebaut haben und in der ich schon viele Nächte mit Freunden verbracht habe. »Toll, wir sind genau vor der Haustür des Axtmörders«, jammert Jude. »Kann man eigentlich noch mehr Pech haben als ich? Der Kerl, den man unbedingt wieder ins Bett bekommen will, ziert sich wegen seiner Freundin, was jetzt sowieso keine Rolle mehr spielt, weil gleich ein Hinterwäldler mit einem Gewehr auf uns losgehen wird.«

Ich lege beide Arme auf Judes Schultern und sehe ihm fest in die Augen. »Bist du fertig mit deiner Schimpftirade?«

»Fürs Erste«, murmelt er kleinlaut.

»Hörst du mir dann zu?«

»Na gut.«

»Erstens: Die Hütte gehört uns. Da drin lebt kein Axtmörder. Und zweitens: Zwischen Lexa und mir läuft es seit dem Dreier absolut beschissen. Ich glaube, der Hauptgrund ist, dass sie und ich zwar immer *guten* Sex hatten, der Sex mit dir allerdings einfach … weltbewegend war. Was uns natürlich dazu bringt, unsere Beziehung zu hinterfragen.« Gut, ich habe nicht mit Lexa darüber gesprochen, aber ich kenne sie und weiß, was sie denkt.

»Du denkst … Was?«

»Das mit dir war … unglaublich. Phänomenal. Ich hab mich noch nie so gefühlt. Und ich denke ständig daran, dir wieder nahe zu sein. Weißt du, wie oft ich davor war, mich nachts in dein Zimmer zu schleichen und zu dir ins Bett zu krabbeln? Und das nicht nur, weil ich noch einmal so unglaublichen Sex haben will, sondern weil ich gerne in deiner Nähe bin. Ich will dich ständig berühren und immer bei dir sein. Du bist klug, witzig und schlagfertig. Ich mag deinen Sinn für Humor und … Fuck, Jude. Ich mag dich! Aber …«

»Gott, ich wusste, es gibt ein Aber …«

»Ich kann im Moment nicht mit Lexa Schluss machen. Du hast selbst gehört, was die Leute in der Schule reden. Und obwohl ich denke, Lexa bildet sich verdammt viel zusätzlich ein, werde ich sie jetzt nicht fallenlassen.«

»Das ist sehr … ritterlich von dir.«

»Danke.«

»Also führt ihr mehr eine Scheinbeziehung im Moment?«

Nicht direkt. »Darüber haben wir nicht gesprochen.«

»Und hast du mit ihr darüber gesprochen, dass du das mit mir wiederholen willst?«

»Nein, du bist für sie gerade so wie ein rotes Tuch für einen Stier.« Ich beuge mich nach vorne und umarme Jude. Fest. »Ich will dich, Jude. So sehr. Und ich könnte es nicht ertragen, wenn du zu Noah gehst und …« Die Worte wollen nicht aus meinem Mund.

Jude drückt sich von mir weg. »Und du darfst weiterhin mit Lexa vögeln?«

»Alter, ich hab sie seit der Nacht mit dir nicht mehr angefasst.«

»Du … Was? Ihr haltet doch ständig Händchen.«

»Jude, wir haben nicht mehr gevögelt. Und uns auch nicht mehr richtig geküsst.«

»Ehrlich?«

»Ja.«

»Und jetzt?«, fragt er. »Ich will dich. Und du willst mich. Und wir können nicht rummachen, weil du zu feige bist, um Schluss zu machen?«

»Gott, Jude. Ich *kann* gerade nicht mit Lexa Schluss machen.«

»Nein, Tucker! Du *willst* nicht mit ihr Schluss machen.«

»Doch. Nur eben nicht sofort. Erst, wenn sich die Lage beruhigt hat.«

Er sieht mich eine ganze Weile an, dann nickt er. »Okay, dann sind wir jetzt fertig miteinander.«

»Wie bitte?«

»Du hast mich schon ganz richtig verstanden, Landry.«

»Also beendest du es jetzt? Willst du das wirklich?«

Er schüttelt den Kopf. »Nein. Du willst mich.« *Mehr als alles andere auf der Welt.* »Und ich will dich. Mich kotzt nur dieses ständige Hin und Her an.«

»Mich doch auch«, murmle ich und senke den Blick auf den Boden.

»Jetzt schau nicht so«, bittet Jude mich.

»Wie denn?«

»So als wäre ich das Arschloch.«

»Sind wir das nicht beide?«, frage ich und schaffe es wieder, ihn anzusehen. Er sieht mindestens so unglücklich aus wie ich.

»Weißt du, Lexa ist mir eigentlich scheißegal. Macht mich das zu einem schlechten Menschen? Vermutlich. Mache ich dich zu einem Betrüger, weil ich meine Finger nicht von dir lassen will: auch. Aber ich lasse mich nicht mehr länger von dir hinhalten.«

»Ich ... Fuck!« Ich mache einen Schritt von Jude weg. »Das ... Du kannst ... Ich meine ...« Ich bin völlig durcheinander.

»Entscheide dich, Tucker. Noah wartet quasi auf meinen Anruf.«

Ich knurre. *Noah Baxter.*

Jude entfernt sich ein Stückchen von mir.

»Drei«, beginnt er zu zählen und geht weiter rückwärts durch den dunklen Wald.

»Zwei.«

Immer noch stehe ich absolut unbeweglich und vor allem schwer überfordert da und weiß nicht, was ich tun soll. Ich dachte wirklich, ich bin kein Mensch, der seine Freundin betrügt.

»Eins.«

Ich will Jude nicht gehen lassen.

»Null.«

Jude dreht sich um und verschwindet. Die Distanz zwischen uns wird größer. Und ich weiß, dass ich das nicht zulassen kann. Ich laufe ihm hinterher, lege ihm eine Hand auf die Schulter und wirble ihn zu mir herum.

»Gott sei Dank«, murmelt er und keine Sekunde später prallen unsere Münder aufeinander. Sofort schiebe ich meine Zunge in seinen Mund. Ich will Jude. Ich will ihn so sehr. Und auch wenn ich mich dafür hasse, kann ich nicht anders. Ich brauche ihn gerade wie die Luft zum Atmen. Ich kann ihn nicht gehen lassen.

»Ich dachte echt, du lässt mich jetzt verschwinden.«

»Du hast hoch gepokert, Vegas.«

»Ich weiß.«

Und dann küssen wir uns wieder.

Und wieder.

Und wieder.

Klammern uns aneinander fest wie Ertrinkende. »Keine anderen«, knurrt Jude. »Du schwörst mir, dass du Lexa nicht mehr vögelst.« Offensichtlich habe nicht nur ich irgendwelche unangebrachten Besitzansprüche Jude gegenüber, sondern es geht ihm umgekehrt genauso. »Von mir aus kannst du mit ihr in der Öffentlichkeit Händchen halten oder sie auf die Wange küssen, mehr allerdings nicht. Und du bringst sie nicht mehr mit zu uns.« *Zu uns.* Dass er mein Zuhause auch als seines ansieht, macht mich nicht nur glücklich, sondern vor allem verdammt scharf.

»Ich versprech's. Und für dich gibt's keinen Noah Baxter mehr. Und auch sonst niemanden.«

»Es wird auffallen, wenn ich nicht mehr flirte.«

»Dann tu es, solange es notwendig ist, entschuldige dich aber verdammt noch mal jedes Mal mit einem Blowjob bei mir.«

Jude schiebt seine eiskalten Hände unter meine Jacke. »Deal.«

KAPITEL 25
Jude

Die Kälte kriecht mir allmählich den Rücken hinauf und hinterlässt eine Gänsehaut auf meiner Haut, die von Tuckers Küssen nur noch verstärkt wird. Ob das Zittern in meinem Körper vom Schnee unter mir oder von Tuckers Zunge kommt, die meine umspielt, weiß ich ebenfalls nicht. Das Einzige, was ich mit Sicherheit sagen kann, ist, dass ich nicht aufhören will. Nie mehr. Ich umschlinge Tucker fester und hasse, dass ich nur seine dicke Jacke zu fassen bekomme. Er liegt auf mir und nimmt mir damit beinahe die Luft zum Atmen. Beinahe. Gleichzeitig habe ich das Gefühl, besser atmen zu können als je zuvor.

Eine seiner Hände streichelt meine Wange, während er sich mit der anderen im Schnee abstützt. Im Schnee. Wir liegen hier einfach im kalten Nass und knutschen herum, was mich verdammt an damals erinnert. An die Nacht, in der wir uns zum ersten Mal geküsst haben.

Tuck löst seine Lippen von meinen, um mit seiner Nasenspitze über meine zu streichen.

»Dir ist kalt«, stellt er flüsternd fest.

Vielleicht. Vielleicht auch nicht.

»Scheiß drauf«, murmele ich und küsse ihn erneut.

Er grinst an meinen Lippen und zieht den Kopf erneut zurück. »Deine Haare sind komplett nass. Wenn wir nicht wollen, dass du an einer Lungenentzündung stirbst, sollten wir dich aus der Kälte holen.« Tucks Lippen sind vom Küssen gerötet, leicht geschwollen. Fuck, ist er schön. So verdammt schön. Seine Wimpern sind geschwungen und scheinen endlos zu sein. Die Wangenknochen stehen hervor und geben ihm etwas Markantes. Heißes.

»Dann hat sich das Sterben doch zumindest gelohnt.«

Tucker lacht auf. Ein Geräusch, das mich eigentlich nicht anmachen dürfte, aber ... holy!

Er steht auf und sofort fehlt mir sein Gewicht auf mir. Das Grinsen, das er auf mich hinabwirft, löst ein Kribbeln in meinem Bauch aus.

Fühlt sich unwirklich an. Und real zur gleichen Zeit.

Tucker hat zugegeben, dass er mich will. Dass er Lexa nicht mehr will. Er ist hier bei mir und nicht bei ihr. Und das macht mich verdammt glücklich!

Ich greife nach seiner ausgestreckten Hand und lasse mich von ihm auf die Füße ziehen.

»Shit«, sage ich, als mir klar wird, dass meine Jogginghose komplett nass und durchweicht ist. Und mir die Kälte plötzlich mit aller Macht ins Gesicht schlägt. Mein Zittern verstärkt sich.

»Okay, möglicherweise ist mir doch verdammt kalt«, sage ich bibbernd.

Tucker mustert mich mit zusammengekniffenen Augen. »Deine Hose ist nass.«

»Ja, no Shit, Sherlock!«

Er dreht den Kopf zur Seite und sieht sich um. »Wir gehen zur Hütte«, beschließt er. »Bis zu Hause ist es viel zu weit und ich habe echt Angst, dass du krank wirst.«

»Als du mich in den Schnee gedrückt hast, schien das weniger ein Problem für dich zu sein«, sage ich flapsig und zwinkere ihm zu.

Er verdreht die Augen. »Da war ich abgelenkt. Deine Lippen können einen schon mal aus dem Konzept bringen, Vegas.«

Keine Ahnung, warum dieser Spitzname so viel in mir auslöst. Zumindest wenn er von ihm kommt. Anfangs war er vielmehr ein Schimpfwort, doch mittlerweile kommt er eher einer Liebkosung gleich.

Tucker zieht mich hinter sich her, denn ich habe sowieso jegliche Orientierung verloren. Ich meine … nachts im Wald. Wer ist so bescheuert und geht im Dunkeln in den Wald? Doch nach reiflicher Überlegung habe ich beschlossen, Tucker überallhin zu folgen, wenn es mit solchen Küssen endet, die er mir eben geschenkt hat. Warum ist es immer er, mit dem ich stundenlang knutschen kann? Damals wie heute. Keine andere Person will ich so lange küssen wie ihn.

Wollte ich nie.

»Ich will ja nicht den Spielverderber mimen, aber ist es in der Hütte nicht auch arschkalt?«, werfe ich ein.

»Wir haben dort einen Holzofen.«

Ich nicke. Klar. Holzofen.

Erneut zittere ich heftig. »Scheiße, ist das kalt.«

Über die Schulter wirft Tuck mir einen besorgten Blick zu. »Geht's?«

Nein. »Klar.« Ich muss ja jetzt hier nicht auf Memme machen.

Tucker beschleunigt seine Schritte und ich lasse mich weiter mitziehen. Meine Beine fühlen sich taub an.

Direkt vor der Hütte zieht er einen Schlüssel aus der Jackentasche heraus und schließt die Tür auf. Vorsichtig spähe ich über seinen Rücken. Den Axt-Schrägstrich-Schaufelmörder habe ich noch nicht ganz abgeschrieben.

Tuck geht in den dunklen Raum hinein und weiß offenbar genau, was zu tun ist. Mit wenigen Handgriffen hat er eine dieser Outdoor-Lampen, die mit Gas zu funktionieren scheinen, gefunden und zündet sie an. Ein schummriges Licht erhellt den kleinen, gemütlich wirkenden Raum.

Rechts befindet sich eine kleine Ecke mit Schränken und ein paar Dingen, die wie Küchenutensilien aussehen. Daneben ein kleiner Holztisch mit zwei Stühlen. Ein Bücherregal. In der Mitte des Raums befindet sich der besagte Holzofen, an dem Tuck bereits herumwerkelt. Er hat die Luke geöffnet und stapelt Holz.

»Komm rein, Jude«, sagt er ungeduldig. »Mach die Tür zu. Und du musst aus den nassen Klamotten raus.«

»Es ist kalt hier drinnen«, jammere ich. So viel dazu, nicht die Memme zu spielen.

Auch wenn ich nur seinen Hinterkopf sehe, weiß ich, dass er gerade die Augen verdreht. »Gib mir zwei Minuten. Dann wird es wärmer.«

Ich verziehe das Gesicht, beginne aber mit zitternden und halb tauben Fingern meine Jacke auszuziehen. Es folgen meine Schuhe, Hose, Pulli und Socken. Es fühlt sich gut an, die nassen Sachen loszuwerden, also zögere ich nicht lange und lasse die Boxershorts nach unten gleiten.

Tucker entzündet währenddessen das Feuer und nimmt gar keine Notiz von meinem nackten Körper.

Da ich wirklich kurz vorm Kältetod stehe, sehe ich mich weiter um. Die linke Seite des Raumes besteht aus einem mittelgroßen Bett, auf dem zu meiner Erleichterung eine rot karierte Decke ausgebreitet liegt. Ich keuche auf, greife danach und schlinge sie mir um die Schultern.

Mit dem Schürhaken heizt Tucker das Feuer weiter an, das kurz darauf zu lodern beginnt. Zufrieden schließt er die Klappe des Holzofens und dreht sich lächelnd zu mir.

»Und was sagst du?« Er deutet mit beiden Armen um sich herum. Ich folge seinem Blick durch die Hütte und lächle ebenfalls.

Minimalistisch. Rustikal. Erst jetzt fällt mir der Fellteppich vor dem Kamin auf.

»Gefällt mir.« Unsere Blicke treffen sich. »Aber im Schnee hat's mir auch gefallen, weil du da warst.«

Beinahe schüchtern wendet er den Blick von mir ab und sieht zum Feuer zurück.

»Wieso habt ihr überhaupt Holz hier draußen?«, frage ich, als mir der Gedanke kommt, und trete näher an den Holzofen, um mich zu wärmen.

Irritiert dreht Tucker den Blick zu mir. »Was glaubst du denn, wofür ich vor einigen Wochen Holz gehackt habe? Wir haben keinen Kamin zu Hause.«

Ich blinzele ein paarmal. »Oh. Stimmt. Tatsächlich war ich bei deiner Holzhackaktion verdammt von deinen Bauchmuskeln abgelenkt. Und deinem Rücken. Und generell deinen Muskeln, die sich jedes Mal angespannt haben, wenn du die Axt angehoben hast.« Ich stoße geräuschvoll die Luft aus. »In dieser Sekunde hätte es mich nicht mal gestört, wenn *du* ein Axtmörder gewesen wärst.«

Tuckers Schultern beben, als er ein leises Lachen ausstößt.

»Ich verstehe immer noch nicht, warum ihr das Holz hier im Winter braucht. Oder hast du geplant, mich im Schnee erst besinnungslos zu küssen und dann herzubringen, damit ich mich ausziehe?« Keine Ahnung, warum ich so viel rede.

»Ich komme gerne her«, antwortet Tucker lächelnd. »Ich liebe die Stille. Manchmal ist es in unserem Haus ganz schön laut und dann brauche ich eine kleine Auszeit.«

Ich schiele zu ihm hinüber. Da hat er natürlich recht. Vier Geschwister zu haben, ist sicherlich nicht immer ganz einfach, gerade wenn man bedenkt, wie klein drei davon sind. Ich finde es sogar anstrengend, wenn auch beruhigend.

»Es ist immer jemand da«, flüstere ich, während er seine Jacke auszieht und neben sich wirft. »Niemand von euch muss allein sein, wenn er es nicht will.«

Tuck dreht sich ebenfalls zu mir, sieht mir in die Augen. »Du bist nicht gern allein, kann das sein?«

Ich lege den Kopf schief. »Doch, manchmal schon. Dann ziehe ich mich zurück.«

»Ja, wenn du lernst«, widerspricht er. »Oder wenn dir irgendwas zu viel wird.«

Ich schlucke. Tucker kennt mich erst seit ein paar Monaten richtig und ich habe das Gefühl, dass er bereits jetzt schon mehr über mich weiß als jeder andere.

»Deine Mom würde jederzeit alles stehen und liegen lassen, wenn einer von euch Kids etwas benötigt. Oder nur reden muss.« Warum sage ich das jetzt? Ich hasse es, über meine Gefühle zu reden. Immer schon. Warum platzt so etwas jetzt aus mir heraus?

»Das würde sie für dich ebenfalls tun«, sagt Tucker nachdrücklich. »Für sie bist du genauso Familie wie wir.«

Ich presse die Lippen aufeinander und nicke. Wende den Blick dem Feuer zu. Die Flammen züngeln um das Holz herum und verschlingen es von Minute zu Minute mehr. So wie Tucker mich seit dem ersten Tag in Creekville mehr und mehr verschlingt. Mit seiner Art. Seiner Präsenz. Seinem Aussehen. Und seinem Körper.

»Ja eben«, erwidere ich. »Ich bin nicht mal ihr Kind und sie würde keine Sekunde zögern, alles über den Haufen zu schmeißen, um für mich da zu sein.«

Tucker schweigt einige Sekunden. »Und deine Mom?«, fragt er sanft. »Ich habe euch vor einigen Jahren zusammen gesehen. Es war offensichtlich, dass sie dich liebt.«

Ein Ziehen breitet sich in meiner Brust aus. Meine Mom. Das ist eine Sache für sich. Eine komplizierte.

»Meine Mom liebt mich bedingungslos«, gebe ich zu.

»Aber?«, hakt Tucker nach. Weil er mich kennt, verdammt noch mal.

»Aber sich selbst liebt sie mehr. Immer schon. Selbst bevor das mit den Drogen anfing.«

»Das glaube ich nicht«, sagt Tucker zögerlich.

»Doch. Ich weiß, dass sie mich liebt. Das tue ich wirklich. Doch *ich* würde alles dafür tun, dass es meiner Mom gut geht. Andersherum hat sie sich immer mit dem zufrieden gegeben, was ich ihr zugeworfen habe. *Wie geht's dir?* Gut, Mom, keine Sorge. Also hat sie sich keine gemacht. Wenn sie einen Lover mitgebracht hat, war es normal für sie, dass ich mich ins Badezimmer verzogen habe, damit ich den beiden nicht beim Sex zuhören musste. Als ich für sie gekocht habe, damit sie es nicht tun muss, war es okay für sie. Dass ich bis nachts gearbeitet habe, in einer abgefuckten Bar wohlgemerkt, war es normal. Als ich mit sechzehn mein erstes Mal im Hinterzimmer der verschissenen Bar hatte, war sie nicht besorgt. Sie hat mir lediglich am nächsten Tag eine Packung Kondome hingelegt und gefragt, wie es war. Und weißt du was? All das ist okay. War es immer. Meine Mom und ich haben ein enges Verhältnis. Nur bin ich nicht die Priorität. War ich nie. Und das ist es, was mich ankotzt.«

Ich habe mich in Rage geredet und ende abrupt, indem ich mir auf die Zunge beiße.

Tucker tritt dichter an mich heran. »Das ist scheiße«, sagt er. »Aber ich kann mir trotzdem nicht vorstellen, dass du nicht ihre Priorität bist. Das kann einfach nicht sein.«

Er klingt selbst zweifelnd bei seinen Worten.

»Weißt du, wann mein Geburtstag ist?«, frage ich geradeheraus.

Tucker runzelt die Stirn. »Ich … Nein.«

»Am ersten Januar.«

Ein Lächeln breitet sich auf seinem Gesicht aus. »Dann gab es ja immer eine große Party zu deinem Geburtstag.«

»Ja«, stimme ich ihm zu. »Die gab es. Allerdings nicht für mich.«

Tucker blinzelt verwirrt. »Wie meinst du das?«

»Silvester ist Moms Lieblingstag im Jahr. Es wird gefeiert, was das Zeug hält. Feuerwerk. Knallbonbons. Bunte Verkleidungen. Alkohol. Musik. Pünktlich um Mitternacht muss irgendein Kerl geküsst werden. In keinem einzigen verdammten Jahr heißt es um Mitternacht *Happy Birthday, Jude.* Nie. Irgendwann am nächsten Tag, wenn sie ausgeschlafen und gefrühstückt hat, drückt sie mir einen Kuss auf die Wange und gratuliert mir. Mein Geburtstag fängt erst dann an. Zwar mit meinem Lieblingsessen und Geschenken, aber ... dennoch. Ich komme halt erst an zweiter Stelle.«

Das habe ich noch niemals jemandem anvertraut. Im Allgemeinen war in Vegas bekannt, dass ich nicht der Geburtstagstyp bin und gut. Was mit den Jahren irgendwann schlussendlich zutraf. Mittlerweile kann ich diesem Tag nichts mehr abgewinnen. Der kleine Jude hingegen hat sich Jahr für Jahr gefragt, ob es irgendwann anders sein wird.

Aus dem Nichts zieht Tucker mich an sich und legt das Kinn auf meiner Schulter ab.

Meine Arme sind noch immer in der Decke eingewickelt, also vergrabe ich lediglich das Gesicht an seiner Brust. Atme tief seinen Duft ein.

»Ist ja nicht weiter wichtig«, murmele ich.

»Jude«, knurrt Tucker unzufrieden. »Du tust es schon wieder.«

»Was tue ich?«

»So tun, als wäre alles keine große Sache. Von deinen Gefühlen ablenken.«

Ich schlucke. »Dann rennst du also rum und erzählst gerne, dass du dich von deinem Dad vernachlässigt fühlst?«, hole ich zur Gegenfrage aus. »Dass du immer alles gibst, um seine Anerkennung zu bekommen, er aber einfach zu blöd ist, um das zu checken? Hast du deinen Eltern mal gesagt, dass du es scheiße findest, dass ihr nicht alle gemeinsam in einem Haus lebt? Und dass du stattdessen in der

Schule den perfekten Tucker Landry gibst, den alle bewundern?«

Tucker drückt mich noch eine Spur enger an sich. »Woher weißt du das?«, fragt er. »Das habe ich dir nie erzählt.«

Ich schnaube. »Selbst wenn ich Sprüche klopfe, weil … warum auch nicht, höre ich zu. Sehe dich. Lese zwischen den Zeilen. Und anscheinend bin ich nicht der Einzige, der mit seinen Gefühlen nicht hausieren geht.«

Tucker löst sich von mir, um mir stattdessen in die Augen zu sehen. Sein Blick gleitet zu meinem Mund. Er legt die Finger an mein Kinn und kommt langsam näher. Sieht mehrmals zwischen meinen Augen und meinem Mund hin und her.

Ich bin es, der endlich die Lippen auf seine legt. Sanft zunächst. Drücke mit dem Kuss aus, was ich mit Worten nicht schaffe. Als unsere Zungen aufeinandertreffen, gleitet Hitze durch meinen Körper. Ich lasse die Decke los, die kurz darauf von meinen Schultern sinkt, und lege die Hände an Tuckers Hüften. Er knurrt und zieht mich eng an sich. Mit den Fingerspitzen fährt er meinen Rücken entlang, bis seine Hände meinen Hintern packen. Woah. Meine Härte presst sich an Tuckers Bauch, was er bemerken muss, und auch er scheint mehr als nur angeturnt zu sein.

Ungeduldig zerre ich an seinem Hoodie herum, will jedoch gleichzeitig nicht meine Lippen von seinen lösen. Er zieht sich zurück und reißt sich mit wenigen Handgriffen den Pullover über den Kopf. Heiß. So verdammt heiß. Er verschwendet keine einzige Sekunde, legt beide Hände an meine Wangen und küsst mich erneut. Heftiger, drängender. Ohne zu zögern.

Unsere Zungen liefern sich ein heißes Duell, während er mich gezielt zum Bett hinüberschiebt. Als die Kante meine Kniekehlen erreicht, schubst er mich schwungvoll auf die Matratze. Erneut schießt Erregung durch meinen Körper wie ein Stromstoß.

Hektisch zieht Tuck seine Schuhe aus und schiebt sich kurz darauf die Hose von den Hüften. Die engen, schwarzen Boxershorts, die zurückbleiben, überlassen nichts der Fantasie. Sein Schwanz zeichnet sich klar ab. Groß. Perfekt. Und hart.

»Doch keine lange Unterhose, ja?«, frage ich neckisch.

Ohne Vorwarnung zieht er sich den letzten Stoff aus und steht dann splitterfasernackt vor mir. Mein Blick bleibt in tieferen Regionen hängen. Für Sekunden, die sich anfühlen wie die Ewigkeit.

»Halt die Klappe«, raunt Tucker mir zu, krabbelt übers Bett und küsst mich erneut. Verschlingt mich mit seinen Lippen, während unsere Hüften sich gegeneinanderpressen.

Ich stöhne tief an seinem Mund, was ihn nur hungriger zu machen scheint. Die Reibung zwischen uns fühlt sich himmlisch an. Kälte? Davon ist nichts mehr zu spüren. Das zwischen uns ist Feuer. Wir brennen. Lichterloh.

Meine Hände vergraben sich in seinen weichen Haaren und ich schlinge ein Bein um seine Hüften. Sofort packt er meine, drückt sich nur stärker gegen mich.

Sein Mund gleitet meinen Hals entlang. Er hinterlässt Küsse, zieht Spuren mit seiner Zunge und beißt in die empfindliche Haut.

»Tucker«, seufze ich, knabbere an seinem Ohrläppchen.

Ein raues Stöhnen verlässt seine Kehle.

»Fuck«, antworte ich, stemme mich nach oben und schiebe ihn von mir herunter, nur um ihn unter mir festzupinnen.

Tuckers Gesicht gibt mir den Rest. Seine Wangen sind rot, seine Lippen geschwollen und er sieht aus schweren Lidern zu mir auf.

Ohne Umschweife wandere ich tiefer, hinterlasse Küsse auf meinem Weg zu seinen Hüften. Und tiefer.

Mit der Zunge lecke ich an seinen Schwanz auf und ab.

»O mein Gott«, stöhnt er kehlig und legt die Hände mit festem Griff an meinen Kopf.

Ich nehme ihn schließlich vollständig in meinem Mund auf. Tucker schiebt sein Becken nach vorne, drückt mich weiter auf seinen Schwanz. Währenddessen kann ich ein Grinsen nicht unterdrücken, weil ich es bin, der das mit ihm macht. Mit dem Mund fahre ich auf und ab. Als ich gleichzeitig meine Zunge einsetze, keucht er auf. Wieder und wieder.

»Fuck, ist das gut, Jude«, raunt er heiser. »Du kannst das so verdammt gut.«

Seine Worte spornen mich an, machen mich heißer. Tuck zieht an meinen Haaren, doch das Ziehen ist nicht unangenehm. Es spiegelt sich vielmehr in meinem Unterleib wider.

Tuckers Kraft, die festen Griffe – das ist verdammt noch mal der Inbegriff von Sex und dennoch nichts, was ich bisher erlebt habe.

»Warte«, sagt Tucker seufzend und klingt dabei nicht so, als sollte ich wirklich aufhören. Ich halte inne, entlasse ihn allerdings noch nicht aus meinem Mund. Ich schiele im gleichen Moment zu ihm hoch, in dem er den Kopf hebt, sich auf die Ellenbogen stützt, um zu mir zu sehen. Woah.

»Wenn du jetzt nicht aufhörst, war das hier ein kurzer Spaß.«

Ungerührt lasse ich meine Zunge um ihn kreisen. Alles in ihm spannt sich an und seine Augenlider flattern. »Gott, Jude«, sagt er stöhnend. Und soll damit niemals aufhören.

»Warte«, stammelt er erneut und zieht mich bestimmend zu sich. »Ich will unbedingt in dir sein. Muss in dir sein. Also musst du unbedingt damit aufhören.« Tucker keucht. Schweiß steht auf seiner Stirn, der mit Sicherheit nichts mit der Wärme zu tun hat, die sich mittlerweile in der Hütte ausgebreitet hat.

Ein Schauer fährt mir über den Rücken.

»Wir haben keine Kondome. Geschweige denn Gleitgel.« Ich kann nicht fassen, dass ich das sage, aber … Shit. Das muss sein.

»Doch, haben wir.« Er schiebt mich von sich herunter und dreht sich zur Seite. Neben dem Bett befindet sich eine große Holztruhe. Er öffnet sie und zieht wahllos Kleidungsstücke daraus hervor, bis er endlich gefunden hat, wonach er gesucht hat. Ich schaue ihm mit hochgezogenen Augenbrauen dabei zu. »Wieso ist das«, ich deute auf Kondome und Gleitgel in seiner Hand, »hier?«

Tucker zuckt mit den Schultern und beißt sich auf die Unterlippe. »Das hier ist eher so was wie meine Hütte. Mein Rückzugsort.«

»Das erklärt die Kondome. Wozu Gleitgel?«

Halt deine blöde Klappe, Jude!

»Möglich, dass Lexa und ich da ein wenig … experimentiert haben.«

Ein fieser Stich durchfährt mich. Was zur Hölle soll das heißen? Experimentiert?

»Analsex?«, nenne ich das Kind also beim Namen.

»Ja.«

Jetzt beiße ich mir auf die Unterlippe. Wieso stört mich das? Der Gedanke an Tuck, der Analsex mit Lexa hat, macht mich wahnsinnig. Aus einem mir unerklärlichen Grund habe ich angenommen, dass er diese Erfahrung das erste Mal mit mir gemacht hat. Dabei habe ich gar kein Recht, Anspruch darauf zu erheben. Dass ich also angepisst von der Info bin, macht keinen Sinn. Immerhin haben wir erst *jetzt* festgelegt, dass andere außen vor sind. Dass wir exklusiv sind.

»Stört dich das?« Fuck, warum muss Tucker immer alles so ehrlich ansprechen?

»Nein.« Ja.

Ein Lächeln zupft an seinem Mundwinkel, so als wisse er ganz genau, dass ich lüge.

»Also Vegas, wie sieht's aus? Bereit für eine Wiederholung?«

Ich grinse zurück. Wie schafft er es nur, mit wenigen Worten dafür zu sorgen, dass alles andere von mir abfällt? Dass ich mein Hirn ausschalten kann?

Ich will nach dem Gleitgel greifen, doch er reißt die Hand zurück. »Vergiss es«, murmelt er. »Diesmal machen wir es richtig.«

Er öffnet die Tube und verteilt etwas von dem Gel auf seinen Fingern.

Ich schlucke schwer, als er mich weiter in die Matratze drückt. Erneut küsst er meinen Hals, doch dabei gleitet seine Hand tiefer. Kurz darauf umspielt er meinen Eingang. Ein Kribbeln breitet sich in meinem ganzen Körper aus, als er einen Finger in mich schiebt.

Tuck nimmt sich Zeit. Quälend viel Zeit. Er weitet mich, nimmt erst einen, dann zwei Finger zur Hilfe, bis ich keuche und mich an seinen Oberarmen festkralle. Unterdessen umfasst er meine Härte und bewegt die Hand auf und ab. In einem langsamen Rhythmus, der mich richtig fertigmacht. Im positiven Sinne.

»Tuck«, raune ich, als ich es nicht mehr aushalte. »Ich bin bereit.«

Erneut fehlt mir sein Gewicht, als er sich hochstemmt. Bevor er allerdings nach dem Päckchen greifen kann, komme ich ihm zuvor.

»Wir machen es diesmal richtig, oder?«, murmele ich und reiße es vorsichtig mit den Zähnen auf. Tucker beobachtet mich, ein sexy Funkeln in den braunen Augen.

»Richtig«, stimmt er raunend zu.

Ich gebe mir Mühe, das Kondom besonders langsam über seinen Schwanz zu rollen. Quälend langsam.

Er keucht abgehackt. Ich grinse.

Zwei Sekunden später werde ich schwungvoll auf die Matratze zurückbefördert. Tuckers Lippen krachen wild auf meine, seine Zunge erobert meinen Mund. Mit beiden Händen spreizt er meine Schenkel und schiebt sich dazwischen und … Wow. Noch nie hatte ich einen kräftigen Hockeyspieler in dieser Position vor mir. Normalerweise war Sex, den ich hatte, vor allem eins – schnell und spontan. Praktisch. In der Regel von hinten. Das hier ist neu. Und verdammt fantastisch!

Tuck positioniert sich und versenkt sich schließlich mit einem Stöhnen in mir.

Er füllt mich komplett aus. Himmel.

»Gott, Tuck«, keuche ich und vergrabe eine Hand in seinem Haar. Mit der anderen kralle ich mich in seinen Rücken. Er zieht sich zurück, nur um die Hüften heftig erneut nach vorn zu schieben.

Unkontrollierte Laute verlassen meinen Mund, während Tuck mich mit gezielten Stößen in den Himmel vögelt. Ich verknote beide Beine an seinem Arsch. Wir sind uns nah, so verdammt nah. Alles kribbelt.

»Jude, o mein Gott, fuck«, seufzt er an meiner Halsbeuge.

Er packt meine Hüften und verändert den Winkel.

»Ooo mein Gott«, schreie ich beinahe heraus. Er schafft es ein weiteres Mal, diesen einen Punkt in mir zu treffen, der Feuer durch jede meiner Nervenenden schickt. Grenzenlose Hitze breitet sich in mir aus. Ich komme jedem seiner Stöße entgegen. Wir finden ohne Probleme einen gemeinsamen Rhythmus, bewegen uns in perfektem Einklang. Und wir sind dabei verdammt laut, keuchen und stöhnen unsere Namen. In meinem Kopf dreht sich alles, während er immer wieder den perfekten Punkt in mir trifft. Die zusätzliche Reibung macht mich wahnsinnig.

Tuck atmet immer unkontrollierter. Abgehackter. Ebenso wie ich, der sowieso nur noch Sterne sieht.

Er küsst mich erneut. Lippen. Zungen. Zähne. Mein Herz rast wie verrückt in meiner Brust. Als er eine Hand zwischen uns schiebt und meine Erektion mit geschickten Fingern bearbeitet, spannt sich mein ganzer Körper an, braut sich der Sturm in mir zusammen.

»Tucker, Fuck.« Ein tiefes Stöhnen löst sich aus meiner Kehle. Und dann überrollt mich der Orgasmus wie ein alles mit sich reißender Hurrikan. Nach Halt suchend, kralle ich mich keuchend an ihm fest. Er schiebt sich noch einige Male in mich, bevor er mir folgt, meinen Namen auf den Lippen.

Holy. Fuck.

Tucker lässt sich keuchend auf mich sinken. Ich versuche, zu Atem zu kommen, was mir auf ganzer Linie misslingt. Meine Arme und Beine zittern, doch diesmal nicht vor Kälte. Sondern weil dieser Sex hier … alles war.

Tuck lässt sich von mir herunterrollen und im Augenwinkel sehe ich, wie er sich übers Gesicht fährt.

»Alter«, stößt er hervor. »Das … Wow.«

»Das hätte jemand filmen sollen, so verdammt heftig war das«, stimme ich ihm zu. Mein Herzschlag hallt in meinen Ohren wider und scheint sich nie wieder beruhigen zu wollen.

Viel zu schnell steht Tucker auf, doch alles an mir fühlt sich zu schwer an. Ich kann meinen Kopf nicht mal heben. Dieser Typ hat mich quasi bewegungsunfähig gefickt.

Kurz darauf fühle ich seine Hand an meinem Bauch und hebe nun doch den Kopf. »Was tust du?«, frage ich völlig unnötigerweise, da ich es direkt vor mir sehe. Und doch ist es unwirklich. Tucker hat irgendwo Papiertücher gefunden und wischt mir jetzt die Sauerei vom Bauch. Er sieht auf, lächelt. »Aftercare, weißt du noch?«

Wenn möglich, rast mein Herz nur noch mehr. Ich lächle zurück. »Aftercare«, flüstere ich, habe allerdings das Gefühl, dass ich eigentlich etwas ganz anderes sagen will.

KAPITEL 26

Tucker

Gemeinsam mit Jude verbringe ich die beste Zeit meines Lebens. Die. Beste.

Alles ist leicht. Und harmonisch. Beinahe schon idyllisch. Was vermutlich zum größten Teil daran liegt, dass der Winter Creekville fest im Griff hat. Der Schnee fällt seit Wochen vom Himmel und hat unsere kleine Stadt in ein weißes Winterwunderland verwandelt.

Aber es ist nicht nur das. Jude und ich – es ist, als wäre er mein Gegenstück. Auf dem Eis. Im Bett. Und zu Hause. Wir sind ein Team geworden. Und ich will mir nicht vorstellen, ihn irgendwann mal nicht mehr an meiner Seite zu haben. Es sind schon die paar Stunden in der Schule die absolute Hölle für mich. Weil ich ihn dann nicht berühren kann. Nicht küssen darf. Und so tun muss, als wäre er nur mein Teamkollege. Und nicht mehr.

Wobei es fast unausweichlich ist, dass er irgendwann weggeht. Er wird Creekville verlassen. Entweder um aufs College zu gehen oder um wieder bei seiner Mom zu leben. Ich weiß es. Und ich klammere mich wirklich verdammt hartnäckig an dem Gedanken fest, dass wir es vielleicht ins selbe College-Team schaffen. Weil jeder sieht, wie verdammt perfekt wir miteinander sind.

Aber das ist Zukunftsmusik.

Für irgendwann.

»Tuck?«, fragt Tris.

»Hmm?« Ich höre damit auf, aus dem Fenster zu starren und sehe stattdessen zu meinem besten Freund.

»Stunde ist aus.«

Erst jetzt checke ich, dass alle rund um uns herum ihr Zeug zusammenraffen. Niemand will Letzter in der Cafeteria sein.

»Sorry, war in Gedanken woanders.« Bei Jude. Mal wieder.

»Was ist in letzter Zeit mit dir los?«

»Nichts.«

»Du stehst total neben dir. Wärst du auf dem Eis nicht die beste Version deiner Selbst, würde ich mir Sorgen machen.«

Ich schnaube. »Es ist alles perfekt. Könnte eigentlich nicht besser laufen.«

Das ist die Wahrheit. Na ja, bis auf die Tatsache, dass ich in der Schule immer noch so tue, als wäre ich mit Lexa zusammen, obwohl diese ganze *Beziehung* immer mehr zu einer Farce wird. Ich … Wenn ich ehrlich bin, liebe ich sie nicht mehr. Im Moment kann ich sie nicht einmal mehr gut leiden. Trotzdem sitze ich in jeder Mittagspause neben ihr. Gehe mit ihr gemeinsam auf Partys und spiele den glücklich Verliebten.

Das bin ich auch irgendwie.

Nur nicht in Lexa.

Sondern in Jude.

Was ich ihm allerdings niemals sagen werde. Oder zumindest nicht so schnell. Wir sind zwar exklusiv miteinander, ich denke nur nicht, dass er der Typ für etwas Festes ist. Regelmäßige Dates. Händchen halten in der Öffentlichkeit. Blumen am Valentinstag.

Gott, er würde mich auslachen. So was von.

Das Problem ist nur: Ich will das. Mit ihm.

»Tucker.« Tris schnippt mit seinen Fingern vor meinem Gesicht.

»Sorry«, entschuldige ich mich. »Migräne.« Jetzt belüge ich auch noch meinen besten Freund. Als würde es nicht schon reichen, dass ich meine Freundin betrüge. Und verheimliche, dass ich mit Jude ins Bett gehe.

»Willst du zur Schulkrankenschwester?«

Sofort schüttle ich den Kopf. »Ich brauche nur was zu essen.«

Ich sammle mein Zeug zusammen und gemeinsam verlassen wir das Klassenzimmer. Bei meinem Spind wartet bereits Lexa auf mich. »Hey Cupcake«, grüße ich sie matt.

»Alles gut?« Sie sieht mich mit schräg gelegtem Kopf an.

»Ja«, antworte ich fahrig und drücke ihr einen Kuss auf die Wange. »Alles perfekt.«

Ich weiß wirklich nicht, wie lange ich das hier noch kann. Und ich frage mich, warum Lexa diese Scharade unbedingt aufrechterhalten möchte. Immerhin weiß sie genauso gut wie ich, dass die Sache mit uns vorbei ist. Wir haben uns nichts mehr zu sagen.

»Kann ich kurz mit dir allein sein?«, frage ich sie.

Sie sieht zu Tristan, dann wieder zu mir.

»Warum?« Sie bemüht sich, mich anzulächeln, doch ihre Augen strahlen dabei nicht.

»Er hat Kopfschmerzen«, sagt mein bester Freund. »Ein Orgasmus soll Wunder gegen Migräne wirken.«

»Tris«, murmle ich.

»Entschuldigung.« Er hebt abwehrend die Arme hoch und macht ein paar Schritte rückwärts. »Ich warte in der Cafeteria auf euch.«

»Bis gleich«, verabschiede ich mich.

Lexa legt mir eine Hand auf die Stirn und wirkt fast wie die Lexa von früher. Die Lexa, in die ich mal verliebt war. »Du wirkst … müde.«

»Bin ich nicht.« Ich wische ihre Hand von meiner Stirn, bereue es aber bereits eine Sekunde später, weil ich den Blick der anderen auf mir spüre. Darum verschränke ich unsere Hände miteinander und pflastere mir ein falsches Lächeln aufs Gesicht. »Gehen wir kurz woanders hin?«

Sie runzelt die Stirn. Wirkt unentschlossen. Es wundert mich, dass sie mit »Ja, klar« antwortet.

Ich ziehe Lexa hinter mir her. Bei der Redaktion der Schülerzeitung bleibe ich stehen und drücke die Klinke nach unten. Nicht verschlossen. Der Raum ist völlig leer. Perfekt.

»Was ist los, Tucker? Du benimmst dich komisch.«

Ich schlüpfe hinein und Lexa folgt mir mit einem genervten Stöhnen. »Was wollen wir hier?«, fragt sie, schließt die Tür und lehnt sich mit dem Rücken dagegen.

»Lexa«, jammere ich. »Ich kann das nicht mehr.«

»Was?«, fragt sie.

»Fuck, Lexa.« Frustriert kämme ich mir durchs Haar. »Ich kann nicht so tun, als wär alles gut zwischen uns, wenn es das nicht ist. Wir driften immer weiter auseinander.« Und das ist bestimmt größtenteils meine Schuld, weil ich gar nicht mehr mit ihr zusammen sein will und Lexa geht es doch genauso.

»Du hast mir versprochen, dass wir das Gerede der Leute gemeinsam durchstehen. Und das werden wir.«

»Komm schon, wir haben uns doch nichts mehr zu sagen. Du sprichst nur mit mir, wenn andere dabei sind. Irgendwann fällt unseren Freunden auf, dass wir eine riesengroße Show abziehen.«

»Dann solltest du dringend an deinen schauspielerischen Fähigkeiten arbeiten.«

»Ich bin aber nicht in der Theater-AG, sondern im verdammten Eishockey-Team«, blaffe ich sie an.

»Ist mir scheißegal. Reiß dich zusammen und tu so, als wärst du immer noch in mich verliebt.«

»Ich bin doch noch immer –«

»Wen willst du hier gerade belügen?«, unterbricht sie mich. »Dich oder mich?«

Genervt massierte ich mir über die Schläfen. »Es tut mir leid«, sage ich.

»Was?« Sie verschränkt die Arme vor der Brust.

»Dass … dass ich scharf auf Jude war.« Bin. »Und deshalb unsere Beziehung ruiniert habe.«

Lexas Miene wird weicher. »Tucker … ich gebe es nicht gern zu, aber das waren wir beide. Ich darf dir nicht allein die Schuld dafür geben. Und du hast recht. Das mit uns … Wir werden das nicht mehr hinbekommen. Du und ich … das war gut, bis Jude hier aufgetaucht ist.«

»Es ist also vorbei?«, frage ich verdammt erleichtert.

»Inoffiziell: ja. Offiziell: nein! Du wirst mindestens noch den Winterball mit mir verbringen. Im zweiten Semester bist du dann frei. Und ich auch.«

Kopfschüttelnd sehe ich sie an. »Machen wir gerade Schluss miteinander?«

Lexa kaut unzufrieden auf ihrer Unterlippe herum. »Sieht so aus.«

»Ich hatte mir das ganze dramatischer vorgestellt. Schreien. Mehr Tränen.«

»Glaub mir, die hab ich bereits geweint«, sagt Lexa. Nicht kalt. Aber resigniert. So ähnlich wie ich mich fühle.

»Und jetzt?«

»Umarmst du mich, sagst mir, dass wir eine gute Zeit miteinander hatten und dann gehen wir gemeinsam in die Cafeteria und erzählen unseren Freunden, dass wir gerade einen Quickie in der Redaktion der Schülerzeitung hatten.«

Laut schnaube ich. »Ernsthaft?«

»Ja. Genau so wird das noch ein ganzes Weilchen laufen, Landry. Und du wirst niemandem davon erzählen.«

Ich nicke. Weil ich weiß, dass ich ihr das schulde. Das dumme Gerede in der Schule ist zwar besser geworden, aber immer noch nicht vorbei. Wobei ich mich in letzter Zeit immer öfter frage, was passieren würde, wenn ich Jude einfach in der Öffentlichkeit küsse. Wäre sie damit automatisch aus dem Schneider und alle würden sich über mich ihre Mäuler zerreißen?

Ich öffne meine Arme. »Also, eine letzte Umarmung?«

Sie macht einen Schritt auf mich zu, lässt sich in meine Arme ziehen und schmiegt ihren Kopf gegen mein Shirt. »Ich wünschte, wir könnten es doch noch hinbekommen, Tuck.«

»Ich auch, Lexa. Ich auch«, lüge ich, denn die Wahrheit ist: Ich bin wirklich erleichtert.

Ich lasse mich in der Cafeteria auf den orangefarbenen Plastikstuhl neben Jude sinken. Das Gespräch mit Lexa hat mich ausgelaugt und ich würde nichts lieber tun, als meinen Kopf auf seiner Schulter abzulegen und mich von ihm trösten zu lassen. Aber das ist nicht drin.

»Hey«, sage ich und ziehe Lexa neben mich. »Hat kurz gedauert.«

Corey, Tristan und Ash sitzen gegenüber von Lexa, Jude und mir.

»Wo wart ihr?«, fragt Ash.

Lexa schmunzelt. Irgendwie geheimnisvoll. Sie hat das mit der Schauspielerei definitiv besser drauf. »Im Büro der Schülerzeitung.«

»Gebt ihr ein Interview?« Jude klingt sarkastisch. »Der Prinz und die Prinzessin der Creekville-High erzählen von ihrer perfekten Beziehung?«

Unter dem Tisch lege ich meine Hand auf Judes Oberschenkel und streichle beruhigend darüber.

»Nope«, sage ich.

»Wäre aber eine gute Idee«, wirft Ashley ein. »Vielleicht sollte man alle Pärchen, die bei der Wahl zum Winterprinz und der Winterprinzessin mitmachen, in der Schülerzeitung vorstellen.«

»Ash«, flüstert Tris, »du weißt schon, dass die beiden miteinander gevögelt haben und nicht irgendwelche Interviews geben.«

Ich bestätige nicht, was Tris behauptet. Allerdings streite ich es auch nicht ab. »Außerdem nehmen Lexa und ich doch gar nicht an der Wahl teil.«

»Doch«, sagt sie. »Tun wir.«

»Was?« Ich kralle mich mit den Fingern im Stoff von Judes Jeans fest. »Warum sollten wir das tun?«

»Na ja, du bist der Captain des Eishockey-Teams und ich bin ... eben ich! Wir haben gute Gewinnchancen.«

Mit meiner freien Hand greife ich zu Judes Teller und stehle ihm eine Fritte. »Gott, steh mir bei.«

»Ein Winterball? Wann? Wo?«, fragt Jude. »Und wieso hat mir noch niemand davon erzählt? Ich brauche offensichtlich ein Date.«

Lexa stützt sich mit den Ellenbogen am Tisch ab, schaut an mir vorbei zu Jude und lächelt ihn süßlich an. »Du kannst doch Noah Baxter fragen.«

»Oder ...«, sagt Corey, »du fragst Brinna McShaw. Die saß in Chemie fast auf deinem Schoß.« *Wie bitte?*

»Sie ist nur meine Laborpartnerin«, murmelt Jude. »Und sie saß nicht auf meinem Schoß, sondern daneben.« Ey, ich möchte gerade auf Judes Schoß sitzen, mein Gesicht in seiner Halsbeuge vergraben und in dieser Wolke aus Glückseligkeit mit ihm schweben. Dort wo alles perfekt ist.

Auf dem Eis.

Im Bett.

Zu Hause.

Nur eben nicht in der Schule.

»Was haltet ihr davon«, sage ich, »wenn wir alle gemeinsam hingehen? Wir mieten uns eine Limo, betrinken uns und feiern gemeinsam ins neue Jahr.«

»Finde ich gut«, stimmt Corey sofort zu.

Ashley sieht nicht so begeistert aus und mein bester Freund studiert die Miene seiner Freundin. »Weiß nicht«, murmelt er dann.

Jude sieht mich fragend an. »Warum ins neue Jahr feiern?«

»Der Winterball findet an Silvester statt«, erklärt Corey.

»Und ist genau genommen keine richtige Schulveranstaltung, obwohl wir ihn natürlich hier bewerben«, erzählt Tristan.

»Genau«, stimme ich zu. »Er wird zwar vom Veranstaltungskomitee organisiert, es handelt sich dabei allerdings eher um eine Spendenaktion für den Abschlussball.«

»Was zur Hölle?« Jude schüttelt den Kopf. »Ihr veranstaltet einen Ball, um einen anderen Ball zu finanzieren? Ich weiß nicht, ob ich beeindruckt oder verwirrt sein soll.«

»Creekville ist anders«, sagt Corey und zuckt mit den Schultern.

Ashley grinst. »Jeder liebt den Winterball. Er ist neben Tuckers Halloween-Party und dem Abschlussball *das* Event des Jahres. Die Juniors, die Seniors und ein paar College-Freshmen, die die Feiertage in Creekville verbringen, feiern gemeinsam Silvester in schicker Abendgarderobe. Und das ohne Aufsichtspersonen, weil Ferien sind und es keine richtige Schulveranstaltung ist.«

»Und das lassen sie euch durchgehen?«

Ich lächle Jude an. »Nicht nur die Leute in Vegas wissen, wie man feiert.«

Ich schnappe mir die Reste von Judes Burger und esse ihn auf. Tris sieht mich angewidert an, Corey eher neugierig. »Eure Bromance ist gerade auf einem völlig neuen Level angekommen. Muss ich eifersüchtig sein, Landry?«

»Wohl eher ich«, murmelt Lexa.

»Ich hatte keine Zeit, mir selbst was zu kaufen«, rechtfertige ich mich.

Verständnislos sieht Tris mich an.

»Warum? Die Pause dauert noch dreißig Minuten.«

»Muss rüber in die Eishalle. Coach Davis wollte noch was mit mir besprechen.«

»Ich komme mit.« Jude sieht mich von der Seite an. »Hab mein Handy gestern drüben im Spind vergessen.« Hat er nicht. Er hat mir abends versaute Textnachrichten geschickt und mich so dazu gebracht, durchs Badezimmer in sein Zimmer zu schleichen. Aber ich bin froh, dass er diese Ausrede erfunden hat, um mich zu begleiten.

Ich schiebe meinen Stuhl zurück und küsse Lexa auf den Scheitel, während Jude sein Tablett nimmt und ebenfalls aufsteht.

»Bis später«, verabschieden wir uns. Jude bringt sein schmutziges Geschirr weg und ich gehe in der Zwischenzeit zum Ausgang. Er holt mich schnell ein.

»Du vögelst also mit Lexa in der Redaktion der Schülerzeitung?«, fragt er mich. Er klingt weder beunruhigt noch angepisst. Glücklich aber auch nicht.

»Du weißt, dass ich das nicht tue«, flüstere ich. Selbst wenn ich wollte: Ich bin völlig ausgelastet und das absolute Gegenteil von sexuell frustriert.

Er grinst. »Jap. Weil du nämlich mich vögelst.«

»Jude«, zische ich. »Leise.«

»Sorry, Mann.« Schweigend gehen wir durch die Flure. Und ich bin durch die plötzliche Stille genervt. »Gehen wir über den Hof?«, frage ich.

»Ich friere mir dabei zwar sicher wieder den Arsch ab, aber dort können wir wenigstens in Ruhe reden.«

Ich stoße die Tür nach draußen auf und Jude folgt mir. »Winterball?«, fragt er. »Den hast du bisher nicht erwähnt.«

»Hab nicht mehr daran gedacht. Die Hausaufgaben. Die Spiele.«

»Das viele Vögeln.«

Mit den Fingern streife ich vorsichtig über seinen Handrücken. Von außen betrachtet muss es wie eine zufällige Berührung wirken, doch für mich ist es mehr. Viel mehr.

»Und du gehst mit Lexa hin und wirst den potenziellen Prince Charming mimen?«

»Ich will nicht mit ihr hin. Und ich glaube, sie nicht mit mir.«

»Klaaar doch. Wie naiv bist du, Tuck? Lexa ist scharf auf diesen Titel. *Winterballprinzessin.*« Er sieht aus, als müsste er kotzen.

»Mal ernsthaft: Kannst du Corey noch mal deswegen anquatschen? Er war, glaub ich, am ehesten davon überzeugt, als Gruppe zu gehen. Und ich bearbeite Tristan deswegen, damit ich mir dieses typische Date-Getue erspare.«

»Gib's zu, du willst nur nicht, dass ich mit Noah oder Brinna auf den Ball gehe.«

Die Eishalle taucht vor uns auf und ich öffne die Glastür. Wir gehen den Gang in Richtung Umkleide. Sobald die Tür hinter uns ins Schloss gefallen ist, drücke ich Jude gegen die nächste Wand. »Du wirst niemanden daten«, sage ich zu ihm. »Oder hast du unsere Vereinbarung schon vergessen?«

»Nur damit ich das richtig verstehe, Tucker. Du gehst mit deiner Freundin«, er zeigt Anführungszeichen in der Luft, »zum Winterball und ich muss allein hin.«

»Nein, Jude. Denn wir werden als Gruppe gehen. Tut mir leid, aber ich werde dich an deinem Geburtstag mit niemand anderem ausgehen lassen. Dieser Tag ist dir vielleicht nicht wichtig, mir allerdings schon. Und ich werde wütend sein, wenn du ein Fake-Date hast. Verdammt wütend, weil ich dein verdammtes Date sein will.«

Ich küsse ihn. Hart. Verlangend. Und mit all der Liebe, die ich für ihn empfinde.

Warte … was? *Liebe?* Ich meine, dass ich verliebt bin, ist mir schon länger klar. Aber Liebe?

»Alles okay?«, fragt Jude.

»Mhm«, murmle ich und küsse mich über den Kiefer nach unten bis zu seinem Hals. Will nicht darüber nachdenken, wie groß und mächtig meine Gefühle jetzt schon für ihn sind.

Sanft nehme ich die zarte Haut zwischen die Zähne und beiße ihn leicht, bevor ich sie in den Mund sauge und ihn markiere. Jude hat bereits überall auf seinem Körper solche Stellen. Er stöhnt auf und ich spüre, dass er hart wird.

»Tuck«, raunt er. »Keine Bisse oder Knutschflecken an Stellen, die man sehen kann. Ich bediene mich täglich an dem Schminkzeug, das Lexa bei dir gelassen hat, damit mich niemand fragt, ob ich von einem Bären angefallen worden bin.«

Natürlich höre ich nicht auf. »Ein Bär?« Ich schmunzle.

»Ein verdammt unersättlicher Bär.«

»Das liegt nur an dir, Baby. Du bist so verdammt anziehend.«

»Du findest mich anziehend?« Er klingt belustigt. »Nicht ausziehend?«

Irgendwo fällt eine Tür ins Schloss und bringt mich wieder zurück in die Realität. Wir sind in der Umkleide, was man sehr gut an dem muffigen Geruch festmachen kann. Definitiv nicht der richtige Ort, um mit Jude herumzumachen.

Zumindest … ich ziehe ihn hinter mir, weiter in die Dusche. Hier riecht es nach Putzmitteln und einer Mischung aus mindestens zwanzig verschiedenen Duschgel-Sorten. Und man sieht uns zumindest nicht sofort beim Betreten der Umkleide. »Ernsthaft, Landry?«

»Was stört dich, Vegas?«, frage ich. »Ich muss dich doch noch überzeugen mit mir auf den Winterball zu gehen anstatt mit Noah oder Brinna.«

»Es gibt bestimmt noch ein paar Leute, die sich um ein Date mit mir reißen würden.«

Meine Hand wandert zu Judes Gürtel, den ich öffne. Danach folgt der Hosenknopf. Langsam schiebe ich ihm die Jeans samt Boxershorts von den Hüften. »Musst du nicht mit Coach Davis sprechen?«, fragt Jude.

»Später«, raune ich und lasse mich auf die Knie sinken. »Du bist wichtiger. Du wirst immer wichtiger sein.« Und dann zeige ich ihm, wie sehr ich ihn will. Und hoffentlich auch wie viel er mir bedeutet, solange ich es ihm nicht sagen kann.

KAPITEL 27
Jude

Schubsen. Ich möchte sie einfach nur schubsen. Gegen einen Spind. Oder von einer Klippe …

Die Rede ist von Lexa. Lexa, die ich in letzter Zeit nur noch ganz schwer ertragen kann. Bin ich gemein? Unvernünftig? Albern? Vermutlich. Dennoch reicht ihre Stimme schon aus, um meine intrusiven Gedanken anzuheizen.

Was wäre, wenn ich Lexa versehentlich mit meinen Skates überfahre? Oder gleich mit dem Auto?

Sie vergräbt die Hände in Tuckers Haaren. Meinem Tucker. Wenn es nach mir ginge, sollten die beiden drei Meter Abstand zueinander halten. Mindestens.

Ich versuche wirklich, sie nicht mit Blicken zu durchbohren, allerdings will mir das nicht so recht gelingen. Wir stehen mit ein paar Freunden an unserem Truck (ja unserem, nicht Lexas) und freuen uns darüber, dass wir den letzten Schultag in diesem Kalenderjahr geschafft haben. Nun … das heißt alle anderen freuen sich. Ich überlege währenddessen eher, ob es in meinem Alter kindisch ist, jemandem die Zunge herauszustrecken.

»Nein, ernsthaft, hast du echt eine Limo gebucht?«, hakt Tris nun schon zum dritten Mal nach.

Tuck verdreht die Augen. »Ja, Tristan. Möchtest du, dass ich es dir aufschreibe? In Großbuchstaben?«

Ich schmunzle, selbst wenn mir nicht nach Lachen zumute ist. Denn ich bin angepisst. Wegen Lexas und Tuckers beschissenem Getue. Und wegen des beschissenen Winterballs.

»Ist schon cool, so als Gruppe zu gehen«, wirft Corey ein.

Nein, ist es nicht.

Ich hätte nie für möglich gehalten, dass ich das mal denke, doch ich hätte liebend gerne ein echtes Date. Mit Tuck.

238

Stattdessen spielen wir alle eine große glückliche Gruppe, in der sich niemand ausgeschlossen fühlt und im Endeffekt hängen die Paare doch sowieso aufeinander herum. Ehrlich gesagt habe ich eh schon beschlossen, den Mist sausen zu lassen. Tuck weiß zwar noch nichts davon, aber keine Chance, dass ich mir diesen Bullshit hier gebe. Lexa und Tuck haben ihre Show, die vorher schon ätzend war, auf ein neues Level gehoben. Gekicher, Getatsche … boah! Es ist, gelinde gesagt, zum Kotzen.

Wer hätte gedacht, dass Jude Garcia-Wilson zu Eifersucht fähig ist? Doch hier stehe ich. Und male mir aus, wie ich das Ballkleid von dem schönsten Mädchen der Schule verbrenne.

Da sind sie. Intrusive Gedanken. Und ich wünschte wirklich, ein brennendes Ballkleid wäre in letzter Zeit der Schlimmste davon gewesen.

Ich stehe an den Truck gelehnt da, eine Mütze auf dem Kopf, weil Tucker und ich heute Morgen spät dran waren … das Highlight meines Tages. Mit verschränkten Armen lausche ich der Unterhaltung und gleichzeitig tue ich das nicht.

»Was sagst du dazu, Jude?«, spricht Tuck mich direkt an.

Ich blicke auf. »Hm?«

Gut, ich habe definitiv nicht zugehört.

»Wo bist du mit deinen Gedanken?«, fragt Ashley. »Das war beim Lunch schon so.«

Ja. Beim Lunch gab es auch kein anderes Thema als den Ball. Und die Tucker-Lexa-Fummelshow.

»Kümmer dich doch mal um dich selbst!«, kommentiere ich trocken. Nett kann ich heute nicht. Ausverkauft.

Ashleys Augen weiten sich und prompt kassiere ich einen bösen Blick von Tristan. Kommentar inklusive. „Sei gefälligst netter zu meiner Freundin."

»Wir haben gefragt, wann wir starten wollen«, unterbricht Lexa ihn. Und der Tonfall … Entweder es liegt an mir oder sie klingt, als wäre ich irgendwie geistig schwer von Begriff. Dabei krault sie Tuck den Nacken.

Ashley kichert, was meinen Verdacht bestätigt. Blöde Kuh.

»Wie wäre es mit gar nicht?«, brumme ich. »Man könnte sich stattdessen betrinken und dann Eishockey spielen.«

Ohne Mädchen.

Alle lachen, als hätte ich einen Witz gemacht. Abgesehen von Tucker, der die Stirn in Falten gelegt hat. Er kennt mich eben.

»Shit, ich muss los.« Corey starrt auf den Bildschirm seines Handys. »Meine Schwester hat irgendwas vor und ich muss ihre Schicht im Diner übernehmen.«

Wie ich kürzlich erfahren habe, gehört Coreys Familie ein Diner, von dem behauptet wird, es wäre das Beste in ganz Creekville. Schande über mich, dass ich mich noch nicht selbst davon überzeugt habe.

»Mach's gut, Bro.« Wir schlagen ein und lassen unsere Schultern gegeneinander krachen.

»Wir sehen uns ja schon in ein paar Tagen auf dem Ball.«

Nie. Im. Leben.

»Klar«, stimme ich lahm zu.

Dann lasse ich mich wieder gegen den Truck sinken. Fuck, ich bin müde. Gestern habe ich bis spät in die Nacht bei Stan gearbeitet, nur um heute früh von Tucker geweckt zu werden, bevor überhaupt der Wecker geklingelt hat. Obwohl ich mich über diesen Part nicht beschwere.

»Na gut, ich werde dann mal aufbrechen. Ich freu mich schon so auf den Ball, Tuck.« Lexa stellt sich auf die Zehenspitzen und fällt Tuck um den Hals.

Irgendwas frisst sich in meinem Inneren fest, schnürt meinen Hals zusammen.

»Lexa, du gehst schon? Wie schade.« Der Sarkasmus lässt sich nicht aus meiner Stimme verbannen.

Sie löst sich von Tuck und schenkt mir einen säuerlichen Blick. Ashley sieht mich geschockt an. Tristan muss sich das Lachen verkneifen.

»Das meint er nicht so«, sagt Tucker und klingt beiläufig. So beiläufig, dass ich sofort checke, dass es eben nicht beiläufig ist. Gott, ergibt das einen Sinn?

»Klar. Du weißt doch, dass ich es nicht so meine.«

Aber deutlich!

Sie kichert. Kichert. Und wendet sich dann erneut Ash und Tris zu. Boah, nee. Ich kann diese ganze aufgesetzte Scheiße nicht. Diese Frau hat mich in der letzten Zeit wie den letzten Abschaum behandelt. Als wäre ich hier der Übeltäter. Dabei können sich Tucker und sie selbst ganz allein dafür verantwortlich machen. Ich lasse mir bestimmt nicht die Schuld für deren Beziehungsende zuschieben. Mag es beiden meinetwegen erst klargeworden sein? Von mir aus. Trotzdem war ich nicht derjenige, der einen Dreier vorgeschlagen hat.

Als Lexa endlich außer Sichtweite ist, atme ich erleichtert auf. Kurz darauf verschwinden Tristan und seine Freundin. Endlich.

Ich reiße die Fahrertür des Trucks auf, werde aber direkt am Arm zurückgerissen.

»O nein«, raunt Tuck an meinem Ohr. »Ich fahre. Falls Mountie Baxter uns anhält.«

Seine Stimme so nah bei mir beschert mir eine Gänsehaut und führt dazu, dass ein bisschen Anspannung von mir abfällt. Und so protestiere ich nicht, gehe stattdessen um den Truck herum und lasse mich dann auf den Beifahrersitz gleiten. Tuck greift sofort nach meiner Hand und schenkt mir ein kleines Lächeln.

»Es tut mir leid, okay?«, sagt er, als er den Wagen vom Schulparkplatz lenkt. »Bald ist das ganze Theater vorbei.«

Ich verdrehe die Augen. »Kann sein.«

Tucker schweigt eine Weile.

»Bist du sauer?«, fragt er schließlich, während er den Blick kurz von der Straße nimmt.

Ich seufze. »Auf dich? Nein. Nur auf die Situation.«

»Ich weiß, das ist scheiße. Aber ich muss es tun. Für Lexa.«

Mit der freien Hand reibe ich mir übers Gesicht. Ja. Alles für sie. Alles wie immer. Die Gefühle anderer wiegen schwerer als meine. Ach Fuck. Meine Gedanken sind unfair.

Ich knabbere an meiner Unterlippe. Den Ball packe ich nicht. Das werde ich Tucker allerdings erst kurz davor sagen.

Mein Plan für diesen desaströsen Abend lautet, mich mit Eis

vollzustopfen. Und mir irgendeine Serie ohne Handlung, dafür mit viel Sex reinzuziehen.

Tuck drückt mir einen Kuss auf die Knöchel meiner Finger. Sofort fühle ich mich besser. Ein kleines Lächeln schleicht sich auf mein Gesicht.

»Musik?«

Ich nicke, da ich keine Lust habe, zu reden. Wir sind beide etwas frustriert. Mir ist klar, dass er auch keine Lust mehr auf Lexa hat. Gerne würde ich das ganze einfacher für ihn machen, aber ich kann nicht.

Kurz darauf ertönt die nervige Stimme eines Radiomoderators, doch ich hindere Tuck daran, auf einen anderen Sender umzuschalten. Radio Zapping mag ich nicht.

Ich sehe aus dem Fenster, vor dem die von Schnee bedeckten Bäume an uns vorbeiziehen. Schön sieht es ja aus. Irgendwie hat die Knutsch-Session mit Tuck meine Sicht auf Schnee in ein gerades Licht gerückt.

Als endlich Musik anfängt zu spielen, ändert sich die Stimmung im Auto. Als würden wir uns beide beruhigen.

Wieder wir werden.

Als Benson Boones Stimme erklingt, wird mein Lächeln tiefer. Echter. Tuck summt im Takt von *Beautiful Things*. Ich schaue ihn von der Seite an und bewundere zum tausendsten Mal sein Profil. Noch immer komme ich nicht darüber hinweg, wie unfassbar schön dieser Typ ist. Und er gehört mir, sage ich mir selbst. Nicht Lexa. Nicht sonst irgendwem. Lexa mag ihn offiziell haben, doch ich … habe sein Herz.

Ich zucke zusammen. Was denke ich da?

Herz?

Was?

Verwirrt blinzele ich, während Tucker leise mitzusingen beginnt, den Blick fest auf die Straße gerichtet.

In meinem Kopf herrscht Gedankenchaos. Habe ich sein Herz?

Will ich es?

Nein.

Ja.

Nee.

Doch.

Was ist hier los?

Nichts bereitet mich auf Tucks feste Stimme vor, die mich plötzlich umgibt.

Er singt. Laut. Losgelöst.

»Please stay«, brüllt er plötzlich los. Vollkommen befreit.

Fasziniert starre ich ihn an, lache gleichzeitig los. Grinsend dreht Tuck den Kopf zu mir. Seine Augen strahlen. Und zu keiner Sekunde hört er auf zu singen. Dabei ist er schöner als jemals zuvor. Noch niemals habe ich ihn so gesehen. So völlig mit sich im Reinen. Glücklich.

Schmetterlinge tanzen in meinem Bauch, ein Kribbeln, das sich in meinem ganzen Körper ausbreitet. Mir wird warm und ich kann nicht aufhören zu kichern. Weil er so fabelhaft ist. Süß. Schön. Er trifft keinen Ton und dennoch könnte ich ihm den ganzen Tag zuhören. Weil ich …

Die Erkenntnis trifft mich wie ein Schlag in die Magengrube. Mein Grinsen verfliegt, ich reiße meine Augen auf. Ich bemerke, dass mir der Mund offen steht. Zum Glück ist Tuckers Blick jetzt auf die Straße gerichtet. Seine Gedanken sind beim Song. Meine nicht.

Scheiße.

Ich bin verliebt. Rettungslos verliebt.

So verdammt verliebt, dass es mir ein Rätsel ist, wie ich es bisher nicht merken konnte.

Mein Herz droht mir aus der Brust zu springen, so heftig klopft es. Ich schlucke den Kloß in meinem Hals herunter.

Dieses Gefühl. Das zwischen uns. So was habe ich noch nie erlebt. Und es macht mir mindestens genauso viel Angst, wie es großartig ist.

»Porque tú lo eres todo. Y no quiero estar sin ti«, rutscht es mir heraus, lauter als beabsichtigt.

Weil du alles bist. Und ich nicht ohne dich will.

Fuck.

Ich habe noch nie Spanisch mit jemand anderem als Mom gesprochen. Warum jetzt? Warum überhaupt?

Tuck reißt den Kopf zu mir herum. Sein Strahlen wird breiter.

»Hast du gerade Spanisch gesprochen, Vegas?«

Mein Mund wird trocken. »Sí.«

Tuck beißt sich auf die Unterlippe. »Das ist heiß! Was hast du gesagt?«

»Das war ein *Ja*, Landry.«

Er verdreht die Augen. »Ich meine davor, Arschloch.«

Mir schießt das Blut in die Wangen.

Fresse halten, Jude! Sonst rennt er noch schreiend davon.

»Gar nichts. Nur dass ich müde bin.«

Glatte Lüge. Denn plötzlich bin ich wach. Hellwach. Keine Ahnung, ob ich jemals wieder in den Schlaf finde, solange mein Herz nicht mehr für mich schlägt. Denn jetzt schlägt es für ihn.

KAPITEL 28
Tucker

»Fuck, ich würde mich selbst daten, wenn ich könnte.« Nein, der Satz verlässt nicht Judes Mund, sondern meinen. Aber mal ernsthaft: Ich sehe wirklich gut aus in meinem schwarzen Anzug mit der blauen Fliege, die gaaanz zufällig zu dem Anzug passt, den ich Jude vor Stunden aufs Bett gelegt habe. Jap, ich hab ihm einen meiner Anzüge gegeben. Mir ist nämlich durchaus bewusst, dass er sich keinen gekauft hat. Und ich vertraue seiner Vegas-Garderobe nicht wirklich. Deshalb trägt er etwas von mir.

Kleidung teilen ist übrigens noch ein Punkt auf der Pro-Jude-Liste. Nicht dass es da wirklich irgendwas zu entscheiden gibt. Jude und ich – das passt einfach. Besser als mit Lexa. Zumindest im Moment. Und über später kann ich mir … na ja, später immer noch Gedanken machen. Und ich könnte sowieso meine Finger nicht von ihm lassen.

Dieses Lächeln. Diese verdammten Bauchmuskeln. Dieser Schw—

»Tucker?« Mom steckt ihren Kopf zur Tür herein. »Darf ich reinkommen?« In ihren Händen hält sie eine Plastikbox.

»Klar.«

»Du – Wow!«

»Sehe ich gut aus?«, frage ich.

In ihren Augen schimmern Tränen. »Großartig«, sagt sie und schnieft leicht.

»Mom, nicht heulen.«

»Aber es ist vielleicht dein letzter Winterball. Nächstes Jahr gehst du aufs College und …« Nun rollt eine einzelne Träne über ihre Wange.

»Mooom«, flehe ich. »Du hast noch drei weitere Kinder, die auf den Winterball gehen werden. Außerdem ist Taylor bereits auf dem College und geht trotzdem hin.«

Sie wischt sich mit dem Handrücken über die Wange.

»Tut mir leid, ich reiße mich schon zusammen«, entschuldigt sie sich und drückt mir die Plastikschachtel in die Hand. »Mir wird gerade nur so richtig bewusst, dass du bald weggehst und ich ... ich werde dich einfach unglaublich vermissen.« Und ich sie.

Sie schiebt ihre Unterlippe vor und sieht zu mir hoch. Ja, hoch. Weil ich nämlich nicht ihr kleines Baby bin, sondern Tuck, der bald aufs College geht. Trotzdem ziehe ich sie in eine Umarmung. »Was hältst du davon, wenn wir alle gleich runterkommen und du dafür doppelt so viele Fotos machen darfst?«

Sofort stiehlt sich ein Lächeln auf ihr Gesicht. »Deal.«

Mit dem Kopf deute ich in Richtung von Judes Zimmer. »Ich werde mal nach ihm sehen und dann kommen wir.«

»Bis gleich.« Sie winkt mir und verlässt dann den Raum.

Ich lege den Karton auf den Schreibtisch und öffne ihn. Darin befindet sich Lexas Handsträußchen und ... nun ja, die passenden Ansteckssträußchen für Jude und mich. Es wäre mir falsch vorgekommen, wenn ich nur für Lexa etwas besorgt hätte.

Ich mache meine Blume an meinem Jackett fest und dann nehme ich Judes. Natürlich gehe ich wie immer durch unser gemeinsames Badezimmer. Ich klopfe an seine Zimmertür. Er reagiert nicht auf mein Klopfen – was auch sonst? – also betrete ich seinen Raum mal wieder ungefragt.

»Jude, bist du –« Mein Mund klappt auf. Nicht, weil Jude in seinem Anzug genauso phänomenal aussieht wie ich, sondern weil er in Jogginghosen und mit Katastrophen-Haar auf dem Bett liegt und ein Buch liest.

Ein Buch!

Jogginghosen!

Katastrophen-Haar!

»Was zur Hölle?« Mir wird erst jetzt bewusst, dass ich anklagend mit dem Finger auf ihn zeige. »Was soll das?«

»Siehst du doch«, sagt er wie das Arschloch, das er eigentlich nicht ist. »Ich lese. Solltest du vielleicht auch mal versuchen.«

Will mich der Kerl verarschen?

»Jude! Die Limousine kommt in einer halben Stunde und du ...

du … du siehst aus, als hättest du wochenlang nicht mehr geduscht.«

Seine Mundwinkel heben sich, doch sofort tut er so, als würde ihm alles am Arsch vorbeigehen. Er schnuppert sogar an seiner Achsel. »Dafür rieche ich eigentlich ziemlich gut.«

Ich gehe zu ihm und setze mich auf die Bettkante. »Was soll das, Jude? Ich dachte, wir würden gemeinsam auf den Ball gehen?«

»Ich will dort nicht hin«, sagt er bockig und klappt das Buch mit einem lauten Geräusch zu.

»Du kannst nicht allein zu Hause bleiben.«

»Und warum nicht?«

»Weil ich dich dabeihaben will.«

»Sorry.« Er sieht mich gespielt bedauernd an. »Überzeugt mich nicht.«

»Und was könnte dich überzeugen?«, raune ich. »Vielleicht ein Blowjob?«

»Tuck, du kannst mich nicht immer mit Blowjobs gefügig machen.«

»Fick dich, Vegas.« Ich stehe auf, doch Jude greift nach meinem Unterarm.

»Warte«, bittet er mich. »Der Letzte war einer zu viel.«

Natürlich schüttle ich seine Pfoten von mir ab. »Was soll dieser passiv-aggressive Scheiß, Jude?«

»Ich hab keinen Bock auf Lexa.«

»Ja, toll. Dann sind wir schon zwei. Trotzdem habe ich sie heute Nacht an der Backe.«

»Müsstest du aber nicht.«

»Ey, wir haben das schon tausendmal durchgekaut. Nicht mehr lange und wir trennen uns. Das weißt du.«

»Und wann? Noch vor dem Abschluss? Oder erst, wenn du die Stadt verlässt?« Der Gedanke, aus Creekville wegzugehen, schnürt mir die Kehle zu. Nicht, weil ich noch keine einzige Zusage habe. Auch nicht, weil ich Corey, Tristan und den Rest unserer Truppe dann nicht mehr sehen werde, sondern ganz allein aus dem Grund, weil ich mir nicht vorstellen kann, mich nur einen Meter von Jude zu entfernen. Doch das wird zwangsläufig passieren. Unterschiedliche Colleges. Im schlimmsten Fall sogar in verschiedenen Staaten.

Ich senke den Blick und erst da fällt mir auf, dass ich immer noch die Ansteckblume in meinen Händen halte. »Hier«, sage ich und strecke sie Jude entgegen. »Hab ich für dich besorgt.«

Er steht auf, kommt zu mir und nimmt mir die Blume ab. »Was ist das?«

»Ein Anstecksträußchen. Für deinen Anzug. Ich dachte, es wäre schön, wenn wir beide …« Ich zucke mit den Schultern und deute dann auf meine eigene Blume. Kleinlaut ergänze ich: »Außerdem habe ich dir die passende Fliege zu meinem Anzug rausgesucht, weil ich irgendwie wollte, dass wir …«

Jude kommt näher. »Was, Tucker?« Er sucht meinen Blick.

»Ich wollte, dass wir zusammenpassen. Mom möchte Fotos von uns beiden machen und … Scheiße, Jude … Ich will den Abend ausschließlich mit dir verbringen. Ich will dir um Mitternacht zum Geburtstag gratulieren, mit dir tanzen und bei dir sein. Weil du … mir wichtig bist.«

Nun lächelt Jude. »Sag das doch gleich, Tucker. Bin in fünf Minuten unten.«

»Ehrlich?«

»Ja, Mann.«

Ich beuge mich vor und drücke ihm einen Kuss auf die Lippen. »Bis gleich.« Danach hole ich Lexas Ansteckblume, fühle mich kurzzeitig wie der größte Heuchler überhaupt, und gehe nach unten. Dort hasse ich mich gleich noch ein bisschen mehr dafür, dass Lexa mein offizielles Date für den heutigen Abend ist und ich es eben bei Jude so klingen lassen habe, als wäre er es. Gott, ich wünschte, er wäre es. Ausschließlich und exklusiv.

Ich laufe in der Nähe der Treppe herum. Auf und ab. Auf und ab.

»Nervös?«, fragt Dad, der aus dem Wohnzimmer kommt, und im ersten Moment erschrecke ich. Ich bin seine Anwesenheit nicht gewohnt, weil er so gut wie nie da ist.

»Was?« Ich sehe erstaunt auf. Es ist lange her, dass er von sich aus ein Gespräch mit mir begonnen hat.

»Ob du nervös bist?«

»Nein, ich hoffe nur, dass Taylor und Jude rechtzeitig fertig werden.« Meine Schwester ist gemeinsam mit Dad nach Hause gekommen. Sie wird sogar mit uns gemeinsam auf den Ball fahren. Die Limousine hat sie wohl überzeugt. Und ziemlich sicher wird sie uns sofort sitzenlassen, sobald sie Claire und ihre anderen Creekville-Freunde sieht. Würde ich selbst nicht anders machen.

Wie aufs Stichwort kommt Taylor mit einem dunkelgrünen Kleid nach unten. »Hübsch siehst du aus, Prinzessin«, macht Dad ihr sofort ein Kompliment. Er und Tay haben eine besondere Bindung zueinander. Ähnlich der von Mom und mir. Während sie eindeutig das Papakind ist, würde ich mich immer für meine Mom entscheiden. Vielleicht weiß Dad das ebenfalls und unsere Beziehung ist deswegen im Arsch. Möglicherweise liegt es aber auch daran, dass er lieber Jude einen Platz in einem Collegeteam sichert anstatt mir. Nicht dass ich nachtragend bin. Gar nicht …

Mom kommt mit dem Handy in der Hand zu uns gelaufen. »Fotos.«

»Mooom«, beschwert sich Taylor. »Muss das sein?«

»Ich hab's versprochen.«

»Natürlich.« Leiser zischt sie: »Du Muttersöhnchen.«

Ich zeige ihr heimlich den Mittelfinger und sie grinst.

Geschwisterliebe.

Wie schön.

Und plötzlich kommt Jude die Treppe nach unten gelaufen und ich muss mich echt zusammenreißen, denn … Wow. Einfach wow. So gut auszusehen gehört verboten.

»Wow, Jude.« Meine Schwester pfeift. »Falls du noch kein Date hast. Ich bin frei.«

»Das kommt überhaupt nicht infrage«, sagt Dad. Nicht ich. Ausnahmsweise bin ich seiner Meinung. »Ihr seid so was wie Geschwister und lebt unter einem Dach. Natürlich werdet ihr euch nicht daten.«

Jude und ich. So was wie Geschwister?

Würg.

Nein!

»Können wir bitte die Fotos machen?«, frage ich.

»Was ist los?«, fragt Tay.

»Jude und du … allein der Gedanke …!«

»Na danke«, grummelt Taylor, während mein Vater mir auf die Schulter klopft. »Sag ich doch. Schön, dass du das auch so siehst.«

Wenn der wüsste.

»Fotos«, zwitschert Mom.

Genau. Fotos. Jetzt.

Drei Stunden später stehe ich auf der Toilette und spritze mir Wasser ins Gesicht. Ich bereue, dass ich überhaupt hierhergekommen bin. Lexa und Jude führen eine Art Kleinkrieg miteinander, seitdem sie bemerkt haben, dass die Blumen an Lexas Handsträußchen mit denen von Judes Anstecksträußchen matchen.

Tja … wäre ja zu schön gewesen, wenn es ihnen nicht aufgefallen wäre.

Meine Ausrede für Lexa, dass meine Mom die Sträußchen besorgt hat und ich nichts davon wusste, hat meine (Fake?)-Freundin zwar beruhigt, aber Jude verdammt wütend gemacht. Und diese Notlüge hat Krieg ausgelöst.

Krieg!

Stehle ich mich mit Jude davon, um etwas zu trinken, kommt Lexa hinterher und zerrt mich auf die Tanzfläche.

Gehe ich mit Lexa zum Büfett, kommt Jude und zieht mich zum Fotoautomaten.

Wenn ich mit Lexa … Egal, man versteht das System auch ohne, dass ich weiter über die anderen zwanzig Vorfälle nachdenken muss. Ich bin jetzt an dem Punkt, an dem ich mir denke: Das geht so nicht.

Vorbei.

Aus.

Ich bin durch mit der Geschichte. Ich kann das alles nicht mehr. Fuck, ich wollte nie einer dieser Kerle sein, der zwischen zwei Stühlen steht. Und rein logisch gesehen, bin ich das nicht, denn zwischen Lexa und mir ist alles fein.

Eigentlich …

»Na, Landry.« Cams Hand landet auf meiner Schulter und ich sehe ihn erstaunt an. Er ist ein Jahr jünger als ich, deshalb hängen wir nicht besonders oft miteinander ab, aber er ist im Hockeyteam, ein guter Spieler und echt korrekt. Wenn er sich anstrengt, könnte er im nächsten Jahr sogar Team-Captain werden. »Alles in Ordnung? Du siehst ein bisschen mitgenommen aus.«

Ich seufze. Laut. »Nein, alles bestens.«

Cam verdreht die Augen. »Hör mal, Mann. Ganz im Vertrauen. Ich bin weder blind noch dumm.«

»Was meinst du?«, frage ich. So unschuldig wie möglich.

»Jude und du – ihr vögelt miteinander.«

Ich schnappe mir Cams Unterarm und ziehe ihn mit mir. Raus aus der Toilette und den Gang hinunter. Dort, wo hoffentlich niemand hört, was mein Teamkollege schwafelt.

»Cam«, zische ich. »Du kannst so was nicht einfach sagen.«

»Warum nicht?«

»Du hast doch sicher mitbekommen, dass Lexa und ich seit Wochen mit dämlichen Gerüchten zu kämpfen haben. Fällt man seinem Team-Captain so in den Rücken, Cameron?« So gut wie niemand nennt Cam bei seinem vollen Namen.

»Bro, mal ernsthaft.« Er lehnt sich näher zu mir. »Es sind keine Gerüchte.«

Ich verschränke die Arme vor der Brust. »Natürlich sind sie das. Alles erstunken und erlogen.«

»Belügst du gerade nur mich oder dich selbst?«

Ja, Cam. Ich belüge uns beide in der Hoffnung, dass du dann die Klappe hältst. Meine Schultern sacken nach unten. Ich kann das nicht mehr.

»Du bist mein Team-Captain«, sagt Cam. »Und ein verdammt guter Spieler.« Gut zu wissen. »Genauso wie Jude. Ich werde euch nicht verraten, aber mal ernsthaft, Landry: Wenn bereits *ich* mitbekommen habe, dass etwas zwischen euch läuft, dann werden es die anderen aus dem Team ebenfalls bald schnallen. Und ich denke nicht, dass du willst, dass Greg sich noch beschissener aufführt als ohnehin schon. Oder?«

»Nein.«

»Hey, ich habe keinen Bock, dich zu belehren, weil ich erstens gar nicht der Typ dafür bin und dir zweitens nicht vorschreiben möchte, was du tun oder lassen sollst. Ich wollte dich nur warnen. Greg ist ein Arschloch und er wird jede Chance nutzen, dich vor dem Coach und der Mannschaft schlecht dastehen zu lassen. Vor allem, weil er auf den Posten als Team-Captain im nächsten Jahr spekuliert.«

»Was soll das bedeuten?«

»Mann, Tucker. Du hast nur noch wenige Monate bis zum Abschluss. Unsere Mannschaft gewinnt ein Spiel nach dem anderen. Versau es nicht, weil du deinen Schwanz nicht in der Hose lassen kannst. Schau, dass du aufs College kommst und vögel dort mit Jude rum.«

»Als würden wir es aufs selbe College schaffen«, murre ich.

Cam grinst mich an. »Vielleicht schaffe ich es ja dann ein Jahr später in dein neues Team.« Er zwinkert mir zu und geht dann pfeifend den Gang entlang.

Was zur Hölle?

Nein. Cam steht auf … Was?

»Hey, Cameron!«, rufe ich ihm hinterher. »Was soll das heißen?«

Er dreht sich grinsend zu mir um. »Gar nichts. Nur, dass du hübsch anzusehen bist.«

Hä? Was soll das jetzt bedeuten?

Heilige Scheiße, bei dem ganzen Chaos um mich herum ist es doch kein Wunder, dass ich gar nichts mehr schnalle. Zum Glück war Cams Warnung vor Greg weniger subtil. Dieser beschissene Gregory.

Was zum Teufel soll ich mit dem Wissen machen? Weiterhin mit Lexa auf Vorzeige-Pärchen machen? Die Wahrheit ist: Mir wird wohl kaum etwas anderes übrigbleiben. Ob ich will oder nicht.

KAPITEL 29
Jude

Nein, nein, nein. Einfach nein.

Einatmen. Ausatmen.

Verdammte Scheiße noch mal.

Mit jeder Sekunde werde ich wütender. So verflucht wütend. Gleichzeitig fühle ich mich wie der größte Trottel, der herumläuft. Weil ich den Mist geglaubt habe, den Tuck von sich gegeben hat. Ich musste mich ja mit dem Geschwafel, wie sehr er mit mir hier sein will, zufriedengeben. Weil es leider genau das war, was ich hören wollte.

Dieser Abend scheint nicht zu enden. Er war schon die ganze Zeit beschissen, doch mittlerweile ist Tucker dazu übergegangen mich links liegen zu lassen. Und stattdessen dauerhaft bei Lexa zu sein. Mit ihr zu tanzen. Zu lachen. Besonders das Lachen verübele ich ihm.

Warum bin ich überhaupt hier?

Das ist genau das, was ich mir nicht geben wollte.

Ich stehe am Rand der großen Halle und beobachte die Tanzfläche, auf der Tucker und Lexa miteinander tanzen. Relativ eng.

Der Neandertaler in mir will zu ihnen rübergehen und sie auseinanderreißen. In Zusammenhang mit der Klippe, von der ich Lexa danach stoße …

Was genau der Grund ist, weshalb ich mich an meinem Getränk am Ende des Raumes festklammere. Zumal ich mir aktuell nicht sicher bin, ob ich Tucker nicht gleich hinterher trete.

Ich würde ihn zu gerne zur Rede stellen, aber er achtet darauf, nicht mehr in meine Nähe zu kommen. Und ich kapiere es nicht. Wirklich nicht. Denn am Anfang hat er echt noch versucht, eine Balance zu finden. Die zugegebenermaßen kacke war. Trotzdem. Er hat mir immerhin Blicke zugeworfen. Doch jetzt … nichts. Und ich weiß nicht, woran es liegt.

Ich schaue auf das Anstecksträußchen, das an meinem Revers befestigt ist, und halte es nicht mehr aus. Mit einem Ruck reiße ich es herunter und schmeiße es auf den Boden. Ich kann mich gerade noch davon abhalten, darauf herumzutrampeln.

Wütend nehme ich einen tiefen Schluck von meinem Bier. Nicht mal betrunken werde ich heute. Noch etwas, das mich tierisch anpisst.

»Was stehst du hier so rum?«, trällert Corey, der aus dem Nichts neben mir auftaucht und mich erwartungsvoll anstarrt.

Mehr als einen säuerlichen Blick in seine Richtung bringe ich nicht zustande.

»Ich genieße den Abend.« Sarkasmus lässt grüßen.

Corey hebt nur eine Augenbraue. Trotz des dunkelblauen Anzugs, den er heute trägt, hat er die Cap mit dem Logo der Creekville Cold Crushers falsch herum auf dem Kopf. Damit sieht er echt süß aus. Was lustig ist, wenn man bedenkt, dass er noch mal breiter ist als ich.

»Ja, so siehst du auch aus. Eigentlich tötest du eher die Ballkönigin mit Blicken, weil sie mit deinem kleinen Geheimnis Spaß hat.«

»Sie ist keine Ballkönigin! Jedenfalls noch nicht«, verteidige ich mich lautstark, bevor mir überhaupt der Sinn seiner Worte klar wird. »Ich ... Was hast du gerade gesagt?«

Corey schmunzelt. »Ich bin übrigens beleidigt, dass du mir nicht erzählt hast, dass du Creekvilles Hot-Boy flachlegst.«

Mein Mund klappt auf. Und zu. Ich kann es nicht mal abstreiten.

»Wieso ... woher ...«, stammele ich. Wow. Ich bekomme nicht mal mehr ganze Sätze heraus.

Jetzt kichert Corey. Was ihm noch mehr Golden-Retriever-Charme verleiht. »Bis heute Abend wusste ich es ehrlich gesagt nicht. Ich habe schon das ein oder andere Mal drüber nachgedacht, aber immer wieder verworfen, weil ... nun ja. Dass ausgerechnet er seine Lexa betrügt, hätte ich nicht gedacht. Lustig, dass die Gerüchte eigentlich besagen, dass du was mit ihr gehabt hättest. Ist vermutlich aber besser so.«

»Was ist daran bitte besser?«, fahre ich ihn an. »Die ganzen Scheißgerüchte sind doch überhaupt nur der Grund, weshalb er dieses

Theater hier aufführt.« Zum Glück befinden wir uns weit genug weg von allen anderen, sodass uns niemand belauschen kann.

Corey blinzelt mich verwirrt an. Nimmt einen Schluck aus seinem Becher. Er ist ein bisschen betrunken. Das entnehme ich seinen rosigen Wangen.

»Wie jetzt? Theater?«, fragt er verwundert.

So viel hat er also offensichtlich doch nicht mitbekommen.

»Ach Fuck, ist egal. Lass uns über was anderes reden«, murre ich.

Corey scheint kurz abzuwägen, was er von meiner Idee hält, nickt aber schließlich. »Gut, das lasse ich dir heute mal durchgehen. Gib her, ich hole uns noch was zu trinken.«

Dankbar reiche ich ihm den leider bereits leeren Becher und sehe ihm dabei zu, wie er die entgegengesetzte Seite des Saals ansteuert. Ich seufze. Laut. Lasse meinen Kopf gegen die Wand sinken. Vermutlich gehe ich einfach gleich. In einer halben Stunde ist mein Scheißgeburtstag und den könnte ich ja wenigstens halbwegs sinnvoll verbringen. Zum Beispiel irgendwo, wo nicht Taylor Swift läuft.

Wie aufs Stichwort endet genau in diesem Moment der aktuelle Song und die Scheinwerfer richten sich auf die Bühne. Auf der niemand anderes als Noah Baxter mit dem Mikro in der Hand steht.

»Okay, Leute. Der Moment, auf den wir alle gewartet haben, ist da. Gleich werden wir wissen, wer in diesem Jahr zu Winterprinz und Winterprinzessin gekrönt wird.« Also ich habe auf diesen Moment nicht gewartet, aber gut.

Wenn es echt Lexa und Tuck werden, dreh ich den Spieß mit der Klippe um und stürze mich selbst hinunter.

Wo bleibt Corey mit den Drinks?

»Zuerst die Damen. Ich brauche alle, die nominiert wurden, auf der Bühne. Ashley, Lexa und Brinna.«

Mein Blick gleitet zu Lexa und Tuck zurück. Die beiden lächeln sich an. Ich möchte mich bitte übergeben. Klar werden die beiden die Gewinner. Wer würde sie bitte nicht wählen? Creekvilles Traumpaar.

Ach Fuck.

»Hier, trink.«

Corey ist zurück und schiebt mir den Becher zu. Hastig greife ich danach und nehme einen großen Schluck, der mich zum Husten bringt. Mein Hals brennt.

»Was hast du in mein Bier gekippt, Mann?«, beschwere ich mich, als mein Mund Feuer fängt.

Corey zuckt mit den Schultern. »Tequila.«

»Das ist ekelhaft.« Und dumm. Ja, ich will was trinken, mich aber nicht völlig ins Nirwana verabschieden. So angepisst wie ich bin, würde das nur damit enden, dass ich am Ende irgendwem eine runterhaue. Also drücke ich Corey das Getränk wieder in die Hand. »Danke«, murmele ich.

»Okay, und nun die potenziellen Kings«, fährt Noah auf der Bühne fort.

»Tucker.« Ja, ach was. Eigentlich muss er jetzt niemanden mehr aufrufen. »Tristan. Und Jude.«

Ich zucke zusammen. »Was hat der gerade gesagt?«, frage ich entsetzt.

Corey lacht. Laut. Und antwortet natürlich nicht.

Die Welt will mich doch verarschen. So richtig heftig verarschen. Bin ich das Heißeste, was Creekville seit Langem passiert ist? Ja, sicher. Will ich deshalb auf diese beschissene Bühne, um mir die Lexa-Tucker-Show aus erster Reihe anzusehen? Never. Ever.

Allerdings gönne ich diesen Pissern hier gar nichts. Also klatsche ich mir ein freches Grinsen ins Gesicht und laufe gemächlich zur Bühne. Tucker sieht bereits von dort zu mir herunter. Nicht weniger verwirrt als ich. Vermutlich fragt er sich gerade, wie es sich anfühlen würde, wenn ich mit Brinna aufgerufen würde.

Lexa sieht mich ebenfalls unzufrieden an, weshalb ich ihr ein breites Lächeln schenke. Die beiden sind nicht die Einzigen, die irgendeine Fake-Kacke vorspielen können.

Ich nehme zwei Stufen auf einmal und stelle mich zu Tristan und Tucker. Das hier ist alles so falsch. Zum ersten Mal seit Stunden bin ich wieder in seiner Nähe. Und zu allem Überfluss tritt er einen unmerklichen Schritt von mir weg, während Noah sein Blabla beginnt.

Was zum Teufel?

Das tut weh. Ein kleiner Stich durchfährt mich. Und gerne würde ich so tun, als wäre es mir scheißegal. Doch das hier ist Tuck. Also hebe ich meine Hand an meinen Mund, als würde ich mich nur kurz kratzen.

»Fick dich!«, zische ich und schiele dabei in seine Richtung.

Jetzt ist es an ihm zusammenzuzucken. Sein Kopf fährt zu mir herum. Fragend. FRAGEND. Als hätte er keinen Plan, weshalb ich sauer auf ihn bin.

Anscheinend bin ich nicht mal wichtig genug, um die Aufmerksamkeit mehr als ein paar Sekunden bei mir zu behalten, denn sofort sieht er zurück zu Noah, der noch immer am Labern ist. Worüber bitte? Es ist die Wahl zum Winterballpärchen. Man gewinnt halt oder nicht.

»Okay, zuerst die Gentlemen«, sagt Noah bedeutungsvoll und sieht schmunzelnd zu uns.

Ich verziehe belustigt das Gesicht. Niemand von uns ist ein Gentleman.

»Der Winterprinz in diesem Jahr ist …« Er sieht auf die Karte in seinen Händen und hebt eine Augenbraue. Er ist überrascht. »Äh … Jude. Herzlichen Glückwunsch.«

Hä?

Sofort ertönt Applaus. Sowohl Tristan als auch Tuck starren mich an, als hätte ich plötzlich sechs Ohren.

Verwirrt gehe ich zu Noah, der mir prompt eine Krone auf den Kopf setzt. Ich kann nicht anders, als zu Lexa zu sehen, deren Traum vom perfekten Winterball vermutlich eben in Flammen aufgegangen ist. Ich sollte mich nicht darüber freuen, aber … nun ja. Niemand hat gesagt, ich wäre ein guter Mensch. Seit ich weiß, dass ich in Tucker verliebt bin, sowieso nicht mehr.

Tucker. Was würde er dazu sagen, wenn Brinna gleich aufgerufen würde? Hoffentlich nicht Ashley. Das würde Tristan vermutlich zum Heulen bringen. Schade eigentlich, dass die beiden nicht zu dem Gewinnerpaar gekrönt wurden. Ihnen hätte ich es wirklich gegönnt, die sind süß miteinander. Allerdings kann ich mit Ashley an meiner Seite leben. Passt schon. Und sie hat es verdient.

»Okay. Nun zur Prinzessin. Die diesjährige Winterballprinzessin iiist. LEXA!«

Und schon ist mein Grinsen weg. Obwohl ich niemandem meine Gefühlsregungen präsentieren will. Nur will ich noch viel weniger neben Lexa stehen. Und trotzdem kann ich nicht anders, als aufzulachen. Weil das hier einfach ein schlechter Witz sein muss. Lexa sieht aus wie vor den Kopf geschlagen. Sie lächelt. Unecht. Sie tritt direkt neben mich und alle jubeln uns zu. Die Wahl hat vermutlich mit den Gerüchten um uns beide zu tun, was mich noch mehr abfuckt. Da denkt man, man kommt in eine nette Kleinstadt und dann ist die voll mit Arschlöchern. Ist es nicht langsam mal gut?

»Bilde dir ja nichts ein«, zischt sie mir zu, ohne dass ihr Lächeln verwischt. Bitch.

»Leck mich, Lexa.« Jetzt ist mein Grinsen zurück. »Ernsthaft. Leck. Mich.«

Ich kann sie nicht ertragen. Keine Ahnung, ob sie schon immer so ein Miststück war, oder die ganze Situation sie erst zu einem gemacht hat, doch Fakt ist, dass sie der reinste Albtraum ist, ein einziger Trigger.

»Und jetzt bitten wir das Paar zum ersten Tanz«, ertönt Noahs Stimme aus den Lautsprechern.

Lexa dreht sich lächelnd zu mir und reicht mir ihre Hand.

Nee. Nein. Das hier ist einfach nur noch krank. Ich bin raus.

Ich hebe entwaffnet die Hände und trete ein paar Schritte zurück. »Nichts für ungut. Aber darauf habe ich wirklich keinen Bock.«

Lexas Augen werden groß. Ein Raunen geht durch die Menge. Auch das ist mir egal. Dann bin wenigstens ich das Arschloch und die anderen lassen Lexa in Ruhe. Mich kümmert es nicht.

»Jude!« Fuck, die Stimme. Ich sehe zu Tuck. »Kannst du nicht einfach tanzen? Ich meine, das … das ist doch gemein.«

Will der mich verarschen?

Mir liegt so viel auf der Zunge. Ich will schreien. Ihn schütteln. Nur nicht hier, wo uns jeder sehen kann.

»Ja, nö. Lass mal. Stattdessen kannst du ja unsere Ballkönigin beglücken.« Das letzte Wort bringe ich so abfällig wie möglich über die

Lippen, um ihm zu zeigen, was er hier eigentlich tut. Was er mir antut. Denn jede einzelne Handlung von ihm heute Abend war ein einziger Schlag in die Fresse. Ich bin ja schon einiges an ätzenden Silvesterabenden gewöhnt. Das hier ist die Krönung. Im wahrsten Sinne des Wortes.

Tuck und ich sehen uns einen Moment in die Augen. Tris steht direkt neben ihm und muss meinen flehenden Blick bemerken.

Tu es nicht. Lass sie stehen. Für mich.

Er zögert einige Sekunden, wendet sich schließlich ab und geht zu ihr. Er ...

Der nächste Schlag mitten ins Gesicht. Und der tut richtig weh.

Ich drehe mich um und gehe langsam von der Bühne, obwohl ich gerne rennen würde. Von überall werde ich angestarrt, zumindest kurz. Denn dann ertönt irgendeine langsame Musik und alle Augen richten sich auf das Traumpaar.

Ich ertrage das nicht. In meiner Brust breitet sich ein plötzlicher Schmerz aus, der mit jedem Schritt zunimmt.

Er hat mir versichert, dass er mit mir hier sein will. Dass es mit Lexa vorbei ist. Dass er von jetzt an immer da sein wird. Meinen Geburtstag mit mir verbringen will.

Fuck. Es ist alles wie immer. Ich komme an zweiter Stelle. Weil ich nie Priorität habe. Nicht mal bei dem Scheißtypen, in den ich mich verliebt habe. Wie kann es sein, dass wir die letzten Wochen eine so unglaubliche Zeit hatten und jetzt das hier passiert? Ich wusste, der Abend wird schlimm, doch das hier ... das hätte ich mir nicht mal in meinen schlimmsten Träumen ausgemalt. Ich wünschte, ich wäre in Vegas. Mit Mom. Die mich ignoriert, weil es jetzt genau drei Minuten vor Mitternacht ist.

Automatisch hat mich mein Weg zu den Getränken geführt. Allerdings nicht, um nach Schnaps zu greifen, sondern nach Wasser, weil ich das Gefühl habe, dass ich gleich umkippe.

Ich leere die Hälfte der Flasche in einem Zug. Das ist der Moment, in dem die Musik endet und alle noch mal eine Runde applaudieren. Ich starre zur Wand, ziehe eine Grimasse. Und drehe mich dann um. Tucker hat seinen Arm um Lexas Schultern gelegt. Und ich frage mich, ob er eigentlich weiß, wie verdammt unfair das ist. Er sieht nicht mal in meine Richtung. Hat irgendwas Dummes in mir gehofft, dass er sofort nach dem Tanz auf der Suche nach mir sein würde? Natürlich. Ich erkenne ihn nicht. Weiß nicht, was los ist.

Ein Brennen hinter meinen Augen veranlasst mich dazu, heftig zu blinzeln. Das Atmen hier drinnen fällt mir immer schwerer.

Fuck, sieh mich an, Tucker!

»Zehn, neun, acht …«, ertönt der Countdown um mich herum und löst in allen absoluten Enthusiasmus aus.

Ich dachte wirklich, dass dieses Jahr anders wird. Weil ich Tuck habe. Doch ich habe ihn nicht. Hatte ich ihn überhaupt jemals? In was habe ich mich da in den letzten Wochen, ach was Monaten, verrannt? Warum bin ich so blöd?

»Zwei, eins, null.«

Lautes Jubeln ertönt aus allen Ecken. Tröten, Luftschlangen. Chaos bricht aus.

Happy Birthday, Jude. Willkommen zu einem weiteren beschissenen Jahr deines Lebens, in dem du allein bist.

Meine Augen liegen noch immer auf Tucker, der Lexa an sich drückt. Er lacht. Sie sieht strahlend zu ihm auf. Und dann … nein. Nein!

Sie küssen sich. Auf den Mund.

Ein plötzlicher Schmerz breitet sich in meinem Bauch aus. Meiner Brust. Überall.

Nein.

Ich … ich muss hier raus. Die Flasche Wasser fällt aus meiner Hand, während ich aus der Halle stürme. Ich renne quasi. Alles, um dem hier zu entfliehen. Einfach nur weg.

Draußen schlägt mir die kalte Mitternachtsluft entgegen. Es ist arschkalt. Trotzdem gehe ich weiter über den Schulhof. Schließlich lasse ich mich auf eine der abgelegenen Tischtennisplatten sinken, die ebenfalls eisig ist. Egal.

Vereinzelte Tränen laufen mir über die Wange, doch ich wische sie wütend weg.

Ich bin sauer. Und verdammt traurig. Und … angepisst.

Arschloch! Blödes Arschloch!

Und ich … bin ein dummer, schwerverliebter Trottel, der doch tatsächlich dachte, dass er endlich etwas Besonderes für jemanden ist. Ein abfälliges Lachen entschlüpft meiner Kehle, das sich nahtlos in ein Schluchzen verwandelt. Frustriert wische ich über meine Wangen. Ich schlucke die aufkommenden Tränen hinunter. Ich will das nicht. Nein. Lieber will ich sauer sein. Damit kann ich besser leben. Schwungvoll fege ich die dämliche Krone von meinem Kopf, die sofort klirrend auf dem Boden aufkommt. Fröstelnd reibe ich mir über die Arme.

Ach Fuck. Ich bin total am Arsch. Denn alles, was ich von jetzt an vor mir sehen werde, sind Tucker und Lexa, wie sie sich genau am ersten Januar küssen.

Happy Birthday, Jude.

KAPITEL 30
Tucker

Was zur Hölle mache ich hier? Es ist kurz nach Mitternacht und ich bin eindeutig bei der falschen Person. Warum tanze ich mit Lexa, obwohl ich bei Jude sein möchte? Das macht doch absolut keinen Sinn. Noch dazu hat er Geburtstag, verdammt. Den will ich ihm nicht versauen. Nicht, nachdem er sich mir anvertraut und mir erzählt hat, dass er bei seiner Mom immer an zweiter Stelle stand. Und ich ziehe einfach dieselbe Ego-Nummer bei ihm ab ... Fuck, ich würde gerne Cam die Schuld daran geben. Dass er mich zuvor mit seinem Geschwafel wegen Greg verunsichert hat. Was er auch definitiv hat, aber ich versaue es gerade ganz allein.

Über Lexas Kopf hinweg scanne ich den Raum nach Jude ab. Nichts. Wo steckt er nur, verdammt?

»Kannst du fassen, dass Jude und ich zum Winterballpärchen gewählt worden sind?«, fragt Lexa. *Nein.* Jude und ich sollten das Winterballpärchen sein. »Und natürlich musste er sich wieder wie ein absolutes Arschloch aufführen. Mich so zu demütigen, nachdem ich bereits wochenlang dieses ganze Gerede ertragen muss. Als ob ich dich jemals mit Jude betrogen hätte.«

»Er hat dir auf dieser Bühne heute einen Gefallen getan, Lexa.«

»Wie bitte?« Sie bringt etwas Abstand zwischen uns und sieht mich wütend an.

»Ey, er hat vor der ganzen Schule deutlich gemacht, dass zwischen euch definitiv nichts läuft. Und wenn heute jemand gedemütigt wurde, dann wohl ich.«

»Drehst du jetzt durch?«, faucht Lexa mich an. »Wie kommst du darauf?«

Ich schnaube. »Spielt doch keine Rolle«, murmle ich und tanze lustlos weiter. »Wir sind ja sowieso nicht mehr zusammen. Und weißt du was? Wir ziehen das jetzt durch und machen es offiziell.«

»Tucker Landry«, zischt Lexa warnend, »überleg jetzt gut, was du tust.«

»Lexa«, sage ich laut. So laut, dass ich mir der Aufmerksamkeit der umstehenden Leute sicher sein kann. »Es ist aus.« Demonstrativ mache ich einen Schritt von ihr weg.

»Tucker!« Sie sieht sich panisch um.

Jap. Die Blicke sind definitiv auf uns gerichtet. »Es tut mir leid.« Meine Stimme ist immer noch so laut, dass ich die Musik damit übertöne. Oder jemand hat sie leiser gedreht, damit man noch im letzten Winkel der Turnhalle die Szene, die ich hier veranstalte, mitbekommt. »Ich muss mich im Moment voll aufs Eishockey konzentrieren und das kann ich nicht, wenn seit Monaten immer wieder dämliche Gerüchte über uns in der Schule verbreitet werden.« Es ist eine Gratwanderung, die richtigen Worte zu finden. Ich will nämlich nicht, dass Lexa die Böse ist. Denn die Wahrheit ist: Als Jude in Creekville aufgetaucht ist, waren Lexa und ich Geschichte. Und obwohl der Dreier unsere gemeinsame Idee war, bin ich das Arschloch. Nicht sie. Und von mir aus kann das jeder wissen. Ich hab kein Problem damit.

Mit dem Arm mache ich eine ausladende Geste. »Du kannst dich bei jedem hier im Raum für das dumme Gerede und die dämlichen Gerüchte bedanken, denn sie sind schuld an unserer Trennung. Nicht du. Nicht ich.« Okay, vielleicht ist das jetzt übertrieben. Und absolut verlogen. »Und von mir aus kann mich jeder für ein egoistisches Arschloch halten, aber das Team und die Erfolge, die wir diese Saison einfahren, werden nicht nur mich in ein College-Team bringen, sondern auch andere. Und das lasse ich mir nicht kaputtmachen, weil irgendwelche dämlichen Gerüchte über uns kursieren, die mich ablenken.« Ich wende den Blick von Lexa ab und sehe meine schockierten Mitschüler an. »Von keinem von euch.«

Danach drehe ich mich um und gehe hoch erhobenen Hauptes aus dem Ballsaal.

Ey, was für eine Scheiße.

Ich habe keine Ahnung, ob mir irgendjemand den Mist, den ich gerade erzählt habe, abnimmt, es ist mir auch scheißegal. Ich muss endlich nicht mehr in der Öffentlichkeit so tun, als würde zwischen Lexa und mir etwas laufen, obwohl das mit uns längst Geschichte ist.

Ich bin frei.

Frei für Jude.

Ich stolpere durch die Gänge der Schule und stoße irgendwann die Tür nach draußen auf. Tief sauge ich die frische Luft in meine Lunge und ... erstarre.

Da steht er.

Jude.

Und er ist nicht allein.

Denn Noah fucking Baxter hängt an ihm und hat nicht nur die Arme um ihn geschlungen, sondern definitiv seine Zunge in Judes Mund. Die beiden haben mich nicht kommen gehört. Oder es ist ihnen scheißegal, dass ich hier stehe und sie beobachte.

In mir beginnt es zu brodeln. Ey, das kann doch echt nicht wahr sein.

Ja, ich hab mich in den letzten Monaten wirklich nicht gerade wie ein Vorzeige-Exemplar eines Teenagers verhalten. Über meinem Kopf blinkt seit Judes Auftauchen quasi ein Warnschild mit roten Blinkbuchstaben und den Worten morally grey. Aber verdammte Scheiße, *das* habe ich nicht verdient.

Ich sollte abhauen, ich gehe allerdings immer weiter auf die beiden zu. Als ich nicht mehr weit von ihnen entfernt bin, machen sich Noahs Hände auf den Weg zu Judes Hosenknopf. Und mein Kopf schaltet sich aus. Ich stürme los und ziehe ihn von meinem Freund weg.

»Pfoten weg«, zische ich.

Noah stolpert ein paar Schritte zurück und landet schlussendlich auf seinem Hintern. »Was ...?«, fragt er.

»Spinnst du?«, brüllt Jude und stößt mich mit beiden Händen gegen die Brust. »Was soll das?«

»Ey, das frage ich dich. Willst du dir von ihm den Schwanz lutschen lassen?«

»Warum nicht, Tucker? Ich habe Geburtstag. Ist doch eine schöne Art, um ein neues Lebensjahr einzuläuten.«

»Du hast Geburtstag?«, stammelt Noah verwirrt.

Ich drehe mich zu ihm um. »Verschwinde jetzt einfach, bevor ich dir die Fresse poliere.«

»Du kannst mir nicht drohen.« Er rappelt sich mühsam auf.

Wütend mache ich einen Schritt auf ihn zu. »Wieso? Schickst du dann deinen Daddy zu mir? Lass dir doch mal Eier wachsen, Baxter.«

»Ey, Tucker, krieg dich mal ein«, höre ich Jude sagen.

»Willst du mich verarschen?«, frage ich ihn. »Pass lieber auf, dass ich dir nicht gleich eine reinhaue.«

Jude verschränkt die Arme vor der Brust. »Versuch es doch, Landry.«

»Provozier mich besser nicht.« Ich wende mich erneut Noah zu. »Verschwinde, bevor ich dich vermöble. Wenn du willst, zähle ich sogar bis zehn. Dann verliere ich aber endgültig die Nerven.«

Noah sieht an mir vorbei zu Jude.

»Geh schon«, murmelt der. »Ich kümmere mich um Tucker und seinen Wutanfall.«

Noah hebt die Hände, als würde er sich ergeben, und macht ein paar vorsichtige Schritte zurück. »Sicher, Jude?«

»*Sicher, Jude*?«, äffe ich Noah nach.

»Ich kann mit Tuck und seinen Launen umgehen.«

Noah dreht sich um und geht davon. Ich bin mir sicher, dass er dabei etwas wie *homophobes Arschloch* vor sich her schimpft.

»Was für ein Armleuchter«, murmle ich.

»Du sprichst von dir, oder?«, zischt Jude.

»Ich?« Angepisst mache ich einen Schritt auf ihn zu. »Ich? Wer hatte gerade die Zunge eines Kerls im Mund?«

»Du definitiv nicht, da du nämlich um Mitternacht deine verdammte Zunge in Lexas Mund hattest, du Arschloch.«

Die Tür öffnet sich und ein paar Leute kommen aus dem Gebäude. »Komm mit«, knurre ich, packe Jude am Unterarm und ziehe ihn mit mir. Wir sind schon auf halber Strecke zur Eishalle, als Jude sich von mir losreißt.

»Tucker. Was soll das?«

»Ich will mit dir reden.«

»Ach, und das kannst du nicht, wenn jemand in der Nähe ist?«

»Nein, Jude. Ich habe nämlich viel zu viel Angst, dass du wieder dem nächstbesten Kerl die Zunge in den Mund steckst«, fahre ich ihn an. »Und jetzt komm verdammt noch mal mit.« Erneut packe ich ihn am Unterarm und ziehe ihn hinter mir her. Er windet sich, folgt mir aber trotzdem.

Ich fummle den Schlüssel für die Halle aus meiner Hosentasche und sperre sie auf. »Hast du den immer dabei?«

»Ich bin der Team-Captain, Arschloch. Natürlich.« Die Tür fällt hinter uns ins Schloss. Aber ich bin noch nicht fertig. Ich ziehe ihn noch weiter, bis wir fast beim Durchgang zur Eishalle sind. Bevor wir dort ankommen, wehrt Jude sich gegen meine grobe Behandlung und reißt sich von mir los.

»Alter, krieg dich wieder ein. Du kannst mir nicht einfach vor dem Ball das Blaue vom Himmel runterlügen und dann auf mich sauer sein.« Nun stößt er mich gegen die Brust und weil ich nicht darauf vorbereitet bin, knalle ich mit den Rücken gegen die Wand hinter mir. Jude ist noch nicht fertig. Drohend baut er sich vor mir auf und packt mich unterhalb des Kragens meines Anzugs. »Landry, du bist echt so abgefuckt. Erzählst mir, dass du den Abend mit mir verbringen willst und dann hängst du an Lexa wie eine Klette. Weißt du was? Ich bin fertig mit dir. Hörst du mich? Fertig! Ich hab keinen Bock, die zweite Geige zu spielen. Bei niemandem.«

Ich kralle die Hände in den Stoff seines Hemds. »Und was ist mit dir? Findest du es normal, mit jemandem rumzumachen, obwohl du einen Freund hast?«

Spöttisch lacht Jude auf.

»Einen Freund? Wer soll das sein?«

»Ich«, spucke ich ihm regelrecht ins Gesicht.

Jude besitzt tatsächlich die Frechheit und verdreht seine Augen. »Du?«

»Ja.« Ich ziehe ihn näher zu mir. »Du bist mein Freund, verdammt.«

»Also, wäre ich dein Freund, hätte ich dich ja wohl um Mitternacht geküsst. Und du mich.«

»Fuck, Jude. Rede das mit uns jetzt nicht klein, weil du wütend wegen Lexa bist. Du willst mich. Genauso wie ich dich will. Wir beide – das ist unausweichlich.« Hart drücke ich ihm einen Kuss auf die geschlossenen Lippen.

Jude macht sich von mir los. »Nein, Tucker. Du und Lexa – ich habe keinen Bock mehr darauf, dass du in der Öffentlichkeit das perfekte Paar mit ihr mimst. Ich oder sie, entscheide dich verdammt noch mal.« Er lässt mich los, aber statt einen Schritt von mir wegzumachen, vergräbt er seine Finger in meinem Haar und zwingt mich mit schmerzhaften Druck, ihm in die Augen zu sehen. »Entweder ganz oder gar nicht, Tuck. Und wie du siehst, bist du nicht meine einzige Option.« Er schubst mich gegen die Wand und macht einen Schritt von mir weg.

Sein Atem geht schnell.

Aufgeregt.

»Ich hab's gesehen. Und ich bin dir nicht mal böse deswegen, weil ich weiß, dass Noah dir in Wirklichkeit scheißegal ist und das eine reine Trotzreaktion von dir war.«

»Red dir das nur ein, Landry.« Er streicht seinen Anzug glatt und lässt seinen Blick über mich schweifen. »Und wenn du mich jetzt entschuldigst. Ich hab keinen Bock, meine Zeit noch länger mit dir zu verschwenden.«

Panik macht sich in mir breit. Er kann nicht einfach gehen. Er darf nicht. »Vegas«, sage ich, »ich hab mich längst für dich entschieden.«

Er macht einen weiteren Schritt von mir weg. »Leeres Gerede. Schon tausendmal gehört. Das nehme ich dir nicht mehr ab. Und vor allem lasse ich mich durch dein Gefasel nicht wieder einlullen.«

»Jude«, wispere ich. Die Wut ist längst von mir abgefallen. Ich weiß, dass er Noah nur geküsst hat, weil er wütend auf mich war. Und das zu Recht. Ich bin nicht dumm. Er wollte mir vor Augen führen, wie sich die Lexa-Show für ihn anfühlt.

Beschissen.

Das weiß ich jetzt.

»Lexa und ich – das ist jetzt offiziell Geschichte. Ich habe vor der ganzen Schule mit ihr Schluss gemacht.«

»Hast du nicht.«

»Doch. Ich hoffe, irgendjemand hat ein Video gemacht, damit du es dir ansehen kannst.«

Er schüttelt den Kopf, ich bemerke allerdings den Riss in Judes Maske, denn er wirkt nicht mehr so abweisend wie vor wenigen Sekunden. »Meinst du das wirklich ernst?«

Ich mache einen Schritt auf ihn zu. »Für mich gibt es nur noch dich. Und niemanden sonst, weil ...«, verdammt ich muss es ihm endlich sagen, »Jude, ich liebe dich. Und ich will mit dir zusammen sein. Es ist mir auch langsam egal, was das Team oder die gesamte Schule dazu zu sagen hat.«

»Du ... du liebst mich?«

»Ja. Und ehrlich gesagt hoffe ich, dass ich mit diesen Gefühlen nicht allein dastehe.« Hoffnungsvoll sehe ich ihn an.

Ein Ruck geht durch Judes Körper und er stürmt auf mich zu. Sein Körper knallt gegen meinen und er schlingt seine Hände um meinen Nacken. »Scheiße, ich hasse, dass mir gefällt, wenn du mir sagst, dass du mich liebst.«

»Hä?«

Er schiebt seine Hände in mein Haar. »Fuck, ich liebe dich, du Arsch.«

Ein Lächeln stiehlt sich auf mein Gesicht. »Bekommst du das ohne Schimpfwörter hin?« Ich lehne meine Stirn gegen seine. »Ich liebe dich«, wispere ich und streiche mit meiner Nasenspitze über seine.

»Tucker«, flüstert er. Unsere Lippen schweben übereinander. »Ich liebe dich.« Und dann krachen unsere Münder aufeinander. Der Kuss ist nicht zärtlich. Nicht verspielt. Sondern kraftvoll und stark. Wir kämpfen beide darum, die Oberhand zu behalten. Aber ich gebe auf und mich ihm voll hin.

»Fuck«, murmelt er zwischen zwei Küssen. »Ich dachte echt nicht, dass der Abend so endet.«

Vorsichtig schiebe ich Jude ein Stückchen von mir. »Wer sagt, dass er so endet? Er beginnt gerade erst.«

»Was meinst du?«

»Bist du bereit für deine Geburtstagsüberraschung?«, frage ich ihn.

»Du ... Was?«

»Sorry, dass ich das mit dem Mitternachtskuss verbockt habe. Das heißt weder, dass ich deinen Geburtstag vergessen habe, noch dass er mir nicht wichtig ist.«

Jude sieht mich irritiert an. »Du verwirrst mich gerade.«

Ich verschränke unsere Finger miteinander. »Komm mit«, sage ich und gehe mit ihm in die Eishalle. Dort ist das Licht zwar aus, aber die indirekte Beleuchtung ist eingeschaltet. Alles erstrahlt in softem, blauem Licht. Und ich habe unsere Hockeyschuhe bereitgelegt.

»Was wird das?«, fragt Jude.

»Keine Fragen.« Ich knöpfe sein Jackett auf und ziehe es ihm aus. Danach lege ich es über die Bande.

»Wollen wir nackt aufs Eis?«

»Jude …« Ich ziehe mir ebenfalls mein Jackett aus und hänge es neben Judes. Danach angle ich nach seinen Schlittschuhen. »Zieh sie an.«

Jude lächelt mich schwach an. »Im Normalfall sagst du mir eher, dass ich mich ausziehen soll.« Ich steige ebenfalls in meine Hockey-Schuhe. »Ernsthaft, Tuck. Zuerst sagst du mir, dass du mich liebst und jetzt zerrst du mich aufs Eis.« Obwohl er gerade im Jammer-Modus ist, zieht er sich dennoch seine Eislaufschuhe an. »Wir könnten längst vögeln.«

»Du bist immer so romantisch, Jude.«

Ich richte mich auf und strecke ihm meine Hand entgegen. »Dieses Liebe-Ding ist neu für mich.« Er greift nach meiner Hand und lässt sich an meine Brust ziehen.

»Ich bin froh, dass du dieses *Liebe-Ding* mit mir ausprobierst.« Zärtlich lege ich meine Lippen auf seine. »Und nur damit du Bescheid weißt: Wir küssen ab jetzt keine anderen mehr. Ich weiß, das Konzept ist völlig neu für dich, aber ich werde dich nicht teilen.« Schon gar nicht mit Arschloch Baxter.

»Ach, nicht?«

»Nein«, knurre ich.

»Gut, denn das gilt ebenfalls für dich. Wenn ich Lexa nur in deiner Nähe sehe, werde ich meine Besitzansprüche auf ziemlich unmissverständliche Weise demonstrieren. Mit meiner Zunge in deinem Mund.«

»Irgendwie hatte ich jetzt mit einem Blowjob in der Cafeteria gerechnet, aber gut. Ich bin mit allem einverstanden.« Ich hebe unsere ineinander verschränkten Hände hoch und hauche einen Kuss darauf. »Und jetzt komm. Deine Geburtstagsüberraschung wartet.«

Gemeinsam gehen wir aufs Eis und ich nehme Judes zweite Hand in meine. Ich fahre rückwärts und nehme den Blick keinen Moment von ihm.

Ein spöttisches Lächeln liegt auf seinen Lippen. »Bin mir ziemlich sicher, dass wir unsere Gegner mit diesem romantischen Eiskunstlaufding verwirren könnten.«

»Ich bin mir ziemlich sicher, dass mir jemand mit dem Hockeyschläger ein Bein stellen würde.«

»Also, Tucker. Was wird das? Fahren wir auf der Zamboni gemeinsam in den Sonnenuntergang?«

Ich lache laut auf. »Fast.« Denn tatsächlich steuere ich gerade den Platz an, wo wir unsere Eisbearbeitungsmaschine parken, wenn sie nicht gebraucht wird. Dort habe ich heute Nachmittag etwas vorbereitet. »Bist du bereit?«

Der Durchgang zur Zamboni ist geöffnet. Ich umrunde Jude, sodass ich hinter ihm fahre und halte ihm die Augen zu. »Achtung, gleich geht's vom Eis runter«, warne ich ihn vor. »In drei, zwei, eins.«

Jude schafft es, ohne ins Stolpern zu kommen, vom Eis und ich nehme die Hände von seinem Gesicht. »Überraschung«, sage ich.

Er starrt auf die Matratze, die vielen Decken sowie die zahlreichen Luftballons, Snacks und Getränke, die ich hierhergeschafft habe. Außerdem flackern elektrische Teelichter neben der Matratze. »Happy Birthday, Baby«, raune ich von hinten in sein Ohr.

Jude dreht sich zu mir um und sieht mich völlig geschockt an. »Das …«

»Bitte mach jetzt keinen dummen Witz, Jude.«

»Ich …« Er fährt sich mit seinen Fingern durchs Haar. »Das ist das Netteste, was je jemand für meinen Geburtstag organisiert hat.«

KAPITEL 31
Jude

Boah. Blinzelnd sehe ich Tucker an. Meinen ... Freund. Der sich die Mühe gemacht hat, das hier für mich zu organisieren. Noch nie in meinem Leben habe ich eine solche Überraschung bekommen. Mein Herz klopft heftig in meiner Brust, während ich in dem strahlenden Braun von Tuckers Augen ertrinke.

Das hier zeigt mir klar, was ich ihm bedeute. Es war nötig, dass ich das zu sehen bekomme. Dennoch hat er mir heute Nacht das Herz aus der Brust gerissen. Ich kann nicht fassen, dass ich tatsächlich so verzweifelt war, noch einmal mit Noah rumzumachen. Dabei finde ich nichts mehr an ihm interessant. Tuck ist der Einzige, den ich will. Den ich brauche.

Shit, ich bin total überfordert. Ich bin es nicht gewohnt, jemanden so sehr zu brauchen. Und es macht mir eine Scheißangst.

Und ich glaube, ich bin kurz vorm Heulen. Ich blinzle und knabbere an meiner Unterlippe, ringe um Worte.

Tucker zieht die Augenbrauen zusammen, wartet ab.

Schließlich trete ich näher und kralle meine Hände fest in sein Hemd.

»Mach so was nie wieder«, flüstere ich, sehe ihm tief in die Augen.

Verwirrt runzelt er die Stirn. »Was? Ich dachte, es gefällt ...«

»Das meine ich nicht«, unterbreche ich ihn. »Stoß mich nicht mehr von dir weg. Ich ... Das ... das packe ich nicht, okay? Diese ganze Nacht war der Horror.«

Ich schlucke schwer, denn das ist die Wahrheit. Der Schmerz, den ich heute empfunden habe, war unerträglich. Doch das war, bevor er mir gesagt hat, dass er mich liebt. Und ich es erwidert habe. Für mich gibt es jetzt kein Zurück mehr.

»Werde ich nicht!«, verspricht Tucker nachdrücklich. »Von jetzt an gibt es keine Lexa mehr, die zwischen uns steht.«

271

Ich nicke. Und nicke erneut. Seine Worte beruhigen mich. Und dennoch bleibt ein Funken Angst. Die Erinnerung daran, eben doch nur an zweiter Stelle gekommen zu sein, selbst wenn ich weiß, dass das dumm ist, immerhin hat er sich vor der ganzen Schule von Lexa getrennt.

Ich lehne meine Stirn gegen Tuckers. »Du hast jetzt mein Herz in deinen scheiß-talentierten Eishockey-Pfoten. Behandle es bitte nicht wie einen Puck und schlag darauf ein.«

Anstelle einer Antwort drückt er seine weichen Lippen auf meine. Ich öffne meinen Mund und lasse seine Zunge ein, die kurz darauf meine umspielt. Heiß. Innig. Tief. Bedeutend. Meine Gefühle drohen mich zu überwältigen, so sehr liebe ich ihn gerade.

Vermutlich tue ich das schon, seit ich ihn nach all den Jahren wiedergesehen habe. Denn er ist einfach … umwerfend. Perfekt. Witzig. Leidenschaftlich. Und so verdammt heiß.

Der Kuss wird drängender. Mit den Fingern greife ich unter sein Hemd und streiche über seinen Bauch, seinen Rücken. Jeden Zentimeter Haut, den ich erreichen kann. Tucker hat die Hand währenddessen in meinem Haar vergraben. Fest. Das leichte Ziehen bringt mich um den Verstand. Genau das brauche ich jetzt. Ihn. Uns. Dabei versuche ich, jede Erinnerung von Lexa wegzuküssen. Denn er gehört mir. Allein mir.

»Tuck«, seufze ich an seinen Lippen. »Ich liebe dich.«

Seit der Satz meine Lippen verlassen hat, könnte ich ihn von den Dächern schreien.

Mein Freund löst sich sanft von mir, um mich ansehen zu können. »Ich liebe dich auch«, raunt er, ein Lächeln auf den Lippen. »Nur dich.« Die letzten Worte betont er extra.

Ich nicke und schließe die Augen. »Okay.«

»Jude.« Er küsst meinen Hals. »Ich will dich. Jetzt.«

Ein Schauer läuft über meinen Rücken und ich ziehe Tucker noch dichter an mich heran.

»Ich habe eine Idee«, hauche ich an seinem Ohr. »Aber ich weiß nicht, was du davon hältst.«

Tucker löst sich keine Sekunde von mir, küsst sich weiter meinen

Hals entlang. »Und die wäre? Ich hoffe nämlich, dass sie Sex beinhaltet.«

Ein raues Lachen löst sich aus meiner Kehle. »Definitiv. Nur … würde ich heute verdammt gerne dich ficken.« Wozu um den heißen Brei herumreden? Das ist nicht mein Ding.

Nun hält Tucker doch inne, zieht seinen Kopf zurück, um mich ansehen zu können. »Du …«

Er wirkt überrumpelt. Ist das ein schlechtes Zeichen?

Tatsächlich bin ich gerne Bottom. Extrem gerne. Nur … keine Ahnung. Heute Nacht will ich *ihn*. Ich muss derjenige sein, der in ihm ist.

»Du musst nichts machen, was du nicht willst«, stelle ich vorsichtshalber klar, immerhin geht's hier nicht nur um mich und meine Gefühle. Auch wenn ich ihn am liebsten neandertalermäßig packen und besinnungslos ficken würde.

»Wird es wehtun?«, fragt er vorsichtig.

Ich verziehe das Gesicht. »Vermutlich schon am Anfang, ja. Allerdings kann ich dir versichern, dass ich sehr gut im Unschuld rauben bin.« Den Satz kann ich nicht mehr zurücknehmen. Ich und meine Scheißklappe.

Tucker verzieht das Gesicht. »Boah Jude, das hast du jetzt nicht gesagt.«

Ein Lachen platzt aus mir heraus. »Es tut mir leid, ehrlich. Eigentlich wollte ich dir ein gutes Gefühl damit vermitteln. Weil ich weiß, was ich tue.«

»Ach komm, halt die Klappe«, knurrt Tucker und hindert mich mit seinen Lippen am Weitersprechen.

Beinahe grob schiebt er seine Zunge erneut in meinen Mund und dirigiert mich zu der Matratze neben uns. Unbeholfen ziehen wir unsere Skates aus und lassen uns darauf sinken, ohne unseren Kuss zu unterbrechen. Tucker setzt sich kurzerhand rittlings auf meinen Schoß, was schon ausreicht, damit ich hart werde.

Quälend langsam beginnt er die Knöpfe meines Hemds aufzuknöpfen. Dabei streichen seine Knöchel über meinen Körper und hinterlassen eine bittersüße Spur, die mir eine Gänsehaut beschert.

Langsam streift er das Hemd über meine Schultern, bis ich schließlich oberkörperfrei bin. Leider habe ich nicht mal halb so viel Geduld wie er. Deshalb greife ich einfach nach dem Saum seines Hemds und reiße es mit ordentlichem Kraftaufwand auf. Knöpfe fliegen ab und endlich habe ich Zugang zu seiner muskulösen Brust. Den perfekten Bauchmuskeln.

Tuck löst sich schwer atmend von mir und sieht auf mich herunter.

»Woah. Ich wäre jetzt gerne sauer auf dich, weil du mein Hemd geschrottet hast, aber … Fuck, war das sexy.«

Ich grinse ihn an und hindere ihn daran, es ganz auszuziehen. »Lass das an. Du hast keine Ahnung, wie heiß du damit aussiehst.«

Das offene weiße Hemd, das seinen Oberkörper freilegt, ist … nicht von dieser Welt.

Ein zufriedenes, überhebliches Grinsen schleicht sich auf sein Gesicht, was seiner Attraktivität keinerlei Abbruch tut. Im Gegenteil.

Ich küsse seine Brust. Nehme seine Brustwarzen abwechselnd in den Mund und lecke über die empfindliche Spitze. Tucker seufzt zufrieden.

Viel zu schnell erhebt er sich von mir und lässt sich neben mich sinken. Ehe ich reagieren kann, hat er sich zurückgelehnt und sich seiner Hose und den Boxershorts entledigt. Ich kann nicht anders, als ihn sprachlos anzusehen. Mit offenem Mund.

»Starrst du mir auf den Schwanz, Vegas?«

Gott, ich liebe, wenn er so ist. So locker und sorgenfrei.

»Was wäre wenn?«, hole ich zur Gegenfrage aus.

Tucker grinst frech. »Dann würde ich sagen, gleiches Recht für alle.« Er deutet mit einem Nicken auf meine Hose.

Ich unterdrücke ein Schmunzeln und folge umgehend seiner Aufforderung indem ich meine Hose ausziehe.

»Das reicht noch nicht, Vegas.«

Ich beiße mir auf die Unterlippe, nehme keine Sekunde den Blick von ihm, bis ich schließlich nackt vor ihm stehe.

Er sieht sofort tiefer.

»Wer starrt jetzt wem auf den Schwanz?«, necke ich ihn.

»Einigen wir uns auf unentschieden.«

Ich betrachte ihn einige Sekunden lang, halte es aber nicht mehr aus. Kurz darauf bin ich über ihm, beide Arme zu den Seiten abgestützt.

»Sieht so aus, als ob du das hier heute übernimmst«, murmelt Tucker mir zu und hält mir eine Tube Gleitgel entgegen.

Ich greife danach. »Vertraust du mir?«, frage ich geradeheraus.

»Bedingungslos.«

Das ist mein Startschuss. Ich wandere tiefer, gleite mit meiner Zunge über seine Bauchmuskeln. Sein Schambein. Bis ich an seiner Härte ankomme. Als ich ihn in den Mund nehme, seufzt Tucker zufrieden auf. Ich genieße es, ihm diese Geräusche zu entlocken.

Während ich ihn immer wieder mit dem Mund aufnehme, greife ich mit einer Hand nach seinem Oberschenkel und lege ihn mir über die Schulter. Mein Freund zögert nicht.

Ich verteile großzügig Gleitgel auf meinen Fingern und beobachte ihn. Er hat den Kopf ins Kissen gedrückt und die Augen geschlossen.

Als ich die Finger sanft an seinem Eingang bewege, verspannt er sich dann doch. Also konzentriere ich mich darauf, ihn mit der Zunge zu umspielen, was ihn nur umso lauter keuchen lässt. Und so merkt er kaum, dass ich längst einen Finger in ihm habe, erst als ich anfange ihn zu bewegen.

Es ist klar, dass er nicht weiß, was er davon halten soll. Doch ich gebe ihm Zeit, blase ihm weiter einen, und gelange Stück für Stück vor, während er sich immer weiter darauf einlässt und entspannt. So lange, bis ich endlich das Gefühl habe, dass es ihm gefällt. Genau hier will ich ihn haben. Ich passe die Bewegungen meines Mundes denen meiner Finger an.

»O Gott, ja. Jude, das ist so gut.«

In den Momenten, in denen es darauf ankommt, nennt er mich beim Vornamen. Und ich liebe es.

Aus dem Nichts schiebt er mich von sich. Er bewegt sich um einiges zügiger, als ich überhaupt denken kann. Ich bin so verdammt heiß auf ihn, dass jegliches Blut aus meinem Kopf gewichen und stattdessen südlich gewandert ist.

Verwirrt setze ich mich auf die Matratze und sehe ihm dabei zu, wie er ein Kondompäckchen hervorzieht und es geschickt öffnet. Seine Wangen sehen erhitzt aus. Die Sehnen an seinem Hals stehen hervor. Schon kniet er vor mir und zieht mir das Kondom über den Schwanz. Allein das bringt mich zum Stöhnen, was ihn zufrieden grinsen lässt. Der Sadist.

Mir bleibt die Luft weg, als er auf meinen Schoß klettert.

»Babe, vielleicht sollten wir für den Anfang eine andere Position probieren. Das ist einfacher für dich«, sage ich mit rauer Stimme, als ich ihm Halt gebend die Hände auf die Hüften lege.

»Scheißegal«, raunt er. »Ich will es so. Ich will dich dabei ansehen. Ich will genau mitbekommen, was es mit dir macht, in mir zu sein.«

Woah. Ein Schauer läuft mir über den Rücken.

Dieser Kerl ... Wenn man im Internet nach dem Wort Sex sucht, springt einem sofort ein Bild von ihm entgegen. Anders kann es nicht sein. Tuck ist die Definition von purem Sex.

Und dann verabschiedet sich jedes Denkvermögen aus meinem Kopf, als er sich ganz langsam auf mir niederlässt. Stück für Stück.

Ich keuche erregt, als er sich immer weiter um mich schließt.

Tucker versucht locker zu lassen, dabei weiß ich genau, dass es ihm schwerfällt. Schweiß rinnt an seiner Schläfe herab.

»Langsam, Tuck«, flüstere ich.

»Es ist ...«, ringt Tucker um Worte.

»Ich weiß«, stimme ich ihm zu. »Wir können jederzeit aufhören.«

»Nein, das will ich nicht.«

Tucker lässt sich weiter sinken, spannt sich an.

»Atmen, Babe.«

Er stößt den Atem geräuschvoll wieder aus.

»Ich will dir nicht wehtun.« Ich lege meine Stirn an seine.

Bisher habe ich diesen Moment nie gefühlt. Ja, es gab schon andere Typen, für die ich der Erste war. Natürlich war ich bei denen ebenfalls kein Arschloch. Aber bei Tuck ist es etwas anderes. Der Gedanke, dass er Schmerzen hierbei haben könnte, macht mich fertig.

»Hey, sieh mich an.« Tuck greift nach meinem Kinn, damit wir uns tief in die Augen sehen können. »Es tut nicht weh. Es ist einfach ... krass. Viel. Und du bist verdammt groß.«

Ich beiße mir auf die Unterlippe und werde, wenn möglich, noch härter.

»Fuck, ich liebe dich.«

»Ich liebe dich!«, stimmt er zu. Ein weiteres Stückchen. Wir haben es fast.

Das hier ist … Folter. Wunderschöne Folter. Das Bedürfnis, mich zu bewegen, ist heftig. Mein ganzer Unterleib zieht. Meine Arme zittern.

Schließlich nimmt er mich vollständig auf. Wir stoßen gleichzeitig ein tiefes Stöhnen aus.

»O mein Gott«, japse ich nach Luft.

Tuck stützt sich auf meiner Schulter ab. Ich gebe ihm ebenfalls Halt. Er fängt an sich zu bewegen. Und bringt damit meine Welt zum Stillstand. Was langsam beginnt, wird schneller. Tiefer. Ich lege den Kopf in den Nacken, stöhne laut und genieße.

Obwohl ich derjenige sein wollte, der ihn fickt, ist es doch genau andersherum. Tucker vögelt mich. Nimmt mich. Und ich gebe mich ihm vollkommen hin.

»Jude«, stößt er meinen Namen aus. Immer und immer wieder.

Hitze braut sich in meinem Inneren zusammen. Mein Rücken kribbelt. Alles dreht sich in meinem Kopf. Und dabei sehe ich Tucker an. Seine perfekte Kieferpartie und diese verdammten geschwungenen Wimpern.

Das ist der beste Geburtstag aller Zeiten.

Tucker legt an Tempo zu. Ich biege mich ihm entgegen. Wir sind so eng aneinandergepresst, dass sein Schwanz ebenfalls die nötige Reibung abbekommt. Was gut ist, weil ich meine Hände nicht eine Sekunde von Tucks Körper nehmen kann.

»Ja, du machst das so gut«, murmele ich. Ich bin fast so weit. So gerne ich das hier hinauszögern würde, so wenig kann ich es. Weil es einfach viel zu gut ist. »O Fuck!«, raune ich. »Weiter!«

»Jude, ich liebe dich.« Die Worte verlassen seinen Mund vollkommen abgehackt und gleichen mehr einem Stöhnen.

Ich nehme eine Hand von Tuckers Hüften, greife nach seinem Kinn und bringe sein Gesicht dicht vor meines. Unsere Lippen krachen aufeinander. Wir verschlingen uns gegenseitig. Unsere Zungen nehmen den Rhythmus unserer Bewegungen an.

Ich stoße unkontrollierte Laute aus, mein ganzer Körper steht unter Strom.

Und dann kommt Tucker, meinen Namen auf seinen Lippen. Er spannt sich um mich herum an und sein Sperma läuft warm an meinem Bauch entlang. So. Verdammt. Heiß.

Ich übernehme von hier und stoße zu, wobei ich seinen Höhepunkt nur zu verlängern scheine. Und mich meinem eigenen entgegenbringe. Wenige Sekunden später springe ich selbst über die Klippe. Alles in mir scheint in tausend Teile zu zerspringen.

»Tuck«, stöhne ich, als der Orgasmus langsam abebbt.

Ich ziehe ihn an mich und lege meinen Kopf an seine Brust. Wir keuchen beide schwer. Ich höre seinen hämmernden Herzschlag an meinem Ohr, der meinem eigenen gleicht.

»Das war perfekt«, murmele ich. »Du bist perfekt.«

»Heilige Scheiße«, raunt Tucker.

Einen friedlichen Moment herrscht Schweigen zwischen uns.

»Danke«, sage ich glückselig.

»Bedankst du dich gerade dafür, dass ich mit dir geschlafen habe?«, fragt er irritiert.

»Nein.« Ich kichere. »Danke für die Geburtstagsüberraschung. Der Abend mag beschissen angefangen haben. Aber jetzt bin ich hier. Mit dir.«

»Von jetzt an wird es immer so laufen. Nur den beschissenen Anfang lassen wir nächstes Jahr lieber weg.«

Dass er von uns in der Zukunft spricht, macht mich verdammt glücklich.

»Deal.«

Tuck lehnt sich zurück, um mir in die Augen sehen zu können.

»Aftercare?«, fragt er schließlich.

Oh. Mein. Gott. Er weiß einfach immer, was er sagen muss.

Ich grinse ihn an, wobei ich ihn vermutlich viel eher verliebt anschmachte. »Aftercare.«

KAPITEL 32
Tucker

Ich ziehe die Decke weiter hoch bis zur Nase. Als ich die gemeinsame Nacht in der Eishalle geplant habe, war mir nicht klar, wie verdammt kalt es werden wird. Vor allem, weil Jude und ich uns nicht angezogen haben. Gott. Ich liebe diesen Kerl. Von mir aus können wir für immer nackt bleiben. Die Körperwärme wird es schon richten. Und genau deshalb schiebe ich meine Hand auf Judes Brust und kuschle mich näher an ihn heran. Nicht dass noch ein Stück Papier zwischen uns passen würde. Der Zug ist längst abgefahren. Die Nase vergrabe ich auch zusätzlich in seinem Haar.

Fuck, er riecht so gut. Nach Sex. Nach meinem Shampoo. Und nach Liebe.

Dazu noch das Kratzen der Kufen von Schlittschuhen. Besser kann man gar nicht in den Tag starten.

Warte ... Was?

Schlittschuhe?

Auf dem Eis?

Das ist nicht gut. Gar nicht gut.

»Komm endlich«, höre ich ... meinen Dad? Wobei ... So klingt er nicht. Der Mann, der gerade gesprochen hat, kann nicht mein Dad sein. Denn der hört sich nie so glücklich an.

»Bist du sicher, dass wir hier allein sind?« Eine weitere Stimme, die ich nicht wirklich zuordnen kann.

»Ja.«

»Die Halle war nicht versperrt. Und hier hängt eine Anzugjacke?«

»Mach dir nicht ins Hemd.« Klingt immer noch wie die Stimme meines Dads. Aber irgendwie auch nicht. »Gestern war Ballnacht. Irgendjemand aus dem Team war bestimmt zum Vögeln hier.«

Jude bewegt sich in meinen Armen und reflexartig lege ich ihm die Hand über den Mund.

»Leise«, flüstere ich in sein Ohr. »Wir sind nicht allein.«

Jude hört auf herumzuzappeln. Ich habe sogar das Gefühl, dass er das Atmen eingestellt hat. Ganz ehrlich: Mir wäre es scheißegal, wenn uns irgendjemand aus dem Team erwischt, aber Dad? Er könnte Jude wegschicken. Und ich will nicht, dass er geht. Nicht jetzt, wo wir endlich unser Happy End haben.

»Ach«, höre ich die Stimme, die ich nicht zuordnen kann. Sie ist dunkel. Und definitiv männlich. »Meinst du, die Jungs aus dem Team machen das? Die haben doch alle noch nicht mal Haare am Sack.« Mit wem zur Hölle ist Dad hier?

Coach Davis vielleicht?

Nein ... seine Stimme würde ich definitiv wiedererkennen.

»Denk daran, wie wir auf der Highschool waren.« Wieder Dad. Seit wann ist der Mann so locker? Wenn er mit mir spricht, klingt er verkrampft und so, als wäre er mit den Gedanken längst woanders.

»Da habe ich dich noch nicht gekannt«, sagt der andere Mann zu Dad.

»Ich weiß. War aber auch besser so. Im letzten Highschool-Jahr hat mir ein Schneidezahn gefehlt, weil Ontario Trudeau seinen Schläger immer noch nicht richtig halten konnte.« Ich habe meinen Dad noch nie so erlebt. So in Plauderlaune.

»Lass mich raten. Er hat es im Gegensatz zu dir nicht in ein College-Team geschafft.«

»Zum Glück nicht.«

Jude überstreckt seinen Hals und flüstert: »Dein Dad? Was macht er hier?«

Ich nicke, bewege mich aber sonst nicht.

Fast lautlos wispert Jude: »Mit wem spricht er?«

»Apropos Highschool-Hockey«, sagt der andere Mann. »Danke, dass du uns auf Garcia aufmerksam gemacht hast. Wir werden ihm ein Stipendium anbieten.«

Mein Mund klappt auf. »Coach Fournier?«, stoße ich erstickt hervor und Judes Augen weiten sich ebenfalls.

»Und ich weiß, du willst das nicht hören, aber wir hätten Tucker ebenfalls gerne im Team.«

Mein Herz schlägt plötzlich schneller. Jude und ich. Im selben Team. Das wäre perfekt. Noch dazu gemeinsam in Toronto. Fourniers Worte fühlen sich an wie ein wahrgewordener Traum.

»Nein!«, sagt Dad. Jetzt klingt er wie der Mann, den ich kenne. Streng. Abweisend. »Nicht Tucker. Ich will ihn nicht in Toronto haben.«

Jude rollt sich herum, sodass er mir in die Augen sehen kann. »Was zur Hölle?«, wispert er.

Ich bin wie erstarrt.

Dad will mich nicht bei sich haben?

Dad will mich nicht bei sich haben …!

Dad will mich verdammt noch mal nicht bei sich haben!

»Warum nicht?«, fragt Coach Fournier.

»Du weißt, warum.«

»Für Taylor ist es kein Problem.«

»Tucker ist aber nicht Taylor«, sagt Dad. »Er liebt seine Mom über alles.«

»Taylor liebt Kate ebenfalls.«

»Und trotzdem haben wir ihr unser Geheimnis aufgebürdet, an dem sie mehr und mehr zerbricht. Sie geht Kate aus dem Weg, seit sie es weiß. Sie kann ihr nicht mehr in die Augen sehen.« Jetzt klingt Dad müde. Und traurig. »Das kann ich nicht auch noch Tucker antun. Unser Verhältnis ist sowieso schon angespannt.«

»Komm her, Babe.«

Babe?

Ich werfe die Decke von meinem Körper und krabble auf allen vieren zu der Hartplastikbande um darüber spähen zu können. Ganz ehrlich, mein Kopf hat längst begriffen, was hier los ist. Ich muss es mit eigenen Augen sehen.

»Tucker«, zischt Jude hinter mir. Es ist mir nicht einmal peinlich, dass ich völlig nackt bin. Jude hat sowieso bereits *alles* gesehen.

Ich schüttle stumm den Kopf, lege meine Hände an die Bande und spähe darüber.

Mein Herz setzt einen Schlag aus, als ich genau das sehe, was ich erwartet habe. Trotzdem habe ich gehofft, mich zu täuschen. Da stehen sie. Dad und Coach Fournier. Mitten auf dem Eis. Und sie küssen sich.

Ich starre.

Starre.

Und starre.

Bis plötzlich ein Ruck durch meinen Körper geht. »Was zur Hölle?«, schreie ich und Dad stößt Coach Fuckboy ruckartig von sich. »Zu spät«, rufe ich ihm zu und springe über die Bande.

Immer noch splitterfasernackt.

»Tucker!«, ruft Dad.

»Halt die Klappe«, brülle ich und gleite über das Eis wütend auf ihn zu. Fuck, ist das kalt.

Coach Fuckboy starrt mich mit weit aufgerissenen Augen an.

»Ich würde ja fragen, ob Sie noch nie einen Schwanz gesehen haben«, zische ich, während ich mit geballten Fäusten auf ihn zustapfe, »aber es ist offensichtlich, dass Sie das haben.«

Bei den beiden angekommen, stoße ich Dad gegen die Brust. »Du betrügst Mom!« Es ist keine Frage, sondern eine Feststellung.

»Ich ... ähm ...«, stottert Dad. »Es ist ...«

»Anders, als es aussieht«, kommt ihm Coach Fournier zur Hilfe. Eine glatte Lüge.

Ich werfe ihm einen Seitenblick zu. »Ach, halt doch die Klappe, Arschloch.«

»Tucker!«, echauffiert sich mein Vater.

»Dein *Tucker* wird mich jetzt nicht stoppen, du Loser. Ich habe ganz genau gehört, was Coach Fuckboy und du gerade besprochen habt. Du betrügst Mom. Mit ihm.« Natürlich zeige ich mit dem Finger auf ihn.

»Das ...«, beginnt Dad.

»Überleg dir gut, ob du mich jetzt anlügst, *David*«, zische ich.

Dad starrt mich einfach nur an.

»Hat es dir die Sprache verschlagen?«, zische ich.

»Nein, ich ... Fuck. Ich weiß nicht, was ich sagen soll.«

»Ist nicht nötig, denn ich hab eine ganze Menge zu sagen.«

»Ähm ... Tucker?«, fragt Coach Arschloch.

»Was?«, fahre ich ihn an.

»Magst du dir vielleicht etwas anziehen?« Oh. Kurzzeitig habe ich ganz vergessen, dass ich immer noch nackt bin. Doch jetzt wo, der Fuckboy meines Dads mich daran erinnert, stiehlt sich tatsächlich eine Gänsehaut auf meine Arme und erobert von dort aus meinen ganzen Körper.

Jetzt streckt er mir seine Jacke entgegen.

Großartig. Einfach großartig.

Und wo ist Jude überhaupt?

Ich meine, ich versteh schon, dass er sich lieber weiterhin versteckt, denn immerhin hat er eine ganze Menge zu verlieren, wenn er sich jetzt neben mich stellt. Seinen momentanen Wohnort, zum Beispiel. Möglicherweise sein Stipendium. Aber verdammt noch mal, gerade könnte ich ihn echt an meiner Seite brauchen.

»Wieso bist du überhaupt nackt, Tucker?«, fragt Dad.

Ich reiße Coach Fuckboy seine Jacke aus der Hand. Lustigerweise trägt sie das Emblem der Hockeymannschaft, in der mein Dad mich nicht haben will. »Geht dich gar nichts an.« Zum Glück ist die Jacke riesig und ich schwimme regelrecht darin, denn langsam schrumpft mein Schwanz wegen der Kälte nicht nur auf die Größe einer Baby-Karotte zusammen, sondern mir wird meine Nacktheit auch peinlich. Kaum zu glauben, aber wahr.

»Ich bin immer noch dein Vater.«

Kopfschüttelnd sehe ich ihn an. »Ach ja, bist du das? Soweit ich mich erinnere, wollen Väter immer das Beste für ihre Kinder. Du bist allerdings gerade dabei, mir die Chance auf einen Platz in meiner Traummannschaft zu versauen.« Ich werfe Fournier einen wütenden Blick zu. »Und endlich weiß ich warum.«

»Tucker«, sagt Coach Fournier und hebt entschuldigend die Hände. »Dein Dad entscheidet nicht, wer in unserem Team spielt, sondern ich.«

Ich spucke ihm vor die Füße. »Als würde ich noch in dein Team wollen, Coach Arschloch.«

»Tucker«, brüllt Dad. »Es reicht. Nicht in diesem Ton. Du sagst mir jetzt endlich, warum du halb nackt in der Eishalle stehst.«

Ich deute in die Richtung, aus der ich gekommen bin. »Weil ich heute Nacht dort hinten jemanden gevögelt habe.«

»Lexa?«, flüstert Dad.

Ich verdrehe die Augen. »Nein, Dad. Ich habe mir dich als Vorbild genommen und einen meiner Team-Kollegen gefickt.« Obwohl es die Wahrheit ist, klinge ich sarkastisch. »Ihr wart doch mal gemeinsam in einem Collegeteam, oder? Offensichtlich macht man das so.«

Ich bekomme keine Antwort auf meine Frage. Stattdessen sehen sich Dad und Coach Ich-ficke-deinen-Vater an. Intensiv. In Dads Blick liegt eindeutig eine Entschuldigung. Nur nicht an mich. Sondern an ihn.

Danach dreht er sich wieder zu mir. »Nicht in diesem Ton, Tucker!«

»Du hast mir überhaupt nichts mehr zu sagen.«

»Es reicht«, brüllt er.

»Ja, sehe ich auch so. Ich gehe jetzt zu Mom.« Ich will an Dad vorbeistapfen, doch er packt mich am Ärmel meiner Jacke. »Du gehst nirgendwo hin. Und schon gar nicht zu deiner Mutter.«

»Leck mich!« Ich reiße mich los, wirble dann aber noch mal herum. »Ach, geht gar nicht, denn das machst du ja schon bei ihm, du ekelhafter …« – lange suche ich nach dem richtigen Wort, finde es nur nicht und beende den Satz mit einem unbefriedigenden – »Mensch.«

»Lass mich doch endlich zu Wort kommen«, bittet Dad mich.

»Warum? Damit du mich wie Taylor auf deine Seite ziehen kannst und ich Mom nichts verrate?« Ich zeige ihm den Mittelfinger. »Fick dich, du Arsch.«

Dad kommt auf mich zu, schnappt mich seitlich an der Jacke seines Lovers und schüttelt mich. »Du hörst mir jetzt zu.«

»Nein.«

»Tucker.«

»Ey, lass es einfach. Mir ist schlecht, wenn ich nur daran denke, dass du verdammte fünf Kinder mit Mom hast und trotzdem mit ihm ins Bett gehst.« Und noch übler wird mir beim Gedanken, dass mein Dad und ich gar nicht so verschieden sind, wie ich immer dachte. Er geht meiner Mom fremd. Ich bin, wenn ich mal ganz ehrlich zu mir selbst bin, Lexa ebenfalls fremdgegangen. Ich war von Anfang an scharf auf Jude. »Bekommst du nie genug? Lilly ist nicht mal zwei Jahre alt und so wie ich dich kenne, hast du Mom bereits das nächste Kind angehängt, obwohl du ihn vögelst.«

»Tucker, jetzt beruhig dich endlich. So ist es nicht.«

»Eigentlich ist es genauso«, kommt Coach Fuckboy mir unerwartet zur Hilfe.

»Cyrille!«, blafft mein Dad ihn an.

Was für ein dämlicher Name. Cyrille!

»Lass Coach Fuckboy doch mal ausreden«, sage ich zu Dad. Ich kann mich nicht entscheiden, ob Coach Fuckboy oder Coach Arschloch besser zu Cyrille passt. Vielleicht beides.

»Gott, Tucker. Ich weiß, dass das gerade nicht leicht ist, aber können wir zehn Minuten wie normale Menschen reden?«

Ich verschränke die Arme vor der Brust und deute auf mich. Ich meine, ich stehe barfuß und halb nackt in einer Eishalle. Meine Zehen werden bereits taub. »Meinst du, dafür ist es nicht längst zu spät?«

»Bitte, Tucker. Zieh dich an und wir treffen uns in ein paar Minuten in der Umkleide.«

Ich will das alles nicht, trotzdem nicke ich. »Gut.« Ich drehe mich um und gehe zurück zu unserem Liebesnest. »Tucker, die Garderobe liegt in der anderen Richtung.«

»Tja, Dad. Wie ich bereits gesagt habe, habe ich heute Nacht hier jemanden gevögelt und meine Klamotten liegen nun mal dort vorne.«

Dad schließt die Augen. »Gott, steh mir bei.«

»Wir warten in der Garderobe«, sagt Cyrille.

Jetzt sind die beiden auch noch ein *Wir.*

»Schön. Bis gleich.«

Wütend stapfe ich über das Eis zurück zu Jude. Es wundert mich, dass Dad mich einfach so davonkommen lässt. Über meine Schulter hinweg, werfe ich einen Blick nach hinten. Coach Fuckboy und Dad skaten vom Eis.

Wenigstens etwas.

Ich springe über die Bande und sehe mich Jude gegenüber, der angezogen auf der Matratze sitzt und mir mit großen Augen entgegensieht. »Dein Dad und Coach Fournier?«, fragt er.

»Sieht so aus.« Ich lasse die Collegejacke von meinen Schultern gleiten und werfe sie in Judes Richtung.

»Hier, bitte. Geschenk von deinem zukünftigen Team.«

»Sei kein Arschloch, Tucker.«

Ich schnappe mir meine Boxershorts und steige hinein. Danach folgt meine Hose. Im Anschluss ziehe ich mir die linke Socke an. Dann die rechte. Und dann meine Schlittschuhe. Die Anzugschuhe liegen noch am anderen Ende der Halle und ich hoffe wirklich, dass Dad und Coach Fuckboy auf dem Weg zur Umkleide darüber gestolpert sind.

Jude hält mir sein Hemd entgegen. Meins ist gestern seinen gierigen Händen zum Opfer gefallen. Ich reiße es ihm aus der Hand. »Herzlichen Glückwunsch übrigens. So wie es aussieht, hast du bereits einen fixen Platz in einer College-Mannschaft.« Angepisst streife ich mir das Hemd über.

»Tucker«, sagt Jude und zieht mich zu sich auf die Matratze. Er legt eine Hand an meine Wange. »Sieh mich an.«

»Was?«, blaffe ich.

»Geht's dir gut?«

Ich schnaube. »Nein, Jude. Es geht mir nicht gut. Als ich heute Morgen aufgewacht bin, war ich der glücklichste Mensch auf der ganzen Welt, offensichtlich hat das Universum allerdings irgendetwas gegen mich. Vielleicht ist es auch Karma. Keine Ahnung, aber gerade habe ich erfahren, dass mein Dad mich nicht in Toronto haben will, er meine Mom betrügt und Dad und ich die Vorliebe für Schwänze teilen.«

»Hey.« Jude lehnt seine Stirn gegen meine, was mich minimal beruhigt. »Atme mal tief durch.«

»Ich muss es meiner Mom sagen«, flüstere ich und alles in mir krampft sich bei dem Gedanken zusammen.

»Rede noch mal mit deinem Dad.« Sanft streichelt er mit dem Daumen über meine Wange.

»Was soll das ändern?«

»Vermutlich nichts. Aber vielleicht willst du ihm die Chance geben, ihr selbst davon zu erzählen.«

»Scheiße«, wispere ich. »Ich will das nicht.«

»Ich weiß.« Jude haucht einen Kuss auf meine Lippen. »Soll ich …
mitkommen?«

Darüber muss ich nicht mal nachdenken. »Nein, denn dann hat er
ein Druckmittel gegen mich und könnte mich erpressen. Und er
könnte dich von hier wegschicken. Dir damit deine Zukunft versauen.«

»Ich hab doch schon den Platz in der Mannschaft«, sagt er.

»Haha. Witzig. Dir ist klar, dass du nicht nach Toronto zu Coach
Fuckboy gehen kannst, oder?« Ich mache mich von ihm los und ziehe
ihn auf die Beine. »Am besten schleichst du dich hinten raus. Wir
treffen uns dann zu Hause, in Ordnung?«

»Und meine Schuhe?«

»Bringe ich später mit.«

Jude nickt, wirkt aber irgendwie vor den Kopf gestoßen. Ich war
eben zu schroff. Keine Ahnung. Darüber kann und will ich mir gerade keine Gedanken machen. Kurz küsse ich ihn auf die geschlossenen Lippen. »Wünsch mir Glück«, bitte ich ihn.

»Glück«, murmelt er, während ich mich schon von ihm abwende
und erneut über die Bande springe. Dieses Mal mit meinen Skates.
Leider beruhigt mich das Kratzen der Kufen auf dem Eis kein bisschen. Viel eher hasse ich es, weil es mich an Dad und Cyrille erinnert.

Den Weg in die Umkleide bringe ich wie in Trance hinter mich.
Und das, obwohl ich mir zwischendurch meine Hockeyschuhe gegen
meine Anzugschuhe wechsle und sogar noch Judes Treter verstecke.
Mit wild klopfendem Herzen stoße ich die Tür auf und dort stehen
sie. Coach Fuckboy und mein Dad.

Viel zu nah beieinander.

»Also«, sage ich viel ruhiger, als ich mich fühle. In Wahrheit zittern
meine Hände und meine Beine und ich fühle mich schwach. Deshalb
lasse ich mich auf die erstbeste Bank fallen. »Wie lange geht das schon
mit euch? Seit dem College?«

»Natürlich nicht«, sagt Dad, während Cyrille ehrlicher ist: »Ja, allerdings mit Unterbrechungen.«

Enttäuscht schüttle ich den Kopf. »Soll ich dieses Gespräch mit ihm führen«, ich deute auf Fournier, »oder bist du endlich ehrlich, *David*?«

Dad fährt sich mit den Fingern durchs Haar. »Cy und ich ... wir waren auf dem College mehr oder weniger zusammen.«

»Ich dachte, du warst mit Mom zusammen?«

»Ja.«

»Was jetzt? Du kannst doch nicht mit beiden zusammen gewesen sein?« Tja, wer weiß besser als ich, dass das durchaus möglich ist. Immerhin habe ich gerade etwas Ähnliches erlebt. Trotzdem verspüre ich keinen Funken Mitgefühl für Dad, denn ich habe den Scheiß geregelt. Er nicht!

»Doch. Schon. Nur ... wusste deine Mom damals nichts von uns.«

»Spoiler!«, zische ich. »Ich bin mir ziemlich sicher, dass sie auch jetzt nichts von euch weiß.«

Cyrille nickt und Dad sieht mich reumütig an. »Ich ... ich konnte es nicht beenden. Ich meine ... ich wollte. Aber plötzlich war sie mit den Zwillingen schwanger und ...«

»Stopp, stopp, stopp.« Ich mache das internationale Zeichen für Time-out mit den Händen. »Vögelt ihr ernsthaft seit dem College ununterbrochen oder gab es da mal eine Pause? Ich versteh es nicht ganz.«

Dad seufzt laut. »Das mit Cy und mir lief nur am College. Wir waren Mitbewohner. Und Teamkollegen.« Ich will kotzen. Warum kommt mir das nur so bekannt vor. Ach genau, weil ich meinen Mitbewohner und Teamkollegen vögle. »Es war nie etwas Ernstes.«

Coach Arschloch zuckt zusammen.

»Cyrille sieht das offensichtlich anders, Dad.«

»Scheiße«, flucht er und greift nach Coach Fuckboys Hand. Ich kann mich nicht erinnern, dass er Mom jemals so berührt hat. »Babe, du weißt, dass ich das nicht so gemeint habe.«

Babe ... Ich glaube, ich muss gleich kotzen.

»Was dein Dad meint«, sagt Cyrille mit zittriger Stimme, »ist, dass wir beide damals dachten, das wir nur unverbindlichen Spaß miteinander haben. Allerdings haben wir uns getäuscht. Wir ... lieben uns.«

Ich wende den Blick von Cyrille ab. Er widert mich an. »Und was ist mit Mom? Du betrügst sie offensichtlich bereits seit Jahren. Und kurzer Reminder: Du hast ihr nach den Zwillingen noch ein Kind angehängt.« Nun sehe ich doch wieder zu Coach Fuckboy. »Hast du gar keine Selbstachtung, oder warum machst du das mit?«

»Ich …«, stottert er. »Ich liebe ihn.«

»Liebe macht offensichtlich blind.« Und dumm. »Und was ist überhaupt mit Taylor? Sie weiß von euch? Und toleriert es einfach so?« Ich bin so wahnsinnig enttäuscht von meiner Schwester. Ich meine, früher war es doch immer Dad, Mom, Tay und ich gegen den Rest der Welt. Natürlich hat sich unser aller Leben seit der Geburt der Zwillinge verändert. Und als dann noch Lilly kam, wurde es noch chaotischer. Beim Gedanken daran, dass Dad, Cyrille und Tay eine eigene kleine Einheit sind, wird mir kotzübel.

Cyrille sieht mich um Verständnis bittend an. »Sie hat zu Beginn genauso wie du reagiert.«

»Ach. Und was habt ihr dann gemacht? Ihr ein Pony gekauft und sie damit bestochen?«

»Natürlich nicht«, zischt Dad. »Sie hat gemerkt, dass Cyrille mich glücklich macht.«

»Im Gegensatz zu Mom, oder was?«

»Ja, verdammt!«, schreit er.

»Sie hat ja nicht mal die Chance, dich glücklich zu machen, weil du den Großteil des Jahres in fucking Toronto bist und uns hierher nach Creekville verfrachtet hast, wo wir dir nicht im Weg sind. Ist doch so, oder?«

Dads Schultern hängen nach unten. »Nein, so ist es nicht.«

»Cyrille.« Ich suche Blickkontakt zu ihm. »Wie ist es wirklich?«

»Ich …« Resigniert schüttelt er den Kopf. »Fuck, es tut mir leid, Tucker.« Er zieht am Kragen seines Pullovers, als würde er gleich ersticken. »Ich … ich schaffe das hier nicht.« Und dann läuft er an mir vorbei nach draußen.

Durch Dads Körper geht ein Ruck und er will ihm hinterherstürmen. Ich packe seine Hand. »Du läufst ihm ernsthaft nach?«, frage ich ihn.

»Ja.«

»Liebst du ihn?«

»Ja.« Wenigstens ist er ehrlich.

»Du hast eine Woche. Wenn du es Mom nicht sagst, werde ich es tun.«

Dad schaut mir in die Augen. »Das ist wohl der beste Deal, den ich bekommen kann, oder?«

Ich verschränke die Arme vor der Brust.

»Wirst du mir je verzeihen?«, will er wissen.

Traurig schüttle ich den Kopf. »Ich denke nicht, David.«

Ich weiß nicht, wie ich es finde, dass Dad seinem Lover hinterherläuft, anstatt die Sache mit mir zu regeln. Ach doch, es ist beschissen und bezeichnend für unsere Vater-Sohn-Beziehung.

# KAPITEL 33
Jude

Als das Auto endlich vor mir anhält, ist meine Laune bei Minus zwölftausend angelangt. Was so ungefähr der heutigen Außentemperatur entspricht. Weshalb ich mir den Arsch abfriere. Ich greife nach der Autotür und öffne sie. Corey sieht mir entgegen. Zunächst verwirrt. Er lässt seine Augen an mir auf und abwandern und schließlich zucken seine Mundwinkel.

»Sag es nicht«, knurre ich, als ich ins Auto klettere.

Er presst die Lippen aufeinander. Doch er ist nun mal Corey. Was bedeutet, dass er natürlich nicht die Klappe hält.

»Dein Hemd ist offen«, sagt er grinsend.

»Ach was.« Ich verdrehe angepisst die Augen, lasse mich auf den Sitz fallen und knalle die Autotür mit viel Schwung zu.

Einen Augenblick später schließe ich die Augen, um mich zu sammeln, doch ich kann Coreys Blicke auf mir regelrecht spüren.

Ich drehe den Kopf und sehe ihn an. Er hat die Stirn gerunzelt und fährt sich durch die verwuschelten Haare. Man kann ihm ansehen, dass er so scheißviele Fragen hat.

»Bro, wo sind deine Schuhe?«, stellt er die erste.

Ich seufze genervt. »In der Eishalle.«

»Und du hast sie nicht an, weil …?«

Das Gesicht verziehend brumme ich irgendwas Unverständliches vor mich hin. Darauf ernte ich nur einen irritierten Gesichtsausdruck.

»Nimmst du mal den Schwanz aus dem Mund und antwortest mir anständig?«, fragt Corey ungeduldig und bringt mich damit sogar zum Lachen.

»Okay, Nervensäge. Tuck und ich haben die Nacht in der Eishalle verbracht und wollten heute früh nicht gesehen werden.« Absolute Untertreibung. Die Wahrheit kann ich allerdings einfach nicht aussprechen. Was soll ich auch sagen? Wir haben Tuckers Dad dabei erwischt, wie er diesem Coach Toyboy die Zunge in den Hals gesteckt hat? Shit, ich wäre jetzt gerne bei Tuck.

Sofort wird Coreys fragender Blick von einem dreckigen Grinsen abgelöst. »Hat er es also doch geschissen gekriegt. Sehr gut.«

Ich runzle die Stirn. »Was?«

»Ach«, Corey winkt ab, »nachdem Tucker gestern die halbe Nacht Traumhochzeit mit der Bitchy-Prinzessin gespielt hat, war ich mir nicht so sicher, ob er noch die Kurve bekommt oder nicht.«

»Erinnere mich nicht daran«, murmele ich quengelnd und lege mir kurz den Unterarm über die Augen, bevor ich dann doch zu ihm schiele. »Er hat gestern mit ihr schlussgemacht.«

Corey lacht. »Ist mir bewusst. Dabei hat er totalen Mist gefaselt und ehrlich gesagt war ich mir nicht sicher, ob es nun so richtig, richtig vorbei ist oder eben nur so halb. Das fragen sich glaube ich so ziemlich alle.«

Ein kleiner Stich durchfährt mich. Und ich will Tucker automatisch verteidigen.

»Es ist vorbei«, stelle ich klar. »Er war total süß und ... Ach, warum erzähle ich dir das überhaupt?«

Ich reibe mir mit den Händen über den Oberarm, weil es kalt ist.

»Wenn du jetzt aufhörst, mir davon zu erzählen, setze ich dich an der Straße aus!«

»Ich will dich ja nicht beleidigen, aber wir stehen immer noch auf dem Schulparkplatz, weil du noch nicht losgefahren bist.«

Corey legt sich beinahe gekränkt die Hand auf die Brust. »Weil ich ein guter Freund bin, der sich erst mal erkundigt, weshalb sein bester Kumpel halb nackt in seinem Auto sitzt. Außerdem bin ich verdammt verkatert, sei also ein bisschen netter.«

Warum ist Corey eigentlich immer so niedlich?

Dennoch fährt er endlich vom Parkplatz.

»Tucker zerreißt also Hemden, ja? Hätte ich ihm gar nicht zugetraut.«

»Das ist sein Hemd. Ich hab ihm meins gegeben.«

Stille.

»Ja, das passt in meinem Hirn irgendwie besser. Warum wart ihr gleich in der Eishalle? Ihr wohnt in einem Haus, hätte es nicht mehr Sinn gemacht dort rumzuvögeln?«

»Corey«, erwidere ich genervt. »Tucker hatte eine Geburtstagsüberraschung für mich. Deshalb waren wir in der Eishalle.«

Der Wagen schlingert ein kleines bisschen.

»Wie jetzt? Geburtstag?«

Ich verziehe das Gesicht. Shit. »Was stellst du immer so viele Fragen.«

»Du hast Geburtstag?«, bohrt er nach.

»Jap.«

Corey boxt mir gegen den Oberarm. Kräftig.

»Aua!«, beschwere ich mich.

»Wieso hast du mir das nicht gesagt?« Er klingt tatsächlich etwas verletzt.

Ich seufze. »Weil ich kein Fan von meinem Geburtstag bin.«

»Ach und dein Loverboy darf davon wissen«, murmelt Corey beleidigt und so leise, dass ich ihn kaum hören kann.

Das gestern Nacht war … unbeschreiblich. Und damit meine ich nicht mal den Sex. Ich habe mich Tucker so verbunden gefühlt. Und endlich führen wir eine richtige Beziehung, obwohl ich noch nicht so ganz weiß, wie das eigentlich geht. Alles war perfekt. Bis Tucks Dad plötzlich da war.

Mein Herz wird schwer. In Tuckers Augen konnte ich sehen, wie sehr ihn das Ganze getroffen hat. Was ja verständlich ist. Sein Dad betrügt seine Mom? Mit einem Mann? Mit Coach fucking Fournier? Unvorstellbar. Ich raffe es irgendwie noch nicht so ganz. Ich habe nur die Hälfte von dem gehört, was die drei gesagt haben und das meiste davon war Tuckers Gebrüll.

Er war so außer sich, so habe ich ihn noch nie gesehen. Am liebsten wäre ich jetzt bei ihm, um … Trost zu spenden? Für ihn da zu sein?

Gleichzeitig habe ich ein schlechtes Gewissen, dass ich erleichtert bin, nicht dabei sein zu müssen. Auch wenn ich es nicht zugeben will, habe ich sehr wohl Angst, dass mir meine Zukunft entgleitet. Schiss, dass ich rausgeschmissen werde. Dass ich nicht mehr bei Tucker sein kann. Und … das Stipendium.

Ich habe ein fucking Stipendium sicher. In Toronto. Was heißt, ich werde verdammt noch mal College-Eishockey spielen. Das ist … ich hatte noch keine Zeit, das zu verarbeiten.

Den Rest der Fahrt überlässt Corey mich meinen Gedanken. Keine Ahnung, ob er gemerkt hat, dass etwas nicht stimmt.

»Nur, dass du es weißt – ich bin immer noch sauer, dass du mir nichts von deinem Geburtstag erzählt hast. Dafür kommst du morgen zu uns ins Diner, dann bekommst du den besten Milchshake deines Lebens!«, sagt Corey großspurig.

Ich lächle ihn an und haue mit meiner Faust gegen seine. »Klingt gut.«

Ich stehe bereits an der Haustür, als er davonfährt. Meine Füße fühlen sich an wie Eisklumpen. Mein ganzer Körper ist von einer Gänsehaut überzogen, weil mir so kalt ist. Ich zittere sogar. Eine Dusche. Ich brauche ganz dringend eine heiße Dusche. An meinem Bauch klebt nämlich immer noch Tuckers, mittlerweile getrocknetes, Sperma.

Vorsichtig schiebe ich die Tür auf.

»Überraschung!«

Ich zucke zusammen und stolpere einige Schritte zurück. Blinzle verwirrt.

Vor mir stehen die Landrys. Die Zwillinge. Kate mit der kleinen Lilly auf dem Arm. Und sogar Taylor ist da und hält einen Kuchen in die Luft.

»Woah«, stammele ich lediglich, völlig überfordert, weil mir so etwas noch nie passiert ist.

Taylors Augenbrauen schießen in die Höhe, Kate hingegen steht der Mund offen.

Das ist der Moment, in dem mir klar wird, dass mein Scheißhemd offen steht, mir die Schuhe fehlen und vermutlich ein paar Knutschflecken meinen Hals zieren.

Gott. Bitte erschieß mich jemand!

»Warum hast du nichts an?«, fragt Ezra und sieht dabei ehrlich verwirrt aus. Kinder. Die stellen immer so offensichtliche Fragen.

»Wo sind deine Schuhe?«, kommt ihm Isla zu Hilfe.

»Duhe«, brabbelt Lilly.

Ich blinzle immer noch, ausnahmsweise einmal sprachlos.

»Mom, du sagst doch immer, dass wir uns im Winter dick anziehen müssen.« Jetzt klingt Ezra richtig vorwurfsvoll.

»Ich hab meine Schuhe leider verloren«, antworte ich endlich.

Taylor unterdrückt ein Lachen, während die Zwillinge nicken.

»Und was ist mit dem Hemd?«, hakt Isla nach.

Was sind die Kinder? Sherlock Holmes und Dr. Watson?

»Das ist ... kaputt gegangen.«

Scheiße ist das unangenehm. Immerhin steht die Mutter meines Freundes direkt vor meiner Nase. Und plötzlich habe ich genau vor Augen, wie ich das Hemd aufgerissen habe.

Ich möchte fluchen. Ganz doll. Darf ich natürlich nicht vor den Kindern.

»Happy Birthday, Jude!«, rettet mich Taylor schließlich, aus dem unangenehmen Moment. »Mögest du ein tolles weiteres Jahr mit schillernden Knutschflecken vor dir haben.« Okay. Möglicherweise tritt sie auch noch mal nach.

»Danke?«, antworte ich fragend. »Schätze ich jedenfalls.«

»Vielleicht lassen wir Jude erst mal in Ruhe ankommen und duschen«, schlägt Kate vor.

Ich lächle ihr dankbar zu.

»Dude«, sagt Lilly.

»Wann essen wir den Kuchen?« Ezra schaut zwischen Kate und mir hin und her.

»Wenn Jude fertig und bereit für seine Geschenke ist«, antwortet Kate in gelassenem Tonfall.

Geschenke? Was? Wieso?

»Ich ... ähm ... bin dann mal oben.« So schnell ich kann, sprinte ich die Stufen hinauf.

Schläfrig trete ich aus der Dusche. Das heiße Wasser hat unheimlich gutgetan, sodass ich bestimmt zwanzig Minuten darunter verbracht habe. Ich glaube, ich drücke mich etwas davor, nach unten zu gehen, weil ich nicht weiß, wie ich den ganzen Landrys gegenübertreten soll, die mir zum Geburtstag gratulieren. Die Geschenke für mich haben.

Ich schüttele den Kopf und trockne mich ab. Gerade als ich mir das Handtuch um die Hüften schlinge, höre ich Geräusche. Aus Tuckers Zimmer.

Sofort öffne ich die Tür und da sitzt er. Auf seinem Bett, in meinem Hemd. Unsere Jacketts liegen auf dem Boden.

»Hey«, sage ich vorsichtig.

Tucker sieht auf. »Hey.«

Fuck. Das Gespräch lief nicht gut. Gar nicht gut.

»Wie ist es gelaufen?«

»Riesig, Jude. War ein ganz tolles Gespräch«, fährt er mich an.

Ich beiße auf meiner Unterlippe herum und versuche es zu schlucken. Immerhin ist klar, dass er nicht auf mich wütend ist, sondern auf seinen Dad. Dass die Situation einfach zu viel für ihn ist. Also gehe ich auf ihn zu, setze mich neben ihn und schlinge meine Arme und ihn. Dankbar lehnt er sich in meine Umarmung.

»Sorry«, murmelt er an meinem Hals.

»Ist schon gut.«

Ich warte ab. Will keine weitere blöde Frage stellen.

»Fuck, ich kann nicht glauben, dass das passiert ist. Dass Dad …«

Ich drücke ihn noch etwas fester. »Ich weiß …«

»Und dann auch noch mit einem Mann … mit *dem*.«

Dass ich Coach Toyboy eigentlich ziemlich attraktiv finde, behalte ich so was von für mich.

»Wäre es denn besser, wenn er deine Mutter mit einer Frau betrügen würde?«, frage ich geradeheraus. »Macht doch eigentlich keinen Unterschied.« Jedenfalls sehe ich das so. Ist doch beides gleich schlimm oder nicht?

»Doch das tut es«, hält Tucker dagegen und richtet sich ein Stückchen mehr auf. »Dad und dieser beschisse Coach Fuckboy kennen sich seit dem College. Waren zusammen. Das ist … Boah. Dad hat gesagt, dass er ihn liebt.« Tucker fährt sich mit den Händen durch die Haare.

»Fuck«, stoße ich aus. Damit habe ich nicht gerechnet.

Liebe? Ich dachte ... irgendwie hatte ich angenommen, dass David eben ab und an mal Sex mit einem Kerl hat. College? Liebe?

»Er kennt doch deine Mom vom College«, sage ich beinahe flüsternd.

»Ja!« Tucker lacht freudlos auf. »Ganz genau. Dieses Arschloch ist einfach zweigleisig gefahren! Und hat meiner Mom währenddessen ein paar Kinder angehängt.« Jetzt springt er auf und läuft vor mir auf und ab. Ich würde zu gerne dabei helfen, ihm den Schmerz nehmen. Also stehe ich auf und nehme seine Hand.

»Was wirst du jetzt tun?«, frage ich.

»Ich habe ihm eine Woche gegeben. Eine Woche, bis ich es Mom selbst sage.«

Ich nicke zustimmend. »Das ist gut.«

Er entreißt mir seine Hände. »Was ist daran bitte gut?«, fährt er mich an. Schon wieder.

Ich atme tief durch. »Du weißt, wie ich das meine. Es ist gut, dass du ihm Zeit gibst, es ihr selbst zu sagen.«

»Das tue ich nur für sie. Garantiert nicht für ihn. Dem Arschloch schulde ich rein gar nichts.«

Die Situation tut mir verdammt leid. Tucker tut mir verdammt leid. Sein Leben lang versucht er nun schon, seinem Dad zu gefallen. Versucht, von ihm gesehen zu werden. Dabei war vermutlich die Affäre genau das, was immer zwischen den beiden stand. Selbst wenn Tucker nichts davon wusste. Gleichzeitig kapiere ich nicht, was in David gefahren ist. Zweigleisig gefahren? Über Jahre? Und er spricht von Liebe? Das ist absolut krass ...

»Ich hoffe, dass ihr das als Familie irgendwie hinbekommt«, sage ich nachdenklich. Die Landrys sind die Besten.

»Ich bitte dich, wie sollen wir das als Familie hinbekommen? Mach dich nicht lächerlich.«

Ein kleines Schnauben löst sich aus meiner Kehle. »Nicht mit deinen Eltern als Paar, das ist mir schon klar. Aber eben ... mit ihnen als Eltern.«

Tucker tigert aufgebracht durchs Zimmer. »Er kann sich gerne verpissen!«, knurrt er. »Wir brauchen ihn hier nicht.«

Dass er das jetzt so sieht, ist verständlich. Mann, ist das alles verkorkst. Trotzdem … ist er sein Dad. Und für jemanden, der nie einen Dad hatte, kann ich nicht anders, als mir einen David zu wünschen. Selbst wenn er ein Arschloch ist. Das behalte ich allerdings für mich.

»Es tut mir so leid«, sage ich also sanft.

»Ich kann es einfach nicht glauben. Ich meine … was für ein Mensch tut so was? Er betrügt meine Mom mit einem Kerl, obwohl er mit ihr zusammen ist?«

Jetzt sage ich gar nichts. Immerhin wird mir gerade bewusst, dass Tucker und ich genau das Gleiche getan haben. Als er noch mit Lexa zusammen war, haben wir rumgemacht. Miteinander geschlafen. Und ich würde es wieder tun, weil ich ihn liebe.

Ob David Coach Toyboy genauso liebt?

Warum zur Hölle war er dann in einer Beziehung mit Kate?

Nun … warum war Tucker noch so lange mit Lexa zusammen?

»Was?«, knurrt mein Freund jetzt in meine Richtung.

»Hm?«

»Du hast mir nicht zugestimmt.«

»Wobei zugestimmt?«, frage ich verwirrt.

»Als ich mich darüber ausgelassen habe, dass Dad ein elender Betrüger ist. Und nichts rechtfertigt, dass man seinen Partner betrügt.«

»Er ist ein Betrüger!«, stimme ich zögernd zu. »Du hast ihn auf frischer Tat erwischt.«

»Fuck, Jude, wieso höre ich ein Aber in deinen Worten?« Jetzt brüllt er sogar.

»Ich mache doch überhaupt nichts!«, verteidige ich mich, ebenfalls brüllend. »Ich versuche einfach nur, für dich da zu sein, weil ich weiß, wie beschissen es dir gerade geht.«

»Ach ja? Vorhin hast du dich noch versteckt, damit du die beiden nicht sehen musst!«

Autsch. Treffer.

»Du wolltest doch, dass ich gehe!«

Tucker verzieht wütend das Gesicht. »Ja. Und davor? Als ich wie ein Psycho aufs Eis gerannt bin? Wo warst du da?«

Shit.

Ich nicke zerknirscht. »Du hast recht. Da hätte ich dir zur Seite stehen müssen. Es tut mir leid.«

»Toll, jetzt entschuldigst du dich auch noch, weshalb ich wie der Arsch dastehe.«

So langsam reißt mir der Geduldsfaden. Wieso schlägt er so um sich? Gegen mich? Auf dem Eis heute Morgen habe ich es verstanden! Weil er wütend auf seinen Dad war. Wieso bekomme ich alles ab?

»Babe, willst du dich jetzt krampfhaft mit mir streiten, oder was?«, frage ich aufgebracht. »Ich verstehe, dass du scheißwütend bist. Das ist okay. Deshalb müssen wir uns aber nicht streiten.«

»Nenn mich nicht Babe«, blafft er mich an.

Dreht er jetzt völlig durch? »Was?«

»Dad und Coach Arschloch nennen sich so.«

Ich schnaube. »Aha.« Tolle Erklärung. Letzte Nacht war Babe noch mehr als in Ordnung.

Tucker verschränkt die Arme vor der Brust. »Ich kenne dich mittlerweile gut genug, um zu merken, wenn du was vor mir verbirgst. Und jetzt gerade merke ich verdammt genau, dass du Gedanken zurückhältst, die mich brennend interessieren würden.«

Ich stöhne frustriert auf. »Vermutlich ist es besser, wenn ich in mein Zimmer gehe.« Dann kann ich nichts sagen, um ihn noch mehr zu verärgern. Denn offenbar pisst ihn grad meine bloße Anwesenheit an.

»Das kannst du vergessen.« Tucker kommt auf mich zu und bohrt seinen Zeigefinger in meine Brust. »Wieso habe ich das Gefühl, dass du meinen Dad insgeheim verteidigst?«

Meine Augenbrauen schießen in die Höhe. »Wie bitte? Ich verteidige deinen Dad nicht!«

»Aber?«

»Manchmal passieren solche Dinge wie Betrug. Selbst wenn es nicht so sein sollte.«

»Willst du mich verarschen? So was passiert nicht einfach!«

Tucker sieht so aus, als würde er mir gleich eine runterhauen.

Er ist wütend.

Und irgendwie bin ich ebenfalls sauer, weil er mich die ganze Zeit so blöd anmacht.

»Tucker, du solltest es doch wissen«, erwidere ich. »Du hattest was mit mir am Laufen, als du noch mit Lexa zusammen warst. Wir haben sie auch betrogen.« Leider entspricht das der Wahrheit.

Er zuckt zurück. »Willst du mir gerade sagen, dass ich genauso wie mein Dad bin?«

»Nein!«, beeile ich mich zu sagen. »Ich will nur sagen, dass wir alle manchmal Fehler machen. Und klar, was dein Dad getan hat, ist schlimm. Aber ... Mann, er ist dein Vater. Und ihr ... eure Familie ... ich hoffe, dass nicht alles verloren ist. Ihr seid großartig. Das darf nicht alles kaputt sein.«

Tucker schnaubt abfällig, knabbert auf seiner Wange rum. Noch immer mustert er mich wütend.

»Bevor du auf meine Familie schaust und versuchst, die zu kitten, kümmere dich doch mal lieber um deine eigene.«

Der Schmerz setzt augenblicklich ein. Mir wäre es wesentlich lieber gewesen, er hätte mir eine reingehauen. So viel lieber.

Stattdessen hat er mir die eine Wahrheit um die Ohren geknallt, die mich am meisten in meinem Leben quält. Mom. Der ich nicht helfen konnte. Die tot in unserer Wohnung lag, bevor die Rettungskräfte sie reanimieren konnten.

Ich schlucke schwer. Vermutlich habe ich es verdient. Mein Ziel war es, Tucker zu helfen, nicht ihn wütend zu machen. Mission gescheitert. Wahrscheinlich bin ich einfach scheiße für die Personen, die ich liebe. Ich versuche, zu helfen und bewirke doch das Gegenteil.

Meine Augen brennen verdächtig. Die Stille um uns herum ist ohrenbetäubend laut. Und ich schaffe es nicht mal, Tucker in die Augen zu sehen. Aus Angst, was ich sehen werde. Oder aus Angst, was ich nicht darin finden könnte.

KAPITEL 34
Tucker

Jude sieht mich an, als hätte ich ihn angeschossen. Offensichtlich kann er nicht glauben, was ich da eben zu ihm gesagt habe. Tja, da geht es ihm so wie mir.

Fuck!

»Das denkst du also? Dass ich mich nicht kümmere?«, fragt Jude.

»I-i-ich«, beginne ich zu stottern, weil ich keine Ahnung habe, wie ich die Worte ungeschehen machen soll. Ich hab es ja nicht mal so gemeint, verdammt. Fuck, ich bin einfach so verdammt wütend. »Es … Ich …«

»Spar dir das Gestottere. Ich will es sowieso nicht hören.« Jude dreht sich um und verlässt mein Zimmer durch das gemeinsame Badezimmer.

»Scheiße«, fluche ich laut und stampfe wütend mit dem Fuß auf. Großartig. Nicht nur, dass ich Jude eben mit meinem Gefasel vergrault habe, nein, ich verhalte mich auch noch wie ein bockiges Kleinkind. Meine kleinen Geschwister färben auf mich ab.

Frustriert stapfe ich auf mein Bett zu und lasse mich darauf fallen. Was für eine verdammte Scheiße. Ich lege den Arm über mein Gesicht und verstecke mich vor der Welt. Mir ist das alles zu viel. Leider kommen sie dennoch. Die Gedanken.

Dad betrügt Mom. Hoffentlich ist Mom nicht schon wieder schwanger. Warum war ich eben so scheiße zu Jude? Taylor weiß von Coach Fuckboy. Was passiert jetzt mit unserer Familie? Jude hat heute Geburtstag. Wird meinen kleinen Geschwistern auffallen, dass Dad nicht mehr mit Mom zusammen ist? Er war doch sowieso kaum hier. Warum hat Taylor nichts gesagt? Wohnt Dad nur in Toronto, um näher bei Coach Arschloch zu sein? Wie wird Mom reagieren, wenn Dad ihr seine Affäre beichtet? Soll ich es ihr sagen? Warum ist Jude jetzt nicht bei mir? Wird Mom trotzdem bei Dad bleiben? Muss ich Coach Fuckboy ab jetzt an den Feiertagen sehen? Wird Jude das Stipendium annehmen?

In meinem Kopf dreht sich alles. Ein Gedanke jagt den nächsten, richtig zu fassen bekomme ich keinen.

Fuck.

Fuck, Fuck, Fuck.

Fuuuck!

Dusche!

Ich muss unter die Dusche. Den Kopf freibekommen.

Mühsam rapple ich mich auf und schleppe mich ins Badezimmer. Dort hat es tausend Grad und Dunstschwaden wabern durch den Raum. Schnell schäle ich mich aus meinen Klamotten, lasse sie zu denen von Jude auf den Boden gleiten.

Jude.

Seufzend schüttle ich den Kopf und betrete die Duschkabine. Jude hat die Temperatur auf Höllenfeuer gestellt, aber genau das brauche ich jetzt. Das heiße Wasser brennt auf meiner Haut und ich versuche mir den Mist, den ich heute sehen und hören musste, von der Haut zu waschen. Das Wissen über Dads Affäre macht mich körperlich krank. Mir ist schlecht. Und ich glaube nicht, dass ich Mom in die Augen sehen kann.

Ich wasche mich, wickle mir ein Handtuch um die Hüften und stehe dann für einige Sekunden unschlüssig herum, bevor ich mir einen Ruck gebe und gegen Judes Tür klopfe.

Natürlich reagiert er nicht.

Also drücke ich mal wieder die Türklinke nach unten und betrete ungefragt sein Zimmer. »Jude?«, frage ich und sehe mich um.

Er ist nicht da.

Die Zimmertür steht offen.

Scheiße! Er wird doch nicht fröhlich einen auf Geburtstagskind machen, während mir alles entgleitet?

Genervt stapfe ich zurück in mein Zimmer, schlüpfe in Jogginghosen und ein T-Shirt und laufe die Treppen nach unten. Ich höre bereits ein mehrstimmiges und ziemlich schiefes *Happy Birthday*. Tja, dass Jude gerade happy ist, bezweifle ich.

Ich folge den Stimmen und lande direkt im Esszimmer, wo Jude mit einem breiten Grinsen und einem dämlichen Partyhut vor einem

Kuchen sitzt und sich vom Großteil meiner Familie besingen lässt. Mit vor der Brust verschränkten Armen bleibe ich stehen und betrachte die Show.

»Hättet ihr nicht warten können?«, blaffe ich, als sie die gefühlt siebzehnte Strophe beenden.

»Tucker!«, schimpft meine Mom. »Geht's auch ein bisschen freundlicher?«

»Sorry«, entschuldige ich mich.

»Angenommen. Wir dachten, dass du laufen bist und erst später kommst«, sagt Taylor. »Du rennst ja sonst bei jeder Gelegenheit durch den Wald. Kein Grund, um so ein Drama zu veranstalten, nur weil es einmal nicht um dich geht.« Lustig. Eigentlich habe ich das Gefühl, das Drama verursachen immer andere und ich stolpere einfach hinein.

Ich lasse mich neben meine Schwester auf einen Stuhl gleiten, damit ich gegenüber von Jude sitze. »Happy Birthday«, sage ich lahm.

Er verdreht nur die Augen und bläst die Kerzen aus.

»Was hast du dir gewünscht?«, fragt Ezra. Jude sitzt umzingelt von den Zwillingen am Tisch.

»Eine Barbie?«, will Isla wissen.

»Duchen?«, fragt Lilly. Keine Ahnung, ob sie gerade Kuchen will oder wissen möchte, ob Jude sich noch mehr Duchen … äh, Kuchen wünscht.

Ezra sieht Jude ehrfürchtig an. Irgendwie habe ich das Gefühl, dass er Jude ein bisschen anhimmelt und in ihm ein männliches Vorbild sieht. »Sicher wünscht er sich ein Motorrad. Wenn ich so alt wie Jude bin, möchte ich ein Motorrad.«

Mom schüttelt den Kopf. »Bestimmt nicht, Ez.« Sie lächelt ihn an und das tut mir weh. Verdammt, meine Mom ist eine verdammte Heilige. Wie konnte Dad sie nur betrügen?

»Menno«, jammert Ezra.

Taylor neben mir bleibt stumm und mir fällt zum ersten Mal auf, dass sie sich oft so verhält, wenn wir alle zusammen sind. Sie antwortet, wenn sie direkt angesprochen wird, aber beteiligt sich nicht mehr wirklich am Familiengeschehen. Nicht so wie ich. Oder Jude.

Außerdem verlässt sie auffällig oft das Haus, wenn sie gerade nicht in Toronto ist. Ich dachte immer, weil sie ihre Freundinnen aus Creekville so selten sieht, vermutlich hält sie es nur einfach nicht aus, lange mit Mom in einem Raum zu sein. Und endlich weiß ich warum. Sie fühlt sich in Moms Nähe so beschissen wie ich gerade. Weil sie Dads Geheimnis kennt und im Gegensatz zu mir auch hütet.

Jude sieht alle meine Geschwister kurz an, bevor er mich fokussiert. »Ich wünsche mir, dass ich vom Lakeshore College of Toronto ein Stipendium bekomme und dort eine liebe Freundin oder einen lieben Freund finde, der meinen Geburtstag zu etwas Besonderem macht.«

Am Arsch!

Der Jude, den ich kenne, würde sich dort durch die Betten vögeln. Er faselt nur Scheiße, um mich zu ärgern. Er hätte mir gleich den Mittelfinger zeigen können.

»Dann sollten wir Jude mal alle die Daumen drücken, damit der Wunsch in Erfüllung geht«, sagt Mom.

Ich schnaube nur und töte ihn mit Blicken. Arschloch! »Ich hoffe«, sage ich und pflastere mir ein falsches Lächeln ins Gesicht, »du findest jemanden, der dich so liebt wie Lexa mich.«

»Danke Tucker!« Jude beißt die Zähne zusammen und fletscht sie zu einem falschen Lächeln.

»Wo ist eigentlich Daddy?«, fragt Ezra.

Lilly klatscht in die Hände. »Daddy Duchen?«

Mom lächelt und will gerade zu einer Antwort ansetzen, als ich sage: »Fragen wir doch Taylor! Die kann uns bestimmt sagen, wo Daddy ist.« Ich werfe ihr einen herausfordernden Blick zu. »Immerhin lebt sie ja mit ihm in Toronto und weiß am besten Bescheid, was er in seiner Freizeit so treibt. Oder Taylor?« Ich trete unter dem Tisch gegen ihr Schienbein.

Mit schmerzverzerrtem Gesichtsausdruck schielt sie zu mir rüber, reißt sich aber sofort zusammen. »Tucker!«, zischt sie, sieht jedoch an mir vorbei zu Mom. »Keine Ahnung, wo er ist.«

»In der Eishalle mit Cy«, antwortet Mom an ihrer Stelle. »Sie wollten Penaltyschießen.«

Jude verschluckt sich an seiner eigenen Spucke und Isla klopft ihm auf den Rücken.

»An Neujahr?«, frage ich. »Was will Fournier hier?«

»Was soll die Frage, Tuck? Du weißt doch genau, dass Dad ihn eingeladen hat, Silvester mit uns zu feiern«, sagt Mom und zieht dann den Kuchen zu sich. »Soll ich ihn anschneiden, Jude?«

Er klopft sich mit der Faust gegen die Brust. »Ja, bitte.«

Während Mom sich um den Kuchen kümmert, lächle ich meine Schwester irre an. »Seid ihr eigentlich mit einem Wagen gekommen? Dad, Coach Fuckb … Fournier und du?«

Meine Schwester ist nicht dumm. Sie hat bereits realisiert, dass ich Dads Geheimnis kenne. Und damit auch ihres. »Wie du weißt, sind Dad und ich vor Weihnachten gemeinsam gekommen. Ohne Coach Fournier.«

»Ach stimmt. Dad ist nach Weihnachten abgehauen, weil sein Team ein Spiel hatte. Und dann gestern mit Coach Fournier wieder aufgetaucht.«

»Tucker!«, schimpft Mom, während sie Jude ein Stück Kuchen reicht. »Was hast du für ein Problem mit Cy? Er ist ein Freund deines Dads.«

»Vielleicht«, mischt Jude sich mit süffisantem Tonfall in der Stimme ein, »ist er angepisst, weil Coach Fournier mir ein Stipendium anbieten will. Tucker aber nicht.«

»Jude!«, schimpft Mom. »Du hast zwar heute Geburtstag, trotzdem verwenden wir solche Wörter nicht.«

»Welches?«, fragt er provokant.

»Andedisst«, wiederholt Lilly.

»Genau das«, knurrt Mom. »Und Herzlichen Glückwunsch zum Stipendium. Ich drücke dich später.«

»Es ist noch gar nicht sicher. David hat so was anklingen lassen.« Erneut sieht Jude mich an. »Und sorry wegen der Wortwahl!«

»Alles gut.« Mom legt das Kuchenmesser zur Seite und drückt kurz meine Schulter. »Mach dir keine Sorgen. Du spielst großartig und findest bald ein Team. Nur weil Jude bereits eine mündliche Zusage hat, heißt das nicht, dass du leer ausgehen wirst.«

Ich hab sie nicht verdient. Wirklich nicht. Mom ist einfach die Beste. Obwohl sie mit meinen Geschwistern genug zu tun hat, macht sie sich Sorgen um mich. Immer will sie allen gerecht werden. Fuck, ich verstehe nicht, wie Taylor ihr Dads Affäre verschweigen kann. Ich weiß es gerade mal zwei Stunden und sterbe innerlich.

»Ich will mit Jude in ein Team, verdammt«, rutscht es mir heraus. »Deshalb bin ich sauer.« Leiser murmle ich. »Unter anderem.« Und weil es das Team von Coach Fuckboy ist und ich es als persönlichen Verrat an Mom und mir sehen würde, wenn Jude das Angebot annehmen würde. Wir haben ihn hier aufgenommen, als er keine andere Option hatte. Er darf uns nicht so in den Rücken fallen.

Nun wird Taylor hellhörig. »Ach? Und warum das, Tuck? Du kannst ihn doch nicht mal leiden.«

Ein Teller mit Schokokuchen landet vor meiner Nase. »Natürlich mag ich ihn. Meistens.« Nur gerade nicht, weil wir streiten und uns Gemeinheiten an den Kopf werfen, anstatt richtig miteinander zu reden.

»Ich nädste Duchen«, schreit Lilly und die Zwillinge stimmen in das Gebrüll mit ein. Lautstark duellieren sie sich mit Worten. Gott, die werden von Sekunde zu Sekunde lauter.

»Gestern hast du noch gesagt, dass du mich liebst«, zischt Jude über den Tisch hinweg, was zum Glück niemand hört.

Niemand außer Taylor, die plötzlich ein breites Grinsen im Gesicht hat. »Wie bitte?«

»Nichts«, blaffe ich und zeige Jude den Vogel, um ihm zu verdeutlichen, dass er die Klappe halten soll.

Das Gebrüll der Zwillinge wird so laut, dass sich ihre Stimmen überschlagen und genau in diesem Moment klingelt es an der Haustür. Sofort schiebe ich den Stuhl zurück.

»Ich gehe.«

Meine Schwester springt ebenfalls auf. »Und ich begleite dich.«

Sobald wir im Flur sind, packt sie mich am Unterarm. »Vögelst du ernsthaft Jude?«, wispert sie. »War das der Grund, warum du gestern Lexa den Laufpass gegeben hast?«

»Wie lange weißt du schon, dass Dad mit Coach Fuckboy ins Bett geht?«, flüstere ich zurück. »Das ist so abgefuckt, Tay. Wie kannst du nur?«

Taylor presst die Lippen zu einem dünnen Strich zusammen.

»Na, hat es dir die Sprache verschlagen?« Wir haben die Tür fast erreicht, doch ich remple sie mit dem Ellenbogen an, weil ich meiner Wut irgendwie Ausdruck verleihen will und Tay sich nicht einfach ausschweigen kann. »Wie kannst du das Mom antun?«

»Wie konntest du das Lexa antun?«, schießt Taylor zurück.

»War nicht so schwer. Beim ersten Mal war sie sogar dabei.«

Meiner Schwester klappt der Mund auf, doch ich gebe ihr nicht mehr die Chance, etwas zu sagen und reiße die Haustür auf. Nun bin ich derjenige, dessen Kinnlade nach unten fällt.

Ich brauche nicht einmal fünf Sekunden um mich von dem Schock, den ich gerade erlitten habe, zu erholen. Langsam komme ich mit unerwarteten Ereignissen immer besser klar. Liegt wohl an der Häufung in den letzten vierundzwanzig Stunden. Ich sage nichts. Warte auch nicht, bis die Person vor der Tür etwas sagt, sondern gehe wie ferngesteuert zurück ins Esszimmer.

Ich räuspere mich. »Jude? Besuch für dich.«

»Wer ist es?«

Ich spüre, dass jemand hinter mir steht. Vermutlich war Taylor höflicher als ich und hat sie hereingebeten, deshalb mache ich einen Schritt zur Seite, damit er es selbst sehen kann.

»Deine Mom«, krächze ich.

KAPITEL 35
Jude

Mit einem Klirren landet meine Gabel auf meinem Teller. Ein Geräusch, das kaum zu hören ist, da die Kinder völlig aufgekratzt sind und ihr Bestes geben, sich anzubrüllen.

»Mamá?« Meine Stimme gleicht einem Krächzen.

Halluziniere ich? Meine Mom ist in der Klinik. Sie kämpft gegen ihre schwere Drogensucht, sie …

Scharf sauge ich Luft in meine Lunge. Da steht sie. Mit ihrer schlanken Gestalt, den braunen, langen Haaren und den braunen Augen. Nur … gesünder? Meine Gedanken rasen wild umher. Das Herz klopft mir bis zum Hals. Was ist hier los?

»Mi niño.« Bei ihren Worten zucke ich zusammen.

»Mom …«, flüstere ich beinahe, als endlich ein Ruck durch meinen Körper geht. Ich springe auf, eile zu ihr hinüber, vorbei an den verwirrt dreinschauenden Geschwistern Tucker und Taylor, und schlinge die Arme um meine Mutter. Seit Jahren überrage ich sie nun schon um mehr als einen Kopf und so ist es ein Kinderspiel für mich, sie einmal um mich herumzuwirbeln. Etwas womit ich angefangen habe, als ich sechzehn war. Sie kichert. O mein Gott, sie kichert. Wann hat sie das letzte Mal so befreit geklungen?

Selbst nachdem wir wieder auf festen Füßen stehen, kann ich sie nicht loslassen. Ich kralle mich an ihr fest und vergrabe mein Gesicht in ihren Haaren. Atme den vertrauten Duft ihres Shampoos ein. Ein heftiges Brennen hinter meinen Augen kündigt an, dass ich kurz davor bin, vor versammelter Mannschaft zu heulen. Doch das werde ich nicht.

Also lasse ich meine Mom los, blinzele die Tränen weg und betrachte sie ganz genau. »Wie geht es dir?«, frage ich flüsternd. Kein Grund, dass die Kinder irgendwas mitbekommen. Allerdings brüllen die sich immer noch an, als würden sie Boxer im Ring anfeuern.

Sie lächelt und legt eine Hand an meine Wange. »Besser. Für jetzt.«

Keine Ahnung, warum genau der zweite Teil mir ein gutes Gefühl gibt. Vielleicht, weil es das erste Mal ist, dass sie Schwäche einräumt. Bisher hat sie immer nur gesagt, wie gut es ihr gehe. Dass alles kein Problem sei. Es beruhigt mich also, dass ihr anscheinend klar ist, dass es ihr jetzt gut gehen mag, sie aber dennoch nicht aus den Augen verlieren darf, dass der Kampf nicht zu Ende ist. Ich habe verdammt viel über Suchtkranke gelesen. Dass Mom das Fentanyl über Jahre überlebt hat, grenzt für mich schon an ein Wunder. Und sie wird ihr Leben lang kämpfen müssen, nicht rückfällig zu werden.

Bevor ich anfangen kann, die Worte auszusprechen, steht Kate neben mir.

»Dalia!«

»Kate.«

Und schon liegen die beiden sich in den Armen. Diesmal allerdings Tränen inklusive. Dabei reden sie in einem halsbrecherischen Tempo auf sich ein, weshalb ich nicht mal versuche, ihnen zu folgen. Zumal ich selbst völlig gefangen bin. Verwirrt. Der Tag ist eine einzige Katastrophe. Um es mal in klaren Worten auszudrücken: Es geht mir beschissen. Der gestrige Abend liegt mir in den Knochen. Die Nacht mit Tuck. Dann der Morgen mit den News, dass Tuckers Vater lieber Schwänze lutscht. Tuck, der mir vor Augen hält, dass ich scheiße darin bin, für andere da zu sein und jetzt … ist Mom da. Und ich weiß nicht, wie sehr ich mich tatsächlich freue. Denn … ich mag mein Leben bei den Landrys. Es ist schön. Die Landrys sind eine Familie. Meine Familie. Wird mir die jetzt weggenommen?

Lilly fängt an zu weinen und lenkt meine Aufmerksamkeit auf sich. Ezra hat ihr grade ein Stückchen vom Kuchen mit seiner Gabel gemopst. Bevor Kate sich darum kümmern kann, gehe ich zu den Kindern. Im Augenwinkel nehme ich wahr, dass Tucker und Taylor noch immer wie angewurzelt dastehen und meine Mom anstarren, als wäre sie ein Alien.

»Was ist los, kleiner Spatz?«, frage ich liebevoll an Lilly gewandt und setze mich auf den Stuhl neben ihr, damit wir auf Augenhöhe sind.

Dicke Kullertränen laufen ihre Wange hinunter und lenken mich vollkommen von meinen eigenen Gedanken ab. Ich kann die Kleine nicht weinen sehen.

»Ezra meine Duchen«, sagt sie erstickt.

Ich werfe ihm einen bösen Blick zu. Immerhin hat er selbst noch etwas Kuchen auf seinem Teller.

»Hör auf, deine Schwester zu ärgern! Jeder hat sein eigenes Stück.«

»Ihres war viel größer!«, beschwert sich Ezra.

»Lillys war das kleinste Stück, du Hohlnase. Mom gibt ihr immer das kleinste Stück«, wirft Isla ein.

»Nenn mich nicht Hohlnase!«, beschwert sich Ezra und schubst seine Schwester. Sie schubst zurück.

»Hey!«, sage ich scharf. »Ihr hört jetzt beide damit auf, oder Kuchen hat sich für euch erledigt.«

»Das darfst du gar nicht«, sagt Isla.

»Oh, und was ich alles darf. Ich habe nämlich Geburtstag und das heißt, dass ich bestimmen darf.« Totschlagargument.

Obwohl ich klinge, als wäre ich acht Jahre alt.

»Dude hab lieb«, sagt Lilly.

Mein Herz schmilzt möglicherweise. Und zum ersten Mal heute fühle ich mich ein wenig besser.

»Und ich hab dich lieb, kleine Maus.«

Lilly lächelt und greift erneut nach ihrer Gabel, um ihren Kuchen weiter zu essen. Zumindest versucht sie es, was sie da tut, gleicht nämlich eher einem Massaker.

»Du kannst ja richtig gut mit den kleinen Monstern«, sagt meine Mom plötzlich und lässt sich auf den Stuhl neben mir sinken. »Das habe ich nicht erwartet.«

»Jude hat sich mit allen Landry Geschwistern sehr vertraut gemacht«, wirft Tucker zweideutig ein. Ich beiße mir auf die Unterlippe, weil ich direkt neben Lilly sitze und nichts sagen oder tun will, das ich hinterher bereue.

Alle haben mittlerweile wieder am Tisch Platz genommen, nur haben Kate und ich die Rollen getauscht.

Mein Mom rafft Tuckers Sarkasmus nicht. »Das freut mich sehr.

Bei euch Fast-Erwachsenen habe ich mir gar keine Sorgen gemacht. Bei den Kleinen war ich mir nicht sicher.«

»Wieso?«, frage ich, ohne nachzudenken. Dumm. Dumm. Dumm.

»Nun dein Lebensstil entsprach eher … nun. Alkohol, Glücksspiel und Sex und nicht Mutter-Vater-Kind.«

Kate versteift sich. Ich versteife mich. Alle außer meiner Mutter versteifen sich.

»Mom!«, rufe ich aufgebracht und sehe sofort zu den Kindern. Ezra und Isla sind glücklicherweise damit beschäftigt, sich gegenseitig halb die Augen auszustechen, während sie versuchen, ein Raumschiff aus ihren kombinierten Gabeln zu bauen und Lilly spießt konzentriert ein Stück Kuchen auf.

»Was ist?«, fragt meine Mutter ehrlich verwirrt. Verständlich. Anfangs war ich genauso. Mist, ich bin manchmal noch immer genauso.

»Du kannst das nicht sagen. Sag Achterbahnfahren.«

»Was?« Mom macht große Augen. Kate ebenso.

»Na … sag das S-Wort nicht vor den Kindern. Benutze Synonyme.«

Mom lächelt plötzlich breit. Betrachtet mich. Und tätschelt dann meine Schulter.

»Okay. Entschuldige.«

Mom und Kate tauschen einen bedeutungsvollen Blick und ich bin mir sicher, dass sie dabei tatsächlich mental kommunizieren.

»Ausschweifender Lebensstil, ja?«, fragt Tucker nach einer kleinen Pause. Unsere Augen finden sich, aber es ist anders als noch heute Morgen. Jetzt haben wir Dinge gesagt, die zwischen uns stehen. Plus … wir sind beide sauer. Und *er* provoziert!

»Ja«, sage ich also in genauso ätzendem Tonfall. »Ständige Achterbahnfahrten. Jede Nacht.«

Er presst die Lippen fest aufeinander. Taylor sieht uns mit hochgezogenen Augenbrauen an und gleichzeitig wirkt es, als müsste sie sich das Lachen verkneifen.

»Wie schön für dich. Ich hab mich lieber auf eine Person konzentriert.«

Ich balle meine Hände zu Fäusten. Schade, dass wir nicht auf dem

Eis sind. Ich würde ihn nämlich verdammt gerne in die nächste Bande rammen. »Tut mir leid für dich. Immerhin hab ich die Frau kennengelernt«, schieße ich zurück.

Taylor saugt scharf die Luft ein, als könnte sie nicht fassen, dass ich tatsächlich etwas gegen Lexa gesagt habe. Im Gegensatz zu ihr ist Tucker nicht überrascht. Und ich weiß ebenso gut wie er, dass er sie zuletzt selbst zum Kotzen gefunden hat.

Wir bieten Tuckers Schwester hier gerade eine totale Show, aber das ist mir egal. Die Zwillinge springen mittlerweile im Wohnzimmer herum und spielen. Was gut ist. Mom und Kate stehen in der Küche an der Kaffeemaschine und quatschen. Ebenfalls gut.

»Gefickt hast du sie trotzdem!«, zischt Tucker und lehnt sich etwas über den Tisch.

»Ja, mit dir zusammen!«

»Was zur Hölle geht hier ab?«, fragt Taylor und zwingt sich offenbar dazu, mit gesenkter Stimme zu sprechen. Sie tut es Tucker gleich und lehnt sich vor.

Lilly fängt an zu quengeln. Ein Blick genügt, um zu sehen, dass sie endlich fertig mit ihrem Kuchen ist und jetzt zu den Zwillingen sieht. Sie möchte auch spielen. Ich hebe sie aus dem Hochstuhl und stelle sie auf dem Boden ab. Mit ihren kleinen Beinchen läuft sie los und ich wende mich Tucker und Taylor zu.

»Ernsthaft. Was ist hier los?«, wiederholt sie, kaum dass ich erneut sitze.

Ich verschränke die Arme. »Die beiden haben mich in einen Dreier gezerrt.«

Tucker verdreht die Augen. »Ja, genau. Armer Jude. Hast dich ja sehr gesträubt.«

Taylor quiekt aufgeregt. »Ihr ... neeein.« Ich runzle die Stirn und beobachte ihren Ausbruch. »Ihr habt zu dritt ... nein ... unmöglich, dass Tucker ... und Lexa ... Woah, krass.«

»Krieg dich ein!«, knurrt Tucker. »So eine Sensation ist das nicht.«

»Willst du mich verarschen?«, fragt Taylor. »Lexa und du ... Ohne Scheiß, ich dachte ihr heiratet mal.«

Autsch. Immer rein in die verdammte Wunde.

»Können sie ja dann jetzt. Ich bin mir sicher, dass Tucker keinen Bock auf jemanden hat, der sich nicht um seine Familie kümmern kann.«

Eine Emotion huscht über Tuckers Gesicht. Trauer? Schuld? Was immer es ist, es mindert meine Wut sofort und bewirkt, dass ich mich in seine Arme werfen will.

»Es tut mir …«, setze ich an, werde jedoch von der zuschlagenden Haustür überrascht. O Gott, die Kinder.

Doch ein Blick genügt, um mich zu versichern, dass alle drei hier sind. Verwirrt starre ich zum Flur. Und erstarre. Fuck. Das hat er nicht gemacht.

Dort stehen David … und Coach Toyboy.

»Hallo zusammen«, sagt David fröhlich in die Runde.

Mir steht der Mund offen. Tucker krallt sich an der Tischkante fest und hat sich noch nicht mal umgedreht. Sprich, er weiß nicht mal, dass der Typ tatsächlich hier ist. Scheiße.

»Daaaddy!«, rufen die Kinder im Chor und laufen zu ihrem Vater. Lilly braucht etwas länger, freut sich aber ebenso wie ihre großen Geschwister.

Coach Toyboy steht unschlüssig herum, fühlt sich offenbar unwohl. Was zur Hölle denken die beiden sich, zusammen herzukommen?

»Hallo Schatz. Hallo Cy«, sagt Kate höflich aus der Küche. »Wollt ihr einen Kaffee?«

Tucker fährt herum. Die festen Schultern angespannt. Er ballt die Hände zu Fäusten. Selbst Taylor sieht aus, als würde sie lieber aus dem Fenster springen, als hier zu sein. Ich springe mit.

»Gerne«, sagt David unbekümmert. Zu gerne wüsste ich, ob es ihn echt nicht interessiert oder ob er einfach ein fantastischer Schauspieler ist.

Er hebt lachend alle drei Kinder auf einmal hoch, die sofort vergnügt aufschreien.

Cyrille weiß offensichtlich nicht, was er machen soll. Hätte ich ihm vorher sagen können.

»Happy Birthday, Jude«, sagt er scheinbar unbekümmert.

Ich blinzle. Keine Ahnung, was plötzlich in mich fährt. Ich habe das dringende Bedürfnis, ihm den Tag ebenso sehr zu versauen, wie er es bei mir getan hat. Wenngleich es unwissentlich seinerseits war.

»Danke. Schön, dich wieder zu sehen. Zum zweiten Mal an einem Tag.«

Seine Augen werden groß. »Ich, ähm … ja.« Panik. Ich erkenne Panik. Und die sollte mich nicht so befriedigen.

Tucker starrt noch immer ohne Regung zu den beiden Männern.

David rappelt sich auf.

»Alles Gute zum Geburtstag, Jude. Bevor Cy abreist, wollten wir unbedingt noch vorbeikommen und dir ein ganz besonderes Geburtstagsgeschenk überreichen.«

Wir?

O Gott, ist das alles weird. So richtig, richtig weird.

Also sage ich gar nichts.

David kommt mit einem großspurigen Grinsen auf mich zu. Plötzlich ist es viel zu still. Tuckers Augen bohren sich in seinen Vater, der jetzt neben mir steht. Kate und Mom beobachten uns. Selbst die Zwillinge, weil sie neugieriger sind als eine Horde Bridge spielender Altersheimbewohner.

»Hier.«

David reicht mir einen Umschlag. Doch bevor ich ihn öffnen kann, fährt er fort. »Das Lakeshore College of Toronto bietet dir ein Vollstipendium an.«

Ich schließe gequält die Augen. Fuck. Genau das hier habe ich gewollt. Das hier ist notwendig, wenn ich in meinem Leben irgendetwas reißen will. Ich brauche ein Stipendium und David weiß das. Und er weiß genau, warum er das hier jetzt macht.

»Ist das irgendeine Art Bestechung, damit ich meine Fresse halte?«

So. Jetzt ist es raus. Ich kann es nicht mehr zurücknehmen. Und will es nicht.

»Jude!«, ruft Mom aus der Küche.

David zuckt zusammen, die Augen vor Panik geweitet.

»Du hast es echt weitererzählt?«, flüstert David an Tucker gewandt.

Tucker sieht ihn an, als hätte er ihm eine verpasst. Und das kommt einem Tritt in meine Magengrube gleich. »Arschloch!«, zischt Tucker. »Blödes Arschloch.«

»TUCKER!« Kate stürmt aufgebracht aus der Küche zu uns.

Meine eigenen Worte sind nicht aufzuhalten.

»Musste er gar nicht, David. Schließlich habe ich in der Eishalle auf ihn gewartet. Meine Augen und Ohren funktionieren ganz gut.«

David runzelt die Stirn, bis schlussendlich Erkenntnis über seine Züge gleitet. Er sieht von Tucker zu mir. Und zurück.

»Was ist hier los, Tucker?«, verlangt Kate nun zu wissen. »Was ist in dich gefahren, deinen Vater so zu beleidigen?«

Tucker schluckt. Setzt zum Sprechen an. Der Gesichtsausdruck eine einzige Qual. Das geht nicht. Er kann nicht derjenige sein, der es sagt.

Besser, wenn sie mich hasst.

»Möglicherweise solltest du David fragen, was er heute Morgen mit seinem Freund«, ich setze das Wort in Anführungszeichen, »in der Eishalle getan hat.«

So. Damit habe ich eine Familie zerstört. Obwohl es vielmehr David selbst war. Und er war zu feige, seinem Sohn und seiner Tochter die Bürde der Schuld abzunehmen. Ich allerdings kenne sie nur zu gut und kann damit leben. Lieber bin ich derjenige, der die Bombe hat hochgehen lassen. Solange es nicht Tucker sein muss.

Kate blinzelt verwirrt. »Was meinst du …« Ihr Kopf fährt ruckartig zu David.

Ich erkenne den Moment, in dem ihr klar wird, was das heißt. Und es passiert so rasant, dass ich mir sicher bin, dass sie was geahnt hat. Dass es eine Vorgeschichte gibt. Geben muss.

Irgendwas zerbricht in ihr. Den sonst so strahlenden Augen fehlt augenblicklich das Licht.

»Du elender Lügner!«, sagt sie mit bebender Stimme.

»Kate …«, setzt David an, der mit einem Mal ebenso gebrochen aussieht.

Fuck ist das hier … schrecklich.

Kates Kopf fährt zu Coach Toyboy herum. »Raus aus meinem Haus!«, schreit sie mit einem Mal. So habe ich sie noch nie gesehen.

»Kate«, sagt Coach Toyboy beschwichtigend. »Es tut mir leid. Ich wollte nie, dass das passiert.«

Sie zittert. Taylor weint. Mom steht in der Küche und hat beide Hände vor den Mund geschlagen. Irgendwas sagt mir, dass das hier für sie ebenfalls nicht so überraschend kommt, wie es das eigentlich sollte.

Tucker springt von seinem Stuhl auf und deutet auf Coach Toyboy. »Verpiss dich, du hast sie doch gehört«, ruft er.

»Tucker!«, brüllt David.

»Was?«, schreit Tuck und dreht sich um. Grenzenlose Wut steht in seinem Gesicht.

»Ich gehe, David. Es ist okay.« Wie ein Häufchen Elend dreht Coach Toyboy sich um und ist dann aus unserem Blickfeld verschwunden.

Lilly fängt an zu weinen. Die Zwillinge sind mucksmäuschenstill.

»Ich, ich muss ...« David stottert herum, die Stimme tränenerstickt.

»Los. Renn ihm nach. Komm danach aber nicht mehr zurück!«, spuckt Kate aus. Sie zittert noch immer, schluchzt und sieht aus, als würde sie jede Sekunde zusammenklappen.

Mom ist im selben Augenblick an ihrer Seite. »Nach all den Jahren, David. Wie kannst du nur?«

Er zögert. Und rennt schließlich los.

Ich keuche überrascht. Er rennt seinem Toyboy nach, anstatt bei seiner Familie zu bleiben.

Kate gibt einen herzzerreißenden Laut von sich, der sich für immer in mein Gedächtnis brennen wird. Sie verlässt mit Mom das Zimmer und dann verschwinden sie im unteren Bad.

Lilly weint immer lauter. Taylor sieht aus wie ein Geist. Und Tucker ...

»Tuck«, sage ich vorsichtig.

»Ich muss hier raus«, stammelt er und verschwindet kurz darauf durch die Hintertür. Ohne ihm nachzusehen, weiß ich, dass er in den Wald geht.

Gerne würde ich Taylor fragen, ob bei ihr alles okay ist, doch dann sehe ich die entsetzten Gesichter von Ezra und Isla. Ein Ruck durchfährt meinen Körper. Ich nehme Lilly auf den Arm und streiche ihr tröstend über den Rücken.

»Wie sieht's aus?«, frage ich die Zwillinge, als würde ich nicht selbst am liebsten losheulen. »Bauen wir uns endlich eine Deckenburg, in der wir uns verstecken können?«

Seit Wochen liegen sie mir damit in den Ohren. Ich weiß also genau, dass sie nichts lieber wollen. Ich erkenne den inneren Kampf auf ihren Gesichtern. Sorge und Neugierde kämpfen gegen den Wunsch, Spaß zu haben. Also sorge ich dafür, dass mein Grinsen noch etwas breiter wird. Frecher.

»Wir lassen Tucker nicht mitspielen. Das hier ist nur für die coolen Geschwister, okay?«

Damit habe ich sie.

»Ich hole die Wolldecken!«, sagt Ezra aufgeregt.

»Ich unsere Bettdecken!« Isla läuft los.

»Deks«, sagt Lilly an meinem Hals.

Ich drücke sie fest an mich. »Ja. Du bekommst einen Keks.«

Auf meinem Weg in die Küche bleibe ich bei Taylor stehen und lege eine Hand auf ihre Schulter.

Sie greift bebend danach.

»Lust auf eine Deckenburg?«, frage ich.

»Klar«, sagt sie schluchzend.

So gut ich kann, lenke ich die Geschwister ab und dabei sind meine Gedanken bei Tucker. Sie sind immer bei Tucker.

KAPITEL 36

Tucker

Scheiße, Scheiße, Scheiße.

Ich tigere vor der Hütte im Wald auf und ab.

Auf und ab.

Auf und ab.

Und das bereits eine ganze Weile.

In meinem Kopf … Fuck. Da drinnen herrscht so ein verdammtes Chaos. Ich meine … seit gestern fühlt sich mein Leben wie eine Achterbahnfahrt an. Alles ist quasi gleichzeitig passiert und die Geschehnisse haben sich beinahe überschlagen.

Der Ball.

Die gemeinsame Nacht mit Jude.

Dad und Coach Fuckboy.

Jude hat Geburtstag gefeiert.

Seine Mom ist unerwartet aufgetaucht.

Er hat ein Stipendium von meiner Traum-Uni bekommen.

Nur er. Nicht ich.

Jude hat die Bombe von Dad und Coach Fuckboy gezündet.

Dad gibt mir die Schuld daran. Was mir mehr wehtut, als ich gedacht habe. Ich will nicht zwischen den Stühlen stehen.

Außerdem ist er diesem Cyrille hinterhergelaufen.

Und Mom hat ganz klar gemacht, dass das mit Dad und ihr vorbei ist.

Fuck!

Die Frau hat nicht mal einen Job … Wir werden das Haus verlieren. Und ich werde nicht ans College gehen können nach dem Abschluss. Verdammte Scheiße, ich kann sie mit dem ganzen Mist jetzt nicht allein lassen.

Irgendwann reicht es mir nicht mehr, hin und her zu gehen. Ich setze mich in Bewegung und renne durch den Wald. Es ist mir egal, dass es Winter ist. Dass mir kahle Äste ins Gesicht schlagen. Ich weder die richtigen Schuhe noch das richtige Outfit trage. Immer wieder rutsche ich auf gefrorenen Stellen aus. Aber ich sprinte weiter. Laufe, laufe, laufe, bis meine Lunge brennt und ich irgendwann unser Grundstück erreicht habe. Meine Beine tragen mich automatisch zum See. Ich beobachte, wie der aufkommende Wind über das Wasser peitscht. Bis ich mich irgendwann zum Haus umdrehe. Von drinnen scheint warmes Licht nach draußen. Ich habe gar nicht bemerkt, dass es bereits dunkel geworden ist.

Immer noch keuchend von meinem Lauf durch den Wald verharre ich hier draußen. Höre nur meine abgehakten Atemzüge. Meine Beine zittern. Und meine Augen brennen.

Langsam setze ich mich in Bewegung. Nähere mich dem Haus von hinten und gehe die Treppen nach oben auf die Terrasse. Sie ist nicht geräumt, deshalb stapfe ich durch den viel zu hohen Schnee zur Terrassentür, die direkt in die Küche führt, und erschrecke tierisch als ich Jude dahinter stehen sehe.

Ich stoppe. Starre ihn an. Und er sieht mir mit intensivem Blick entgegen. Fuck, ich kann das nicht. Ich will nicht mit ihm reden.

Ruckartig drehe ich mich um und stapfe davon. Höre, dass sich die Terrassentür öffnet.

»Tucker«, sagt Jude. Er klingt müde. Und geschlagen.

Ich erstarre.

»Komm rein.«

Fest balle ich die Hand zu einer Faust. »Nein!«

»Nein?«

Ich wirble herum. »Bist du schwerhörig?«

»Komm schon, Tuck.«

»Nein!« Ich drehe mich um. Keine Ahnung, wohin ich will. Vielleicht zur Haustür, um von dort aus in mein Zimmer zu schleichen. Oder zu Tris.

»Lauf nicht schon wieder davon.« Die Stimme klingt nun viel näher. Zu nah. Und dann berührt er mich.

Ich schüttle seine Hand ab und fahre zu ihm herum. »Fass mich nicht an.«

»Was?«

»Du hast mich gehört. Leg deine Pfoten nicht auf mich. Du Arschloch hast heute absichtlich meine Familie zerstört.«

Judes Mund klappt auf. »Wie bitte?«

»Du warst so … Fuck Jude, denkst du einmal darüber nach, wenn du etwas sagst? Die Situation. Das alles war pures Chaos! Und dann zündest du noch diese beschissene Fremdgeh-Bombe.«

Man sieht ihm an, dass er kein Wort von dem begreift, was ich sage. Fuck, ich verstehe es doch selbst nicht. Weiß nur, dass mein Leben, wie es war, nun eindeutig vorbei ist.

»Du warst wütend auf mich. Zu Recht. Musstest du aber unbedingt deine Klappe aufmachen? Wenn Dad schon nicht den Mut hatte, es ihr zu sagen, dann hätte *ich* es Mom schonend beibringen sollen.« Frustriert kämme ich mir durchs Haar und richte den Blick nach unten. Kann Jude gerade nicht ansehen. Er trägt nicht mal Schuhe. Nur Socken.

»Tucker, ich hab's doch nur deinetwegen getan!«, ruft er. Irgendwie verzweifelt. »Damit du es nicht tun musst.«

»Wie bitte?«, zische ich. *Du hast meine Familie zerstört, damit ich es nicht tun muss? Na, vielen lieben Dank.*

»Ich …«, stammelt er. »Ich gebe zu, das alles war nicht besonders gut durchdacht …«

Laut lache ich auf. »Durchdacht, Jude? Durchdacht?« Instinktiv packe ich ihn an seinem Shirt und ziehe ihn daran näher zu mir. »Du denkst doch nie. Du handelst immer, ohne dir irgendwelche Gedanken über die Konsequenzen zu machen. Du bist so … so verdammt impulsiv. Überraschung: Alles was du tust, hat Konsequenzen.«

»Und was ist mit dir? Hättest du das Spiel deines Dads mitgespielt? Ich meine, wie kann er einfach mit Coach Toyboy in dieses Haus marschieren, als wäre nichts passiert? Hätten sie sich an den Tisch gesetzt, Kuchen gegessen und mit deiner Mom gelacht?« Er legt seine Hand auf meine, mit der ich ihn immer noch am Kragen halte. »Du wärst dabei innerlich gestorben.«

Wir sind uns so nah. Viel zu nah, deshalb drücke ich ihn nachdrücklich von mir weg.

»Und jetzt? Meine Familie ... ist keine mehr. Meine kleinen Geschwister müssen ohne Dad aufwachsen.«

»Kleiner Reminder, Tucker. Das tun sie auch jetzt schon.« Ich mache einen Schritt zurück. Es fühlt sich an, als hätte Jude mich geschlagen.

Ich zeige anklagend mit dem Finger auf ihn. »Das. Genau das meine ich. Du schlägst um dich, wenn du dich in die Ecke gedrängt fühlst.« Mit beiden Händen reibe ich mir übers Gesicht. Warum ist gerade alles so schwer? »Vielleicht wär es am besten, wenn du gehst.«

»Was?«

»Deine Mom ist wieder da. Du bekommst ein Vollstipendium von Coach Fuckboy. Du wirst College-Hockey spielen.«

Nun lacht Jude auf. »Weißt du was, Tucker? Fick. Dich.«

»Wie bitte?«

»Ja, fick dich, du Arschloch. Du wirst mich jetzt nicht von dir stoßen. Nicht, nach dieser Nacht. Nicht, nachdem wir uns gesagt haben, dass wir uns lieben.«

»Alter«, schreie ich, »checkst du es nicht? Ich kann dich gerade nicht mal anschauen, weil ich jedes Mal daran denken muss, wie du meine Familie einfach gesprengt hast.«

Und dann sehe ich plötzlich meine Mom in der Verandatür stehen. Ihre Augen sind rotgeweint, ihr Mund steht weit offen.

»Oh.« Ihre Stimme klingt schwach. Leise. Dennoch trägt sie der Wind zu uns herüber. Man erkennt genau den Moment, in dem sie versteht, dass Jude und ich miteinander ins Bett gehen. »Wow. Ich bin wirklich blind.« Mit diesen Worten dreht sie sich um und geht davon.

»Mom, warte.« Ich setze mich in Bewegung, doch Jude schlingt seine Hand um meinen Unterarm. »Tucker, geh jetzt nicht.« Ich habe ihn noch nie so verletzlich gehört. »Wir ... wir sollten das klären.«

»Jude, ich ... ich kann das gerade nicht.«

»Wenn du jetzt gehst ...«, beginnt er.

»Jude, du tust es schon wieder«, brülle ich ihn an. »Fang endlich mal an zu denken, bevor du den Mund aufmachst.«

Seine Miene verschließt sich. »Weißt du, was? Dann fang du doch endlich mal an, nicht nur an *dich* zu denken. Bist du mal auf die Idee gekommen, dass *du* derjenige bist, der mich in so Scheißsituationen bringt? Es geht immer nur um dich, dich, dich. Du hast monatelang in der Öffentlichkeit so getan, als wärst du noch mit Lexa zusammen. Aber klar, Jude hält das schon aus. Du willst nicht, dass jemand von uns erfährt? Schon klar, Jude versteckt sich mit dir, weil er alles für dich tun würde. Dein Dad spaziert mit seinem Freund in dieses Haus und zerstört eure Familie. Geben wir doch einfach Jude die Schuld. Weißt du was? Ich habe es satt. Mein ganzes Leben lang, ging es nie um mich. Nie! Damit bin ich jetzt fertig. Aus. Vorbei. Weißt du, was übrigens noch nett gewesen wäre? Wenn du dich fünf Sekunden lang mit mir über das Stipendium gefreut hättest.«

»Nimm es an und wir sind fertig miteinander«, zische ich. Und ich habe behauptet, Jude denkt nicht nach, bevor er spricht.

Nun lacht Jude auf. »Weißt du was? Dann ist es jetzt aus. Ich lasse mich doch nicht emotional von dir erpressen. Ich werde das Stipendium annehmen, weil es meine einzige Chance auf ein besseres Leben ist. Und du wirst nie verstehen, warum ich das tun muss, weil du alles hast.«

»Hattest«, korrigiere ich ihn. »Ein schönes Haus, eine intakte Familie und eine Freundin. Ich hätte nie gedacht, wie schnell sich das Blatt wenden kann, *Vegas*.«

»Vielleicht hast du aufs falsche gesetzt.« Mit kaltem Blick sieht Jude mich an.

»Das haben wir beide«, sage ich und gehe weg. An ihm vorbei und rein ins Haus.

KAPITEL 37
Jude

Blödes. Arschloch.

Ich kann nicht fassen, dass Tucker mich stehen lässt. Nachdem er gesagt hat, was er gesagt hat. Und tatsächlich weiß ich nicht mal, was am meisten wehgetan hat. Dass ich mich nicht um meine Familie kümmere oder dass ich seine kaputtgemacht habe. Oh – oder, dass wir fertig miteinander sind, wenn ich mein Stipendium annehme. Das ich annehmen muss!

Den ganzen Tag über war er ein richtiger Arsch zu mir, hat mich von sich gestoßen, dabei habe ich versucht, für ihn da zu sein. Und jetzt? Jetzt … ist es vorbei. Einfach so?

Ich stampfe mit dem Fuß auf, wobei mir auffällt, dass ich nur in verdammten Socken knöcheltief im Schnee stehe. Bis eben ist mir nicht mal aufgefallen, dass ich keine Schuhe trage.

Noch immer vor Wut kochend, laufe ich einmal um das Haus herum und benutze die Haustür, um niemandem mehr zu begegnen. So schnell ich kann, schlüpfe ich in meine Schuhe und ziehe schwungvoll die Jacke vom Haken. Kurz darauf knalle ich die Haustür zu.

Erst als ich in meinem Truck sitze, traue ich mich, einen tiefen Atemzug zu nehmen. Meine Hände zittern.

Keine Ahnung, was ich hier überhaupt mache. Wohin ich will. Alles in mir schreit nach meinem besten Freund Asher, der nicht hier ist. Ohne groß nachzudenken, starte ich den Motor und fahre los. Planlos. Warte darauf, dass ich mich beruhige, was allerdings nicht passiert. Noch immer donnert mein Herzschlag in den Ohren, während ich Tucker gleichermaßen vermisse, wie ich ihm in die Fresse hauen will. Fuck. Ich bin komplett neben der Spur.

Keine halbe Stunde später stehe ich vor dem Diner von Coreys Familie. *Clark's* steht in verschnörkelten Lettern über der großen

Fensterfront. Ich schnaube. Sehr einfallsreich das Diner mit dem eigenen Nachnamen zu benennen. Dennoch sieht es einladend aus, also steige ich aus dem Wagen und laufe darauf zu. Dahinter erstreckt sich ein Wohnhaus, vermutlich von Corey und seiner Familie.

Das Erste, was mir entgegenströmt, als ich den Laden betrete, ist der Duft. Es riecht nach Kuchen. Nach Zimt und Kaffee und … Schokolade. Am liebsten würde ich mich hier verkriechen und alles in mich hineinstopfen. Bekämpft man Liebeskummer nicht mit Essen? Leider fühlt sich mein Magen an, als wäre er verknotet. Oder als würden Steine darin liegen.

»Hey, willkommen. Such dir einen Platz aus«, reißt mich die Stimme einer dunkelblonden Frau aus meinen Gedanken. Ich blicke auf und … muss einer Verwandten von Corey gegenüberstehen. Klar, sie ist zierlich und er dagegen ein Schrank, dennoch sind die Gesichtszüge die gleichen. Da sie schon etwas älter aussieht, gehe ich davon aus, dass es seine Mom ist. Sie hat eine grüne Schürze umgebunden und trägt ein weißes T-Shirt, auf dem ebenfalls der Familienname prangt. Mit schräggelegtem Kopf sieht sie mich an und deutet auf die grünen Lederbänke. Abwartend irgendwie. Shit. Sie hat mit mir geredet, oder?

»Ich … äh … Was?«

Sie runzelt verwirrt die Stirn. »Ähm … ob du dich setzen willst?«

Will ich? Eher nicht. »Ich … Nein, danke.«

Jetzt blinzelt sie mehrmals. Der Mund steht ihr offen.

Meine Güte, die muss mich für zurückgeblieben halten.

»Ich suche Corey«, schaffe ich es schließlich, zu sagen.

»Ooh, sag das doch gleich«, sagt sie kichernd.

»Mom, das ist Jude. Garcia-Wilson?«, mischt sich eine deutlich jüngere Frau ein, die hinter dem Tresen steht und Kaffee einschenkt. Jetzt bin ich es, der verwundert ist.

»Du kennst mich?«, richte ich die Frage direkt an sie. Sie grinst frech und ich kann nicht übersehen, dass sie hübsch ist. Mit dem Pferdeschwanz und den großen Brüsten, die sich durch das Shirt abzeichnen, sieht sie aus wie Sookie Stackhouse aus dieser komischen Serie mit den heißen Vampiren.

»Natürlich. Mein Bruder spielt im gleichen Team wie du. Und du bist ja so was wie ihr neues Zirkuspony.«

Beinahe bekomme ich ein Grinsen zustande. Beinahe. Trotzdem ist sie lustig.

»Oh, natürlich! Hallo Jude. Schön, dass du mal bei uns vorbeischaust«, sagt Coreys Mom. Oder wer auch immer sie ist. Freundlich lächelt sie mich an. Dann sieht sie über meine Schulter, als die Türglocke weitere Gäste ankündigt.

»Geh einfach durch die Hintertür hier. Dann im Flur die Treppe hoch. Das letzte Zimmer rechts gehört Corey.« Coreys Mom deutet mit einem freundlichen Lächeln auf die Hintertür und begrüßt daraufhin die anderen Gäste.

»Der ist total verkatert, also wunder dich nicht, wenn es in seinem Zimmer stinkt wie in einem Pumakäfig während der Paarungszeit«, bemerkt Coreys Schwester.

Ich mag sie. Unter normalen Umständen wäre ich darauf eingestiegen.

Mehr als ein schwaches Lächeln bekomme ich jedoch nicht zustande.

»Danke«, murmele ich und folge den Anweisungen, bis ich irgendwann an Coreys Tür anklopfe. Keine Antwort. Na toll. Kurz überlege ich mir, wie wichtig mir seine Privatsphäre ist, stelle aber fest, dass mir so was aktuell am Arsch vorbeigeht. Also betrete ich uneingeladen das Zimmer. Zuerst mache ich Corey aus, der zur Hälfte unter seiner Bettdecke liegt. Die Vorhänge sind zugezogen und er starrt auf den Laptop, auf dem irgendeine Serie läuft. Danach fällt mir der Rest auf. Das Zimmer ist ... Ich habe noch niemals in meinem Leben etwas so Unordentliches gesehen – und ich war schon mal im Kinderzimmer der Zwillinge. Das hier ... das ist eine neue Dimension. Klamotten liegen auf jedem einzelnen Quadratmeter verteilt. Ich kann nicht mal den Boden erkennen. Chipstüten, Plastikflaschen. Papier. Hier ist einfach alles kreuz und quer verstreut.

»Jude? Was machst du denn hier?«, fragt Corey mit verschlafener Stimme und verstrubbelten Haaren. Warum ist der Typ eigentlich so niedlich?

Ich schließe die Tür hinter mir und trete unschlüssig von einem Bein auf das andere. Meine Wut verraucht so langsam und weicht grenzenloser Überforderung.

Als würde er bemerken, dass etwas nicht stimmt, setzt Corey sich ruckartig auf. »Was ist passiert?«

»Ich …« Ich nehme einen tiefen Atemzug. Warum ist meine Stimme so wackelig?

Bei dem Versuch, aus dem Deckengewirr zu entkommen und aufzustehen, fällt er aus dem Bett. Er trägt lediglich eine karierte rote Schlafanzughose und ist oberkörperfrei. In Sekundenschnelle springt er erneut auf die Füße und ist mit wenigen Schritten bei mir. Er packt mich bei den Schultern und zwingt mich, ihn direkt anzusehen. »Was ist passiert, Jude?«

Verdammt. »Wir haben Schluss gemacht.« Meine Stimme ist brüchig.

Ehe ich reagieren kann, hat Corey die Arme um mich geschlungen und hält mich fest. Ich lege kraftlos den Kopf auf seiner Schulter ab. Meine Augen brennen und in meinem Hals wächst ein Kloß heran. Scheiße. Ich war wütend. Wo ist die Wut hin? Auf traurig bin ich nicht gefasst, nicht schon wieder.

»Komm«, sagt er und schiebt mich auf sein Bett zu. Wir setzen uns nebeneinander, wobei ich nicht aus den Augen gelassen werde.

»Was hat unser Ballkönig angestellt?«, fragt er grimmig.

Ich schnaufe, ziehe meine Jacke und meine Schuhe aus.

»Deine Füße sind nass, Jude.«

»Irgendwie stand ich mit Socken im Schnee, während Tuck mir vorgeworfen hat, seine Familie zerstört zu haben.«

»WAS?«, ruft Corey geschockt. Ich setze zum Sprechen an, werde aber von seinem hochgehaltenen Zeigefinger daran gehindert. »Okay, warte. Du brauchst ein Paar Socken.«

Er steht auf und wühlt in seiner Kommode herum, bis er schließlich mit einem Paar Tennissocken zurückkommt, die ich dankbar annehme, um sie gegen meine auszutauschen.

»Es wundert mich, dass du im Schrank noch was gefunden hast, wo doch alle Sachen auf dem Boden verteilt sind«, murmele ich trocken.

Corey winkt ab. »Ach, das bisschen Unordnung. Jetzt erzähl mir lieber, was hier abgeht. Du bist weiß wie eine Wand.«

»Okay, warte. Ich kann das nicht zweimal erzählen.« Ich ziehe mein Handy aus der Tasche und wische darauf herum.

»Was tust du da?«

»Ich rufe Asher an.«

»Nein!«, fährt Corey mich an. Er sieht ... erschrocken aus?

»Wieso nicht?« Abwartend starre ich ihn an.

Er zögert. Kaut auf seiner Unterlippe. »Nur so, weil ... weiß ich auch nicht.«

Hä?

»Hab ich was verpasst? Ihr habt euch doch ganz gut verstanden an Halloween?«

»Super verstanden«, stammelt er. »Absolut super ... ja ... klasse. Ruf ihn ruhig an.«

Ich nehme mir fest vor, ihn zu fragen, was zur Hölle das hier eben war. Irgendwann. Wenn ich wieder ich selbst bin. Wenn die Stelle in meiner Brust sich nicht mehr wie eine offene Wunde anfühlt.

Mein Handy zeigt mehr Corey als mich, als Asher endlich den Videocall annimmt. Er strahlt über das ganze Gesicht, was sich von einer Sekunde zur nächsten ändert.

»Stalkst du mich jetzt, Corey?«, scheppert die Stimme meines besten Freundes aus meinem Smartphone.

Meine Augen werden groß. Mein Kopf fährt zu Corey herum. Seine Wangen sind knallrot. »Das hättest du wohl gerne.«

Golden Retriever.

Ich drehe die Kamera zurück zu mir und schaue meinem besten Freund in die Augen. Und fühle mich plötzlich schrecklich verloren. Ich kann noch nicht mal ergründen, weshalb die beiden sich eben so verrückt aufgeführt haben.

Asher zu sehen macht etwas mit mir, verstärkt meine Hilflosigkeit.

Der mustert mich jetzt und benötigt nur wenige Sekunden, um zu checken, dass etwas ganz und gar nicht stimmt.

»Was hat dieses blöde Arschloch gemacht?«, knurrt er.

»Wo soll ich anfangen? Um Mitternacht hat er Lexa geküsst. Dann hat er mir seine Liebe gestanden, mich in der Eishalle besinnungslos gevögelt und seitdem behandelt er mich wie einen Fußabtreter.«

Und dann ist es nicht mehr aufzuhalten. Ich heule los. So richtig.

»Deshalb wollte ich diese ganze Beziehungsscheiße nicht. Das macht einen doch kaputt«, schluchze ich. »Er hat es mir versprochen. Er hat versprochen, dass er mich nicht mehr wegstößt.«

Die Tränen laufen mir an den Wangen herunter und ich werde von Schluchzern geschüttelt.

Asher starrt mich mit offenem Mund an. Fährt sich durch die Haare.

»Fuck ich ... Fuck. Ich weiß nicht, was ich sagen soll.«

Corey schnaubt. »Nennst du dich nicht bester Freund? Da solltest du doch wissen, was zu tun ist.«

»Halt die Klappe«, meckert Asher. »Normalerweise heult Jude nicht. Sonst muss ich ihm jeden Scheiß aus der Nase ziehen, weil er alles mit sich selbst ausmacht. Das hier ist keine gewöhnliche Situation. Allerdings bin ich gerne für deine hilfreichen Vorschläge bereit, Corey.«

Meine Sicht ist tränenverschleiert. Trotzdem sehe ich, wie Corey den Mund verzieht, näher zu mir heranrutscht und mich ein weiteres Mal in den Arm nimmt. Dankbar lehne ich mich in seine Umarmung.

»Dieses blöde eingebildete Arschloch. Ich wusste, dass er nur Ärger bringt«, knurrt Asher und mir ist klar, dass er von Tucker spricht. »Was zur Hölle hat er gemacht, Jude? Damit ich weiß, wofür ich ihm den Arsch aufreiße.«

Ich setze mich auf und wische mir übers Gesicht, als könnte ich so meinen Heulanfall abwenden.

Irgendwie schaffe ich es, den beiden alles zu erzählen. Angefangen von Tuckers und meinen ersten Annäherungen bis zu unserem Streit auf der Terrasse. Nachdem ich geendet habe, herrscht einige Sekunden absolute Stille.

»Du hast ein Stipendium?«, fragt Asher bedeutungsvoll.

»Ja«, sage ich bitter. »Von dem Scheißlover von Tuckers Dad.«

Ich habe nicht mal lange gezögert, den beiden davon zu erzählen. Sie sind meine besten Freunde und die brauche ich gerade.

»Lover von Tuckers Dad. Das ist so krass«, sagt Corey verdattert.

»Scheiß auf seinen Dad! Nichts gibt ihm das Recht so mit dir um-zuspringen. Wie kann er es wagen, überhaupt nur anzudeuten, dass du dich nicht um deine Familie kümmern würdest?« Asher brüllt bei-nahe, was ich ihm nicht mal verübeln kann. Er hat meinen Kampf hautnah miterlebt, all die Jahre lang. Wenngleich wir nie ein Kaffee-kränzchen abgehalten haben, bei dem ich ihm im Detail erzählt habe, was bei uns abgelaufen ist, hat er dennoch jede Menge Scheiß miter-lebt oder mitbekommen. Zu viel für meinen Geschmack. »Oder dass du seine zerstört hättest? Arschloch!« Das scheint sein neues Lieb-lingswort zu sein.

»Ich weiß nicht, was ich jetzt tun soll«, sage ich hilflos. Meine Schul-tern beben. Hätte mir jemand gesagt, dass Liebeskummer tatsächlich körperliche Schmerzen hervorruft, hätte ich alles dafür getan, Tucker nicht näherzukommen. Obwohl, wem mache ich was vor? Die Zeit mit Tucker war die beste meines Lebens. Weil er … Tucker ist.

»Du bist zu deinem besten Freund gegangen, um nicht allein zu sein. Das ist doch schon mal was«, murmelt Corey und legt seinen Kopf an meiner Schulter ab.

»*Ich* bin sein bester Freund«, korrigiert Asher sofort. »Und über-haupt, wieso trägst du kein Shirt?«

»Ich muss dir gar nichts erklären«, antwortet Corey trotzig.

Asher blinzelt stumm in seine Richtung und richtet dann die Augen nur auf mich.

»Ich liebe dich, Bro. Lass dir von niemandem kaputtmachen, dass du ein verdammtes Stipendium für das Lakeshore College of Toronto hast. Das hast du dir verdient, verdammt noch mal. Deine Fahrkarte. In ein besseres Leben, Vegas-Boy! Das ist ein Grund zu feiern, nicht zum Heulen.«

Gegen meinen Willen schleicht sich ein Lächeln auf mein Gesicht.

»Er hat recht!«, stimmt Corey zu. »Traurig sein kannst du später. Wir beide feiern jetzt. Meinst du, der alte Stan verkauft uns Alkohol an der Tankstelle? Bist du nicht sein kleiner Liebling?«

»Ich bin jedermanns Liebling!«

»Da ist er ja«, sagt Asher lachend. »Hast mir schon Angst gemacht.«

»Emotionen zeigen ist wichtig«, wirft Corey mit neunmalklugem Ton ein.

Asher schnauft genervt. »Ich sag euch was.« Er übergeht den Kommentar einfach. »Ihr geht Bier kaufen und ruft mich danach wieder an. Dann trinken wir zusammen.«

»Okay.« Ich nicke.

»Oh, und nebenbei, Happy Birthday, Bro.«

KAPITEL 38
Tucker

In den letzten Stunden haben Tay und ich uns gemeinsam um die Kinder gekümmert. Ich fühle mich wie ein Arschloch, weil sie mir erzählt hat, dass nach meinem Verschwinden Jude das Kommando übernommen hat. Vor allem, weil ich ihn wie den letzten Arsch behandelt habe. Dabei wollte ich das gar nicht. Aber ich konnte die Wortkotze nicht aufhalten. Sie ist einfach aus mir herausgeploppt. Unaufhaltsam.

Tay zieht Lilly gerade ihren Pyjama an. Irgendwie rechne ich es ihr hoch an, dass sie nicht direkt das sinkende Schiff verlassen hat und gemeinsam mit Coach Fuckboy und Dad zurück nach Toronto gefahren ist. Ezra und Isla diskutieren wild miteinander. Irgendein Streit über Duplo-Steine, die eigentlich Lilly gehören.

»Tay«, krächze ich. Wir haben nicht viel miteinander gesprochen, während wir die Kinder bettfertig gemacht haben.

Sie sieht auf und lächelt schwach.

»Denkst du, Mom ist immer noch im Schlafzimmer?«

»Ja. Als ich die Pyjamas geholt habe, waren die Stimmen von Dalia und ihr deutlich durch die Tür zu hören.« Sie sieht zu Lilly und drückt ihr einen Kuss auf den Scheitel. »Fertig angezogen, meine Süße.«

Lilly kommt auf mich zugelaufen und streckt ihre Ärmchen nach mir aus. Das internationale Zeichen für Ich-will-auf-deinen-Schoß.

Laut seufze ich auf. »Ich muss mit Mom reden.«

Taylor nickt. »Ich bleibe bei den Kindern.«

Lilly kuschelt sich in meine Halsbeuge. »Magst du zu Tay?«

»Nein. Duck.«

»Weißt du was?«, frage ich sie. »Wenn du jetzt noch kurz zu Taylor gehst, hole ich dich später ab und du darfst heute Nacht nicht nur bei mir schlafen, sondern ich lese dir auch eine Geschichte vor. Sooo lange, bis du eingeschlafen bist.«

Lilly beginnt zu zappeln und ich lasse sie hinunter. Sofort läuft sie zu Tay und lässt sich auf ihren Schoß plumpsen.

Ich stehe auf und klopfe mir den imaginären Staub von meiner Hose. »Hast du eigentlich schon mit Mom gesprochen?«

Deutlich sehe ich sie schlucken. »Nein, ich … ich hab's noch nicht geschafft.«

»Verstehe.«

»Tucker?«

»Hmm?«

»Ich wollte mich wirklich nicht auf eine Seite schlagen.«

Traurig sehe ich sie an. »Hast du aber.«

»Wirst du es ihr erzählen?«

Ich schüttle den Kopf. »Nein. Du solltest es tun.« Eine Antwort warte ich gar nicht erst ab, sondern drehe mich um und verlasse das Wohnzimmer.

Oben angekommen, klopfe ich zögerlich an ihre Tür. »Mom?« Sie wird geöffnet, aber nicht meine, sondern Judes Mom steht vor mir. »Ähm … hi«, stoße ich hervor. »Kann ich bitte mit meiner Mutter sprechen?« Das alles fühlt sich so falsch an.

»Ja, gleich.« Unerwarteterweise macht Dalia einen Schritt auf mich zu und zieht mich in eine Umarmung. »Wie ich höre, gehörst du jetzt auch zu meiner Familie, Tucker.« Sie lässt mich los und streichelt mir über die Wange. »Jude hat einen ausgezeichneten Geschmack.«

Ich sacke zusammen. »Oh, das bezweifle ich. Er könnte jemanden haben, der ihm das Leben nicht so zur Hölle macht.«

Dalia winkt ab. »Jude ist taff.«

»Ehrlich gesagt denke ich, dass er das schon viel zu lange ist. Vielleicht … solltest du mal mit ihm reden …? Er hat eine Menge durchgemacht. In Vegas. Mit dir. Und hier. Mit mir.«

»Tucker!«, schimpft meine Mom.

»Was?« Ich schaue an Dalia vorbei und sehe sie im Schneidersitz auf dem Bett sitzen. Neben ihr liegt ein Haufen zerknüllter Taschentücher.

»Alles gut«, mischt Dalia sich sofort ein. »Tucker hat recht. Zumindest mit dem Teil, der mich betrifft. Ich war keine gute Mom. Nicht so wie du, Kate.« Sie sieht über ihre Schulter zu ihr. »Ich werde daran arbeiten, um das zu ändern.«

Sie geht an mir vorbei. Vielleicht nach unten zu Tay? Oder zu Jude? Und ich? Ich stehe da und kann mich nicht bewegen.

»Komm rein«, sagt Mom.

Neugierig sehe ich mich um. »Ich war schon Ewigkeiten nicht mehr hier.« Neben ihrem Bett steht Lillys Gitterbett. Außerdem steckt ein Rausfallschutz auf der anderen Seite der Matratze. Vermutlich für Ezra oder Isla. Soweit ich weiß, stehen die beiden nachts ständig vor Moms Bett.

Ein wenig überfordert bleibe ich stehen, doch Mom winkt mich zu sich. Sobald ich neben ihr sitze, nimmt sie meine Hände in ihre. »Es tut mir leid. Ich hab's nicht gesehen.«

Verwirrt sehe ich sie an. »Wie bitte?«

Genauso wie Dalia eben streichelt sie mir über die Wange. »Dass dich Jungs ebenfalls interessieren. Es hätte mir auffallen sollen.«

»Ehrlich gesagt bin ich nicht deswegen hier.«

»Nicht?«

»Okay, doch auch. Nur hab ich irgendwie mit … Vorwürfen gerechnet. So was wie: nicht unter meinem Dach. Ihr habt wie Brüder zusammengelebt.« Würg! Allein der Gedanke.

Mom lächelt. Schwach. Aber immerhin. »Das wäre ziemlich scheinheilig von mir. Ich hatte nie ein Problem damit, dass Lexa hier schläft. Darum werde ich kein Drama machen, weil Jude und du euch nähergekommen seid.«

»Wirklich?«

»Ja.« Sie holt tief Luft. »Ich erkenne gewisse Parallelen zu meinem eigenen Leben. Was ist mit Lexa?«

Ich schlucke. »Sicher, dass du das hören willst?«

Sie nickt.

»Gut.« Ich sammle etwas Mut. »Lexa und ich sind schon seit November kein richtiges Paar mehr.«

»Sie war doch noch einige Male hier. Nicht mehr so oft wie früher, wenn ich darüber nachdenke, nur …« Die Verwirrung steht ihr ins Gesicht geschrieben.

»Lexa und ich hatten an Halloween gemeinsam Sex mit Jude«, platzt es aus mir heraus.

Nun klappt Moms Mund auf. »Tucker! Das war jetzt doch mehr Information über dein Sexleben, als ich haben sollte.«

»Sorry«, entschuldige ich mich kleinlaut. »Darum geht's eigentlich gar nicht. Danach habe ich gemerkt, dass es mit Lexa und mir nicht mehr so läuft. Und ich mich möglicherweise in Jude verknallt habe.«

»Mein Schatz. Du hättest mit mir reden sollen.«

»Ich weiß, aber … ich hab mich mies gefühlt. Wegen Lexa.«

»Hast du sie denn belogen?« Das *So-wie-dein-Dad-mich* schwingt hörbar in ihrer Frage mit.

»Ja, möglicherweise. Zu Beginn. Dann haben wir es beendet. Ihr zuliebe habe ich allerdings weiterhin so getan, als wären wir noch zusammen. Es gab ein paar Gerüchte.«

»Welche?« Mom drückt meine Hand.

»Dass *sie* mit Jude geschlafen hat.« Was nur die halbe Wahrheit war.

Verstehend nickt Mom. »Und bei der Geschichte kam sie nicht gut weg, oder?«

»Gar nicht gut.«

Ein lautes Seufzen. »Das heißt zwischen Lexa und dir ist alles okay?« Das bezweifle ich, nachdem ich gestern ohne ihre Zustimmung öffentlichkeitswirksam mit ihr Schluss gemacht habe. Ich hab seitdem nicht mehr auf mein Smartphone geschaut, deshalb sind das Probleme für Zukunfts-Tucker. Gegenwarts-Tucker hat schon genug Scheiße am Laufen. »Soweit nach einer Trennung alles okay sein kann«, sage ich. »Aber Mom … reden wir nicht über mein Drama.« Denn wenn ich an Lexa denke, muss ich an Jude denken. Und wenn ich an Jude denke, dann daran, was für Schwachsinn ich ihm – mal wieder – an den Kopf geworfen habe. Und das kann ich gerade nicht, weil wir es dieses Mal vielleicht nicht mehr hinbekommen. Das wäre … katastrophal. Und daran möchte ich echt nicht denken, weil ich dann heulen müsste …

»Reden wir also über meines?«

»Ja.«

»Cyrille Fournier«, brummt sie. »Ich hätte es wissen müssen. Sie waren sooo eng miteinander befreundet am College. Ich war nur sooo naiv und habe gedacht, dass ich mir möglicherweise etwas einbilde. Und sie so eine … Wie sagt ihr …? Eine Bromance miteinander haben.«

»War es nur nicht.«

»Nein.« Mom schluckt. »Tucker, ich muss dich das jetzt einfach fragen. Dein Vater … unten im Esszimmer … alles war so laut. Und chaotisch. Wie lange wusstest du es schon?« Es kommt mir vor, als würde sie die Luft anhalten.

»Seit heute Morgen«, gestehe ich ihr. »Jude und ich haben die Nacht in der Eishalle verbracht und Dad und Coach Fuckboy …«

»Tuck!« Mom schlägt sich die Hand vor den Mund und lacht dann. »Coach Fuckboy?«

»Sorry, ich werde ihn ganz bestimmt nicht bei seinem Vornamen nennen.«

»Du weißt, ich bin kein Fan von vulgärer Sprache, aber Coach Fuckboy hat wirklich einen guten Klang.«

Ich grinse. »Freut mich, dass ich dich ein bisschen erheitern kann.«

»Minimal.« Sie hält Daumen und Zeigefinger ein Stück weit auseinander. »Also, was ist in der Eishalle passiert?«, fragt Mom.

»Die beiden waren dort. Und es war unmissverständlich, dass sie etwas miteinander haben. Ich habe Dad ein Ultimatum gegeben, dass er es dir innerhalb einer Woche sagen soll oder ich tue es.«

Befreit stößt Mom den Atem aus. »Das ist schön zu hören.«

»Tja, leider ist Jude mir zuvorgekommen.«

»Ich bin erleichtert, dass ich es weiß. Und ich bin Jude nicht böse.«

»Nicht?«

»Natürlich nicht. Er ist ein guter Junge. Ich mag ihn. Und er flucht viel weniger als früher. Muss wohl dein guter Einfluss sein.« Mom zwinkert mir zu. »Ich freue mich, dass ihr zusammengefunden habt.«

»Das ist nicht so einfach, Mom. Ich habe ihm 'ne Menge Mist zugemutet. Unser Zusammensein war geprägt von Geheimnissen, Missverständnissen und Vorwürfen. Er hat mein Drama die ganze Zeit mitgemacht und zum Dank … na ja, nichts als Undankbarkeit von mir erhalten.«

»Du bekommst das hin.«

»Und du, Mom? Bekommst du es wieder hin?«, frage ich.

»Mit deinem Dad?« Sie schüttelt den Kopf. »Nein, so leid es mir für euch Kinder tut, aber ich werde mich definitiv von ihm trennen. Eins verspreche ich dir allerdings: Mein – oder eher unser – Leben: Das bekomme ich in den Griff.«

Und dann nimmt sie mich in den Arm und drückt mich ganz fest.

KAPITEL 39
Jude

Es geht mir nicht gut. Gar nicht gut. Zum einem habe ich einen Kater direkt aus der Hölle. Ich habe gestern viel zu viel getrunken. Dabei ist es nicht bei einem Heulanfall geblieben. Corey und ich stecken von jetzt an in einer absolut heftigen Bromance, so viel wie er mich im Arm gehalten hat. Zur Krönung habe ich mich noch ungefähr tausendmal übergeben, bevor ich irgendwann eingeschlafen bin. Die Kopfschmerzen, die mich mit dem ersten Augenaufschlag begrüßt haben, halten noch immer an, als ich vor unserer Haustür stehe und mich in der Scheibe spiegle. Wow. Normalerweise bin ich peinlich darauf bedacht, dass meine Haare perfekt sitzen, jetzt sehen sie hingegen aus, als hätte jemand stundenlang daran gezogen. Dabei sind sie nur das Produkt von mir, wie ich neben der Kloschüssel eingeschlafen bin.

Die Nacht war also alles in allem nicht unbedingt die Sternstunde meines Lebens. Ich fühle mich beschissen. Nicht nur, dass mein Kopf mich fertigmacht – der Schmerz in meiner Brust ist noch unerträglicher. Und das Letzte, was ich will, ist, zurück in dieses Haus zu gehen. Das voller Erinnerungen ist. Voll von Vorwürfen.

Ich gebe mir selbst einen Ruck und schließe die Tür auf, besonders vorsichtig, damit mich niemand hört. Nur um direkt in Ezra hineinzulaufen.

Zur Hölle noch mal!

»Jude ist da!«, brüllt er und umarmt mich überraschend fest. Verdattert drücke ich ihn kurz an mich. Ezra sieht mit einem Lächeln zu mir auf und rennt schließlich ins Wohnzimmer, aus dem viel zu viele Stimmen dringen. Keine Chance, dem zu entkommen, jetzt da jeder weiß, dass ich hier bin.

Ich seufze einmal tief, reibe mir über die Augen und folge meinem Lieblings-Landry.

Schlagartig bin ich überfordert, dass alle hier sind. Kate, Mom, Taylor, die Zwillinge, Lilly … und Tuck. Sie sitzen gemeinsam am Tisch beim Mittagessen. Logisch. Nicht jeder hat versucht, die ganze Nacht seine Gefühle in Alkohol zu ertränken.

»Jude«, sagt Kate mit einem warmen Lächeln. Unter ihren Augen liegen dicke Schatten, doch sie hält sich wacker und sitzt mit ihren Kindern am Tisch, als wäre nicht gerade ihre Welt zusammengebrochen. Ich verehre diese Frau!

Eine Welle des schlechten Gewissens überrollt mich, weil ich derjenige war, der die vernichtenden Worte gesagt hat.

Doch sie sieht nicht wütend aus. Im Gegenteil. »Wo warst du? Wir haben uns Sorgen um dich gemacht«, schiebt sie nach.

Ich knabbere auf meiner Unterlippe herum. Mom sieht mich abwartend, aber gelassen an. Sie weiß, dass ich auf mich aufpassen kann. Dass ich Raum wollte. Vermutlich sind die News, dass ich einem der Landrys näher als nahe gekommen bin, bis zu ihr vorgedrungen.

»Sieht nach einer interessanten Nacht aus«, sagt meine Mom, ein klein wenig neckisch, doch mit einem kleinen Lächeln auf den Lippen. Normalerweise hätte ich mit einem Spruch geantwortet. Ich kann es nur einfach nicht. Jetzt gerade fühlt es sich an, als könnte ich es nie mehr.

»Ich war bei einem Freund«, sage ich vage. Nicht, weil ich geheimnisvoll sein will, sondern weil ich zu nicht viel mehr in der Lage bin. Irgendetwas in mir ist taub. Kraftlos. Verloren. Mich zu erklären kommt nicht infrage, zumal ich noch nicht ganz begreifen kann, dass ich so die Fassung verloren habe. Das habe ich noch nie. Niemals.

»Möchtest du dich zu uns setzen?«, fragt Taylor schließlich, als es viel zu ruhig wird. Selbst die Kinder brüllen nicht wie gewöhnlich herum. Isla sieht mich mit großen Augen an. In Ezras Augen steht noch immer Bewunderung geschrieben, allerdings mustert er mich genau. Weil Kinder verdammt noch mal Antennen haben und merken, wenn man nicht man selbst ist.

»Nein«, murmele ich schwach. »Ich gehe in mein Zimmer.«

Bevor irgendwer protestieren kann, drehe ich mich um und marschiere zur Treppe.

»Jude«, höre ich seine Stimme wenig später hinter mir. Tuck.

Ich schließe die Augen, unfähig mich umzudrehen, doch ich bleibe auf der untersten Stufe stehen.

»Wo warst du?«, fragt Tucker. Immerhin nicht mehr so wütend wie gestern. Dennoch habe ich das Gefühl, dass ein fetter Graben direkt zwischen uns liegt.

»Hab ich doch schon gesagt.« Meine Stimme klingt rau. Vom Alkohol. Von der Heulerei.

»Warst du bei ihm?«, will er wissen, wobei seine Stimme kippt.

Mein Kopf fährt zu ihm herum. Entgeistert starre ich meinen … Ex-Freund an. »Was? Bei wem?«

Tucker blinzelt einige Male, knabbert auf seiner Unterlippe und vermeidet es, mir direkt in die Augen zu sehen. »Warst du bei Noah?«

Ein Stich durchfährt mich. Das denkt er? Dass ich mich direkt in Noahs Arme geworfen habe? Tja. Um fair zu sein, war es genau das, was ich beim Ball getan habe, weil ich dachte, dass er mich nicht will.

Fuck. Ein weiterer Beweis, dass das zwischen uns total verkorkst ist. Und trotzdem tut es jetzt nicht weniger weh. Es ist zu viel. Ich krieg das hier alles nicht mehr hin. Müde. Ich bin zu müde von allem, was zwischen uns passiert ist. Also verziehe ich nur bitter das Gesicht und lasse ihn stehen. Einen weiteren Streit packe ich nicht, also sage ich gar nichts. Gehe stattdessen die Treppe hinauf in mein Zimmer, schließe die Tür und lasse mich auf mein Bett fallen.

Atmen. Das ist das Einzige, auf das ich mich jetzt konzentriere. Das hat beinahe etwas Beruhigendes.

Mein Frieden währt nur kurz, denn wenig später steckt meine Mom den Kopf in mein Zimmer. Ohne zu klopfen. Denn ich hatte nie eine Zimmertür, an der man hätte klopfen können, lediglich einen Vorhang, der meinen kleinen Bereich abgetrennt hat. Und den ich gerade schmerzlich vermisse.

»Hey, mi niño.«

Ein Kloß nistet sich in meinem Hals ein. »Hey.«

Mom setzt sich zu mir aufs Bett und legt eine Hand an meine Schulter.

»Also«, setzt sie an. »Tucker —«

»Nein!«, unterbreche ich sie aufgebracht. »Wir thematisieren ihn nicht. Er ist auf der Blacklist.«

Meine Mom und ich haben diese imaginäre Liste, die Blacklist. Darauf steht alles, über das wir nicht sprechen wollen. Schmerzliche Dinge, Erinnerungen. Meine Großeltern stehen darauf, Moms Eltern. Mein Dad. Ihre Drogensucht. Tucker. Alles, was mit Schmerz verbunden ist.

»Okaaay. Wobei wir die Sache mit der Blacklist möglicherweise einmal überdenken sollten. In der Therapie habe ich gelernt, wie wichtig es ist, über Probleme zu sprechen. Über Ängste und Sorgen.« Sie sieht mich abwartend an. Als ich nichts erwidere, fragt sie: »Wie geht es dir?«

»Hab mich selten so beschissen gefühlt«, gebe ich zu. Warum lügen? Wir mögen eine Blacklist haben, doch das hier ist immer noch meine Mom. Wir nennen die Dinge beim Namen.

Sie nickt traurig und drückt leicht mein Bein.

»Ich weiß, dass ich dich durch die Hölle geschickt habe, als du …«

»Mom«, unterbreche ich sie sofort. »Blacklist.«

Wenn sie jetzt ernsthaft die Überdosis anspricht, zerbreche ich. Momentan halte ich mich irgendwie mit Ach und Krach zusammen. Für noch mehr brauche ich erst ein paar Tage allein mit meinem Scheißhaufen von Gedanken, um mich zusammenzusetzen. Aber nicht jetzt. Erst muss ich verarbeiten.

Mom seufzt. Nickt. »Okay. Wir werden darüber reden, wenn die Zeit gekommen ist, hörst du?«

»Ja.« Meine Stimme gleicht einem Krächzen.

Einen Augenblick lang sitzen wir einfach nur zusammen. Und es ist irgendwie tröstlich, sie hierzuhaben. Ich habe meine Mom vermisst. Sie mag nicht perfekt sein, aber sie ist meine Mutter. Niemand kennt mich so in- und auswendig wie sie. Von Tucker mal abgesehen.

»Ich habe ein Stipendium«, sage ich schließlich. »Ich kann aufs College.«

»Und ich bin so stolz auf dich!« In ihren Augen stehen Tränen, was mich schlucken lässt. Eigentlich müsste ich dieses Stipendium nehmen und Creekville verlassen. Sofort.

Ich will nach Hause. Ich will nach Vegas.

»Mom, ich …«

»Schatz, ich muss da etwas mit dir besprechen.«

Überrascht sehe ich sie an. Besorgt. Was kommt jetzt?

»Ich möchte, dass wir beide hierherziehen. Wir werden uns hier ein neues Leben aufbauen. Ein besseres.«

Meine Kinnlade klappt herunter. Das … Fuck.

Möglicherweise reicht das alles, um mich ausflippen zu lassen.

»Kate macht eine schwierige Zeit durch, ebenso wie ich. Wir sind so was wie eine Familie, nicht wahr? Wir halten zusammen. Und Vegas ist nicht gut für uns. War es nie«, fährt sie fort.

Die Tattoos auf meinen Unterarmen fangen an zu kribbeln. Las Vegas. Rot oder Schwarz. Das ist alles, was ich bin, was ich immer war. Wer bin ich ohne diesen Ort?

»Mom?«, frage ich zögerlich.

»Ja, Baby?«

»Ich kann das Stipendium nicht annehmen. Oder?«

Ich hasse, dass ich das sagen muss. Dass ich es in Erwägung ziehen muss. Es liegt auf der Hand, dass ich dieses Stipendium brauche, um eine Zukunft zu haben. Aber selbst, wenn gerade alles scheiße läuft, ist das hier so was wie meine zweite Familie. Kate ist … irgendwie meine zweite Mom. Wie könnte ich bei Coach Toyboy spielen, ohne ihm mit meinen Schlittschuhen den Hals aufzuschneiden? Ohne Kate zu verraten?

Mom zögert und knabbert nervös auf ihrer Wange herum. Das ist ihr Tick, seit ich denken kann. Sie schließt kurz die Augen und sieht dann schmerzerfüllt zu mir herunter. »Nein, mi niño. Nein, das kannst du nicht.«

Womit wir erneut beim Anfang wären.

Ich bin Vegas-Boy. Nicht fähig, eine Beziehung zu führen und ohne Aussicht auf eine Zukunft.

KAPITEL 40
Tucker

»Fuck, Jude«, blaffe ich meinen … Ex (?) an. »Warum zur Hölle bist du nicht dort, wo du sein sollst?« Noch vor wenigen Tagen haben Jude und ich uns auf dem Eis blind verstanden.

Blind, verdammt.

Und nicht nur dort. Jetzt vergeben wir eine Chance nach der anderen, verdammte Scheiße.

»Fick dich, Landry«, zischt er und lässt mich dann wieder links liegen. Wer zur Hölle hatte die verfluchte Idee, Jude zum Center zu machen? Er ist eindeutig nicht dafür geeignet. Jedes Mal, wenn ich den Puck in seine Richtung schieße, gurkt er irgendwo auf dem Spielfeld herum, nur nicht in meiner Nähe.

Ich bin so geladen, dass ich ihn am liebsten gegen die verdammte Bande drücken und ihn küs– ähm … verprügeln würde. Ja, genau. So ein kräftiger Schlag in den Magen würde ihn vielleicht aufwecken. Denn das, was er hier abliefert, ist absolute Scheiße. Und das noch bei einem Heimspiel, während meine Mom auf der Tribüne sitzt. Seine Mom ebenfalls. Und überhaupt die Hälfte der ganzen Highschool.

Und was tun wir …? Wir spielen wie verdammte Anfänger. Wenn wir so weitermachen, werden wir verlieren. Sollte der Coach Jude nicht bald aus dem Spiel nehmen, werde ich mich selbst mit dem Hockeyschläger vermöbeln, damit zumindest ich das Spielfeld verlassen kann. Das ist doch nicht zu glauben.

Und dieser Anfänger hat im Gegensatz zu mir ein fucking Hockey-Stipendium erhalten.

»Tucker«, höre ich Jude rufen und drehe mich in die Richtung, aus der seine Stimme kommt. Aber natürlich bin ich viel zu weit weg und einer der Verteidiger der Aurora Heights High schnappt sich den Puck, weil ich nicht einmal in der verdammten Nähe davon bin.

Ich bilde mir ein, Jude frustriert aufschreien zu hören.

Langsam muss ich es mir eingestehen: Die Probleme zwischen uns werden zum Problem des Teams. Wir harmonieren nicht mehr miteinander. Wie auch? Wir reden ja nicht einmal mehr.

Gott, wir sehen uns ja nicht einmal mehr an, was eine verdammte Glanzleistung ist, da wir täglich mindestens eine Mahlzeit gemeinsam einnehmen. Mom und Dalia machen gerade auf Familie 2.0 und haben uns mitgeteilt, dass Judes Mom für eine Weile bei uns wohnen wird. So lange, bis sie eine eigene Wohnung gefunden hat. Im verdammten Creekville! In die sie zu allem Überfluss auch noch mit Jude einziehen wird.

Ich weiß nicht, ob ich mich freuen, weil ich ihn dann nicht mehr ansehen muss, oder heulen soll, weil wir die Sache mit uns so richtig verkackt haben. Und ja, mir ist klar, dass ich das Arschloch in der Geschichte bin. Leider habe ich keinen Plan, wie ich das wieder hinbiegen soll, solange Jude einfach durch mich hindurchsieht und so tut, als würde es mich nicht geben.

Es ist, als würde man gegen eine Wand reden.

Sich während eines Eishockeyspiels in den Gedanken an seinen Ex zu verlieren, ist definitiv keine gute Idee. Das stelle ich fest, als der Enforcer der Aurora Heights High mich mit einem Cross-Check gegen die Bande drückt und mein Helm gegen die Plexiglas-Scheibe gerammt wird.

Fuck.

Vor meinen Augen tanzen Sternchen und mit einem keuchenden Atemzug verlässt sämtliche Luft meine Lunge. Natürlich sacke ich umgehend zusammen. Toll. Jetzt liege ich noch wie ein Lappen auf dem Boden herum.

Heilige Scheiße. »Vielleicht wirst du jetzt wach, du Pussy«, raunt der Kerl.

Mit letzter Kraft greife ich nach meinem Schläger, der mir aus der Hand gerutscht ist, und rapple mich hoch. »Viel Spaß auf der Strafbank, Arschloch.« Mit dieser Aktion hat er sich mindestens eine zweiminütige Strafe eingehandelt. Am liebsten würde ich ihm gerade eine in die Fresse hauen, aber ich habe keinen Bock, ebenfalls auf die Bank geschickt zu werden. Irgendjemand muss den Puck heute noch ins Netz befördern.

Und wenn Jude es nicht hinbekommt, werde ich derjenige sein.

Unerwarteterweise stößt der Enforcer mich ein weiteres Mal gegen die Bande, dieses Mal sacke ich nicht zusammen. Doch keine Sekunde später wird er von den Beinen gerissen, weil jemand den Kerl mit vollem Tempo rammt.

Jude, erkenne ich an der Rückennummer.

Wow. Er hat ihn richtig von den Beinen gezogen und jetzt liegen die beiden auf dem Boden, rangeln herum und versuchen sich gegenseitig, in die Fresse zu schlagen.

Bedeutet das jetzt, dass Jude noch etwas an mir liegt? Oder will er einfach seine eigenen Aggressionen loswerden und der Enforcer hat ihm gerade den passenden Grund dafür geliefert?

Jude rollt sich weg und kommt wieder auf die Kufen, während ich die ganze Situation mit offenem Mund beobachte. Hockey ist ein rauer Sport, aber bei Highschool-Spielen wird eigentlich viel Wert daraufgelegt, dass so etwas nicht passiert. Während ich immer noch nicht richtig kapiere, was hier gerade passiert, kommt ein weiterer Spieler der Aurora Heights High auf uns zugefahren, schiebt seinen Schläger zwischen Judes Beine und bringt ihn erneut zu Fall.

What the Fuck?

Nun bin ich nicht mehr zu halten, fahre auf das Arschloch zu, werfe noch während der Fahrt meinen Schläger zur Seite und boxe ihm in den Bauch. Natürlich wehrt er sich und wir landen prügelnd neben Jude und dem Enforcer auf dem Boden.

Kurz darauf werden wir auseinandergezogen.

»Garcia. Fünf Minuten Strafe«, brüllt der Schiedsrichter in Judes Richtung.

»Und was ist mit dem Enforcer-Arschloch und seinem prügelnden Kumpel?«, schreie ich und werfe meine Handschuhe auf den Boden.

Der Schiedsrichter deutet wütend zur Strafbank. »Die gehen ebenfalls vom Feld.«

»Was für eine Scheiße«, brumme ich.

»Landry, du kassierst zwei Minuten.«

»Warum zur Hölle?«

»Diskutier nicht mit mir«, sagt der Schiedsrichter. »Runter vom Eis.«

Jude und die zwei Arschlöcher aus der gegnerischen Mannschaft skaten bereits vom Eis und ich fahre ihnen hinterher. Nach Jude betrete ich die Strafbank. »Was sollte das?«, blafft er mich an.

»Das sollte ich dich fragen«, gifte ich zurück.

»Reißt euch zusammen«, zischt Coach Davis. »Was denkt ihr denn, wo ihr spielt? In der verdammten NHL? Keine Prügeleien mit dem anderen Hockey-Team. Weder auf dem Eis noch danach. Haben wir uns verstanden?«

»Ja, Coach«, murmeln Jude und ich.

Als er sich wieder auf das Spiel konzentriert, sitzen Jude und ich still nebeneinander. Gott, dieses Spiel geht immer weiter bergab. Es fehlen auf jeder Seite zwei Spieler, allerdings hat die Aurora Heights High unserer Mannschaft gegenüber einen riesigen Vorteil, denn bei uns fehlen zwei Stürmer. Bei ihnen ein Stürmer und ein Verteidiger.

»Konntest du nicht einfach deinen Job machen und weiter auf das Tor zuhalten?«, knurre ich. »Was hattest du überhaupt auf meiner Seite des Spielfelds zu suchen?«

»Sorry, dass ich den Enforcer gerammt habe.« Seine Stimme trieft vor Sarkasmus. »Wolltest du dich noch weitere drei- oder viermal gegen die Bande schubsen lassen?«

»Besser, als eine Prügelei anzufangen«, pflaume ich ihn an. »Was hast du dir nur dabei gedacht? Du hättest in der Zwischenzeit ein Tor schießen können.«

»Alter.« Er dreht sich zu mir und funkelt mich wütend an. »Die haben sowieso bereits die Zeit gestoppt. Was hätte ich tun sollen? Ein paar Pirouetten drehen, während mein Teamkollege sich vom gegnerischen Team verprügeln lässt?«

»Wäre auf jeden Fall klüger gewesen, du Schwachkopf. Dann würden wir zumindest nicht beide hier sitzen.«

»Ach, Mr. Ich-bin-immer-so-besonnen: Wer hat sich denn noch auf einen weiteren Spieler gestürzt wie ein verdammter Rottweiler auf einen Knochen?«

»Der Arsch hat dich von den Beinen gerissen.«

»Hast du dir Sorgen um mich gemacht?« Sein Tonfall klingt so ätzend, dass ich ihm am liebsten die Fresse polieren würde.

»Ich hatte Angst, dass dir sonst Noah Baxter nicht mehr ins Gesicht sehen kann.«

»Warum fängst du jetzt schon wieder mit dem an?«, fährt Jude mich an.

»Weil du sofort zu ihm gerannt bist, um dich trösten zu lassen.« Ein traurig-wütender Jude ist die Sorte Mensch, die alles tut, um sich besser zu fühlen. Und ich habe verdammte Angst, dass er deswegen mit Noah geschlafen hat. Um sich besser zu fühlen. Und um mir wehzutun.

»Sich trösten zu lassen, ist definitiv besser, als mit niemandem über den Scheiß zu sprechen, der passiert ist.« Er streitet nicht einmal ab, dass er bei Noah war. »Hast du irgendjemandem davon erzählt, was passiert ist? Lexa? Tris?«

»Du weißt, dass ich mit Lexa Schluss gemacht habe und wir schon seit Mo-na-ten«, ich betone jede Silbe extra, »nicht mehr wirklich miteinander sprechen.«

»Und was ist mit Tristan?«

Ich bleibe stumm. Denn natürlich habe ich keinem erzählt, was am Neujahrstag vorgefallen ist. Denn ich schaffe es ja nicht mal selbst, alles zu begreifen. Es ist so bereits schwer genug, Mom jeden Tag mit rot geheulten Augen zu sehen, während sie vor meinen kleineren Geschwistern die Starke spielt. Dazu kommt, dass mein Dad mich seit Tag X jeden Tag anruft, was ich ignoriere. Er hat unsere Familie zerstört und ich habe absolut keine Lust, seine Seite der Geschichte zu hören. Schon gar nicht, nachdem er sich früher so gut wie nie gemeldet hat. Ich meine, was soll der Scheiß?

»Jungs!« Der Coach dreht sich zu uns um und sieht uns wütend an. »Ihr wisst schon, dass ich euch hören kann?« Dann deutet er zum Rest der Spieler. »Und die auch.«

Meine Augen weiten sich, doch Jude lacht nur. »Gott, Tucker. Du bist echt so erbärmlich.«

Wir verlassen nach dem letzten Drittel das Feld. Ich kann gar nicht zählen, wie oft ich in diesem Spiel einen Ellenbogen in die Rippen bekommen habe. Nach der Strafzeit auf der Bank ist das Spiel definitiv noch rauer geworden, trotzdem haben wir verloren.

Wir trotten stumm in die Kabine und dort angekommen, reiße ich mir den Helm vom Kopf und pfeffere ihn in die nächste Ecke. »Was für eine Scheiße«, knurre ich.

»Das kannst du laut sagen«, stimmt Coach Davis mir zu. »Was zur Hölle ist in euch gefahren?« Er sieht sich suchend im Raum um, so als würde er nach einem Schuldigen Ausschau halten.

Stille breitet sich aus, während der Coach sich immer noch im Kreis dreht und einen Spieler nach dem anderen fragend ansieht. »Dass Garcia und Landry eine absolute Shitshow abgeliefert haben, dürfte so ziemlich jedem in ganz Creekville aufgefallen sein. Aber was war bitte mit dem Rest von euch los? Tucker und Jude werden nächstes Jahr nicht mehr hier sein. Werdet ihr dann das ganze Jahr so beschissen spielen wie heute?«

Niemand sagt ein Wort, doch ich räuspere mich dann. »Es ist meine Schuld, Coach. Als Team-Captain hätte ich …« Fuck, ich weiß nicht mal, wie ich diesen Satz beenden soll.

Der Coach schüttelt den Kopf. »Wir sind ein verdammtes Team, Jungs. Und egal, was für Probleme ihr gerade miteinander habt: Bekommt das in den Griff.«

»Wir sind schon lange kein richtiges Team mehr«, sagt Tristan plötzlich.

Coachs Kopf fährt herum. »Wie bitte?«

»Gregory hat doch schon vor Monaten begonnen, Gerüchte über Jude und Tucker in die Welt zu setzen. Es wundert mich nicht, dass der ganze Mist, den er verzapft, langsam die Mannschaft entzweit. Wie soll man eine gute Teamleistung erbringen, wenn man schon lange nicht mehr das Gefühl hat, überhaupt noch ein Team zu sein?« Tristan hat recht mit dem, was er sagt. Nicht nur Gregs ewige Sticheleien haben uns als Mannschaft immer weiter auseinanderdriften lassen.

Greg springt auf. »Jetzt bin also ich der Böse, weil unsere zwei Superstars auf dem Eis Scheiße bauen?«

»Natürlich nicht«, sagt Coach Davis. »Für die Leistung auf dem Eis ist jeder von euch Pappnasen selbst verantwortlich. Ihr sollt euch als Team nicht fertigmachen, sondern euch unterstützen. Also, Greg.« Der Coach sieht ihn abwartend an. »Wo liegt das Problem?«

»Ich hab kein Problem«, behauptet Greg, der leider zufällig unser bester Verteidiger ist.

»Ach, und darum machst du immer einen großen Bogen um Landry und Garcia. Ich bin nicht blind, Junge. Und ich toleriere euren Scheiß, solange er nicht unser Spiel beeinträchtigt. Also entweder sagt mir nun jemand, was los ist, oder ich werfe einen nach dem anderen aus dem Team.«

Mehrstimmiges Gemurmel ertönt.

»Das können Sie nicht machen, Coach«, protestiere ich. Weil ich als Captain irgendetwas tun muss.

»Und wie ich kann. Ich bin euer Trainer. Und ich habe keine Lust, mir eure Pubertätsdramen anzutun. Also, raus mit der Sprache.«

»Jude hat Tuckers Freundin gebumst«, wirft Greg in den Raum.

»Sprache, Gregory«, blafft Davis ihn sofort an. »Aber das würde nur erklären, warum Landry und Garcia sich heute auf dem Eis wie absolute Neulinge benommen haben und nicht dein Versagen. Geht dich ja nichts an, außer Landrys Freundin ist zufällig deine Schwester, Cousine oder was weiß ich …« Ist sie nicht. Zum Glück. Dann dreht er sich zu Jude und mir um. »Wollt ihr etwas dazu sagen?«

»So wie Greg das darstellt, war es überhaupt nicht.« Weil ich das Gefühl habe, irgendwas dazu sagen zu müssen. »Und selbst wenn, würd's dich einen Scheiß angehen.« Die Worte richte ich direkt an Greg, der mir heimlich den Mittelfinger zeigt.

»Natürlich geht es das Team etwas an, wenn ihr dasselbe Mädchen vögelt. Und das vermutlich sogar noch gleichzeitig. Fickt ihr euch gegenseitig?« Gregs Stimme trieft vor Ekel und Hass.

»Greg«, donnert Coach Davis' Stimme laut durch den Raum. »Homophobie hat in meinem Team nichts zu suchen. Es geht mich und euch Dilettanten nichts an, wer mit wem ins Bett geht. Das Einzige, was zählt, ist, dass ihre eine gute Leistung auf dem Eis abliefert. Und wenn irgendjemand besser Eishockey spielt, wenn er mit einem Mann ins Bett geht, dann bitte: Tut mir den Gefallen. Dann muss ich mich wegen euch nicht mehr in Grund und Boden schämen.«

Jude räuspert sich. »Coach?«

»Ja, Garcia?«

»Ich sollte erwähnen, dass ich … ähm … bisexuell bin. Bisher habe ich kein Geheimnis daraus gemacht, aber … ich meine, sie haben gerade diese ganze *In-meinem-Team-gibt-es-keine-homophoben-Arschlöcher*-Ansprache gehalten, da dachte ich, es ist ein guter Zeitpunkt, um das mal anzusprechen.«

Unser Coach stöhnt frustriert auf. »Gott, Garcia. Ist mir egal, dass du in beiden Teams spielst, solange du das nicht auf dem Eis tust. So wie deine Leistung heute allerdings war, frage ich mich, ob dir die Aurora Heights High etwas bezahlt hat, damit du absichtlich schlecht spielst.«

Ich hole tief Luft und dann stehe ich ebenfalls auf. »Ähm, Coach. Ich … ähm … bin ebenfalls bi.«

Es ist mir egal, was der Rest des Teams sagt, ich schaue gerade nur zu Tris. Der zieht scharf die Luft ein und sieht mich mit geweiteten Augen an. Dann wandert sein Blick zu Jude und ich weiß genau, in welchem Moment Tristan kapiert, dass etwas zwischen Jude und mir läuft. Oder gelaufen ist.

»Tut mir leid«, forme ich lautlos mit den Lippen. Ich hätte ihm das und so viel mehr schon längst sagen sollen. Mich ihm anvertrauen. Fuck, ich glaube sogar, wenn ich mit ihm über den ganzen Mist, der in den letzten Monaten gelaufen ist, gesprochen hätte, dann wäre das alles ganz anders gelaufen. Aber nein, Tucker Landry frisst den ganzen Scheiß in sich hinein und versucht, allein damit klarzukommen.

»Okaaay«, sagt der Coach langgezogen. »Ich hoffe ihr wisst, dass die Schule und ich als euer Trainer hinter euch stehen. Tucker, gerade du hättest früher etwas sagen können. Denn du bist bereits länger ein Teil des Teams.«

Ich nicke. »Danke Coach, bisher war es kein Thema, weil ich eine Freundin hatte …«

»Die er seit Silvester nicht mehr hat«, mischt Greg sich ein.

»Halt doch die Klappe«, zischt Tristan. »Der Coach hat recht. All das hat absolut nichts damit zu tun, dass wir heute eine erbärmliche Show abgeliefert haben. Für mich macht es keinen Unterschied, ob Tucker auf Kerle steht. Genauso wenig wie es bei Jude ein Rolle spielt.«

Und dann passiert etwas, mit dem ich nicht gerechnet habe. Ein Spieler nach den anderen, erklärt seine Solidarität mit Jude und mir. Und mit dem Team.

Na ja. Fast alle.

Denn Gregorys Gesichtsausdruck wird immer verkniffener. »Ist das euer verdammter Ernst?«, fragt er, als er an der Reihe ist und jeder ihn abwartend ansieht. »Ich spiele bestimmt nicht weiter mit euch Hockey.«

Coach Davis geht auf ihn zu. »Tja, Gregory. Dann hoffe ich für dich, dass die Aurora Heights High noch einen Platz in ihrem Team für dich hat. Denn in meinem ist keiner für dich.« Er deutet zur Tür. »Du kannst gehen.«

Greg wirft seine Handschuhe gegen die Wand und stapft dann in voller Hockey-Montur aus dem Raum. Bei der Tür verabschiedet er sich noch mit einem »Fickt euch doch alle gegenseitig«.

Nachdem die Tür hinter ihm ins Schloss gefallen ist, nickt mir der Coach zu. »So, ich hoffe, dass dieses Gespräch irgendwie geholfen hat und dass wir das nächste Spiel nicht mehr versauen.« Er deutet hinter sich. »Ich nehme an, dass Gregs Dad hier gleich auf der Matte stehen wird.« Es folgt ein lautes Seufzen. »Deshalb werde ich mich mal kurz mental auf das Gespräch vorbereiten. Ab unter die Dusche, Jungs.«

Zum Glück war das Spiel ein Heimspiel. Nicht vorzustellen, wenn wir jetzt noch mehrere Stunden mit Greg im Bus sitzen müssten.

Nachdem die Tür hinter Coach Davis ins Schloss fällt, bleibt es lange ruhig. »Und du stehst jetzt echt offiziell auf Kerle, Tucker?«, fragt Cam.

»Interesse?«, schieße ich zurück.

Sofort hebt er abwehrend die Hände an. »Scheiße, nein. Du bist leider so gar nicht mein Typ.« Er grinst. »Viel zu arrogant, Goldjunge.«

Goldjunge ... die Zeiten sind längst vorbei.

»Oder spekulierst du vielleicht auf ein Date mit Jude?«, fragt Tristan und wirft eine verschwitzte Socke in Cams Richtung.

Der lacht laut. »Mit Vegas? Der ist ja noch schlimmer als Landry.«

»Haha«, murmelt Jude. Seine Stimme klingt rau. Vermutlich, weil er nicht dafür geschaffen ist, den schweigsamen Typen raushängen zu lassen. Normalerweise faselt er sich immer um Kopf und Kragen, doch seit unserem Streit beschimpft er mich entweder oder straft mich mit Schweigen. Das muss Scheiße für die Stimme sein.

»Tucker? Jude?«, fragt TK. Einer unserer Verteidiger. »Läuft zwischen euch etwas?«

Jude und ich sehen uns an. In seinen Augen blitzt Schmerz auf.

»Nur weil wir beide bi sind?« Ich lache laut auf, obwohl es die Wahrheit ist. »Lächerlich.«

Jude fängt an, sich auszuziehen. »Ehrlich gesagt hatten Tucker und ich was miteinander.« Er sieht bei seinen Worten niemanden an. »Es hat nicht funktioniert. Wir kommen darüber hinweg.«

»Habt ihr deshalb heute so beschissen gespielt?«, erklingt dieselbe Frage aus mehreren Mündern. Ich kann gar nicht genau sagen aus wie vielen.

Mit beiden Händen reibe ich mir übers Gesicht. »Keine Ahnung.«

»Na, wenn ihr im Bett so harmoniert habt wie auf dem Eis, weiß ich, warum es nicht funktioniert hat«, murmelt Tris.

Ich ramme ihm den Ellenbogen in die Seite. »Danke Arschloch.«

»Na, ist doch wahr.«

Er sucht Coreys Blick. »Ich weiß nicht, was zwischen den beiden vorgefallen ist, ich weiß allerdings, dass wir irgendwas tun müssen, damit sich so ein Spiel wie das heutige nicht mehr wiederholt.«

Corey schüttelt den Kopf. »Dazu braucht es ein Wunder, Tristan.«

Jude schlurft an mir vorbei in Richtung Duschen.

Gute Idee. Ich sollte ebenfalls ganz schnell von den neugierigen Blicken der anderen flüchten. Ich ziehe mich in Rekord-Geschwindigkeit aus, bevor noch jemand Details wissen will. Es kotzt mich ja extrem an, dass Jude gerade allen beiläufig von uns erzählt hat. Aber vielleicht ist er an einem Punkt angelangt, an dem er die ganzen Geheimnisse satthat. Und das kann ich ihm wirklich nicht verübeln, selbst wenn es bedeutet, dass nun jeder weiß, dass zwischen uns etwas gelaufen ist.

Ich habe keine Ahnung, ob Jude und ich uns wieder zusammenraufen werden oder ob wir bis ans Ende der Saison wie absolute Anfänger miteinander spielen werden. Es ist mir im Moment auch egal.

Ich will nur weg. Und nicht mehr an Jude und dieses verdammte Spiel denken.

KAPITEL 41
Jude

Ich wünschte wirklich, dass die Ansprache von Coach Davis irgendetwas verändert hätte. Das Outing vor der Mannschaft. Pustekuchen – Tucker und ich spielen noch immer absolut scheiße zusammen. Das Training war die ganze Woche über eine Katastrophe, dabei dachte ich, das Spiel am letzten Wochenende wäre nicht mehr zu toppen gewesen. Tja. Falsch gedacht.

Dementsprechend *gut* drauf ist unser Coach, als er am Freitagnachmittag vor dem Teambus auf uns wartet, um uns damit in ein Wochenende aus der Hölle zu befördern. Ein ganzes Wochenende nur mit dem Team irgendwo im Nirgendwo, um zu trainieren. Und zur Krönung haben wir dann am Sonntagmittag ein Auswärtsspiel, das wir ebenfalls komplett an die Wand fahren werden. Absolute Scheiße.

Ich seufze und schlendere auf den Bus zu, meine Trainingstasche über der Schulter. Nicht mal meine Haare habe ich gemacht, weil es mich einen Scheißdreck interessiert, wie ich momentan aussehe. Haben die ganzen Arschgeigen um mich herum wenigstens einen Grund, um über mich zu reden. Denn so viel habe ich gelernt – Kleinstädte sind brutal. Es wird immer noch darüber geredet, dass ich Lexa bei dem Ball abgewiesen habe. I mean … was zur Hölle? Lexa ist nun echt meine kleinste Sorge.

Die meisten meiner Teamkollegen sitzen bereits im Bus. Ich sehe Corey ganz hinten am Fenster sitzen. Tucker ist auch schon da und sitzt wie der Oberstreber-Teamkapitän ganz vorne.

»Jude.« Noah taucht aus dem Nichts in meinem Blickfeld auf.

Hat der auf mich gewartet, oder was?

»Ähm. Hi«, sage ich zögerlich.

»Ich hab dich angerufen und dir geschrieben. Oft.« Ja, ach was. Keine Antwort ist trotzdem eine Antwort oder etwa nicht?

»Ja. Hab ich gesehen.«

Noah nickt zögerlich, sagt aber nichts weiter.

»Was machst du hier?«, frage ich also. »Ich habe eine Mannschaftsfahrt vor mir.« Es gelingt mir nicht, die Genervtheit aus meiner Stimme zu verbannen. Tut mir beinahe leid für ihn.

»Ich hab Cam hergefahren und wollte dir einfach viel Glück wünschen.« Ach ja. Die beiden sind ja beste Freunde.

Noah lächelt. Toll. Fühle ich mich doch gleich noch mehr wie ein Arsch. Doch dann fällt mir ein, dass ich ihm nie irgendwas versprochen habe. Wir haben ein paarmal rumgemacht, das war es schon. Wir haben uns genau genommen nicht mal richtig unterhalten.

»Danke.«

»Weißt du, du siehst echt verdammt gut aus in letzter Zeit, Jude.«

Ungläubig starre ich ihn an. Meine Haare sehen beschissen aus. Ich fühle mich beschissen. Mag sein, dass meine Muskeln gerade definierter wirken, weil ich gefühlt jede freie Sekunde Sport mache, dafür esse ich kaum noch was. Richtig gesund. Sein Zuspruch fühlt sich also eher an wie ein Schlag in die Fresse als wie ein Kompliment.

»Okay«, sage ich sarkastisch. »Ich gehe dann jetzt.«

»Warte, Jude.«

Okay. Jetzt platzt mir möglicherweise gleich der Kragen. »Was willst du von mir, Noah?«, blaffe ich ihn an. Gemein, ich weiß. Allerdings frisst mein Liebeskummer mich auf. Da darf man gemein sein.

»Lass uns reden, wenn du zurück bist, okay?«, sagt er hastig. Dann zieht er mich ungefragt in eine Umarmung. Alter. Personal Space? Was soll das?

Bestimmt schiebe ich ihn von mir. »Nichts für ungut, Noah. Das muss echt nicht sein. Weder das Anfassen noch das Miteinander-Reden.«

Seine Augen werden groß. Endlich tritt er einen Schritt zurück. »Dann hat sich die Sache mit uns erledigt?«

»Welche Sache? Wir haben uns geküsst und hatten ein paar Blowjobs.«

»Dann waren wir also nicht exklusiv, huh?« Ein bitterer Unterton mischt sich unter.

Nee, oder? Ich blinzle. »Bist du high?«

»Was?«

»Alter, Noah! Nicht nur, dass ich ungefähr hundertmal klargemacht habe, dass wir beide gar nichts sind, haben wir jetzt schon seit Wochen nicht mehr miteinander geredet. Und selbst an Neujahr haben wir uns für gerade mal fünf Sekunden geküsst. Weil ich angepisst war, weil meine Beziehung scheiße lief. Was zur Hölle willst du also von mir?«

»Deine Beziehung?« Noahs Stimme überschlägt sich. »Ich ... ich ... Das wusste ich nicht.«

»Dann weißt du es jetzt.«

Dass es genau genommen keine Beziehung mehr gibt, lasse ich außen vor. Das muss ich jetzt nun wirklich nicht thematisieren.

»Schade«, sagt Noah schließlich. »Das mit uns hätte gut werden können.«

Das bezweifle ich. »Wenn du das sagst.«

»Trotzdem bist du heiß wie die Hölle. Wenn du also wieder single bist, melde dich bei mir.«

Ja genau. Damit ich mir hinterher anhören darf, wir hätten etwas Exklusives. Außerdem nervt mich gerade extrem, wie sehr er auf mein Aussehen versessen ist.

»Ich muss dann mal«, wimmele ich ihn ab. »War ... okay, mit dir zu reden.«

Daraufhin lasse ich ihn stehen. War er schon immer so ein absoluter Vollpfosten? Oder war ich der Vollpfosten, weil ich wahllos mit irgendwem rumgemacht habe, nur um überhaupt rumzumachen?

Gott.

Als ich in den Bus steige, werde ich von allen angestarrt. Was vermutlich eher daran liegt, dass ich so fertig aussehe und nicht an Noah Baxter. Tristan mustert mich ... irgendwie strafend? Was ist das?

Tuckers Augen bohren sich in meine. »Nett, dass er dich extra zum Bus bringt«, zischt er. Er hat genau gesehen, dass mich niemand irgendwohin gebracht hat.

»Leck mich, Landry.«

»Nein, danke.«

»Garcia! Landry!«, brüllt der Coach direkt hinter mir. Scheiße. Wann ist der denn eingestiegen? Ich drehe mich zu ihm um.

»Wenn ich diese Scheiße von euch noch ein einziges Mal an diesem Wochenende höre, dann schwöre ich euch, setze ich euch beide im Wald aus! Und schmeiße euch nebenbei aus dem Team!«

Ich knirsche mit den Zähnen. Ein albernes Sorry liegt mir auf den Lippen, aber ich bekomme es nicht ausgesprochen. Tucker entschuldigt sich ebenfalls nicht.

»HABEN WIR UNS VERSTANDEN?«, schreit Coach Davis.

»Ja«, murmeln Tucker und ich kleinlaut im Chor.

»Gut! Und jetzt setzt euch hin und haltet die Klappe! Wenigstens einmal für die nächsten zwei Stunden.«

»Müssen wir nicht alle miteinander reden, um unsere Differenzen in den Griff zu bekommen? Schweigen scheint mir nicht so clever«, kann ich mir nicht verkneifen einzuwerfen.

Verdammt. Ich hab die letzten Wochen einfach zu oft meine Klappe gehalten. Große Fresse ist angesagt. Shit. Ich kann Corey bis hierher aufstöhnen hören.

»Was hältst du davon, Garcia? Solange du spielst wie ein verdammter Anfänger, behältst du deine Sprüche für dich«, knurrt der Coach, reißt mir aber immerhin nicht den Kopf ab.

Ich verziehe das Gesicht und nicke schließlich. Ich bahne mir einen Weg durch den Bus und lasse mich dann neben Corey auf die Bank fallen.

»Brooo«, sagt er sofort. Tadelnd. Mehr nicht.

Ich lege den Kopf in den Nacken. »Ja, ja. Ich weiß.«

»Oh, das bezweifle ich.«

»Was meinst du jetzt damit?«, zische ich zurück. Warum sucht er sich ausgerechnet heute aus?

»Habt ihr geredet?«, fragt Corey ungeduldig.

»Wer?«, stelle ich mich blöd.

Er verdreht die Augen und zieht sich sein Cap tiefer ins Gesicht. »Tucker und du. Habt ihr endlich geredet?«

»Nein!«, sage ich entrüstet. »Warum sollten wir?«

»Damit unser Team nicht untergeht. Deshalb.«

Ich verschränke die Arme. »Nee.«

»Ich sehe ein, dass er ein Arsch ist. Dass er dich verletzt hat. Trotzdem solltet ihr wirklich einfach mal miteinander reden.«

»Cool. Danke für den wundervollen Hinweis, Corey.«

»Danke für den Sarkasmus.«

»Immer gern, musst nur danach fragen.«

Corey lacht auf. »Du bist ein Blödmann. Lass uns das Beste aus dem Wochenende machen.«

Er hält mir die Faust hin. Zustimmend haue ich mit meiner dagegen. »Hört sich nach 'nem guten Plan an.«

Das ist gelogen. Den Plan find ich scheiße.

Mir steht der Mund offen. Wir stehen vor einer verdammten Villa. Pool inklusive.

»Wir haben genug Schlafzimmer hier. Ihr werdet euch zu zweit ein Zimmer teilen. Zieht mich bloß nicht in die Aufteilung mit rein. Das interessiert mich wirklich nicht. Außerdem gibt es einen Pool und einen Fitnessraum im Keller. Benutzt den. Geht laufen. Außerdem ist draußen ein See, von dem ich weiß, dass er ausreichend zugefroren ist. Profis haben das heute erst überprüft. Ausrüstung findet ihr im Bus.«

»Coach«, fragt Corey und klingt aufgeregt wie ein Kind am Weihnachtsmorgen. Rote Flecken zieren seinen Hals. »Wie kann sich die Schule so was leisten?« Er deutet auf das Gebäude vor uns.

»Ist von Coach Landry finanziert worden. Er wollte, dass ihr die Möglichkeit habt, euch ein ganzes Wochenende nur auf die Mannschaft zu konzentrieren.«

Oh. Mein. Gott.

Daddy Landry hat tatsächlich dieses Wochenende springen lassen, um sein schlechtes Gewissen zu erleichtern. Autsch.

Mein Blick fährt unweigerlich zu Tucker. Er ist angespannt. Den Mund hat er zu einer schmalen Linie zusammengepresst. Fuck, er ist wütend. Und ich kann's verstehen.

Alles in mir zieht mich zu ihm. Ich würde ihn jetzt verdammt gerne in den Arm nehmen. Kann ich natürlich nicht. Wir reden ja nicht mal miteinander. Und wenn wir es tun, dann endet es damit, dass wir uns gegenseitig beschimpfen. Ich hasse diesen Schmerz in der Brust. Er ist dauerhaft da. Ich atme tief durch.

Corey und ich tauschen einen Blick. Damit ist klar, dass wir uns ein Zimmer teilen. Jemand anderes kommt nicht infrage. Cameron fragt mich seit einer Woche darüber aus, wie es ist, mit einem Kerl zu schlafen. Soll er doch seinen BFF Noah fragen. Der hat ihn doch zum Bus gebracht. Ich gebe mir das bestimmt nicht die ganze Zeit.

Hätte er mich vor drei Monaten ausgehorcht, hätte ich ihn liebend gerne mit Einzelheiten gefüttert. Weil da Sex einfach nur Sex war. Mittlerweile verbinde ich Sex mit Liebe. Gruselig.

Kurz darauf setzen wir uns alle in Bewegung. Das Haus ist ... nicht von dieser Welt. Und es erinnert mich an Tuck. Überall dunkles Holz. Rustikale Einrichtung. Es ist wie Tuckers Hütte, nur verdammt viel größer und luxuriöser. Im zweiten Stock liegen ungefähr eine Milliarde Zimmer. Überfordert stolpern Corey und ich in irgendeines davon.

»Sieht nach Honeymoon aus, Baby«, sage ich und stoße ein Pfeifen aus, angesichts des riesigen Raums mit Kingsize-Bett in der Mitte.

»Solange du mir nicht mindestens einen Drink ausgegeben hast, lasse ich dich nicht ran, Vegas«, gibt Corey schlagfertig zurück. Er lernt von mir. Von Tag zu Tag wird er witziger. Leider kann ich nicht mal lachen, dabei hätte er es verdient.

»Sagst du nur, weil du mich noch nicht nackt gesehen hast«, gebe ich schwach zurück.

»Ich hab dich schon tausendmal nackt gesehen, du Blödmann. War gar nicht mal so beeindruckend.«

Nun zucken meine Mundwinkel. Ich ziehe meine Teamjacke aus und werfe sie auf das Bett. Dann folgt mein Pullover.

»Woah. Warum ziehst du dich aus?«, fragt Tristan, der mit einem Mal im Zimmer steht. Wo kommt der her? Und warum?

Irritiert mustere ich ihn. »Weil ich Corey bespringen will. Die Gelegenheit muss ich doch nutzen.«

Verdattert starrt er mich an. »Das … das meinst du nicht ernst, oder?«

»Natürlich meine ich das nicht ernst. Im Keller ist ein Fitnessraum, da gehe ich jetzt hin.«

»Warst du nicht heute früh schon trainieren?«, wirft Corey ein.

Okay. Beide gehen mir auf den Sack. Ich zeige ihnen den Mittelfinger und ziehe mir ein T-Shirt über.

»War absolut ungeil, mit euch beiden zu reden. Ungern wieder.«

Dann lasse ich sie stehen und steige die Stufen in den Fitnessraum hinunter, der so ziemlich jedes Gerät beherbergt, das man haben kann. Ich starte mit dem Laufband und genieße die Ruhe. Niemand ist hier. Ich renne und renne. Bis meine Beine zittern und mein Atem nur noch stoßweise kommt. Danach geht's an die Gewichte. Der Schweiß läuft mir in Strömen den Rücken hinunter. Meine Muskeln brennen. All das lenkt mich ab. Ich hatte gehofft, dass es irgendwie einfacher wird. Dass es nach einer Weile nicht mehr so wehtut. Doch das tut es. Ich vermisse Tucker. So verdammt sehr. Meine Augen fangen verdächtig an zu brennen, sodass ich die Tränen wegblinzeln muss. Meine Güte. Ich bin so eine verdammte Heulsuse geworden.

Ich lasse beinahe meine Gewichte fallen, so sehr erschrecke ich mich, als die Tür geöffnet wird. Tristan kommt kommentarlos herein und fängt umgehend an zu trainieren. Toll. Den kann ich gerade echt nicht gebrauchen. Nicht, während ich hier den Jammerlappen gebe. Ich beiße die Zähne zusammen und versuche, mich auf mein Training zu konzentrieren.

»Alles klar bei dir?« Natürlich muss er reden.

»Riesig.«

Tristans Mundwinkel verziehen sich zu einem Lächeln. »Ist klar.«

Ich verdrehe die Augen. Was redet er auch mit mir.

Voll auf mein Training fokussiert, lege ich noch mal einen drauf. Und das ist irgendwie keine gute Idee. Kurz darauf fühle ich mich … komisch. Ich schwanke. Oder? Sicherheitshalber trinke ich einen großen Schluck, dabei bin ich garantiert nicht dehydriert. Leider hilft das nichts.

»Woah«, sagt Tristan, der plötzlich neben mir ist. »Alles okay?«

»Ja«, antworte ich und lasse mich vorsichtshalber auf die Bank neben mir sinken.

»War etwas viel Sport heute, hm?«

Ich seufze. »Und ein bisschen wenig Essen, schätze ich.«

Tristan runzelt die Stirn. »Warte hier.«

Und das tue ich. Atme ein und aus. Schwitzend wie ein Schwein.

Ehe ich mich versehe, ist er zurück und hält mir einen Müsliriegel unter die Nase. Auch wenn sich mein Magen beim Gedanken daran verknotet, bin ich nicht völlig dumm. Also beiße ich davon ab.

»Wann hast du das letzte Mal was gegessen?«, fragt Tristan in die Stille.

Ich lasse mir eine Menge Zeit beim Kauen. »Hatte gestern Abend einen Apfel.«

Tristan schnalzt mit der Zunge. »Schwachkopf!«

»Ich weiß.«

»Was ist los bei dir?«, fragt Tristan. Als wären wir die besten Freunde. Als wäre er nicht stattdessen Tuckers bester Freund.

»Ist kompliziert«, weiche ich aus.

»Das hat nicht zufällig etwas mit Tucker zu tun?«

Allein bei seinem Namen zucke ich zusammen. Meine Brust verengt sich. »Nope.«

Es kommt mir vor, als würde eine Werbetafel über meinem Kopf aufleuchten, die fett *Lüge* schreit. Nur werde ich Tristan einen Scheiß erzählen. Garantiert nicht.

»Danke für den Müsliriegel«, murmele ich und stehe auf. »Ich werde mal duschen gehen.«

»Wir sehen uns beim Abendessen«, gibt er zurück, wobei er das letzte Wort besonders betont. Pisser.

»Mal sehen«, murmele ich und flüchte. Ich renne fast. Hierherzukommen, war ein Fehler. Ich hätte einen Magen-Darm-Virus vortäuschen sollen. Angepisst ziehe ich mir mein Shirt über den Kopf.

Auf dem Weg nach oben begegnet mir ausgerechnet Tucker auf der Treppe. Klasse. Während ich erbärmlich aussehe und schwitze wie ein Schwein.

Er bleibt wie angewurzelt stehen. Mustert mich. Und ich ihn. Er ist so hübsch. Und sexy. Am liebsten würde ich ihn direkt auf der Treppe flachlegen.

Ich schiebe mich an ihm vorbei und renne die letzten Stufen nach oben. Das wird eine längere Dusche. Was ist nur aus mir geworden? Ein Loser, der seinem Ex-Freund hinterherheult und sich in der Dusche einen runterholt. Ganz toll.

KAPITEL 42
Tucker

Gemeinsam mit Tristan laufe ich eine abendliche Runde durch den Wald. Man hört unsere Atemzüge und die dumpfen Geräusche, die unsere Schritte bei jeder Berührung mit dem Waldboden machen. Ständig springe ich über irgendwelche Wurzeln und der Schweiß läuft mir in Strömen über den gesamten Körper.

Meine Kondition ist miserabel. So erbärmlich, dass ich einen halben Meter hinter Tristan laufe. Nicht neben oder vor ihm. Und daran ist nur Jude schuld. Seit wir nicht mehr miteinander reden, wird mein körperlicher Zustand immer schlimmer. Ich verfalle regelrecht, obwohl ich das nicht möchte. Während ich tonnenweise Eis in mich hineinschaufle und heute Morgen im Spiegel eine erste Mini-Speckrolle an meinem Bauch entdeckt habe, wird Jude immer attraktiver. Sein Haar glänzt und seine Wangen sehen verdammt rosig aus, wenn er vom Sport zurückkommt. Und er macht in letzter Zeit eine Menge Sport. Viel zu viel Sport. Die Muskeln an seinen Armen werden immer mächtiger, so wie meine Erektion, wenn ich nur daran denke.

Gott, ich bin doch echt so ein verdammter Lappen. Mein Leben ist im Moment eine verdammte Katastrophe und dann stolpere ich auch noch über eine Wurzel und lege mich halb auf die Fresse. Ich schaffe es nur nicht, auf dem Waldboden zu fallen, weil ich mich reflexartig an Tristan festhalte.

»Fuck, Tucker«, schimpft er und bleibt stehen. »Was ist los mit dir?«

»Nichts«, sage ich.

»Nichts?«, fragt er nach und ich sehe, dass er die Hände zu Fäusten ballt. Er ist wütend auf mich und ich kann ihm das nicht einmal zum Vorwurf machen. Ich bin ein katastrophaler bester Freund.

»Laufen wir jetzt weiter?«

Ich bilde mir ein, seine Zähne knirschen zu hören. »Klar.«

Gleichzeitig setzen wir uns wieder in Bewegung. Allerdings

kommen wir nicht weit, denn als sich der Waldweg verengt, schubst Tris mich zur Seite und ich knalle frontal gegen einen Baum.

»Fuck«, jaule ich auf, torkele zurück und weiß gar nicht, ob ich zuerst meine pochende Stirn oder meine schmerzende Nase halten soll. Tränen schießen mir in die Augen.

»Was sollte das?«, jammere ich vor lauter Schmerz. »Du hast mich gegen einen Baum geschubst.«

Als wäre mein Leben nicht bereits katastrophal genug, schubst mich mein bester Freund einfach gegen einen Baum. Ich meine … hat er das tatsächlich gerade gemacht? Die Fassungslosigkeit trifft mich mit der Kraft eines Faustschlages und ich starre Tristan an.

»Du hast mich gegen einen Baum geschubst«, sage ich noch einmal. Ich bin nicht stolz darauf, dass meine Stimme bei den letzten Worten bebt. Fassungslos fummle ich in meinem Gesicht herum und spüre etwas Nasses über meine Wangen nach unten laufen. »Ich … ich …« Meine Beine geben nach und ich sacke auf den Boden. Ich stütze mich mit den Händen ab, die ich ungläubig ansehe. Warum ist da kein Blut? Ich meine, ich habe mir den Kopf gestoßen. Da muss doch Blut sein. Außerdem rinnt es immer noch aus … aus meinen Augen?

»Tucker?«, fragt Tristan. Ich sehe ihn nur verschwommen. »Weinst du?«

»Was?« Meine Stimme klingt kratzig. »Nein.« Und sie bebt. Ich nehme einen zittrigen Atemzug, »Ich hab nur irgendwas im Auge.« Rinde vom Baum vielleicht.

»Ja, Tränen.«

»Nein.«

»Doch.« Plötzlich ist Tristan ganz nah. »Ich umarme dich jetzt«, warnt er mich vor.

»Was? Nein! Ich komme klar.«

»Tust du nicht, du sturer Esel. Du kommst verdammt noch mal nicht klar«, blafft Tris mich an und zieht mich in eine ziemlich schwitzige Umarmung. Zuerst fühlt es sich wirklich eigenartig an, von meinem besten Freund gehalten zu werden. Irgendwie … komisch. Doch dann lege ich meinen Kopf auf seiner Schulter ab, genieße das tröstende Streicheln auf meinem Rücken und … ich schluchze auf.

So richtig. Ich bin mir sicher, dass nicht nur die Tränen sturzbachartig aus meinen Augen schießen, sondern auch der Rotz aus meiner Nase. Aber ich schaffe es nicht, die Umarmung zu lösen. Ich bin komplett … fertig.

»Sprich endlich mit mir«, bittet mich Tristan. »Was zur Hölle ist los mit dir?«

Ich bekomme kein Wort heraus. Sitze nur mitten im Wald auf dem kalten, matschigen Boden und heule mir die Seele aus dem Leib. Egal, wie sehr ich es mir wünsche: Ich kann nicht damit aufhören.

Und Tristan ist die ganze Zeit über da und hält mich fest. So lange, bis die Tränen schlussendlich versiegen. »Tja«, sagt er. »Ich hätte es mir irgendwie schlimmer vorgestellt, einen Kerl im Arm zu halten.«

»Was soll das bedeuten?«, frage ich und wische unterhalb meiner Augen herum.

»Irgendwie schwuler.«

Ich schnaube. »Schwuler?«

»Na ja, du bist bi. Ich habe zumindest erwartet, dass du mir an den Arsch fasst.«

»Bitte was?«

»War nur ein dummer Scherz. Wie geht's dir?« Er sieht mich mit leicht schräg gelegtem Kopf an. »Ich meine nur, weil du heute mehr Wasser verloren hast als bei sämtlichen Joggingrunden, die wir unser gesamtes Leben gemeinsam absolviert haben. Bist du dehydriert?«

»Nein.« Meine Stimme klingt so schwach. »Ich bin nur völlig fertig.«

»Reden wir endlich darüber? Ich meine, Jude und du? Wann? Wie? Und wie oft? Und vor allem: Warum nicht mehr?«

»Gott, Tris.«

Er steht auf und streckt mir seine Hand entgegen. »Gehen wir ein Stück?«

Ich lasse mich von ihm aufziehen. »Ja.«

Wir trotten stumm nebeneinander durch den Wald. Tristan drängt mich nicht, zu reden. Er wartet geduldig, bis ich schlussendlich bereit bin.

»Ich weiß gar nicht, wo ich anfangen soll.«

»Bei Jude und dir. Ich meine, ich war schon ein bisschen eifersüchtig, weil ihr plötzlich so viel miteinander gemacht habt. Dachte schon, du hast die Stelle für deinen besten Freund neu ausgeschrieben. Das hat mich fertiggemacht. Aber nein, er ist nicht dein bester Freund. Er ist dein Lover.«

»Gewesen.«

»Und wie hast du das versaut, Landry?«

Ich stöhne frustriert auf. »Ich hab ihm die Schuld daran gegeben, dass meine Eltern sich trennen.«

»Was zur Hölle, Tuck? Deine Eltern? Mom und Dad Landry sind nicht mehr zusammen?«

Ich nicke traurig. »Dad hat eine Affäre. Mit einem Mann.«

»Scheiß die Wand an. Daddy Landry steht auf Kerle?« Dann grinst er dämlich. »Hast wohl doch mehr mit deinem alten Kerl gemeinsam als die Liebe zum Eishockey.«

»Hahaha«, sage ich. »Ich weiß wieder, warum ich den ganzen Scheiß in mich reingefressen habe. Du bist ein beschissener Freund.«

»Alter, ich bin der beste Freund, den man sich wünschen kann. Jeder andere hätte gefragt, ob du auf ihn stehst. Ich weiß, dass wir 'ne platonische Bromance haben und du ganz sicher nie meinen Arsch ausgecheckt hast.«

»Tris«, jammere ich. »Zieh das nicht so ins Lächerliche.«

»Tu ich nicht, Mann.« Er zeigt mit seinen Fingern das Peace-Zeichen. »Ich schwöre. Und ich freu mich für Jude und dich.«

»Da gibt's nichts zu freuen. Wir hatten Streit, nachdem er meiner Mom von Dads Affäre erzählt hat.«

»Was?« Tristan wirkt verwirrt. »Wolltest du es ihr stecken?«

»Was? Nein. Also, ja. Doch. Im Notfall. Besser wäre es allerdings gewesen, wenn Dad es ihr selbst gesagt hätte.« Ein lauter Seufzer kommt aus meinem Mund. »Ey, ich fasse es nicht. Meine Eltern waren nie eines dieser Vorzeige-Ehepaare.«

»Dein Dad war ja die meiste Zeit in Toronto.«

»Und jetzt weiß ich, warum. Er hat sich dort ein Leben mit Coach Fuckboy aufgebaut.«

Tristan prustet laut los. »Coach Fuckboy? Wer soll das sein?«

»Na, Cyrille Fournier.«

Nun klappt der Mund meines besten Freundes auf. »Neeein.« Er klingt völlig fassungslos. »Der Schönling und dein Dad?«

»Er ist nicht schön«, protestiere ich. Rein aus Reflex, weil ich den Kerl nicht leiden kann. Er hat meine Familie zerstört.

»Also, sogar Ashley überlegt, ob sie sich am Lakeshore College bewirbt, nachdem sie Coach Fournier gesehen hat. Sie findet ihn heiß und -«

»O mein Gott«, jammere ich. »Zieh sofort die Notbremse.«

»Warum?«

Und dann erzähle ich ihm alles. Von dem Dreier zwischen Lexa, Jude und mir. Dass ich danach nicht aufhören konnte, an Jude zu denken. Lexa und ich uns längst getrennt haben und die Trennung an Silvester nur der offizielle Schlussstrich war. Ich berichte von Noah Baxter und dass er immer in Judes Nähe auftaucht, wie wir meinen Dad mit Coach Fuckboy erwischt haben, dass Judes Mom wieder da ist und davon, dass ich es mit Jude versaut habe, ihn aber noch immer liebe.

Tristan hört mir die ganze Zeit zu, stellt Zwischenfragen und zieht mich damit auf, dass die ganze Situation nur so schlimm geworden ist, weil ich ihn nicht um Rat gefragt habe. Und er hat recht. Gemeinsam mit Tris über die letzten Wochen und Monate zu sprechen, tut unheimlich gut. Und als wir den Wald verlassen, nimmt er mich noch einmal kurz in den Arm und fragt: »Muss ich dich in Zukunft immer gegen einen Baum schubsen, damit du den Mund aufmachst? Denn ganz ehrlich: Ich werd's tun.«

»Scheiße, bitte nicht. Ich verspreche, dass ich ab sofort gleich zu dir komme.«

Er wuschelt mir durchs Haar. »Gut so. Friss nicht alles in dich rein.«

»Mach ich nicht.«

»Tucker?«

»Ja?«

Er deutet auf eine Stelle unterhalb meiner Nase. »Ich wollte nichts sagen, weil es mal schön war, den ramponierten Tucker Landry als besten Freund zu haben, anstatt den perfekten. Aber du hast da jede Menge eingetrockneten Rotz unter der Nase kleben.«

Schockiert schaue ich ihn an, doch Tris dreht sich bereits um und joggt lachend von mir davon.

KAPITEL 43
Jude

Was soll ich sagen – ich habe das Abendessen geskippt. Allein der Gedanke, mit meinen Teamkollegen am Tisch zu sitzen, während sich alle fragen, was genau zwischen Tuck und mir vorgefallen ist, reicht aus, dass sich mir die Fußnägel kräuseln. Klar, ist irgendwie meine Schuld, weil ich mit der Nachricht rausgeplatzt bin, aber ich hatte die Geheimniskrämerei satt.

Jedenfalls liege ich jetzt total fertig auf dem Bauch in meinem Bett und lese. Oder versuche zu lesen, ich kann mich nämlich null konzentrieren.

»Whoa, Spinne! Spinne! Jude!«, brüllt Corey aus dem Badezimmer.

Ich runzle die Stirn. »Und jetzt?«

»Komm her!« Er klingt panisch.

»Ernsthaft jetzt? Selbst Isla kommt mit einer Spinne zurecht. Die tut dir nichts, wir sind nicht in Australien.« Ich verdrehe die Augen.

»Jude! Jetzt komm schon her!«

Ich stoße einen unzufriedenen Laut aus, tue ihm allerdings den Gefallen. Weil er sich echt als unfassbar guter Freund entpuppt hat. Rette ich ihn halt vor einer Spinne.

»Wo ist das Monster?«, frage ich, als ich das viel zu große Badezimmer betrete. Nicht dass ich mich beschwere.

Corey steht auf dem Badewannenrand und sieht mich mit großen Augen an. »Eben war sie noch da. Scheiße!«

»Jetzt muss ich die noch aufspüren, oder was?«, murre ich unzufrieden. »Ist doch gut, wenn sie weg ist. Aus den Augen, aus dem Sinn.«

»Alter, ich kann nicht schlafen, wenn hier eine Spinne rumrennt. Hast du eine Ahnung, wie groß die war?«

Ich schließe kurz die Augen und atme tief durch, als mich der Drang überkommt, Corey zu schubsen.

»Wie alt bist du? Sechs?«, kann ich mir nicht verkneifen zu sagen.

»Komm schon Jude, das ist nicht witzig«, jammert er. Okay. Ich fand's eigentlich auch nicht witzig, aber gut.

»Soll ich dir ein Glas holen?«, fragt er kleinlaut.

»Ein Glas?«

»Na, für die Spinne. Du tötest sie doch nicht, oder?«

Ich tippe mir mit dem Finger ans Kinn. »Ich kann warten, bis sie dich stattdessen tötet.«

Corey schüttelt sich. »Lass das, du Arsch. Arachnophobie ist nicht lustig!«

»Ein Fremdwort, ich bin beeindruckt. Muss ja ernst sein.« Ich seufze laut. »Na schön. Hol das bekloppte Glas. Und ein Blatt Papier.«

Aus dem Nichts strahlt er über beide Ohren. Ein fettes Grinsen. »Okay. Klasse.«

Wie kann ich seit Monaten nicht wissen, dass der Typ so wegen Spinnen ausrastet? In unserer Mannschaftskabine in Creekville habe ich schon tausende Spinnen gesehen.

Ich sehe mich im Raum um, mustere die Ecken. Schaue hinters Klo. Keine Spur von der Killerspinne. Und Corey braucht ewig. Wie lange kann es dauern, ein Glas zu holen?

Endlich vernehme ich Geräusche aus unserem Zimmer. »Hast du es?«, rufe ich.

Völlig außer Atem taucht ausgerechnet Tucker auf. In meinem Badezimmer.

»Was ist passiert?«, sagt er, bevor er abrupt stoppt. Dann runzelt er die Stirn. »Was machst du denn hier? Wo ist der Notfall?«

»Was?«, frage ich verwirrt. »Das ist mein Zimmer.«

»Du hast einen Notfall?« Er scannt mich von oben bis unten ab.

»Nein. Ich habe eine Spinne.«

»Du hast … was?« Grenzenlose Verwirrung steht in seinem Gesicht.

»Wieso bist du hier?«, frage ich, nicht weniger irritiert, klinge aber eher unfreundlich.

Tucker verschränkt die Arme vor der Brust. »Tristan hat gesagt, in dem Zimmer gibt es einen Notfall. Ich bin der Captain. Und hatte keine Ahnung, dass es dein Zimmer ist.«

»Cool. Wenn es in meinem Zimmer einen Notfall gegeben hätte, wärst du also nicht losgerannt?«

»Das ist doch jetzt gar nicht … Egal … du benötigst also keine Hilfe?«

»Deine jedenfalls nicht.« Gott, klinge ich zickig. Ich bin zickig, um genau zu sein. Um das Ganze noch besser zu machen, schiebe ich mich an ihm vorbei, zurück ins Zimmer.

»Willst du mich verarschen?«, motzt Tucker, der mir direkt gefolgt ist.

Ich stürme zur Tür, um sie … »Was zur Hölle?«, knurre ich. Sie lässt sich nicht öffnen. Ich versuche es erneut. »Die geht nicht auf.«

»Was meinst du damit?« Er schiebt mich mit der Schulter zur Seite und versucht es ebenfalls. »Was soll die Scheiße«, brüllt er und haut gegen die Oberfläche.

»Ihr solltet miteinander reden«, vernehme ich Coreys Stimme von der anderen Seite.

Meine Kinnlade klappt nach unten. Dann schlage ich ebenfalls gegen die Tür. »Mach verdammt noch mal auf, Corey!«

»Nein! Ihr müsst reden. Dringend.«

»Mach die Tür auf!«, schreit Tucker. Dabei schlägt er etliche Male dagegen. Kurz darauf dreht er sich zu mir. »Sorg dafür, dass er aufmacht!«

»Sorg du doch dafür, dass er aufmacht, Captain!« Sehr schlagfertig, Jude.

»Tucker. Redet. Das geht so nicht weiter«, meldet sich nun Tristan zu Wort.

Wollen die mich verdammt noch mal verarschen?

»Tristan, du Scheißverräter!«, beschwert sich Tucker lautstark. Gleichzeitig versucht er das Holz mit den Fäusten zu zerlegen. Ich steige mit ein. Ich will hier raus. Muss hier raus. Tucker und ich allein – ganz schlechte Idee!

»Corey, ich wollte dich vor der Spinne retten. Ist das der Dank dafür?«

»Es gibt keine Spinne, Jude«, kommt es kleinlaut zurück.

Was zum …

»Du hast mich verarscht?«, brülle ich entrüstet.

»IHR MÜSST REDEN, VERDAMMT!«

Zur Antwort trete ich gegen die Tür. »Leck mich!«

»Ich schwöre dir, Tristan, wenn du jetzt nicht aufmachst, finde ich dich, sobald ich hier raus bin, und poliere dir die Fresse! MACH AUF«, knurrt Tucker. Die Adern an seinem Hals treten hervor.

Wir bekommen allerdings keine Antwort mehr.

»Hallo?«, rufe ich. »Corey?«

Es bleibt still. Fassungslos starre ich zum Türknauf, der sich nicht bewegen lässt. Die haben uns eingesperrt. Ernsthaft eingesperrt. Und uns dann allein gelassen. Blöde Wichser!

»Lass mich raten, das ist jetzt natürlich meine Schuld?«, wende ich mich stattdessen an Tucker. Er ist wenigstens hier und kann meine schlechte Laune abbekommen.

»Ich hab überhaupt nichts gesagt!«, verteidigt er sich.

»Du denkst laut genug. Außerdem ist ja in letzter Zeit immer alles meine Schuld. Selbst auf dem Eis.«

»Da spielst du ja auch wie ein absoluter Anfänger.«

»Ist klar, Mr. Superstar. Wie viele Tore hast du gleich im letzten Spiel geschossen?«

Tucker funkelt mich wütend an. »Du willst jetzt echt mit mir streiten?«

Ich zucke mit den Schultern. »Ich sage nur, was Sache ist. Gerne kannst du noch mehr Sachen aufzählen, die meine Schuld sind. Also ich meine natürlich neben dem Fakt, dass meine Mom eine Überdosis hatte und ich deine Familie zerstört habe.« Zur Untermauerung wedele ich mit den Händen vor meinem Körper herum. Wut rast durch meine Adern. Tucker zuckt zurück. So etwas wie Schmerz blitzt in seinen Augen auf.

»Ach, Fuck«, murmele ich und drehe mich von ihm weg, als die Emotionen mich zu überwältigen drohen. Ich will ihn nicht traurig machen. Alles in mir ist einfach … schmerzvoll.

»Jude«, setzt Tucker zögerlich an.

»Sieh zu, dass er was isst!«, ruft Tristan von draußen. »Da steht was auf der Kommode.«

Mein Blick fällt auf die besagte Kommode neben dem Fenster, auf der tatsächlich ein Teller mit Sandwiches steht.

»Was meint er damit?«, fragt Tucker sofort. Alarmiert.

Ich seufze tief und lasse mich vor dem Bett auf den Boden sinken. Meinen Kopf lehne ich an.

»Was meint er, Jude?«, fragt Tucker ein weiteres Mal.

»Nichts«, seufze ich.

»Mach verdammt noch mal den Mund auf«, motzt er mich an und tritt in mein Sichtfeld.

»Du kannst mich mal, Tucker. Ich esse in letzter Zeit scheiße. Zufrieden?«

»Was heißt, du isst scheiße? Scheiße wie in ungesund?«

»Eher scheiße wie in gar nicht.«

Fassungslos starrt er zu mir herunter. Bis er einen Fluch ausstößt. »Fuck, Jude! Du musst anständig essen. Zumal ich dich nur noch Sport machen sehe.«

»Ja, Sport ist momentan das Einzige, das mich ablenkt.« Von dir.

Jetzt presst er die Lippen aufeinander. Verstummt. Doch er sieht mich an. Starrt quasi in meine Seele. Und obwohl es verdammt wehtut, ihn direkt vor mir zu haben, macht es etwas mit mir. Heilt mich ein bisschen. Seit Wochen waren wir nicht mehr allein in einem Raum.

»Ich denke nicht, dass du meine Familie kaputtgemacht hast«, durchbricht Tucker die Stille.

»Du warst dir ziemlich sicher.« Meine Stimme klingt bitter.

»Aber das ist nicht wirklich, was ich denke.«

»Tust du wohl.«

»Ich weiß ja wohl besser, was ich denke und was nicht«, schnappt er zurück.

Mein Mundwinkel zuckt und schließlich tritt ein Grinsen auf mein Gesicht. Einfach so. Ohne mein Zutun.

Irritiert starrt Tucker auf meinen Mund, ebenfalls so was wie ein halbes Lächeln aufgesetzt.

»Ich war überfordert. Sauer. Allerdings nicht auf dich, sondern auf meinen Dad. Und die ganze Situation überhaupt.« Er setzt sich auf den Boden. Jetzt sind wir auf Augenhöhe. »Ich konnte das alles nicht händeln und ich habe es an dir ausgelassen. Und das tut mir wahnsinnig leid.«

Mir bleibt die Luft weg. Mein Herz pocht augenblicklich schneller. »Was ist mit meiner Familie?«

Tucker verzieht das Gesicht. »Es tut mir so leid«, haucht er. »Das hätte ich niemals sagen dürfen.«

»Hast du es so gemeint?«, frage ich vorsichtig, weil ich Angst vor seiner Antwort habe.

»Nein«, sagt er hastig. »Natürlich nicht. Du hast dich die ganzen letzten Jahre um deine Mom gekümmert. Es ist nicht deine Schuld. Nichts von dem, was passiert ist. Im Gegenteil. Du hast sie gerettet, oder?«

Darauf kann ich ihm nicht antworten. Ich blinzle die Tränen weg, die mir die Sicht nehmen. »Wenn du es nicht so gemeint hast, warum hast du es dann gesagt?«

»Ich weiß es nicht.«

Er weiß es nicht? »Dann denk besser darüber nach, denn du kannst dich in Zukunft nicht immer wie ein riesengroßes Arschloch aufführen, wenn etwas schiefgeht. Ich bin zwar dein Teamkollege, aber ganz sicher nicht dein Punchingball.«

Seine Hand streift meine. Ganz vorsichtig. Fast fragend. Und mein Herz setzt einen Schlag aus, dabei scheint er es nicht mal zu merken. »Ich war völlig überfordert von der Situation«, flüstert Tucker. »Und ich hab's an der Person ausgelassen, die mir am nächsten stand, was absolut beschissen war. Es hat dich getroffen, weil ich mich bei dir sicher fühle. Macht das irgendwie Sinn?«

»Möglich«, brumme ich. »Aber nimm das jetzt nicht als Ausrede, dich in Zukunft nochmal wie ein Vollpfosten aufzuführen.«

Tucker verschränkt seine Hand nun richtig mit meiner. »Versprochen.«

»Ich werde das Stipendium nicht annehmen«, platze ich in der nächsten Sekunde heraus.

Tucker reißt die Augen auf. »Was?«

»Ich kann nicht im Team von Coach Toyboy spielen.«

Er ringt sichtlich um Worte. »Ich … Du … Wir … Du musst das Stipendium annehmen. Ich weiß, ich habe dir dieses bescheuerte Ultimatum gestellt, weil ich ein verdammter Arsch bin und sauer war. Fakt ist nun mal, dass du das Stipendium brauchst.«

Ich schüttele den Kopf. »Ehrlich gesagt ist es schon beschlossene Sache. Nachdem ich mit Mom darüber geredet habe, habe ich abgesagt. Endgültig.«

»Nein. Das kannst du nicht!« Jetzt sieht Tuck panisch aus. Er fährt sich mit der freien Hand durch die Haare. Etwas, das ich am liebsten ebenfalls tun würde.

»Deine Mom ist meine Familie, Tuck. Ich kann ihr das nicht antun. Außerdem wäre es für meine Karriere alles andere als förderlich, wenn ich im Knast sitze, weil ich meinen Coach abgestochen habe.«

Völlig baff nickt er ein paarmal.

Dann kehrt erneut Stille zwischen uns ein. Diesmal deutlich angenehmer als noch zuvor.

»Ich vermisse dich, Vegas.« Tuckers Worte treffen mich da, wo es wehtut. Mitten ins Herz.

Natürlich vermisse ich ihn auch. Aber …

»Ach?«

Ich springe auf und bringe etwas Abstand zwischen uns. Meine Hände werden schwitzig. »Hab ich gar nicht gemerkt zwischen deinen ganzen Beleidigungen und deinen Vorwürfen wegen Noah.«

»Das …« Tucker schluckt. »Es tut mir leid. Nur bin ich verdammt eifersüchtig auf ihn.«

Nun lache ich tatsächlich auf. »Wie bitte?«

»Na ja, er ist so … nett. Und ich nicht.«

»Ist er.« Ich verschränke die Arme vor der Brust und drehe mich von ihm weg. Ich kann ihm während meiner nächsten Worte nicht in die Augen sehen. »Allerdings ist er absolut *nicht* die Person, mit der ich zusammen sein will.«

»Also hast du nicht …« Tucker unterbricht sich selbst. »Weißt du was? Es ist egal. Wenn du etwas mit ihm hattest, während ich mich wie ein absolutes Arschloch aufgeführt habe, dann hab ich es verdient. Und es ändert nichts an meinen Gefühlen für dich.«

Am liebsten würde ich mich in seine Arme werfen. Sollte ich mich in seine Arme werfen? Ich drehe mich zu ihm um, nur um festzustellen, dass er direkt hinter mir steht. Unsere Nasen berühren sich fast.

»Du fehlst mir«, wispert Tucker erneut. Da liegt so viel Sehnsucht in seiner Stimme.

Fuck.

»Ich liebe dich«, bricht es aus mir hervor, wenngleich ich eigentlich etwas anderes sagen wollte. Ich weiß nicht mehr was. Das Einzige, woran ich gerade denken kann, sind Tuckers Augen. Das Blau, in dem ich ertrinke. Die sich bei meinem Geständnis weiten. Und dann liegen seine Lippen auf meinen. Zum ersten Mal seit Wochen fühle ich mich nicht verloren. Weich schmiegen sich seine Lippen an meine, als er mich bestimmend, aber unendlich sanft küsst. Zaghaft. Ohne Zunge. Dann zieht er den Kopf zurück.

»Kannst du mir bitte verzeihen, dass ich so ein verdammter Arsch war?« Wärme durchströmt mich. Und … Liebe.

Ich schließe die Augen und lehne meine Stirn an seine. »Ich hab Angst, Tuck«, flüstere ich.

»Wovor?«

»Davor, dass du mich wegstößt.«

Seine Arme schlingen sich um meine Hüften. Erneut drückt er einen sanften Kuss auf meine Lippen. »Ich will dich nicht wegstoßen. Im Gegenteil.«

»Aber genau das hast du immer wieder getan.« Meine Stimme zittert.

Ich spüre seinen Atem, so dicht sind wir uns. Sachte lege ich eine Hand auf seine Brust.

»Ich weiß, dass ich dich verletzt habe. Es tut mir leid. Wirklich. Und mir ist klar, dass ich alles versaut habe, während du mir nur helfen wolltest. Von jetzt an gebe ich mein Bestes, so was nicht mehr zu wiederholen.«

»Keine Versprechungen?«

»Ich will dir nicht etwas versprechen, das ich nicht einhalte. Keine

Ahnung, was unsere Eltern noch alles für Scheiße abziehen, die uns aus der Fassung bringt.«

Ich lache auf und er steigt mit ein. Küsst mich erneut.

»Das zwischen uns bedeutet mir alles, Jude. Ich liebe dich. Und ich will unbedingt, dass es funktioniert.«

Ich horche in mich hinein.

Fuck, ich bin sowieso rettungslos verliebt. Im Endeffekt würde ich vermutlich alles tun, was dieser Mann von mir will, so sehr liebe ich ihn.

Also schließe ich den letzten Abstand zwischen uns, indem ich meinen Mund auf seinen presse. Unsere Lippen treffen sich. Tucker stöhnt leise auf. Ein Geräusch, das mich glücklich macht.

»Ohne dich bin ich ein verdammtes Wrack, Tucker. Tu mir das nicht noch mal an«, murmele ich.

»Vielleicht sollten wir beim nächsten Mal ... keine Ahnung ... einfach reden?«, schlägt er vor. Etwas, dass wir wohl schon viel früher hätten tun sollen. Leider sind wir beide totale Dickköpfe.

Ich runzle die Stirn. »Okay. Dann stell mir kein Ultimatum mehr. Da werde ich trotzig.«

Er lacht auf. »Touché.« Und schon küsst er mich ein weiteres Mal. So lange, bis mir schwindelig wird.

»Ich will dich spüren, Tucker. Schlaf mit mir«, presse ich unter einem Stöhnen hervor.

»Liebend gern. Aber vorher isst du etwas.«

Ich verziehe das Gesicht. »Ist das dein Ernst?«

»Noch nie habe ich etwas so ernst gemeint, Vegas.«

Unzufrieden drehe ich mich zu den Sandwiches. »Ich könnte die Sandwiches ja von deinem Körper essen.«

»Solange du in meiner Nähe bleibst, kannst du mit mir machen, was du willst!«

Ich greife nach seiner Hand. Drücke sie. »Ich liebe dich!«

»Und ich liebe dich!« Mir ist klar, dass sich nicht schlagartig für immer all unsere Probleme in Luft aufgelöst haben. Es wird nicht für immer rund um die Uhr alles rosig zwischen uns sein, dafür sind wir beide viel zu dickköpfige Trottel. Doch ich schätze, wir können unsere Unstimmigkeiten überwinden. Gemeinsam, als Team. Wir haben nicht aufs falsche Blatt gesetzt. Das haben wir nie. Wir haben lediglich aus den Augen verloren, dass es uns im Doppelpack gibt. Denn nur gemeinsam können gewinnen.

EPILOG
Tucker

Unruhig gehe ich vor der Casa de Garcia herum. Ich habe es noch nicht mal ins Haus geschafft, nachdem ich gerade hergekommen bin. »Ja, Dad. Ich verstehe wirklich, dass du mich in den Ferien gerne bei dir hättest.« Ich hole tief Luft. »Ich weiß nur echt nicht, ob ich schon so weit bin. Vor allem nicht, nachdem du ja zuerst alles getan hast, damit ich eben *nicht* nach Toronto komme.«

Dad seufzt verdammt laut auf. »Tucker, du weißt, dass es nicht so war.«

»Vielleicht«, grummle ich. »Für mich hat es sich eben so angefühlt, als hättest du mich nie in Toronto haben wollen.«

Ich rechne mit allem, nur nicht mit einem: »Tut mir leid. Ich war nicht der perfekte Dad, aber … du bist mir wichtig. Und ich hab dich lieb.« Ich nehme das Smartphone vom Ohr und schaue darauf. Ja, ich telefoniere wirklich mit *meinem* Dad. Dem Mann, mit dem ich nie das beste Verhältnis hatte. Allerdings bemüht er sich und versucht, eine Beziehung zu mir aufzubauen. Und auch wenn ich ihm immer noch übelnehme, dass er Mom mit Coach Fuckboy betrogen hat, ist er eben doch mein Dad …

»Ich …« Wow. Eigentlich ist das genau das, was ich immer von ihm hören wollte. »Dad?«

»Ja?«

»Gib mir noch ein bisschen Zeit, okay?«

»Alle Zeit der Welt, Tuck.«

Wir verabschieden uns und keine Sekunde später schlingen sich zwei starke Arme um meinen Körper.

Ich lehne mich gegen Jude. »Und?«, fragt er und streicht mit seiner Nase die empfindliche Haut an meinem Hals. »Wie geht's Daddy Landry und Coach Toyboy?«

»Juuude«, jammere ich. »Immer mit dem Finger in die Wunde.«

»Hey, ich wollte nur höflich sein.«

Ich drehe mich in seinen Armen und sehe ihn vorwurfsvoll an.

»Klar doch, Baby. Du bist die Höflichkeit in Person.«

Er schmunzelt. »Also, ich fand es ziemlich höflich von mir, dass ich dir erst vor ein paar Tagen mehrmals hintereinander einen geblasen habe, weil du wegen der Abschlussprüfungen so gestresst warst.«

»Im Gegensatz zu dir, Mister Supercool. Darf ich dich daran erinnern, dass du dein Stipendium abgelehnt hast?« Meinetwegen.

»Ich bin mir sicher, im Notfall zahlt Daddy Landry meinen Studienplatz.«

»Gott, nenn ihn nicht so.« Das bringt mich jedes Mal zum Würgen.

»Reden wir am besten überhaupt nicht mehr über ihn.«

»Okay.« Jude haucht mir einen Kuss auf die Lippen. »Rummachen ist so viel besser.« Seit wir uns zusammengerauft haben, läuft es zwischen Jude und mir besser, als ich mir je erträumt habe. Wir können die Finger nicht mehr voreinander lassen, sind zusammen ein Traum-Duo auf dem Eis und verstehen uns einfach blind. Außerdem sind wir nun so etwas wie eine Patchwork-Familie. Zwar sind Jude und seine Mom vor einem Monat aus unserem Haus aus- und in ein seeehr renovierungsbedürftiges Häuschen eingezogen, das entfernte Ähnlichkeit mit meiner Hütte im Wald hat, aber Dalia hilft meiner Mom oft mit den Kindern, damit Jude und ich genug Zeit zum Lernen haben. Außerdem sieht sich Mom gerade nach Au-pairs um, weil sie vorhat, bald wieder arbeiten zu gehen.

Das müsste sie nicht, denn Dad kommt immer noch für alles hier auf und legt ihr keine Steine in den Weg, doch ich denke, sie will auf eigenen Beinen stehen und nicht mehr von ihm abhängig sein. Verständlicherweise.

»Wird das nie langweilig, Jungs?« Wir lösen uns voneinander und eine grinsende Dalia geht an uns vorbei zum Briefkasten.

»Nein, Mom. Absolut nicht. Vielleicht solltest du es auch mal ausprobieren?«

»Mit deinem Freund?«, scherzt sie. »Er ist doch viel zu jung für mich.«

»Haha. Witzig, Mom.«

Dalia blüht in Creekville richtiggehend auf. Und man merkt, woher Jude seinen abgedrehten Sinn für Humor hat.

Dalia zieht einen dicken braunen Umschlag aus dem Briefkasten, dreht ihn einmal und springt dann auf und ab. »O mein Gott, o mein Gott, o mein Gott.« Sie läuft auf uns zu. »Jude, Jude, Jude. Der Umschlag ist vom Ashford Heights College«.

Das Elitecollege?

»Mach ihn auf!«, fordere ich Jude auf. Er sieht das Ding an, als wäre es eine Bombe. Ich reiße Dalia den Umschlag aus der Hand und drücke ihn gegen seine Brust. »Schau rein, verdammte Scheiße.«

Er würde es nie zugeben, doch Judes Hände beben, als er den Brief schlussendlich öffnet. Mein Herzschlag beschleunigt sich, als er einen Zettel herauszieht und leise zu lesen beginnt.

»Jude Garcia-Wilson … Blabla … freuen uns sehr … Blablabla … Fuck.« Jude lässt das Schreiben sinken und sieht mich aus großen Augen an.

»Was?«, frage ich und reiße ihm den Brief aus den Händen. Auch ich überfliege das Schreiben und – »O mein Gott, Jude«, schreie ich und umarme ihn. »Ein fucking Vollstipendium.« Ich presse meine Lippen auf seine.

»Lass mich mal«, höre ich Dalia hinter mir.

Ich löse mich von Jude und sofort ergreift seine Mom seine Hände. »Jude, ich freu mich so für dich.« Dalia springt aufgeregt auf und ab.

»Tucker?«

»Ja?«

»War bei euch zu Hause heute kein Umschlag in der Post?«

Ich zucke mit den Schultern. »Keine Ahnung.« Gott, ich werde sterben, wenn Jude aufs Ashford Heights College geht und ich kein Angebot bekomme, aber verdammt noch mal: Ich weiß, dass uns nichts mehr trennen kann.

Dalia zaubert ihr Smartphone hervor. »Ich rufe bei Kate an.«

»Was?« Ich schüttle den Kopf. »Nein!«

»Tucker.« Jude wirkt immer noch völlig geschockt. »Bitte.«

Wenn er mich so ansieht wie jetzt, kann ich ihm keinen Wunsch ausschlagen. »Okay, Baby.«

Dalia stellt ihr Handy auf laut und schon bald höre ich Moms Stimme. »Jude hat ein Vollstipendium«, jubelt sie.

»Heilige Scheiße«, ruft Mom aus. »Ich freu mich so.«

»Er ist auf Lautsprecher«, sagt Dalia.

»Mom, Sprache!«, rüge ich sie.

Sie lacht laut auf. »Jude«, jubelt sie. »Ich freu mich so für dich. Du hast es absolut verdient.«

»Mom«, krächze ich. »Kam bei uns vielleicht … Post an?«

»O mein Gott. Tucker! Ich … Warte, ich laufe sofort raus.« Ich greife nach Judes Hand, während uns meine Mom sekündliche Updates gibt, wo sie sich gerade aufhält. »Okay, ich mache jetzt den Briefkasten auf.«

»Und?«, fragt Jude, während ich die Luft anhalte.

»Ja, da ist ein Umschlag.«

»Ist er groß?«

»Mittel«, lautet die ernüchternde Antwort von Mom. Scheiße.

»Mach ihn auf.« Ich klinge leicht panisch.

»Ich? Wirklich? Willst du das nicht selbst aufmachen?«

»Von welchem College ist er überhaupt?«, fragt Jude.

»Ashford Heights College«, lautet Moms Antwort.

Jude drückt meine Hände fester. »Egal, was passiert. Wir bleiben zusammen, okay?«

»Wir bleiben zusammen.« Ich mache einen Schritt auf ihn zu und lehne meine Stirn gegen seine.

Wir bleiben zusammen.

Wir bleiben zusammen.

Wir bleiben zusammen.

»Lieber Tucker Landry«, beginnt Mom zu lesen, »leider müssen wir Ihnen mitteilen, dass wir Ihnen kein Stipendium am Ashford Heights College anbieten können.« Mein Herz sackt nach unten und ich schließe meine Augen. Verdammte Scheiße. Nicht heulen, Tucker. Auch wenn deine Welt gerade untergeht, die von Jude tut es nicht. Er braucht dieses Stipendium. Er muss es annehmen. Und deshalb darf ich nicht losheulen. »Aber wir würden uns dennoch freuen, wenn wir Sie als Student begrüßen dürfen.«

Ich reiße die Augen auf und sehe in die vor Schock geweiteten Augen meines Freundes. »O mein Gott«, juble ich. »Sie ... sie haben mich am College angenommen?«

»Ja, Tucker«, sagt Mom, klingt allerdings vorsichtig. »Du bekommst kein Hockey-Stipendium.«

»Können wir uns die Uni leisten?«, frage ich. Scheiß auf Hockey!

»Ich denke schon.«

»Das ist doch perfekt.«

»Tucker.« Jude nimmt meine Hand und zieht mich ein wenig von Dalia weg. »Ich weiß nicht, ob du das gerade verstanden hast. Du hast kein Hockey-Stipendium bekommen.«

»Ich brauche keines.«

Judes sieht mich zweifelnd an. »Alles, was du jemals wolltest, war auf College-Niveau Hockey zu spielen.«

»Alles, was ich früher wollte, war meinem Dad zu gefallen und seine Aufmerksamkeit zu erregen, indem ich der beste Hockey-Spieler aller Zeiten werde. Die Zeiten sind vorbei. Und versteh mich nicht falsch: Ich liebe Eishockey. Ich werde sehr gerne dein ganz persönliches Puck-Bunny, wenn du am College spielst, aber Eishockey ist nicht mein Leben.« Leiser füge ich hinzu: »Du bist das.«

»O mein Gott.« Jude reißt mich in seine Arme und seine Zunge ist so schnell in meinen Mund, dass ich gar nicht hinterherkomme. Er küsst mich gierig und intensiv und leidenschaftlich. Alles auf einmal. »Das heißt, wir bleiben zusammen? Und wir gehen gemeinsam aufs College?«, fragt er nach. So als könnte er es immer noch nicht glauben.

Ich lächle ihn an. »Ja, Baby. Das heißt es.«

Ein Räuspern hinter uns lässt uns innehalten. »Tuck, der Brief war noch nicht zu Ende.«

»Hä?« Wahnsinnig eloquent. Ich weiß.

»Es war auch ein Schreiben vom Coach dabei. Er entschuldigt sich, dass er dir kein Stipendium anbieten kann, aber es gibt an der Uni neben dem Hockeyteam auch ein Schwimmteam und deshalb sind seine finanziellen Mittel leider begrenzt. Er bittet dich allerdings darum, dich bei ihm zu melden, denn nicht alle Plätze im Team werden an Stipendiaten vergeben. Du hast immer noch eine Chance, ins Hockey-Team zu kommen.«

Nun bin ich derjenige, der Jude an sich zieht und küsst. »Siehst du? Alles wird gut!«

»Alles wird gut«, stimmt er mir zu.

»Kate, darf ich heute Nacht bei euch schlafen? Ich bin mir ziemlich sicher, dass ich innerhalb der nächsten Minute in mein Auto springen werde, weil meine geräuschunterdrückenden Kopfhörer leider ein absoluter Shopping-Fail waren. Die unterdrücken nichts. Gar nichts!« Ich höre die Panik in Dalias Stimme, doch ich ignoriere sie.

Ich lehne mich nach vorne und flüstere in Judes Ohr. »Du hast sie gehört. Bett. Jetzt!«

»Das Team wollte doch später vorbeikommen.«

»Bis dahin haben wir noch viel Zeit.« Und dann ziehe ich Jude hinter mir ins Haus, während Dalia ihre Schlüssel holt und schnellstmöglich das Weite sucht.

Gott, ich liebe mein Leben. Sehr.

Jude

Ich stehe an Tucker gekuschelt in der Küche unseres neuen Hauses und beobachte unser Team. Unsere Freunde. Zusammen mit meinem Freund. Dass ich das jemals erlebe, hätte ich nicht unbedingt gedacht. Doch hier stehe ich. Und finde es fabelhaft. Weil Tucker fabelhaft ist. Alles ist fabelhaft.

Okay ... ich bin so glücklich, dass ich selbst fast das Kotzen bekomme. Kein Wunder, dass Asher keine Lust mehr hat, dass ich ihm von Tucker erzähle. Muss er auch so verdammt schön, heiß, athletisch, fürsorglich und witzig sein? Nun gut, er ist zwar nicht so witzig wie ich, aber auch irgendwie spaßig. Und wie spaßig es ist, wenn er mit seiner Zunge Dinge anstellt, die ... Ich schweife ab.

Ich schüttele den Kopf, drehe mich zu meinem fabelhaft heißen Freund und presse meine Lippen auf seine. Augenblicklich ertönt das Gegröle unserer Teamkameraden durch das überraschend geräumige Wohnzimmer. Das tun sie jedes Mal. Doch ich lasse mich nicht von

Tuckers weichen Lippen ablenken, die sich himmlisch an meinen anfühlen. Wir haben vorhin erst miteinander geschlafen und ich könnte ihn direkt wieder in mein Zimmer zerren.

Ich vertiefe unseren Kuss, indem ich meine Zunge in seinen Mund gleiten lasse.

»Also langsam frage ich mich echt, wie es ist, mit einem Kerl rumzumachen«, ruft Cameron zu uns herüber und bringt mich damit tatsächlich zum Schmunzeln, weil er immer wieder solche Kommentare macht. Der will sich so was von ausprobieren.

»Ja. Ich mich auch«, murrt Corey direkt neben uns. Mit gesenkter Stimme, damit die anderen ihn nicht hören, immerhin ist er nach wie vor nicht geoutet. Und ich glaube nicht, dass er daran etwas ändern will.

Tucker und ich lösen unsere Lippen voneinander, bleiben allerdings eng umschlungen stehen.

»Soll ich mal mit dir rummachen?«, frage ich flapsig und ernte einen ungläubigen Blick von Tucker. »Obwohl - wenn man ganz oben anfängt, fällt man danach viel zu tief.«

»Abgesehen von mir machst du mit gar niemandem rum«, knurrt Tuck und haucht mir besitzergreifend einen Kuss auf den Hals. »Außerdem bist du nicht ganz Coreys Beuteschema.« Plötzlich hält Tuck inne und macht eine ruckartige Bewegung mit seinem Kopf zurück. »Oder?«

Er blickt mehrmals von mir zu Corey.

»Ich bin nicht in deinen Freund verknallt, falls du das meinst«, antwortet Corey in jammerndem Tonfall.

Oje. Da ist ja mal jemand sexuell frustriert. Keine Ahnung, wann er das letzte Mal was am Laufen hatte, doch es muss lange her sein, wenn er nicht mal mehr weiß, wie es sich anfühlt einen Typen zu küssen.

»Flachlegen willst du ihn aber trotzdem?«, fragt Tucker entsetzt.

Ich pruste los.

»Jeder will mich flachlegen, das ist jetzt nicht wirklich was Neues, Baby.« Tucker schenkt mir einen vernichtenden Blick aus blauen Augen, die jetzt gerade viel eher schwarz wirken.

Corey macht eine schwankende Bewegung mit seiner freien Hand. »Solange er die Klappe hält im Prinzip schon. Dann fängt er an zu reden und die ganze Anziehung, die sein Körper auf mich ausübt, ist dahin.«

»Hey!«, protestiere ich.

»Lustig. Ich will ihm gerade wegen seines dreckigen Mundwerks an die Wäsche«, kommentiert Tucker trocken. Dann reißt er plötzlich die Augen auf, die kurz darauf so groß werden wie Untertassen. »Warte mal. Corey? Bist du …«

»Bin ich«, fährt dieser ihm direkt ins Wort. »Und ich bin schockiert, dass Jude dir nichts gesagt hat.«

»Hä, wolltest du doch nicht«, erwidere ich.

»Sonst tust du ja auch nicht das, was man von dir will.«

»Alter«, beschwere ich mich. »Seit wann bist du so grummelig? Wo ist der Golden Retriever hin?«

»Ich bin kein Golden Retriever!«, protestiert er.

Tucker lacht. »Du bist der Inbegriff eines Golden Retrievers, Corey.«

»Ich finde euch heute beide echt ziemlich scheiße. Macht doch euren schnuckelig schönen Pärchenscheiß, ihr -« Aus dem Nichts zuckt er zusammen und starrt entgeistert in Richtung Haustür.

»Was zum …«, murmelt er. Dann steht ihm der Mund offen.

Ich drehe mich herum, um seinem Blick zu folgen.

»Da ist er ja endlich.« Freude durchströmt mich, als ich meinen besten Freund Asher erblicke, der sich mit gerunzelter Stirn in meinem vollen Wohnzimmer umsieht, einen Koffer in der Hand.

»Was hat der hier zu suchen?«, fragt Corey entsetzt.

Mir ist noch immer nicht klar, was die beiden für ein Problem miteinander haben. »Und wieso hat er einen Koffer?« Seine Stimme überschlägt sich.

»Mann, du solltest echt mehr trinken, damit du dich entspannst«, murmelt Tucker und ich kann ihm nur zustimmen. Corey ist heute absolut uncoreyhaft.

»Asher hat das College geschmissen. Einen Plan B gibt es momentan nicht und deshalb ist er jetzt erst mal hier.«

Ich freue mich wie ein kleines Kind, dass er endlich näher bei mir ist. Und immerhin tut er jetzt nichts mehr, das ihn unglücklich macht.

Auf Coreys Gesicht zeichnet sich der pure Schock ab.

»Fuck!«, ist das Einzige, was ihm über die Lippen kommt. Leise, dass ich fast glaube, es mir nur eingebildet zu haben. Habe ich es mir eingebildet?

Ich schüttele den Gedanken ab und laufe meinem besten Freund freudestrahlend entgegen. Weil eben alles fabelhaft ist. Dabei ignoriere ich geflissentlich die Tatsache, dass Asher ebenfalls säuerlich in Coreys Richtung blickt. Es wird immer offensichtlicher, dass mir hier etwas entgeht. Doch für heute lasse ich es gut sein.

Ende Band 1
Es geht weiter mit den Creekville Cold Crushers.
Ein Wiedersehen mit Jude und Tucker gibt es in Band 2:
Asher & Corey
Herbst/Winter 2025

DANKSAGUNG

Wow. Wir haben es getan. Wir haben tatsächlich ein Buch zusammen geschrieben.

Was als ein lustiges Gespräch über WhatsApp begonnen hat, wurde rasend schnell zu einem Projekt, das sich verselbstständigt hat. Wir können euch versichern – es hat wahnsinnigen Spaß gemacht, die Geschichte von Tucker und Jude zu Papier zu bringen.

Natürlich wäre das ohne ein paar ganz wichtige Menschen nicht möglich gewesen.

Zunächst danken wir unseren Ehemännern, die uns immer mit Rat und Tat zur Seite stehen und unsere größten Supporter sind. Gleich darauf folgen unsere Kinder (Lustig, wie es jetzt klingt. Als wären wir beide verheiratet und hätten Kinder miteinander), die für uns sowieso das allergrößte sind und die mitunter viel Geduld für uns aufbringen müssen.

Ein riesengroßes Dankeschön geht raus an Sasu von @sasuart, die uns die schönsten Illustrationen überhaupt gestaltet und die den Jungs ein Gesicht gegeben hat. Wir lieben alles daran!

Danke auch an Matti für die gemeinsame Arbeit am Korrektorat.

Natürlich bedenken wir auch unsere fleißigen Testleserinnen.

Nicht zuletzt danken wir dir. Tausend Dank, dass du Jude und Tuck eine Chance gegeben hast. Ganz viel Liebe für dich.

Hoffentlich sehen wir euch bei Corey und Asher wieder!

Ihr findet uns auf Instagram und TikTok unter:
@inatausautorin
@j_in_love_with_books

Wir freuen uns auf eure Nachrichten! <3

TRIGGER- UND CONTENTWARNUNG

Erwähnung von Alkohol und expliziter Alkoholkonsum, Erwähnung von Drogen(missbrauch), Drogenkonsum und Drogensucht, Entzug, Betrug, Trennung, internalisierte Homophobie, toxische Beziehungen, moralisch fragwürdige Charaktere und Handlungen

**Diese Liste erhebt dabei keinen Anspruch
auf Vollständigkeit.
Bitte achtet auf euch und eure Gefühle.**